Emelie Schepp
Im Namen des Sohnes

Buch

Es ist der Albtraum eines jeden Vaters. Sam ist nur kurz zum Supermarkt gefahren, als ihn sein sechsjähriger Sohn Jonathan anruft. Völlig verängstigt erzählt dieser, dass ein Mann ins Haus eingedrungen sei und seine Mama niedergeschlagen habe. Diese Worte sind die letzten, die Sam seinen Jungen sagen hört, dann ist die Leitung tot. Als er nach Hause kommt, findet er seine Frau ermordet im Flur – Jonathan ist spurlos verschwunden … Die unnahbare Staatsanwältin Jana Berzelius leitet die Ermittlungen. Doch je näher sie der Wahrheit kommt, desto mehr entgleitet ihr der Fall. Als die Entscheidung über Leben und Tod allein in Janas Händen liegt, beginnt ein Kampf gegen die Zeit.

Autorin

Emelie Schepp, geboren 1979, wuchs im schwedischen Motala auf. Sie arbeitete als Projektleiterin in der Werbung, bevor sie sich dem Schreiben widmete. Nach einem preisgekrönten Theaterstück und zwei Drehbüchern verfasste sie ihren ersten Roman: Der zuerst nur im Selbstverlag erschienene Thriller »Nebelkind« wurde in Schweden ein Bestsellerphänomen und als Übersetzung in zahlreiche Länder verkauft. 2016 und 2017 wurde Schepp mit dem renommierten *CrimeTime Specsaver's Reader's Choice Award* ausgezeichnet und damit bereits zweimal zur besten Spannungsautorin Schwedens gekürt.

Von Emelie Schepp bereits erschienen
Nebelkind · Weißer Schlaf · Engelsschuld

Besuchen Sie uns auch auf www.facebook.com/blanvalet
und www.twitter.com/BlanvaletVerlag

EMELIE SCHEPP

Im Namen des Sohnes

THRILLER

Deutsch von
Annika Krummacher

blanvalet

Die Originalausgabe erschien 2017 unter dem Titel »Pappas pojke«
bei HarperCollins Nordic, Schweden.

Sollte diese Publikation Links auf Webseiten Dritter enthalten,
so übernehmen wir für deren Inhalte keine Haftung, da wir uns
diese nicht zu eigen machen, sondern lediglich auf deren Stand
zum Zeitpunkt der Erstveröffentlichung verweisen.

Verlagsgruppe Random House FSC® N001967

1. Auflage
Copyright der Originalausgabe © 2017 by Emelie Schepp
Published by arrangement with Nordin Agency AB, Schweden.
Copyright der deutschsprachigen Ausgabe © 2018 by
Blanvalet in der Verlagsgruppe Random House GmbH,
Neumarkter Str. 28, 81673 München
Redaktion: Sabine Thiele
Umschlaggestaltung: www.buerosued.de
Umschlagmotive: © plainpicture Mira/Bertil Hertzberg;
Folio Images/Lena Katarina Johansson
JaB · Herstellung: sam
Satz: Vornehm Mediengestaltung GmbH, München
Druck und Bindung: GGP Media GmbH, Pößneck
Printed in Germany
ISBN 978-3-7341-0671-2

www.blanvalet.de

Für Lena und J-O

»Ich kann mich noch so gut erinnern.«

Der Mann blickte nach unten und lächelte kurz, als sähe er alles genau vor sich.

»Woran?«, fragte Henrik.

»Wie er geweint hat. Er hatte wohl Angst. Mir wäre es auch so gegangen, ganz allein unter dem Bett. Aber als ich ihn hochgenommen habe, ist er ganz still geworden. Ich werde nie vergessen, wie er mich mit seinen blauen Augen angesehen hat.«

»Da haben Sie ihn also mitgenommen?«

»Ja«, sagte der Mann und nickte. »Von diesem Moment an gehörte er mir.«

MONTAG

1

Es war vollkommen windstill, als Sam Witell seinen Arbeitsplatz bei der Ambulanten Wohnbetreuung in Norrköping verließ und sich auf den Weg zu seinem roten Toyota machte, der ganz hinten auf dem schattigen Parkplatz stand.

Nach dem langen Arbeitstag wollte er so schnell wie möglich nach Hause. Er freute sich darauf, Jonathan mit dem neuen Fußball zu überraschen, der in der Tüte auf der Rückbank lag. Jonathan liebte Fußball und stand dabei am liebsten im Tor. Sam lächelte, als er den Sechsjährigen vor sich sah, wie er sich auf den nächsten Torschuss vorbereitete, mit gebeugten Knien und Torwarthandschuhen, die an seinen kleinen Händen riesig aussahen.

Sam setzte sich in seinen Wagen und verließ die Innenstadt. Zehn Minuten später hatte er die neugebauten Einfamilienhäuser in Åselstad mit ihren Trampolinen, großzügigen Holzterrassen und sorgfältig geschnittenen Rasenflächen erreicht.

Sein weißes Haus lag auf einer Anhöhe mit Blick auf das funkelnde Wasser des Ensjön. Er bog in die Einfahrt, nahm die Tüte mit dem Fußball und stieg aus dem Auto. Summend begann er in Richtung Haus zu gehen, doch als er das

Gartentor öffnete, hatte er plötzlich das Gefühl, beobachtet zu werden, und drehte sich um.

Ein Stück von ihm entfernt stand ein weißer Lieferwagen auf der Straße, an dem ein Mann lehnte. Er trug ein kurzärmliges Polohemd zu einer schwarzen Hose und starrte seltsam fragend herüber.

»Sind Sie Sam Witell?«, rief er.

»Ja«, sagte dieser zögernd.

»Ich müsste mal mit Ihnen sprechen.«

Der Mann begann auf ihn zuzugehen. Jetzt sah Sam, dass an der Seite des Lieferwagens in schwarzen Lettern *Direktalarm* stand.

»Tut mir leid«, erklärte Sam, während er durch das geöffnete Gartentor ging, »aber ich habe keine Zeit.«

»Ich möchte Ihnen nur ein paar Fragen stellen«, sagte der Mann, der immer näher gekommen war.

»Nein, danke. Ich möchte Sie bitten, jetzt zu gehen.«

»Es dauert gar nicht lange. Ich wollte Sie nur fragen, ob …«

»Papa!«

Jonathan lief durch den Garten auf ihn zu.

»Hallo, mein Kleiner, wie geht's?«, fragte er, hob den Jungen in die Höhe und strich ihm das helle Haar aus dem Gesicht, wodurch das Muttermal über der Augenbraue sichtbar wurde.

»Gut«, antwortete Jonathan und lächelte fröhlich.

Sam versuchte zurückzulächeln, aber die Anwesenheit des Mannes machte ihn nervös. Es lag an seiner Körpersprache, dem kurz geschorenen Haar, den muskulösen Armen und dem Stiernacken.

»Wer ist das?«, fragte Jonathan und zeigte auf den Mann.

»Ach, bloß ein Verkäufer«, antwortete Sam und spürte,

wie er immer unruhiger wurde, als der Mann den Jungen so seltsam anschaute. Warum tat er das?

»Was hast du in der Tüte?«, fragte Jonathan, als Sam ihn wieder auf den Boden gestellt hatte. »Hast du was für mich gekauft?«

»Komm«, sagte Sam, packte seine Hand und begann in Richtung Haus zu gehen.

»Was hast du gekauft? Ist es ein Fußball? Es sieht aus wie ein Fußball!«

»Komm schon!«

Sam packte Jonathans Hand noch fester und ging rasch an den hohen Büschen und dem Schuppen vorbei, von dem die Farbe abblätterte. Beinahe wäre er über ein zusammengerolltes Tennisnetz gestolpert, fing sich aber wieder und legte das letzte Stück bis zur Haustür im Laufschritt zurück, mit der Tüte in der einen und Jonathan an der anderen Hand.

Atemlos betrat er das Haus, schloss die Tür von innen ab und ließ die Hand des Jungen los.

»Was ist denn, Papa?«

Sam antwortete nicht. Er sah nur durchs Fenster auf die Straße, in der Hoffnung, dass der Mann inzwischen weggefahren war.

Aber er stand immer noch da.

Staatsanwalt Per Åström war hochkonzentriert. Vor sich hatte er einen großen Bildschirm, auf dem er die Vernehmung mit Danilo Peña verfolgen konnte, ohne beim Gespräch selbst anwesend sein zu müssen. Peña saß still im Vernehmungsraum und starrte auf die Tischplatte. Die Ärmel des grünen Pullovers der Haftanstalt waren hochgeschoben.

Neben ihm saß sein Anwalt Peter Ramstedt. Seine Zähne sahen aus, als hätte er sie bleichen lassen, und er trug einen grellbunt gestreiften Schlips. Pausenlos spielte er an dem schwarzen Kugelschreiber herum, den er in der Hand hielt, und erzeugte dabei ein klickendes Geräusch.

»Es dürfte für Sie keine große Überraschung sein, dass Sie unter Mordverdacht stehen«, sagte Kriminalobermeisterin Mia Bolander, die zusammen mit Kriminalkommissar Henrik Levin gegenüber von Danilo Peña am Tisch saß. »Ich nehme an, das war der Grund, weshalb Sie nach Polen geflüchtet sind?«

Danilo Peña schwieg.

»Wie auch immer«, fuhr Mia Bolander fort. »Die Staatsanwaltschaft hat Anklage gegen Sie erhoben. Möchten Sie dazu vielleicht etwas sagen? Oder zu den jungen Drogenschmugglerinnen, die Sie umgebracht haben?«

Keine Antwort.

Sie schwieg eine Weile, ehe sie weitersprach.

»Los jetzt, reden Sie schon.«

Mia Bolander wartete erneut. Diesmal ein wenig länger. Währenddessen betrachtete Per das markante Kinn und die mahlenden Kiefer des Einunddreißigjährigen. Dann ließ er seinen Blick zu den dunklen Haaren wandern, die bis zum Ausschnitt des Pullovers reichten. Er musste daran denken, dass es nicht die geringste Spur von diesem Mann gegeben hatte, nachdem er vor einigen Monaten aus einem bewachten Zimmer im Vrinnevi-Krankenhaus geflohen war. Er hatte weder Pass noch Kreditkarte bei sich gehabt. Die Ermittler hatten keine Adresse, keine Familie oder Verwandtschaft ausfindig machen können. So als wäre Peña ein Geist.

Durch den Hinweis eines Passagiers erfuhr die Polizei,

dass der Flüchtige sich auf einer Fähre nach Danzig befand. Die Polizei hatte in Polen auf ihn gewartet, aber es war Peña gelungen, unbemerkt an Land zu gehen. Nach ein paar Wochen intensiver Suche hatte man ihn schließlich gefasst.

Seit er nach Norrköping in die Untersuchungshaft gebracht worden war, hatte er kein Wort gesagt. Und jetzt hatte er offenbar auch nicht vor zu sprechen.

»Stellen Sie sich nicht dumm. Es ist besser, wenn Sie mit uns reden«, sagte Mia Bolander und rutschte unruhig auf dem Stuhl herum.

Allmählich reißt ihr der Geduldsfaden, dachte Per. Das war nicht zu übersehen und auch nicht zu überhören. Ihr Ton war härter geworden, und sie sprach immer schneller. Vielleicht wäre es besser, wenn Henrik Levin die Vernehmung übernahm? Er machte stets einen ruhigen und vernünftigen Eindruck, und im Gegensatz zu seiner Kollegin wurde er nur an den entscheidenden Stellen laut.

»Okay«, sagte Mia Bolander seufzend. »Der Prozess beginnt in vier Wochen. Wir hoffen einfach, dass Sie bis dahin das Sprechen gelernt haben.«

Plötzlich öffnete Peña den Mund.

»Kontaktieren Sie Jana«, zischte er.

Per zuckte zusammen. Er war völlig unvorbereitet auf die dunkle, raue Stimme des Mannes. Levin und Bolander waren offenbar genauso erstaunt, denn es war völlig still im Vernehmungsraum.

»Wen?«, fragte Mia Bolander schließlich.

»Jana Berzelius«, erklärte Peña und starrte sie an.

»Wer ist Jana Berzelius?«, fragte sie.

Er grinste.

»Ich frage mich, wer von uns beiden sich hier gerade dumm stellt.«

Henrik Levin beugte sich über den Tisch.

»Warum möchten Sie Jana Berzelius treffen?«, fragte er.

»Kontaktieren Sie sie. In meinem Auftrag.«

»Warum?«, wiederholte Levin.

»Ich will sie sehen. Ein bisschen mit ihr reden.«

»Das ist unmöglich. Sie wissen, dass wir das nicht zulassen können.«

»Ich weiß. Aber mit Ihnen rede ich nicht.«

Per verfolgte, wie Peña den Stuhl zurückschob. Plötzlich drehte er sein Gesicht zur Kamera an der Decke, sah ihn direkt an und sagte:

»Alles ist möglich. Nicht wahr, Per Åström?«

Jana Berzelius saß barfuß auf einer Bank. Die Maske klebte an ihrem Gesicht. Sie ähnelte einer Sturmhaube, mit Löchern für die Augen und den Mund, und reichte bis über den Nacken.

Jana betrachtete ihre bandagierten Hände und lauschte auf die Stimmen der etwa zehn Personen, die sich in dem Raum befanden.

Sie selbst sagte kein Wort, da sie auf keinen Fall das Risiko eingehen wollte, ihre Identität preiszugeben. Genau deshalb war sie hier, in diesem illegalen Kampfclub. Hier war Anonymität eine Selbstverständlichkeit. Keines der Mitglieder nannte den eigenen Namen, niemand zeigte sein Gesicht. Sie kannten einander nicht, aber sie hatten alle dasselbe Bedürfnis.

Die Räume gehörten einem Umzugsunternehmen, doch jetzt hatten die Kartons, in Plastikfolie eingewickelten Möbel und Sackkarren vorübergehend einer quadratischen schwarzen Matte Platz gemacht. Wegen des unerwarteten Orts und der ungewohnten Tageszeit konnten Uneingeweihte sich kaum zusammenreimen, was in diesen Wänden geschah.

Jana hob die Hand und zog an der Maske. Sie wollte sich vergewissern, dass der Stoff den Nacken und insbesondere die in die Haut eingeritzten Buchstaben bedeckte. Seit sie neun war, hatte sie sich anhören müssen, dass sie keinem die Narben zeigen durfte. Niemand sollte erfahren, wofür sie standen. Niemand sollte wissen, wer sie oder, besser gesagt, was sie als Kind gewesen war.

Die Glocke ertönte.

Jetzt war sie an der Reihe.

Sie wollte sich gerade erheben, als sie ihren Gegner sah, der mit entschlossenen Schritten quer durch den Raum auf sie zukam. Er war groß, vermutlich Rechtshänder und trug dunkle Shorts und ein dunkles Muskelshirt.

Sie rief sich in Erinnerung, dass die Maske an ihrem Platz saß und dass sie sich keine Sorgen machen musste, dann ballte sie die Hände zu Fäusten.

»Bist du bereit?«, rief der Schiedsrichter.

Sie erhob sich, nickte ihm zu und betrat die Matte.

Sam Witell saß auf dem Sofa im Wohnzimmer mit dem Fußball hinter dem Rücken. Durch die riesigen Fenster waren das funkelnde Wasser des Ensjön, die marineblauen Gartenmöbel und der Schwarm von Kriebelmücken zu sehen, der über dem Rasen tänzelte.

»Okay, bist du bereit?«, fragte er und lächelte Jonathan an, der sich bemühte, neben ihm still zu sitzen.

»Ja«, sagte Jonathan erwartungsvoll.

»Ich glaube nicht. Darf ich dich mal ansehen?«

Sam blickte ihm in die kornblumenblauen Augen. Auf dem weißen T-Shirt waren viele kleine Flecken, und die

Jeans hatten große Löcher an den Knien. Doch Jonathan bestand trotzdem darauf, immer diese Hose zu tragen.

»Ach, nein«, neckte Sam den Jungen. »Ich glaube nicht, dass du ein Geschenk von mir willst.«

»Papa, jetzt hör auf!«

Sam blickte auf, als er ein schweres Seufzen aus dem Flur hörte. Die Tür zur Toilette stand einen Spalt weit geöffnet, und ein schwaches Licht war auf dem Boden zu sehen. Felicia würde bald zu ihnen hereinkommen. Er wusste es. Er kannte ihre Gewohnheiten. Schon lange hatte er versucht, sich mit ihnen zu arrangieren, damit alles gut werden würde.

Das Sofa bebte, als Jonathan immer näher heranrückte, um zu sehen, was er hinter dem Rücken versteckte.

»Hör auf, nicht schauen!«

Sam versetzte ihm einen leichten Stups, und Jonathan fiel lachend hintenüber.

»Bitte, Papa, gib mir einfach den Fußball.«

»Wie kannst du wissen, dass ich dir einen Fußball gekauft habe?«

»Ich habe es doch gesehen, als du nach Hause gekommen bist. Er lag in der Tüte.«

»Okay, okay. Bist du jetzt bereit?«

»Ja!«

Sam lächelte, als er den rotgemusterten Ball aus der Tüte nahm.

»Tada!«

»Wow! Der ist total cool. Danke, Papa!«, sagte Jonathan und umarmte ihn fest. »Du bist der Beste auf der ganzen Welt.«

Irgendetwas schepperte in der Toilette, und nach einer Weile kam Felicia in Jogginghose und grauer Strickjacke heraus. Mit müden Bewegungen trat sie auf sie zu. Ihr

Gesicht war blass und die Lippen trocken, und sie hatte dunkle Augenringe.

Sam zögerte, doch dann beugte er sich zu Jonathan und flüsterte: »Sag auch Danke schön zu Mama.«

Jonathan betrachtete Felicia, die an der Türöffnung stehen geblieben war. Sie fing seinen Blick auf und wich ihm dann aus. Als wäre es ihr nicht möglich, ihn länger anzusehen.

»Tu das bitte«, sagte Sam.

»Okay.«

Jonathan schluckte und stand vom Sofa auf.

In Sams Magen kribbelte es vor Angst, als Jonathan seine dünnen Arme um sie legte.

»Danke für den Fußball, Mama.«

Felicia erwiderte die Umarmung nicht, verzog keine Miene, sah Jonathan nicht einmal an, als er sie losließ.

Stattdessen hüllte sie sich enger in die Strickjacke.

»Jonathan?«, sagte Sam. »Komm, setz dich wieder zu mir.«

Der Junge nickte und kam zurück, sah vollkommen resigniert aus, als er den Fußball hochhob und ihn in den Händen wog.

»Spielen wir?«, fragte er und sah Sam bittend an. »Du kannst Elfmeterschießen mit mir üben, und ich versuche zu halten …«

»Es ist gleich sechs«, unterbrach Felicia sie mit ihrer monotonen Stimme. »Wir müssen essen.«

»Schon?«, fragte Sam.

»Es ist sechs«, wiederholte sie und verließ das Zimmer.

»Soll ich dir beim Kochen helfen?«, rief er, obwohl er wusste, dass die Frage sinnlos war.

Mia Bolander drückte rasch die Tür auf und ging zusammen mit Henrik aus dem Vernehmungsraum. Für heute hatte sie genug von der Arbeit. Stattdessen würde sie schnell nach Hause gehen, um sich fürs Abendessen mit Gustaf Silverschöld umzuziehen, ihrem neuen, reichen Freund.

Im Flur entdeckte sie Per Åström. In seinem Anzug sah er verdammt gut aus, das musste sie zugeben, obwohl er für ihren Geschmack ein bisschen zu groß und ein bisschen zu ehrgeizig war. Er war nicht nur ein erfolgreicher Staatsanwalt, sondern spielte auch Tennis und hatte gerade an der Vätternrundan teilgenommen, was offenbar das größte Amateurradrennen der Welt war. Dreihundert Kilometer auf dem Sattel, mitten in der Nacht. Wer so etwas machte, musste wirklich eine Schraube locker haben. Oder besser gesagt zwei, weil er anscheinend was mit seiner Kollegin Jana Berzelius am Laufen hatte, dieser arroganten Karriereschlampe.

»Dann hätten wir diese Vernehmung hinter uns«, sagte Per Åström, als sie auf ihn zukamen.

»Ich weiß nicht, ob ich das als Vernehmung bezeichnen würde«, erwiderte Mia genervt. »Danilo Peña hat ja nur gesagt, dass er mit Jana Berzelius sprechen will, sonst nichts. Warum nur?«

»Keine Ahnung«, sagte Henrik. »Aber er scheint die Spielregeln vorgeben zu wollen.«

»Was sollte er denn sonst tun?«, meinte eine Stimme hinter ihnen.

Sie drehten sich um und sahen Rechtsanwalt Peter Ramstedt auf sie zukommen.

»Vielleicht sollte Ihr Mandant stattdessen unsere Fragen beantworten?«, schlug Mia vor.

»Warum? Vielleicht belasten ihn Ihre Fragen ja psychisch«, entgegnete Ramstedt.

»Der Arme, er tut mir aufrichtig leid«, bemerkte Mia beißend.

»Insbesondere da er mit dem, dessen Sie ihn anklagen, nicht das Geringste zu tun hat«, konterte Ramstedt.

»Das behaupten Sie.«

»In der Tat«, sagte der Rechtsanwalt, »und ich freue mich wirklich auf den Prozess. Es wird mir ein Vergnügen sein, Ihnen dort zu begegnen, Åström«, fuhr er an den Staatsanwalt gewandt fort. »Oder werden Sie sich dann wieder in einem Nebenraum verschanzen? Das wäre vielleicht das Beste. Es besteht nämlich das Risiko, dass Ihre Verurteilungsrate sinkt, und es wird ganz schön peinlich für Sie sein, wenn mein Mandant freigesprochen wird. Wie war das noch, Ihre Rate liegt bei neunzig Prozent?«

»Es sind neunundneunzig Prozent. Informieren Sie sich bitte ordentlich«, erwiderte Åström. »Und Sie wissen sehr wohl, dass ich gut vorbereitet bin. Es steht außer Zweifel, dass Danilo Peña schuldig ist.«

»Sie denken also, dass Sie gewinnen werden?«, fragte der Rechtsanwalt.

»Es geht nicht um Gewinn oder Verlust – es geht darum, dass die Wahrheit ans Licht kommt.«

Der Verteidiger grinste. »Wie viele Jahre sind Sie schon Staatsanwalt? Zehn?«

»Das stimmt.«

»Es tut mir aufrichtig leid«, sagte er und nickte seinem Gegenüber zu, ehe er sich umdrehte und davonging.

»Immer so bescheiden und freundlich, dieser Ramstedt«, murmelte Åström.

»Genauso bescheiden und freundlich wie Peña«, sagte Mia.

»Und wie werden Sie weiter vorgehen?«, erkundigte sich Henrik und sah den Staatsanwalt an.

»Inwiefern?«

»Werden Sie ein Treffen zwischen Jana Berzelius und Danilo Peña zulassen?«

»Nein«, antwortete Åström. »Natürlich nicht. Aber ich frage mich, warum er sich ausgerechnet mit ihr treffen möchte. Haben Sie eine Idee?«

»Nein«, sagte Mia.

»Ich auch nicht«, meinte Åström. »Aber ich werde es herausfinden.«

Der Gegner näherte sich mit erhobenen Fäusten. Jana Berzelius sah, wie er Anlauf nahm und sich duckte. Er schlug nach rechts und links, die Fäuste fegten durch die Luft, immer wieder an ihrem Gesicht vorbei. Er tänzelte vor und zurück und blieb in ständiger Bewegung auf der schwarzen Matte.

»Du willst mich verletzen, das sehe ich«, sagte er. »Glaubst du, dass du das kannst?«

Sie nickte knapp.

»Dann los!«

Er bewegte sich noch wilder. Es ist an der Zeit, dachte sie und ging direkt auf ihn zu, parierte seinen Schlag mit der Schulter und schlug ihm dann mit der Faust aufs Kinn.

Er sah erstaunt aus, hatte sich aber bald wieder gefasst und konterte mit einem brutalen und für sie überraschenden Rückhandschlag in ihren Bauch.

Jana hielt inne, verspürte aber keinen Schmerz, noch nicht. Dann ging alles sehr schnell. Mit voller Kraft stieß sie den Ellbogen in sein Gesicht, rasch und hart. Eine Bewegung, die sie instinktiv ausführen konnte.

Sein Kopf zuckte nach hinten.

Dann sank er auf die Knie und hielt seine bandagierten Hände unter die Nase.

»Scheiße!«, heulte er, als er das Blut auf den Boxbandagen sah.

Jana wurde bewusst, dass sie viel zu fest zugeschlagen hatte, und sie streckte ihm die Hand hin, aber er stieß sie zur Seite. Blut lief ihm über die Lippen, er hustete und spuckte.

Die Nase war gebrochen.

Sie hätte weitergemacht, aber ihr war klar, dass der Kampf vorbei war.

Also wandte sie ihm den Rücken zu, entspannte sich und wollte gerade die Bandagen lösen, als sie ein Brüllen hinter sich hörte. Sie konnte den Angriff nicht parieren, wurde vornüber geworfen und schlug mit dem Gesicht auf den Boden. Der Gegner war über ihr, prügelte mit rasender Wut auf sie ein, immer wieder. Sie wand sich, um ihn von ihrem Rücken abzuschütteln. Plötzlich spürte sie, wie die Maske am Nacken hochrutschte.

»Was ist denn das, verdammt«, hörte sie ihn sagen.

Panisch versuchte sie die Hand zu heben, um die Maske zurechtzuziehen, doch im nächsten Moment war ihr klar, dass es zu spät war. Der Gegner hatte die eingeritzten Buchstaben bereits gesehen.

Nein!, schrie sie im Stillen und wurde von einem fürchterlichen Zorn erfüllt.

Sie zog den Stoff wieder über den Nacken und bearbeitete den Oberschenkel ihres Gegners so heftig mit dem Ellbogen, dass er zu Boden ging. Es gelang ihr, sich zu befreien, und sie zwang ihn auf den Rücken, setzte sich rittlings auf ihn und schlug auf ihn ein, bis sein ganzer Körper bebte.

Sie hörte nicht die Rufe um sich herum, sie ignorierte den erschrockenen Blick ihres Gegners. Sie schlug einfach nur drauflos, ohne Hemmungen, damit er vergaß, was er gesehen hatte.

Irgendwann spürte sie, wie Hände nach ihren Armen griffen und an ihr zogen. Am Ende begriff sie, dass Widerstand zwecklos war, und ließ sich wegtragen, weg von ihrem Gegner.

»Was machst du da?«, schrie sie der Schiedsrichter an.

Sie antwortete nicht, sondern beobachtete die anderen, die sich um ihren Gegner versammelt hatten, der zusammengekrümmt dalag.

»Hast du sie nicht mehr alle? Du hättest ihn umbringen können!«

Jana stand auf, wandte ihnen den Rücken zu und verließ die Matte. Der Schiedsrichter rief ihr zu, sie solle zurückkommen, aber sie nahm nur ihre Tasche und verließ das Gebäude.

2

Die drei Gläser klirrten, als Sam Witell sie auf die glänzende weiße Tischplatte im Esszimmer stellte. Dann warf er einen Blick in die Küche, wo Felicia vor dem Kühlschrank stand.

Er drehte sich zu Jonathan um, der auf einem Stuhl saß und mit einer Serviette kämpfte.

»Wie läuft es?«, fragte er.

»Es geht nicht«, sagte der Junge. »Ich kann keinen Fächer falten!«

»Doch«, sagte Sam. »Probier es noch mal.«

»Kann ich nicht stattdessen Minecraft spielen?«

»Ich helfe dir.«

Sam setzte sich neben Jonathan, zeigte ihm, wie er es machen musste, aber faltete auch falsch, und beide begannen zu lachen.

»Was ist denn so witzig?«

Felicia war ins Esszimmer gekommen, ihre Stimme klang heiser und müde.

»Dass die Serviette nicht wie ein Fächer, sondern wie eine Kackwurst aussieht«, erklärte Sam, was Jonathan erneut zum Lachen brachte.

Sie blinzelte, aber mehr nicht.

»Wir haben keine Sahne mehr«, sagte sie. »Ich kann kein Geschnetzeltes ohne Sahne machen.«

»Schade, dass ich das auf dem Heimweg von der Arbeit

nicht gewusst habe. Könnten wir stattdessen Milch nehmen? Oder was anderes kochen?«

Felicia seufzte tief und bebend.

»Okay«, sagte Sam. »Ich fahre los.«

»Darf ich mitkommen?«, fragte Jonathan, als Felicia aus dem Zimmer gegangen war.

»Nein«, sagte Sam und strich dem Jungen zärtlich das blonde Haar aus dem Gesicht.

»Warum denn nicht?«, fragte Jonathan enttäuscht.

»Weil es besser ist, wenn du die Servietten faltest, solange ich weg bin.«

»Warum soll ich sie eigentlich falten?«

»Um Mama eine Freude zu machen.«

»Aber Mama freut sich ja nie!«, rief Jonathan und warf die Servietten auf den Tisch.

Sam hob das Kinn des Kleinen. »Sag das nicht.« Die Angst erwachte in ihm, als er den traurigen Blick des Jungen sah.

»Aber es stimmt doch«, beharrte Jonathan und blinzelte, als wollte er die Tränen vertreiben.

»Mama freut sich«, entgegnete Sam mit einem kleinen Lächeln und schob dem Jungen die Serviette hin. »Sie zeigt es nur nicht so oft. Mama hat am liebsten ihre Ruhe. Das weißt du doch, das habe ich dir schon oft gesagt.«

»Ist das der Grund, warum sie nicht so gern kuschelt?«

»Soll ich dich in den Arm nehmen? Komm her, mein kleiner Racker, dann umarme ich dich ganz doll.«

Sam drückte den kleinen Körper eng an sich.

»Hilfe!«, rief Jonathan lachend.

»Selber schuld«, sagte Sam und nahm ihn noch fester in den Arm, ehe er ihn losließ. »Und jetzt falte die Servietten fertig, ich bin gleich wieder zurück.«

Henrik Levin fiel es schwer, nicht mehr an Danilo Peña zu denken. Trotz Bewachung war es dem Mann gelungen, aus dem Vrinnevi-Krankenhaus zu fliehen. Erinnerungsfetzen zogen vor seinem inneren Auge vorbei. Er dachte an die Krankenschwester und den Pfleger, die überfallen worden waren, an den zusammengeschlagenen Wachmann und an die blutigen Fingerabdrücke an den Türen.

Sie hatten überall nach ihm gesucht, aber ohne Erfolg. Peña war untergetaucht, hatte sich irgendwo versteckt, ehe er die Fähre nach Danzig betreten hatte. Henrik war sich fast sicher, dass sie niemals erfahren würden, wo genau. Aber es war nicht wichtig, nicht mehr. Wichtig war jetzt nur, dass sie ihn gefasst hatten und er bald vor Gericht stehen würde.

Henrik griff nach dem Treppengeländer und legte die letzten Schritte in den dritten Stock des Polizeigebäudes zurück. Wenig später stand er an der Tür zum Büro des Ermittlungsleiters Gunnar Öhrn. Der Kriminalhauptkommissar stand mit dem Rücken zu ihm am Fenster und telefonierte. Lautlos betrat Henrik den Raum und betrachtete Gunnars verschwitztes Hemd und den faltigen Nacken.

»Aber du kannst doch nicht einfach voraussetzen, dass ich … Doch, ich weiß, dass Anwesenheitspflicht ist, aber … Nein, das habe ich nicht gesagt, du musst mal … Hallo? Verdammt!«

»Probleme?«, fragte Henrik, als Gunnar sich umdrehte.

»Ich habe gerade einen Elternabend aufgedrückt bekommen. Offenbar will der Fußballverein die Punktspiele von Adams Mannschaft durchsprechen, aber das eigentliche Problem ist nicht der Elternabend, sondern dass ich eben erst davon erfahren habe – eine halbe Stunde vor Beginn.«

Gunnar fuhr sich durchs graue Haar.

»Was auch immer du tust, Henrik«, sagte er, »trenn dich nicht von deiner Frau. Versprichst du mir das?«

Henrik nickte.

Die Trennung von Anneli Lindgren hatte Gunnar ziemlich mitgenommen. Obwohl er inzwischen mit Britt Dyberg zusammenlebte, wirkte er nicht ganz glücklich. Beide Frauen arbeiteten im selben Haus wie Gunnar, Anneli als Kriminaltechnikerin und Britt als Informationskoordinatorin, und Henrik dachte im Stillen, dass dies das eigentliche Problem war.

»Wo steckt Mia?«, fragte Gunnar und legte sein Handy auf den Schreibtisch.

»Sie musste nach Hause, ich glaube, sie wollte mit jemandem zum Abendessen ausgehen.«

»Aha. Na, dann lass mal hören, was du über Peña zu berichten hast.«

»Nicht viel Neues, außer dass er Jana Berzelius sehen will.«

»Hat er das gesagt? Dass er sie sehen will?«

»Ja.«

»Aber in diesem Fall führt doch Per Åström den Prozess, oder etwa nicht?«, fragte Gunnar.

»Genau«, sagte Henrik, »und wie du weißt, wurde Danilo Peña als besonders gefährlich eingestuft. Deshalb gilt die höchste Sicherheitsstufe. Åström entscheidet, mit wem Peña reden darf und mit wem nicht.«

»Aber warum will er Jana Berzelius treffen?«

»Er hat keinen Grund genannt.«

»Seltsam.«

Gunnar hatte recht, dachte Henrik. Es war wirklich seltsam, dass Peña ausgerechnet Jana Berzelius sehen wollte. Henrik und die anderen im Team hatten in mehreren komplizierten Fällen mit ihr zusammengearbeitet, und sie war eine sehr fähige Staatsanwältin, aber das erklärte kaum, warum Peña gerade mit ihr reden wollte.

»Und was sagt Åström dazu?«, fragte Gunnar. »Hat er irgendeine Erklärung, warum Peña darauf besteht, Jana Berzelius zu sehen?«

»Nein, aber er wollte es herausfinden.«

»Gut, dann schließen wir das Thema für heute ab. Fahr jetzt nach Hause zu deiner Familie.«

»Das mache ich«, sagte Henrik. »Ich freue mich auf heute Abend.«

»Ach ja? Was habt ihr denn vor?«

»Nichts. Und genau darauf freue ich mich.«

Jana Berzelius schloss die Wohnungstür hinter sich und genoss die Stille, die sie empfing. Sie ging ins Schlafzimmer, stellte die Sporttasche an ihren Platz im begehbaren Kleiderschrank und duschte anschließend. Nachdem sie eine langärmlige Bluse und eine schwarze Hose angezogen hatte, setzte sie sich an den aufgeräumten und blitzblanken Schreibtisch in ihrem Arbeitszimmer.

Während sie aus dem Fenster sah, ging sie in Gedanken den Boxkampf noch einmal durch. Sie dachte an ihren Gegner und daran, dass er ihren Nacken gesehen hatte.

Langsam strich sie mit den Fingern über die ungleichmäßige Haut unter dem feuchten Haar und spürte die drei Buchstaben, die sie immer daran erinnern würden, wer sie eigentlich war.

KER.

Die Göttin des Todes.

Als Kind hatte sie sich zusammen mit ihren Eltern und mehreren anderen Familien in einem Container versteckt.

Sie waren auf dem Weg über den Atlantik gewesen, nach Schweden, wo sie sich ein neues, besseres Leben erträumten. Doch als das Schiff ankam und der Container geöffnet wurde, verwandelte sich der Traum in einen Albtraum. Draußen standen drei Männer mit Schusswaffen in der Hand und wählten einige der Kinder aus. Sie wurde nach draußen ins Licht geschleppt, weg von ihren Eltern. Es war das letzte Mal, dass Jana sie zu Gesicht bekam.

Die Männer hatten ihre Waffen direkt in den Container gerichtet. Nie würde sie das Knallen der Schüsse vergessen. Anschließend war der Container mit den Leichen auf dem Meeresgrund versenkt worden.

Sie selbst war in einen Lieferwagen geschubst worden. Dort hatte sie dicht an dicht mit den anderen sechs Kindern gesessen und ihrem Weinen gelauscht.

Sie waren zu einer Insel gebracht und zu Kindersoldaten ausgebildet worden. Zu Killern, deren einzige Aufgabe das Töten gewesen war.

Und sie hatten neue Namen bekommen. Namen, die in ihre Haut eingeritzt worden waren, um sie daran zu erinnern, wer sie von da an waren und für immer sein würden.

Jana hatte schon erwogen, die Narben in ihrem Nacken entfernen zu lassen, aber das würde nicht die Gewalt beseitigen, die sie in sich trug, und sie hatte gelernt, die Buchstaben ständig zu bedecken.

Es gab nur zwei Menschen, die von der Hautritzung wussten. Der eine war ihr Adoptivvater, Karl Berzelius. Allerdings bezweifelte sie, dass er wirklich noch eine Bedrohung für sie darstellte. Sein Name und sein Renommee als ehemaliger Reichsstaatsanwalt stünden auf dem Spiel, ganz zu schweigen von der Gefängnisstrafe, die ihm drohte, wenn die Wahrheit ans Tageslicht käme. Jana und die anderen Kinder waren zu Kindersoldaten ausgebildet worden, um illegale Machenschaften zu schützen, an deren Spitze Karl Berzelius selbst gestanden hatte.

Der andere, der davon wusste, war Danilo Peña. Er stellte noch immer eine Bedrohung für sie dar, denn auch in seinem Nacken stand ein Name: Hades. Der Gott des Todes.

Sie waren zur selben Insel gebracht worden, hatten Seite an Seite trainiert, und sie waren beinahe so etwas wie Geschwister geworden. Zusammen hatten sie beschlossen zu fliehen, doch sie hatten sich auf der Flucht aus den Augen verloren. Jana war einem Unfall zum Opfer gefallen, und als sie im Krankenhaus aufwachte, hatte sie keine Ahnung, wer sie war oder woher sie kam. Doch in ihren Träumen drängten die Erinnerungsbilder allmählich empor. Später hatte sie ihren Adoptiveltern, Karl und Margaretha Berzelius, von ihren Erlebnissen erzählt, von ihren entsetzlich realistischen Albträumen.

Karl war der Einzige, der wusste, dass ihre Träume auf tatsächlichen Erlebnissen beruhten, aber um sich selbst und seine kriminellen Machenschaften zu schützen, hatte er ihr befohlen, nie wieder davon zu sprechen.

Daher hatte sie begonnen, alles niederzuschreiben.

Im Lauf der Jahre hatte sie ein Tagebuch nach dem anderen gefüllt. Sie hatte versucht zu begreifen, wer sie gewesen war, bevor sie adoptiert wurde, doch sie war zu keinem Ergebnis gekommen. Erst im Erwachsenenalter war es ihr gelungen, Danilo aufzuspüren. Er hatte ihr mehr Antworten gegeben, als sie eigentlich hören wollte. Er wusste auch, wofür die Namen in ihrem Nacken standen.

Doch sie wollte nichts mehr von ihm wissen. Sie teilten dieselbe blutige Vergangenheit, mehr nicht, und sie war bereit, alles zu tun, damit diese Vergangenheit im Verborgenen blieb.

Das Wissen, dass es jetzt einen fremden Mann gab, der die Buchstaben gesehen hatte, nagte an ihr. Niemand durfte sie sehen. Niemand! Sie hatte kämpfen und der Gewalt, die sie in sich trug, freien Lauf lassen wollen, aber jetzt war ihr klar, dass es ein großer Fehler gewesen war, in diesen illegalen Kampfclub zu gehen.

Zwar hatte ihr Gegner keine Ahnung, wer sie war, und vielleicht würde er auch niemals herausfinden wollen, was die Buchstaben in ihrem Nacken bedeuteten. Aber sicher konnte sie sich nicht sein. Konnte sie mit der Ungewissheit leben?

Ihre Gedanken wurden von eifrigem Klopfen unterbrochen.

Sie verließ ihr Arbeitszimmer, ging zur Wohnungstür, warf einen Blick durch den Spion und lächelte.

Nur ein Kunde stand vor ihm im ICA-Supermarkt. Sam Witell legte die Kochsahne aufs Band, zog seine Kreditkarte aus der Hosentasche und wartete, bis er an der Reihe war. Als sein Handy klingelte, antwortete er sofort.

»Hallo, Papa«, sagte Jonathan.

»Hallo, mein Schatz«, antwortete Sam und nickte der Kassiererin zu.

»Papa?«

»Ja?«

»Was machst du gerade?«

»Ich kaufe Sahne ein.«

»Noch immer?«

»Ich bin bald zurück. Was machst du?«

»Ich spiele ein Videospiel. Aber … oh nein!«

»Wolltest du nicht Servietten falten?«, fragte Sam und schob die Kreditkarte in den Kartenleser.

»Ich bin schon fertig«, antwortete Jonathan.

»Also bist du nach oben ins Fernsehzimmer gegangen?«

»Ja.«

»Und was macht Mama?«

»Weiß nicht. Jetzt stirb schon, du Scheißzombie!«

»Okay«, sagte Sam, »ich muss jetzt auflegen, damit ich mich aufs Bezahlen konzentrieren kann.«

»Ich dachte, du wärst schon zu Hause.«

»Wie kommst du darauf?«

»Weil ich ein Auto gehört habe.«

»Ach, wirklich?«

Sam runzelte die Stirn. Vielleicht hatte sich jemand verfahren und wollte in ihrer Einfahrt wenden.

Aber dann hörte er durchs Telefon die Türklingel.

»Es läutet an der Tür, Jonathan«, sagte Sam, während er den PIN-Code seiner Kreditkarte eintippte.

»Ja … Los, jetzt stirb einfach!«

Jonathan war von seinem Spiel vollkommen absorbiert.

»Gehst du nicht zur Tür und öffnest?«, fragte Sam. Er nahm den Kassenzettel in Empfang und verließ den Kassenbereich mit der Sahne in der Hand.

»Nein. Das macht Mama.«

»Hör mal zu, du kleiner Faulpelz.«

»Was ist denn? Ich spiele doch.«

Sam zuckte zusammen, als ein lauter, aber gedämpfter Schrei zu hören war. Er sah sich verwirrt um und suchte mit dem Blick das Geschäft ab, ehe er begriff, dass das Geräusch aus dem Telefon kam.

»Was ist da los, Jonathan?«, fragte er. »Hallo? Jonathan? Was ist los?«

»Papa …« Die Stimme des Jungen zitterte. »Papa, da ist jemand in unserem Haus.«

»Wie bitte?« Sam gefror das Blut in den Adern. »Wer denn?«

»Mama ist …«

»Was ist mit Mama?«, fragte Sam und ging schnell zum Parkplatz. »Jonathan?«

»Mama?«, hörte er Jonathan rufen.

Die Stimme des Jungen zitterte noch mehr.

»Sie antwortet nicht«, sagte Jonathan. »Sie liegt einfach nur auf dem Fußboden.«

»Sie liegt auf dem Fußboden? Wo denn?«

»In der Diele. Er hat sie geschlagen.«

»Was sagst du?«, rief Sam. »Jemand hat Mama geschlagen? Wer denn? Wer war das?«

Er riss die Autotür auf und warf die Sahnepackung auf den Beifahrersitz.

»Ich weiß es nicht. Ich trau mich nicht runterzugehen. Ich habe nur gesehen, dass er da war, und er hat irgendwas gerufen …«

»Was hat er gerufen?«

»Ich weiß es nicht, ich glaube, es war ein Name.«

Sam hantierte hektisch mit den Autoschlüsseln herum, um den Wagen möglichst schnell anzulassen.

»Wo bist du jetzt?«, fragte er.

Jonathans Stimme wurde vom Motorengeräusch übertönt.

»Sag, wo du gerade bist«, wiederholte Sam. »Sag schon!«

»An der Treppe. Ich glaube nicht, dass er mich gesehen hat. Mama!«, rief Jonathan.

»Nicht rufen, sei einfach still, okay?«

»Okay …«

»Ich will, dass du in dein Zimmer gehst. Tust du das bitte?«

»Ich sehe ihn. Er kommt, Papa! Er kommt!«

Panik stieg in Sam auf.

»Du musst mir jetzt gut zuhören, Jonathan. Geh in dein Zimmer und schließ dich ein.«

Durchs Telefon waren rasche Atemzüge zu hören.

»Bist du unterwegs in dein Zimmer?«, fragte Sam, als er mit quietschenden Reifen auf die Straße bog. »Du musst dich beeilen. Jonathan? Hörst du, was ich sage?«

»Warte.«

»Was tust du denn jetzt? Geh in dein Zimmer!«

»Ich trau mich aber nicht. Stell dir vor, er …«

»Du kannst nicht stehen bleiben. Du musst in dein Zimmer gehen. Ich bin am Telefon bei dir, aber beeil dich!«

Sam hörte ein quietschendes Geräusch. Offenbar hatte Jonathan die Kinderzimmertür geöffnet.

»Papa, ich kann nicht …«

»Bist du in deinem Zimmer?«

»Ja, aber ich kann die Tür nicht zumachen. Das Schwert ist hängen geblieben, und ich kann nicht …«

»Du musst die Tür abschließen! Hörst du, was ich sage? Schließ die Tür ab!«

»Das versuch ich doch gerade!«, schluchzte Jonathan.

Plötzlich kam Sam ein Wohnmobil entgegen, und er musste auf den Seitenstreifen ausweichen. Das Auto schlingerte, und er hielt das Steuer krampfhaft umklammert, um nicht im Straßengraben zu landen.

»Mach Platz!«, brüllte er dem Wohnmobilfahrer zu und schaltete herunter, gab dann wieder Gas und fuhr in hohem Tempo weiter in Richtung Åselstad.

»Hast du die Tür abgeschlossen?«, fragte er Jonathan.

»Es geht nicht!«

33

Sein Herz raste, es hatte noch nie so heftig geschlagen wie jetzt. Sam wusste nicht, was er tun sollte. Die Polizei anrufen? Nein, er hatte Jonathan doch versprochen, am Telefon zu bleiben.

»Jonathan, du musst dich verstecken.«

Er hörte einen dumpfen Knall und dann ein schleifendes Geräusch.

»Jonathan? Hörst du mich? Jonathan!«

»Ich liege unter dem Bett«, flüsterte der Junge.

»Gut, dann bleib so ruhig liegen, wie du nur kannst. Verstehst du? Ganz ruhig.«

»Ich habe Angst.«

»Ich weiß, aber ich bin auf dem Weg. Ich komme bald. Bleib einfach ruhig liegen.«

Sams Hand zitterte so stark, dass er fürchtete, das Mobiltelefon könne ihm entgleiten. Für einen Moment war nur das schnurrende Geräusch des Motors zu vernehmen. Auf einmal hörte Sam ein Quietschen aus dem Handy, und er begriff, dass die Tür zu Jonathans Zimmer soeben langsam geöffnet worden war.

Jana Berzelius betrachtete Per. Er hatte eine weiße Papiertüte in der Hand und war untadelig gekleidet, mit hellgrauem Anzug, weißem Hemd und glänzenden schwarzen Schuhen.

»Ich habe Sushi mitgebracht«, sagte er und hielt das Essen vor ihr in die Höhe. »Zur Feier des Tages.«

»Komm rein.«

Jana schloss die Tür hinter ihm, während er sich die Schuhe auszog und in die Küche ging.

Es war für sie noch immer ungewohnt, ihn in ihrer Wohnung zu haben. Sie hatte immer allein gelebt, war immer allein gewesen, und außer Per hatte sie nie jemanden zu sich nach Hause eingeladen.

Als sie ihn kennenlernte, hatte sie gerade ihr neues Büro in der Staatsanwaltschaft betreten. Ihr Chef Torsten Granath hatte sie einander vorgestellt, und Per, der schon mehrere Jahre dort arbeitete, versuchte sofort ein Gespräch über alles zu beginnen, was nicht zur Arbeit gehörte. Sie hatte ihm erklärt, dass sie Smalltalk nicht leiden könne, aber er hatte sie nur auf seine furchtbar kindische Art angegrinst, und von diesem Tag an war zwischen ihnen allmählich eine Freundschaft gewachsen.

Sie öffnete ihre schwarze Aktentasche, zog eine kleine Schachtel heraus, die in goldfarbenes Papier eingepackt war, und hielt sie unnötig fest in der Hand, während sie ebenfalls in die Küche ging. Sie wusste nicht, wie Per reagieren würde.

Eine angenehme Wärme breitete sich in ihr aus, als sie sah, dass er schon zwei Teller auf den Tisch gestellt hatte.

»Danke für die Blumen«, sagte er, während er eine Box mit Lachs-Sushi aus der Tüte nahm.

»Was für Blumen denn?«, fragte sie.

»Die ich im Büro bekommen habe«, sagte er und verteilte die Röllchen auf die Teller. »So einen großen Strauß habe ich noch nie gesehen.«

»Ich war aber nicht daran beteiligt.«

»Nicht?« Er hielt inne, sah enttäuscht aus. »Ich dachte, der wäre von allen in der Behörde.«

»Ich wollte dir lieber das hier geben«, sagte sie und hielt ihm die kleine Schachtel hin.

»Ein Geschenk?«, fragte er erstaunt. »Für mich?«

»Ja.« Sie sah ihm in die verschiedenfarbigen Augen, von denen das eine blau und das andere braun meliert war.

»Es ist das erste Mal, dass du …«

35

»Nimm schon«, unterbrach sie ihn.

Per nahm die Schachtel in Empfang und hielt sie so vorsichtig, als enthielte sie Glas.

»Worauf wartest du noch? Los, pack aus.«

Er lächelte und riss sofort das Papier auf. Dann blickte er eine ganze Weile in die Schachtel und betrachtete die Manschettenknöpfe, die darin lagen.

»Danke«, sagte er und erwiderte ihren Blick.

Eine angespannte Stimmung breitete sich in der Küche aus. Er hatte seltsam reagiert, fand sie. Seine Wangen waren rot geworden, und seine Augen glänzten.

»Ich wollte dir nur gratulieren«, sagte sie und wandte sich ab. »Das war alles.«

»Stimmst du mir zu, dass zehn Jahre im Staatsdienst gut klingt?«, konterte er und stellte die Schachtel mitten auf den Tisch. »Bald bist du auch dort angekommen.«

Sie nickte und setzte sich. Ihre Karriere war vorherbestimmt gewesen. Ihr Adoptivvater hatte ihr schon früh klargemacht, dass sie in seine Fußstapfen treten sollte.

Jana sah, dass Per zwei Weingläser holte.

»Ich kann keinen Wein trinken«, sagte sie.

»Aber wir feiern doch. Nur einen kleinen Schluck?«

»Wenn überhaupt, dann nur ein kleines bisschen. Oscar Nordvall, der Neuzugang unserer Behörde, hat heute das erste Mal Bereitschaftsdienst, und ich habe ihm versprochen, jederzeit erreichbar zu sein, falls etwas sein sollte.«

»Oscar macht einen vielversprechenden Eindruck auf mich. Wo finde ich einen Korkenzieher?«

Sie deutete mit dem Kopf auf eine Schublade. Es knallte, als Per den Korken aus der Weinflasche zog.

»So«, sagte er, als er sich hinsetzte. »Dann Prost. Auf zehn Jahre im Staatsdienst.«

Sie hob das beschlagene Weinglas und sah ihm wieder in die Augen. Das Glänzen von vorhin war verschwunden.

»Auf zehn Jahre im Staatsdienst«, wiederholte sie und nippte an dem Wein.

Per stellte langsam das Glas auf den Tisch, ohne sie aus den Augen zu lassen.

»Was ist?«, fragte sie.

»Heute war die Vernehmung von Danilo Peña.«

»Was hat er gesagt?«, fragte sie und versuchte ungerührt zu wirken.

»Er hat sich entschieden zu schweigen. Er will weder etwas gestehen noch seine Unschuld behaupten, und ich frage mich, ob er während der Hauptverhandlung dieselbe Strategie einsetzen wird.«

»Und was denkst du angesichts der Hauptverhandlung?«

»Nicht so viel – nur dass es einer meiner wichtigsten Prozesse überhaupt ist.«

»Das klingt beinahe so, als würdest du das Prestige höher setzen als die Forderung nach Objektivität«, sagte sie und runzelte die Stirn.

»Ich habe bei Schuldfragen noch nie Stellung bezogen, warum sollte ich das jetzt tun?«

Sie fing seinen Blick auf.

»Das heißt, du würdest es mit Gleichmut aufnehmen, wenn die Beweise nicht für eine Verurteilung reichen würden?«

»Natürlich«, sagte er. »Aber bei der momentanen Beweislage gehe ich davon aus, dass die Voraussetzungen für eine Verurteilung gegeben sind. Das ist keine Bewertung, sondern lediglich eine Tatsache. Und auch dass Danilo Peña extrem gewalttätig ist, stellt eine Tatsache dar.«

»Davon habe ich auch schon gehört.«

»Gehört, oder weißt du es?«

»Was meinst du?«, fragte sie.

Per begann mit den Essstäbchen auf dem Teller zu spielen. Sie beobachtete ihn und spürte, dass er sich einer Sache näherte, über die sie nicht sprechen wollte.

»Er hat heute nach dir gefragt«, sagte Per nach einer Weile.

Sie erstarrte.

»Er hat nach mir gefragt?«

»Er wollte dich sehen. Warum?«

»Keine Ahnung.«

»Warum fragt er dann nach dir?«, fuhr Per fort. »Es muss doch einen Grund geben.«

»Spielt das irgendeine Rolle?«

»Ich finde schon.«

»Das finde ich nicht«, antwortete sie und wich seinem Blick aus.

Das Auto donnerte über den groben Asphalt. Nach der Kurve beschleunigte Sam Witell und sah schon bald sein weißes Haus vor sich.

Er bremste abrupt, warf sich aus dem Wagen, lief so schnell er konnte auf das Haus zu und verkniff sich, laut Jonathans Namen zu rufen.

Der Schweiß lief ihm den Rücken herab, als er die Tür öffnete.

Er machte einen Schritt in die große Diele und sah sie sofort.

»Felicia!«, keuchte er.

Sie lag vollkommen still da, ein paar Meter von ihm entfernt, mit den Händen seitlich am Körper. Die graue Strickjacke war ihr von der Schulter gerutscht, der BH-Träger hing locker über der Haut. Ihre Augen waren offen und starrten ihn leer an. Ein Wangenknochen war stark gerötet, eine Blutlache hatte sich um ihren Kopf gesammelt und zwischen den grauen Steinplatten, auf denen sie lag, ein dunkelrotes Rinnsal gebildet.

»Nein, nein, nein …«

Sam nahm seine Frau in den Arm, hielt ihren Körper und spürte, dass seine Hände vom Blut ganz nass wurden. Dann wandte er seinen Blick nach oben in Richtung Treppe und rief:

»Jonathan?«

Panik drohte ihn zu überwältigen, als aus dem oberen Stock keine Antwort kam.

»Jonathan, ich komme!«

Sam ließ Felicia los und erhob sich so hastig, dass der Boden unter ihm schwankte. Er taumelte zur Seite, stolperte über einen Turnschuh, landete in der Garderobe, und Jonathans hellblaue Jacke fiel über ihn.

Hastig befreite er sich, kam wieder auf die Füße und lief die Treppe hinauf. Ein seltsames, pfeifendes Geräusch war aus dem Fernsehzimmer zu hören. Dann ertönte ein Knacken, bevor das Ganze von vorn anfing. Die Geräusche kamen sicher vom Videospiel, dachte Sam.

»Jonathan?«, rief er wieder. »Ich bin gleich bei dir!«

Atemlos erreichte er das Zimmer des Jungen, sah die grün gestreifte Tapete und das unaufgeräumte Bücherregal und den Schreibtisch mit dem kleinen Computerbildschirm.

Das Bett war gemacht, und die cremeweiße Tagesdecke hing bis zum Fußboden.

Sam beugte sich vor, schob den weichen Stoff zur Seite und schaute unter das Bett.

Entsetzt schrie er auf.

Jonathan war nicht da.

3

Blaulicht von Polizeiautos und Rettungswagen flackerte durch den Garten und über das Haus in Åselstad.

Henrik Levin war an der Haustür stehen geblieben. Die Kriminaltechniker verrichteten mit raschelnden Overalls ihre Arbeit.

Die Untersuchung des Tatorts war bereits in vollem Gang.

Er trat einen Schritt vor und betrachtete die tote Frau, die auf dem Fußboden vor ihm lag.

»Shit«, murmelte Mia, die hinter ihm stand. Sie trug ein kurzes, schwarzes Kleid.

Sie arbeiteten schon lange im selben Team, aber Henrik hatte sie noch nie so aufgestylt gesehen. Der Notruf war vor zwanzig Minuten eingegangen. Da hatte er gerade seinen Wagen zu Hause abgestellt. Er war gleich wieder auf die Straße gefahren, hatte Mia angerufen und sie wenig später vor einer Villa im mondänen Stadtteil Kneippen aufgesammelt. Als sie ins Auto gestiegen war, hatte er geschwiegen und weder ihr Kleid noch ihre Fahne oder ihre schlechte Laune kommentiert. Er war einfach auf direktem Weg zum Tatort gefahren.

Henrik hob den Blick, als die Kriminaltechnikerin Anneli über die Trittsteine im Garten auf sie zukam. Eine Kamera hing um ihren Hals. Kurz nickte sie ihnen zu, dann sank sie neben der Toten auf die Knie.

»Was kannst du denn schon über das Geschehen sagen?«, fragte Henrik.

Anneli zog den Mundschutz herunter.

»Sie ist noch nicht so lange tot«, sagte sie. »Ich schätze eine Stunde oder sogar weniger.«

»Und die Mordwaffe?«

»Keine Stichverletzungen, keine Einschusslöcher, soweit ich sehen kann. Sie hat eine gerötete Stelle am Jochbein, und meine Vermutung ist, dass sie dort einen harten Schlag abbekommen hat. Infolgedessen ist sie nach hinten gefallen und mit dem Kopf auf den Steinboden geschlagen. Aber ob der Sturz die Todesursache ist, kann ich momentan nicht sagen.«

»Ist die Tote von der Stelle bewegt worden?«, fragte Henrik.

»Sieht nicht so aus.«

»Hast du irgendwelche Spuren vom Täter gesehen?«

»Bisher nicht.«

»Gar keine?«

»Nein, aber wir sind längst nicht fertig.«

Henrik drehte sich um und bemerkte, dass eine hellblaue Kinderjacke auf dem Fußboden lag und dass das Schuhregal umgekippt war.

»Das heißt, wir haben einen Mord am Hals«, stellte Mia fest.

»Nicht nur«, sagte er. »Es geht auch um eine Kindesentführung. Denn ihr habt das Haus schon durchsucht, oder?«

»Ja, aber wir haben den Jungen nicht gefunden«, berichtete Anneli.

»Wie alt ist er?«, fragte Mia.

»Sechs«, antwortete Henrik, atmete tief ein und sah ins Innere des Hauses. Es gab einen offenen Wohnbereich, und im Esszimmer war der Tisch gedeckt. Eine Welle von Gefühlen überschwemmte ihn, als er die ordentlich gefalteten Servietten auf den Tellern sah.

»Okay«, sagte Mia. »Dann lassen wir Anneli und ihr Team in Ruhe arbeiten, damit sie irgendwann fertig sind, oder?«

Henrik nickte.

Sie verließen das Haus, gingen hinaus auf die Veranda und durch den Garten auf das flackernde Blaulicht zu.

In einem der Autos saß ein Mann, der in eine Decke gehüllt war und auf seine Knie hinunterstarrte. Ein Streifenpolizist sprach durch die offene Wagentür mit ihm. Das musste Sam Witell sein. Der Mann hob den Kopf und starrte sie mit verweinten Augen an, als sie sich vorstellten.

»Was ist eigentlich los?«, fragte er mit ängstlicher Stimme. »Keiner sagt mir etwas.«

»Es tut mir leid«, sagte Henrik. »Ihre Frau ist tot.«

»Ja, aber warum ist sie noch immer im Haus?«

»Sie bleibt dort, bis die Untersuchung des Tatorts abgeschlossen ist.«

Henrik betrachtete das blasse Gesicht des Mannes, sah die Angst in seinen Augen, und plötzlich empfand er tiefes Mitgefühl. Der Mann war von einer unfassbaren Tragödie getroffen worden.

»Es tut mir wirklich sehr leid«, wiederholte er.

»Und Jonathan?«, fragte Sam Witell. »Wo ist er? Haben Sie ihn gefunden?«

»Sie müssen uns aufs Polizeirevier begleiten«, verkündete Mia.

Sam Witell sah sie verständnislos an, dann wanderte sein Blick zu Henrik.

»Warum denn das?«, fragte er beunruhigt.

»Wir müssen mit Ihnen über die Ereignisse sprechen«, erklärte sie.

Sam Witell machte Anstalten aufzustehen. Die Decke glitt von seinen Schultern, und Henrik sah, dass er Blut an den Händen, an der Hose und am Pullover hatte.

»Setzen Sie sich«, sagte Henrik und legte seine Hand auf Sam Witells Schulter.

»Aber ich kann nicht fahren«, sagte Witell mit panischem Blick und unternahm einen weiteren Versuch, sich zu erheben.

»Bleiben Sie sitzen«, sagte Henrik.

»Nein, ich muss …«, antwortete der Mann und schlug Henriks Hand von seiner Schulter.

»Hinsetzen!«

Henrik versuchte ihn zurückzuhalten, aber Sam Witell riss sich los, stürmte aus dem Auto und versuchte wegzulaufen. Plötzlich gaben seine Beine unter ihm nach. Er blieb auf dem Bauch liegen, während er sein Haus anstarrte und laut weinte.

Henrik und Mia packten seine Oberarme, zogen ihn auf die Füße und führten ihn zurück zum Auto.

Jana Berzelius ging rasch die Treppen hinunter und dann durch den Gang in Richtung Tiefgarage. Ihr langes, dunkles Haar wippte bei jedem Schritt leicht über den Schultern.

Vor Kurzem hatte sie einen Anruf von Oscar bekommen, dass eine Frau umgebracht worden und ein sechsjähriger Junge verschwunden sei. In Abstimmung mit ihm und ihrem Chef Torsten hatte sie beschlossen, die Angelegenheit zu übernehmen. Unter anderem sollte ein erstes Gespräch mit Sam Witell geführt werden, dem Vater und Ehemann, der als Erster am Tatort gewesen war.

Per hatte sofort verstanden, dass sie in einer dringenden Angelegenheit angerufen worden war, und sie mit Fragen oder Einwänden verschont. Stattdessen hatte er einfach die Schachtel mit den Manschettenknöpfen mitgenommen, sich kurz verabschiedet und war dann gegangen.

Jana näherte sich der stabilen Metalltür zur Garage, als sie darüber nachzudenken begann, was Per über Danilo gesagt hatte. Er wollte sie sehen, dabei hatte sie schon längst beschlossen, dass sie nie wieder mit ihm zu tun haben wollte.

Für ihn war die Hautritzung im Nacken kein Hindernis. Er riskierte nichts, indem er sie zeigte. Sie hingegen riskierte alles.

Sie würde ihre gesamte Karriere und ihr bisheriges Leben aufs Spiel setzen, wenn jemand entdeckte, dass sie in der Lage war zu töten und sogar schon getötet hatte.

Das unangenehme Gefühl stieg wieder in ihr auf. Ihr Gegner in dem illegalen Kampfclub hatte die Buchstaben im Nacken gesehen. Sie musste herausfinden, wer er war, und ihn zwingen, das zu vergessen, was er gesehen hatte.

Dabei reichte ihr schon die ständige Angst, dass Danilo sie verraten könnte. Er wusste, wie viel es ihr bedeutete, ihre gemeinsame Vergangenheit unter Verschluss zu halten, und er hatte es schon mehrmals ausgenutzt.

Er hatte sich in ihrer Wohnung verbarrikadiert, nachdem er aus dem Vrinnevi-Krankenhaus geflohen war. Außerdem hatte er ihre Tagebücher und Notizen gestohlen und damit gedroht, die entsprechenden Informationen über sie zu verbreiten, sollte sie ihn der Polizei ausliefern. Mehrere Tage hatte sie mit ihm zusammen in ihrer Wohnung verbringen müssen.

Diesmal hatte er sein Versprechen gehalten. Als er schließlich die Wohnung verließ, hatte sie die Tagebücher und die Notizen zurückbekommen. Sie hatte alles verbrannt, außer den Tagebüchern, die jetzt in einem Bankschließfach lagerten. Dort sollten sie für immer verwahrt werden, verborgen vor der Umwelt.

Jana drückte die Stahltür auf, und das Geräusch ihrer Absätze hallte wider, während sie über den nackten Betonboden zu ihrem schwarzen BMW X6 ging.

Eigentlich war sie nicht sonderlich erstaunt, dass Danilo sie sehen wollte. Für ihn gab es keine normalen Grenzen. Auch ihr gegenüber trat er immer unverschämt und feindselig auf. Er war ausgesprochen stark, konnte jedes Hindernis überwinden und war dabei vollkommen schonungslos. Deshalb ahnte sie auch, dass er nicht aufgeben würde, bevor sie ihn im Untersuchungsgefängnis besuchte.

Aber er würde seinen Willen nicht durchsetzen, dachte sie und schloss das Auto auf. Diesmal nicht.

Eine helle Lampe leuchtete über dem Kopf der Justizvollzugsbeamtin Rebecka Malm. Sie stand vor dem Pausenraum und spielte an ihrem Schlagstock herum. Er war am Gürtel befestigt, der ihre schmale Taille umschloss. Jetzt musste sie die Gefängnisinsassen für die Nacht vorbereiten. Als Rebecka vor zwei Jahren hier angefangen hatte, befürchtete sie, über den eintönigen Routineabläufen verrückt zu werden, doch schon bald hatte sie gemerkt, wie sehr es ihr gefiel, dass die Arbeitstage mehr oder weniger identisch waren. Das gab ihr ein beruhigendes Gefühl der Sicherheit, was sie nach der aufreibenden Scheidung von Kristian umso mehr zu schätzen wusste.

Hinter ihr wurde die Tür geöffnet, und Rebecka sah

ihren Kollegen Marko Hammar herauskommen, ein kräftiger, langhaariger Mann in den Fünfzigern.

»Was stehst du hier herum?«, fragte er. »Hat das kleine Fräulein vielleicht Angst vor dem großen bösen Buben in der Nummer acht?«

»Hör auf«, sagte Rebecka genervt. »Ich habe keine Angst vor ihm.«

Sie wusste, dass sie mit ihrer geringen Körpergröße und ihrem geschminkten Gesicht jünger als siebenundzwanzig aussah, aber er musste ja nicht mit ihr reden, als wäre sie ein Kind.

»Das solltest du aber«, sagte Marko.

»Willst du mir etwa Angst einjagen?«

»Nein, aber der neue Typ ist ein bisschen ... schwierig, könnte man sagen. Er unterliegt den höchsten Sicherheitsauflagen, aber hat wie alle anderen Insassen das Recht auf eine Stunde Hofgang pro Tag. Jeder Schritt außerhalb der Zelle muss von mindestens zwei Personen überwacht werden. Willst du, dass ich ihn ins Bett bringe?«

»Jetzt hör schon auf. Du bleibst auf deiner Seite und ich auf meiner, wie immer.«

»Okay, aber rede nicht mit ihm«, warnte Marko sie.

»Wie soll ich ihm denn dann eine gute Nacht wünschen? Was hat er eigentlich getan?«

Marko seufzte und zog das Spiralkabel mit dem Schlüsselbund aus der Hosentasche.

»Danilo Peña ist ein Monster. Mehr musst du nicht wissen«, erklärte er. »Also denk dran: Fass ihn nicht an, rede nicht mit ihm. Du darfst nur schauen.«

Sie begannen den Häftlingen eine gute Nacht zu wünschen, jeder in seinem Bereich. Je weiter sich Rebecka der Zelle acht näherte, desto gespannter war sie. Sie fragte sich, warum. Schließlich verspürte sie sonst nie eine solche Unruhe vor der Begegnung mit einem Gefangenen. Es war Markos Schuld, dachte sie.

Aufgrund der idiotischen Kommentare ihres Kollegen zögerte Rebecka, als sie den Schlüssel ans Schloss von Peñas Zelle hielt. Und statt die Tür zu öffnen, entriegelte sie nur die Luke.

Vorsichtig blickte sie hinein, sah ihn aber nicht. Plötzlich meinte sie ein Flüstern zu hören und zuckte zusammen. Sie lächelte nervös, als ihr klar wurde, dass Peña sich direkt hinter der Tür versteckt hatte.

»Die Tablette, nach der ich gefragt habe«, sagte er leise. »Zweimal schon habe ich um eine Kopfschmerztablette gebeten. Bitte …«

»Rebecka!«, rief Marko wütend. »Was machst du da, verdammt noch mal?«

»Er hat gesagt, dass er …«

»Geh weg von der Tür!«

»Aber er braucht eine Tablette«, sagte Rebecka und warf Marko einen säuerlichen Blick zu.

»Davon weiß ich nichts.«

»Alle Häftlinge haben ein Recht auf Medikamente.«

»Das Einzige, worauf Peña ein Recht hat, ist, die Fresse zu halten. Wenn er noch einmal das Wort ›Tablette‹ in den Mund nimmt, kann er die Stunde Hofgang morgen vergessen.«

Rebecka wandte wieder den Blick zur Zellentür und zuckte zusammen, als sie Peña sah. Er schaute sie mit intensiven, dunklen Augen durch die offene Luke an.

»Bitte«, sagte er.

»Rebecka, mach die Luke zu!«, rief Marko.

Widerwillig gehorchte sie.

»Warum bekommt er nicht einfach eine Tablette?«, fragte sie hartnäckig, während sie zur nächsten Zelle weiterging.

»Er soll lernen, wer hier das Sagen hat«, antwortete Marko.

»Aber was, wenn er ernsthaft krank ist? Was machen wir dann?«

»Nichts.« Er grinste.

»Setzen Sie sich bitte«, sagte Henrik Levin an Sam Witell gewandt und zeigte auf einen Stuhl im Vernehmungsraum. Dann nahm er neben Jana Berzelius Platz. Er warf einen raschen Blick zum dunklen Fenster, hinter dem Mia das Gespräch mitverfolgte.

Sam Witell sackte auf dem Stuhl zusammen. Vermutlich stand er noch immer unter Schock. Seine blutige Kleidung war ins Labor zur Analyse geschickt worden, und er hatte neue Sachen bekommen, ein Langarmshirt und eine Jogginghose.

Henrik lehnte sich zurück und fragte sich, wie er selbst reagiert hätte, wenn seine Frau Emma ermordet worden und eines seiner Kinder, Felix, Vilma oder Vilgot, verschwunden wäre. Wie könnte er dann überhaupt weiterleben?

»Es tut mir wirklich leid, was Ihrer Frau und Ihrem Sohn zugestoßen ist«, begann er.

»Haben Sie sie abgeholt?«, fragte Sam Witell beinahe flüsternd. »Felicia, haben Sie sie abgeholt?«

»Sie wird noch eine Weile im Haus bleiben«, antwortete Henrik.

»Und Jonathan?«

»Wir suchen ihn noch immer.«

»Haben Sie auf der Rückseite des Hauses geschaut? Er hat da eine Hütte, die er …«

»Wir suchen überall«, unterbrach Henrik ihn und betrachtete Jana Berzelius, die schweigend dasaß und den Mann vor sich in Augenschein nahm.

Beide hoben den Blick, als Witells Verteidiger, ein älterer Mann mit Schnurrbart, den Raum betrat. Er setzte sich neben seinen Mandanten und flüsterte ihm zu, dass er bislang nicht unter Tatverdacht stehe, sondern von der Polizei als Zeuge vernommen würde.

»Ich kann mich kaum erinnern, was passiert ist«, sagte Sam Witell. »Ich …«

»Ich verstehe«, fiel der Rechtsanwalt ein. »Immer mit der Ruhe, und wenn Sie nicht wissen, was Sie antworten sollen, sagen Sie einfach: ›Kein Kommentar.‹ Okay?«

Witell nickte.

»Hätten Sie lieber noch ein paar Minuten unter vier Augen?«, erkundigte sich Henrik.

»Nein«, entgegnete Sam Witell und schüttelte den Kopf.

»Wir wissen, dass Sie Dinge gesehen haben, die für uns von Bedeutung sein könnten, und wir wollen, dass Sie uns alles erzählen. Auch das kleinste Detail kann entscheidend für die Ermittlung sein.«

»Okay«, sagte Sam Witell und senkte den Blick.

»Ich möchte gern, dass Sie in Ihrer Erinnerung zu den Ereignissen von heute Abend zurückkehren. Sie wollten Sahne im ICA-Supermarkt kaufen, oder?«

»Ja«, antwortete er.

»Würden Sie uns erzählen, was danach passiert ist? Bitte so detailliert wie möglich.«

Sam Witell holte tief Luft und sah auf.

»Er hat mich angerufen.«

»Wer hat Sie angerufen?«

»Jonathan. Er wollte wissen, wann ich nach Hause käme. Vom Einkaufen.«

»Um wie viel Uhr war das, wissen Sie das noch?«

»Es war halb sieben, und er …«

Sam Witell atmete schwerer und zog am Ausschnitt seines Shirts, als würde es zu eng sitzen.

»… er hatte Angst, aber ich war nicht da, ich konnte ihm nicht helfen. Ich konnte nichts tun. Mein Gott, Jonathan …«

Witell schüttelte den Kopf.

»Es ist meine Schuld«, fuhr er fort.

»Was ist Ihre Schuld?«, fragte Jana Berzelius.

»Dass Felicia tot und Jonathan verschwunden ist. Ich hätte sie nicht allein lassen dürfen, ich hätte zu Hause bleiben sollen.«

Witells Kinn zitterte, und auf der Stirn bildeten sich Schweißperlen.

»Gibt es jemanden, der bestätigen kann, dass Sie bei ICA waren?«, erkundigte sich Jana Berzelius.

»Wie?«, fragte Witell und sah sie verständnislos an. »Glauben Sie mir nicht? Glauben Sie, dass ich Sie anlüge?«

»Wir glauben Ihnen«, versicherte Henrik.

»Ich kann nicht mehr. Er hat Felicia umgebracht, und er hat Jonathan entführt.«

»Er?«, hakte Jana Berzelius nach. »Wen meinen Sie?«

»Ich weiß nicht, wer. Ich habe gehört, dass es an der Haustür geklingelt hat.«

»Sie haben es durchs Telefon gehört?«

»Sie hat geschrien … und ich habe sie gesehen.«

Witell schluckte heftig.

»Ich habe sie da liegen sehen, ganz still. Ich habe sie in den Arm genommen … Mein Gott, ich kann nicht mehr, ich …«

»Woher wissen Sie, dass es ein Mann war und keine Frau?«, fragte Jana Berzelius.

Witell starrte vor sich hin und schien in seinem Gedächtnis zu graben.

»Jonathan hat es mir erzählt. Er hat gesagt, dass er sich nicht traue runterzugehen, weil da ein Mann sei. Er hat gesagt, dass der Mann etwas gerufen habe.«

»Was hat er denn gerufen?«

»Ich weiß es nicht, offenbar einen Namen, aber ich habe ihn nicht gehört. Ich habe Jonathan nur gebeten, sich unterm Bett zu verstecken.«

Henrik sah, wie Sam Witells Gesicht sich anspannte. Jana Berzelius betrachtete ihn ebenso aufmerksam.

»Haben Sie eine Ahnung, wer der Täter sein könnte?«, fragte sie.

»Nein, nein«, flüsterte Witell.

»Und Sie haben außer Ihrer Frau niemanden gesehen, als Sie vom Einkaufen zurückkamen?«, wollte Henrik wissen.

»Nein. Werden Sie Jonathan finden?«

»Wir tun alles, was in unserer Macht steht«, versicherte Henrik ruhig.

»Sie müssen ihn finden. Mein Gott, er klang so ängstlich.« Sam Witell schloss die Augen und wischte eine Träne weg, die ihm die Wange hinunterlief.

»Haben Sie Streit mit jemandem?«, fragte Jana Berzelius. »Gibt es jemanden, der Ihre Familie bedroht hat?«

»Nein«, sagte Witell.

»Und wie sieht es im Bekanntenkreis aus?«, fuhr sie fort.

»Wir haben keinen Bekanntenkreis.«

»Keine Freunde?«

»Nein.«

»Das heißt, Sie bekommen normalerweise keinen Besuch?«

»Nein!«

»Und Jonathan?«, wollte Henrik wissen.

»Wie?«

»Hat er irgendwelche Freunde, die …«

»Nein, habe ich gesagt!«

Sam Witells laute Antwort blieb in der Luft hängen.

Henrik fand es merkwürdig, dass die Familie angeblich keine Freunde hatte, offenbar ja nicht einmal Bekannte, auch Jonathan nicht.

»Warum hat sie dann die Tür geöffnet?«, fragte Jana Berzelius nach einer Weile.

»Was meinen Sie?«, fragte Sam Witell und sah sie an.

»Ihre Frau hat die Haustür geöffnet«, sagte die Staatsanwältin. »Was für einen Grund hatte sie?«

»Jeder würde doch die Tür öffnen, wenn es klingelt?«, mischte sich der Verteidiger ein und legte seine Hand auf die Schulter seines Mandanten. »Denken Sie daran, dass Sie nicht antworten müssen, Herr Witell. Sie wissen, dass Sie einfach sagen können …«

»Vielleicht hat sie ja auf irgendwas gewartet?«, unterbrach ihn Jana Berzelius.

»Nein«, sagte Sam Witell und schüttelte wieder den Kopf.

»Sind Sie sich da sicher?«

»Ja!«

Die Staatsanwältin lehnte sich vor und faltete die Hände auf dem Tisch.

»Kennen Sie jemanden, der ihr etwas Böses wollte?«, fragte sie.

Der Mann runzelte die Stirn.

»Herr Witell?«, sagte Jana Berzelius. »An wen denken Sie gerade?«

»Sie müssen nicht antworten«, mahnte der Verteidiger.

»Ich weiß es nicht«, flüsterte Witell. »Ich …«

»Sie müssen es nicht«, wiederholte der Rechtsanwalt.

Henrik dachte, dass sie jetzt nicht lockerlassen durften.

»Los jetzt, Herr Witell«, sagte er. »Wer wollte ihr was Böses? Wer hat sie gehasst? Wer hat ihr etwas missgönnt?«

»Herr Witell?«, mischte sich der Verteidiger ein.

»Oder wissen Sie jemanden, der Sie bestrafen will?«

Sam Witells Blick flackerte.

»Wer will Ihnen alles nehmen?«, fuhr Henrik fort. »Wer würde Sie zerstören wollen? Ein Verwandter, ein Arbeitskollege, ein früherer Mitschüler? Reden Sie mit uns. Wer war es?«

Sam Witell wischte sich die Nase am Ärmel ab, dann blickte er auf, und seine Stimme war heiser, als er antwortete:

»Kein Kommentar.«

4

Rebecka Malm saß mit einer Tasse Kaffee in der Hand auf dem Sofa des Pausenraums. Stille hatte sich über das Untersuchungsgefängnis gelegt. Dann und wann gab Marko, der neben ihr saß und auf sein Handy starrte, ein grunzendes Geräusch von sich. Offenbar hatte er beim Candy-Crush-Spielen gerade keine Erfolge zu verbuchen.

Rebecka verstand sich gut mit den meisten ihrer Kollegen. Nur mit Marko hatte sie ihre Schwierigkeiten. Er durchsuchte gern die Schmutzwäsche der Inhaftierten, ließ absichtlich ihre Butterbrote auf den Boden fallen und verschlampte öfter mal ihre Anträge auf Besuchserlaubnis. Außerdem hatte er eine Art Fetisch entwickelt, den Gefangenen beim Toilettengang zuzuschauen. Dafür war er sogar schon einmal angezeigt worden.

Jetzt hatte er sich geweigert, Danilo Peña eine Kopfschmerztablette zu geben. Rebecka verstand nicht, warum Marko so gemein zu den Gefangenen war. Sie waren doch schon ausreichend bestraft, indem sie inhaftiert waren, und es war nicht seine Aufgabe, sie zusätzlich zu bestrafen.

Die Gedanken an Danilo Peñas Geflüster jagten durch ihren Kopf, als sie sich erhob und ihre Tasse neben der Mikrowelle abstellte.

»Zeit für eine Zigarettenpause«, sagte Marko hinter ihr. »Kommst du mit raus?«

»Nein«, antwortete Rebecka. »Keine Lust.«

Sie wartete, bis er den Pausenraum verlassen hatte, und ging dann zur Umkleide. Rasch schloss sie ihren Spind auf, öffnete ihre Tasche und wühlte zwischen Lipgloss, Kaugummi und Zopfgummis herum. Ganz unten fand sie die Kopfschmerztabletten. Sie zögerte eine Weile, dabei wusste sie, dass ihr Vorhaben nicht verwerflich war. Sie kümmerte sich doch nur um die Häftlinge, wollte ihnen helfen. Rasch drückte sie eine Tablette aus der Blisterpackung, steckte diese in die Schachtel zurück und ging zum Gefangenentrakt.

Jakobsmuscheln, Entrecôte und Schokoladenlavakuchen – das hätte Mia Bolander zu Hause bei Gustaf essen dürfen. Aber sie waren nur bis zu den Muscheln gekommen, dann hatte Henrik angerufen, und schon hatte sie den Tisch verlassen, sich in sein Auto setzen und sich stattdessen an einen Tatort begeben müssen. Henrik hatte den ganzen Weg nichts gesagt, keine Fragen gestellt, aber er hatte ihr eindeutige Blicke zugeworfen.

Mia verschränkte die Arme vor der Brust.

Von ihrem Platz im Besucherstuhl in Henriks Büro sah sie, wie er sich nachdenklich übers Kinn strich. Jana Berzelius, die neben ihr saß, wirkte ebenso gedankenverloren wie er.

Mia war genauso schweigsam wie im Auto zum Tatort. Sie hatte kein Wort gesagt, weil sie keine Lust gehabt hatte, ihm ihre Beziehung mit Gustaf zu erklären. Wenn sie ihm erzählte, dass er zweiundzwanzig Jahre älter war als sie, hätte Henrik sie nur mit seinen üblichen Ermahnungen und Predigten genervt.

Als sie Gustaf kennenlernte, hatte sie sich gewisse Sorgen gemacht, nicht nur wegen seines Alters, sondern auch weil er sich in einer wohlhabenderen Welt bewegte als sie. Schon bei ihrem zweiten Date hatte sie ihn geradeheraus gefragt, warum er nicht stattdessen mit einer reichen Frau zusammen sei. Er hatte geantwortet, wenn er das wollte, dann wäre er das vermutlich auch. Als Gustaf ihr dann Komplimente gemacht hatte, wie gut sie aussah und wie verwegen sie sei, hatte das den Ausschlag gegeben.

Im Normalfall hätte Mia allerdings keine Beziehung begonnen, die ein Kind umfasste. Aber für Gustaf hatte sie eine Ausnahme gemacht, und jetzt war sie in einer Beziehung gelandet, die unvorstellbar weit von ihrem normalen Leben entfernt war. Es war wie ein verdammtes Märchen! Gustaf zahlte alles und verwöhnte sie mit romantischen Abendessen, roten Rosen und liebevollen Komplimenten. Alles war perfekt, mal abgesehen von dem Kind. Gustafs Tochter war neunzehn, und sie hatte sie noch nicht kennengelernt. Aber wenn sie genauso nett war wie ihr Vater, dann würde dieses Märchen ein glückliches Ende haben, dachte Mia, während Henrik neben ihr tief aufseufzte.

»Woran denkst du?«, fragte sie ihn.

Der Stuhl knarzte, als er sich erhob und zum Fenster ging. Die Sonne war hinter den Dächern verschwunden.

»Ich bin frustriert, weil Sam Witell nicht mit uns redet. Seine Frau ist ermordet worden, sein Sohn ist verschwunden, und seine einzige Antwort, wenn wir nach dem Täter fragen, lautet: ›Kein Kommentar‹.«

»Sind wir denn sicher, dass jemand Jonathan entführt hat?«, gab Mia zu bedenken. »Kinder haben doch eine Menge seltsamer Ideen. Vielleicht hat ihn der Überfall auf seine Mutter so schockiert, dass er zu einem Freund gelaufen ist oder zu einem heimlichen Versteck?«

»Aber es gibt doch gar keinen Hinweis, dass der Junge

freiwillig verschwunden wäre, oder?«, sagte Jana Berzelius, ohne sie anzusehen. »Und warum sollte er das getan haben?«

Mia zuckte mit den Achseln.

»Ich sage doch nur, dass …«

»Was?«

»Nichts, schon gut«, antwortete Mia und wedelte mit der Hand in die Richtung der Staatsanwältin, die ihre Beine übereinandergeschlagen hatte. Sie sah mit ihren markanten Gesichtszügen, ihrer ebenmäßigen Haut und ihrem glatten Haar aus wie eine verdammte Statue, fand Mia.

Sie hätte nie zugegeben, dass sie Jana Berzelius schön fand. Stattdessen wurde sie nicht müde zu versichern, wie wenig sie sie vermissen würde, wenn sie aus dem Team ausscheiden müsse. Doch da eines der Opfer unter achtzehn Jahre alt war, musste Jana Berzelius als Staatsanwältin die Ermittlungen leiten.

»Wollte Gunnar nicht auch kommen?«, fragte Mia.

»Nein, er ist unterwegs nach Åselstad«, sagte Henrik.

»Was halten Sie von Sam Witell?«, warf Jana Berzelius in die Runde.

»Er war am Tatort, als wir dort ankamen«, meinte Mia. »Und er hatte Blut an den Händen und auf seiner Kleidung.«

»Was vermutlich daher rührt, dass er seine Frau in den Arm genommen hat«, entgegnete die Staatsanwältin.

»Das können wir nicht wissen«, entgegnete Mia.

»Aber hatte er irgendwelche sichtbaren Verletzungen?«, fragte Jana Berzelius nach. »Also Kratzspuren oder etwas Ähnliches?«

»Nein«, antwortete Henrik.

Er begann im Raum auf und ab zu gehen.

»Wir haben also keine konkreten Verdachtsmomente gegen ihn, oder?«, fasste Jana Berzelius zusammen.

»Noch nicht«, meinte Henrik. »Aber ich habe das Gefühl, dass er irgendwas verheimlicht, und deshalb will ich den Verdacht gegen ihn noch nicht ganz abschreiben.«

»Gut«, sagte Jana Berzelius. »Ich sorge für einen Haftbefehl. Aber wie Sie wissen, können wir ihn nur drei Tage festhalten. Wenn wir in der Zeit keine sicheren Beweise für seine Tatbeteiligung finden, muss ich ihn freilassen.«

»Ich mag diesen Witell nicht«, meinte Mia und rieb ihre Nase an der Handfläche.

»Nenn mir mal jemanden, den du magst«, konterte Henrik.

»Ich meine nur, ich müsste mich sehr anstrengen, um mich selbst davon zu überzeugen, dass er die Wahrheit sagt«, fuhr Mia fort und folgte Henrik mit dem Blick. »Er kann alles so inszeniert haben, dass es wie ein Überfall aussieht, und dann Jonathan versteckt haben. Ihr wisst schon. An einem sicheren Ort.«

Henrik schüttelte müde den Kopf.

»Wir hätten auf jeden Fall zum jetzigen Zeitpunkt irgendwelche Spuren von dem Jungen finden müssen.«

»Aber die kriminaltechnische Untersuchung ist immer noch im Gange, und wir haben doch Leute da draußen, die ihn suchen«, gab Mia zu bedenken.

»Ich weiß«, entgegnete Henrik seufzend.

»Die Hundestaffel«, fuhr Jana Berzelius fort. »Ist sie auch vor Ort?«

»Ja.«

»Und Taucher? Das Haus liegt ja an einem See.«

»Die sind auch da.«

»Haben wir Jonathans Handy orten können?«

»Das Handy lag neben einem Gebüsch im Garten«, antwortete Henrik. »Der Junge muss es verloren haben.«

»Oder der Täter hat es weggeworfen. Wir sollten das Labor bitten, es auf Fingerabdrücke zu untersuchen.«

»Das habe ich doch schon getan«, sagte Henrik genervt und kratzte sich am Hals.

»Was machst du denn dann für einen Stress?«, fragte Mia. »Du setzt dich doch sonst nicht so unter Druck.«

»Ein sechsjähriger Junge ist verschwunden«, erwiderte Henrik und sah sie an. »Und ich warte nur ungern Untersuchungsergebnisse ab, wenn es um Kinder geht.«

»Das gilt auch für mich«, sagte Jana Berzelius. »Deshalb bin ich der Meinung, dass wir schon jetzt ein Foto von Jonathan veröffentlichen sollten.«

»In den Medien?«, fragte Mia.

»Ja. Das sage ich nicht oft, aber wir müssen der Öffentlichkeit alles zur Verfügung stellen, was wir haben.«

»Gut«, stimmte Henrik zu und ging in Richtung Tür. »Mia, das übernimmst du.«

»Und was machst du so lange?«

Henrik blieb in der Türöffnung stehen.

»Ich habe doch gesagt, dass ich nur ungern Ergebnisse abwarte«, entgegnete er.

»Du willst zum Tatort zurückfahren?«

»Ich werde nach Jonathan suchen.«

Rebecka Malm lief zu Danilo Peñas Zelle. Wenn sie schnell genug war, würde Marko ihre Abwesenheit überhaupt nicht auffallen.

Weder er noch jemand anders würde hinterfragen, dass sie allein durch den Korridor im Gefängnistrakt lief. Es kam vor, dass sie allein arbeiteten, teils weil nicht genug Personal da war, teils weil es manchmal praktischer war. Und was sollte schon passieren?

Sie würde nicht in Danilo Peñas Zelle hineingehen. Sie würde kein Wort zu ihm sagen, ihn vielleicht nicht einmal ansehen, ihm einfach nur die Schmerztablette geben und dann wieder gehen.

Rasch schloss sie die Luke auf. Schweißgeruch schlug ihr entgegen.

Sie sah, wie sich Danilo Peña vom Fußboden erhob. Die Sehnen an seinem Hals waren angespannt, und seine Brust hob und senkte sich. Vermutlich hatte er gerade trainiert.

Sie suchte mit der Hand in ihrer Tasche, fand die Tablette, hielt sie ihm entgegen und nickte, als wollte sie sagen: Nimm sie.

Langsam streckte er seine Hand aus, nahm die Tablette in Empfang und flüsterte: »Danke.«

Schatten fielen über sein Gesicht. Sein Blick war ruhig, seine Nase markant, sein Kinn breit. Er hatte einen Bartschatten, und sein Haar war dunkel. Er sieht ja gar nicht aus wie ein Monster, dachte Rebecka. Eigentlich sieht er sogar richtig gut aus.

»Ich muss gehen«, sagte sie und griff nach der Luke, um sie zu schließen.

»Sie behaupten, dass ich gefährlich bin«, meinte er. »Aber das stimmt nicht. Ich bin nur ein Mensch.«

Rebecka hielt inne.

»Und ich tue nur meine Pflicht«, erklärte sie ehrlich. »Sie hatten Schmerzen, also …«

Sie verstummte, als ihr bewusst wurde, dass sie mit ihm gesprochen hatte.

»Warten Sie«, sagte er weich, als sie endgültig die Luke schließen wollte. »Sie durften mir keine Tablette geben, aber Sie haben es trotzdem getan.«

»Na ja«, sagte sie zögernd. »Ich bin es eben gewohnt …«

»Sie sind es gewohnt zu helfen?«

»Vermutlich schon«, meinte sie und sah nach unten. »Aber ich will nicht darüber reden. Krebs ist eine schreckliche Krankheit …«

Jetzt redete sie zu viel, das wusste sie. Sie sollte gehen, sie hatte schon viel zu lange an der Zellentür gestanden.

»Sie haben jemandem geholfen, der Krebs hatte?«, fragte Danilo Peña.

Rebecka zögerte.

»Ja, ich war jeden Tag für ihn da«, erzählte sie schließlich. »Er war erst fünfzehn, als er die Diagnose bekam, und ich bin froh, dass ich die ganze Zeit bei ihm sein konnte.«

»Es war jemand, der Ihnen nahestand?«

»Ja«, antwortete sie und lächelte. »Mein kleiner Bruder.«

»Sie haben ein schönes Lächeln«, sagte er plötzlich.

»Ich?«

»Ja.«

Rebecka blickte auf und spürte, wie ihr die Röte ins Gesicht schoss. Es war viel zu lange her, dass sie von jemandem ein Kompliment bekommen hatte. Kristian hatte sie immer nur daran erinnert, wie hässlich sie sich kleidete, wie schlecht sie putzte und was für ekliges Essen sie kochte. Er hatte auch gesagt, wie nervig er es fand, dass sie bis spät in die Nacht fernsah, und er hatte sich beschwert, dass sie ständig mit ihrem krebskranken Bruder telefoniert hatte.

Aber jetzt waren sie geschieden.

»Dann gute Nacht«, sagte sie. »Schlafen Sie gut.«

Er lächelte sie an, als sie die Luke schloss, und sie ertappte sich dabei, dass sie zurücklächelte.

Als die Autotür zufiel, atmete Jana Berzelius tief durch. Der verschwundene Junge hatte Gefühle in ihr ausgelöst, auf die sie nicht vorbereitet gewesen war. Entscheidende Stunden waren vergangen, und er war noch immer nicht aufgetaucht.

Sie wollte gerade den Wagen starten, doch dann hielt sie inne. Gab es irgendwas, was sie selbst tun konnte? Sollte sie auch nach ihm suchen?

Jana spürte den Herzschlag in ihren Schläfen pulsieren. Ihre Gedanken bewegten sich zu einem Ort, der karg und kahl war, ein undurchdringlicher Wirrwarr von brusthohen Büschen ohne Blätter.

Weit entfernt hörte sie das Geräusch eines Automotors, dann wurde es wieder still, und sie kehrte zurück in die Welt ihrer Erinnerung.

Draußen war es diesig gewesen, leichter Nebel hatte in der Luft geschwebt. Der Lieferwagen, in dem sie und die anderen Kinder sich befunden hatten, schwankte hin und her. Zusammengekauert saß sie da und folgte mit ihrem Körper den Bewegungen. Hände und Füße waren von den Fesseln taub geworden, ihr Gesicht war nass vor Tränen und ihr Mund mit dickem Klebestreifen bedeckt. Sie wusste nicht, wohin sie unterwegs war, und sie hatte sich vor Angst in die Hose gemacht.

Irgendwann wurde das Auto langsamer und hielt schließlich.

Der Meereswind ergriff die Türen, die schlagartig aufgingen. Sie wurde aus dem Auto gezerrt und zu einem Boot geschleppt. Sie brachte es nicht fertig, sich zu wehren, denn sie stand noch völlig unter Schock, nachdem sie die Erschießung ihrer eigenen Eltern hatte mit ansehen müssen.

Der enorme Felsen war das Erste, was sie sah, als sie ankamen. Er war hoch und rund und im Lauf unzähliger Jahrhunderte langsam verwittert.

Sie waren in einer Reihe aufgestellt worden, am dunklen Meer, mit dem Rücken zum Felsen. Die Fußfesseln wurden gelöst, aber nicht die an den Händen. Ein Mann mit einer auffälligen Narbe im Gesicht hatte ihnen befohlen, auf den Felsen hinaufzuklettern.

Vielleicht würde man sie dann freilassen?

Sie kämpften, krochen und robbten über die glatte Oberfläche, aber rutschten wieder herunter und mussten von vorn beginnen. Jana war höher und höher gekommen, bis ganz nach oben. Sie hatte gehört, wie jemand hinter ihr weinte, aber sie war weitergeklettert. Sie war als Erste oben gewesen und hatte sich aufgerichtet. Dann hatte sie oben gestanden und etwa zwei Meter über dem Boden balanciert.

Sie hatte die Kälte vom Meer gespürt, den Schmerz von den blutigen Ellbogen und Knien, aber sie hatte die Zähne zusammengebissen und gedacht, dass man sie nun freilassen würde.

Doch es war ganz anders gekommen.

Mehrere Jahre war sie auf der Insel festgehalten worden. Niemand hatte nach ihr gesucht. Auch nicht nach Danilo oder den anderen Kindern.

Niemals.

Das weiße Haus war von den Scheinwerfern hell erleuchtet. Henrik Levin stieg über das Absperrband und ging durch den Garten, wo sich die Baumwipfel in den glühenden Himmel emporstreckten. Durch die hohen Fenster erahnte er die Techniker, die sich dort drinnen in ihren weißen Overalls bewegten.

Eine ganze Weile betrachtete er ihre systematischen Bewegungen und ging dann weiter zur Rückseite des Hauses und zum See, wo die Taucher fieberhaft nach Spuren des verschwundenen Jungen suchten.

Henrik nickte erst Gunnar zu, der am Ufer stand, und begrüßte dann einen uniformierten Kollegen von der Hundestaffel, einen rothaarigen bärtigen Mann. Der große Schäferhund blieb dicht bei dem Hundeführer. Eine Welle von Übelkeit durchfuhr Henrik, als er den Hund beobachtete, der an den Johannisbeersträuchern schnupperte, dann am Kompost und schließlich im trockenen Blumenbeet, wo die Erdbeerpflanzen wuchsen. Er wusste, dass der Hund anschlagen würde, wenn sich eine Leiche in der Erde befand, und er schickte ein Stoßgebet an eine höhere Macht, dass das Tier keinen Toten finden möge.

Doch was war eigentlich schlimmer?, fragte er sich dann. Wenn das eigene Kind ermordet und vergraben worden war – oder wenn es spurlos verschwand und nie wieder aufgefunden wurde?

»Levin?«

Eine Stimme hinter ihm unterbrach seinen Gedankengang.

Er drehte sich um und sah Jana Berzelius, die über den Rasen auf ihn zukam. Sie wirkte wie immer sehr beherrscht.

»Was machen Sie denn hier?«, fragte er verblüfft.

»Ich wollte bei der Suche nach dem Jungen helfen«, antwortete sie.

»Es sind genug Leute da, Sie müssen nicht hier sein.«

»Sie auch nicht«, erwiderte sie. »Und? Legen wir los?«

»Es klingt so, als hätten Sie geplant, den Jungen zu entführen«, sagte Henrik.

»Ich hatte es nicht geplant«, antwortete der Mann entschlos-

sen. »Ich habe es einfach getan. Ich habe an nichts anderes gedacht, nur dass ich ihn haben wollte.«

»Was haben Sie mit ihm gemacht?«

»Ich habe ihn zum Auto getragen«, erwiderte der Mann. »Ich habe ihm den Mund zugehalten, damit ihn keiner schreien hören konnte. Ich wollte einfach nur weg. Deshalb bin ich schnell gefahren. Er hat sich die ganze Zeit bewegt und immer weitergeschrien. Ich habe versucht, ihn zu beruhigen, aber es hatte keinen Sinn, also habe ich das Radio angeschaltet und laut gedreht. Ich habe mitgesungen, um ihn nicht hören zu müssen.«

»Wo sind Sie hingefahren?«, fragte Henrik.

»Ich wollte ihn an einen sicheren Ort bringen, wo ich ihn vor der Umwelt versteckt halten konnte. Ich wusste ja, dass die Leute anfangen würden, nach ihm zu suchen. Aber es ist schwierig, ein Kind zu verstecken. Und ich hatte nicht so viele Orte zur Auswahl.«

»Und wohin haben Sie ihn gebracht?«

»Nach Hause.«

DIENSTAG

5

»Hallo?«, rief Sam Witell. »Lassen Sie mich raus!«

Er schlug wie schon mehrmals in dieser Nacht gegen die Tür seiner Zelle im Untersuchungsgefängnis. Der diensthabende Justizvollzugsbeamte, ein Mann mit einem eintätowierten Kreuz am Hals, hatte regelmäßig nach ihm geschaut, aber sonst war nichts geschehen.

»Lassen Sie mich raus!«

Sam schlug wieder an die Tür und drückte das Ohr an die kalte Oberfläche, doch er hörte nichts.

Vom vielen Klopfen brannten ihm die Hände, aber das war nichts gegen die Schmerzen, die er in seinem Inneren spürte. Es fühlte sich an, als wären seine Lungen voller Wasser.

Felicia war tot.

Jonathan war verschwunden.

»Mein Gott«, murmelte er. »Jonathan.«

Er betrachtete seine Hände und stellte fest, dass die Handflächen und Finger gerötet waren.

Eine Erinnerung vom vergangenen Herbst blitzte auf. Es war ein Samstag gewesen. Er war mit Jonathan zum Laden gegangen, um etwas Süßes fürs Wochenende zu kaufen, doch stattdessen hatte Jonathan sich ein Glas Nutella erbettelt. Als sie aus dem Geschäft traten, ging ein Sturzregen nieder. Sie rannten zur nächsten Bushaltestelle, um Schutz zu suchen, waren aber trotzdem völlig durchnässt. Sam wusste noch genau, wie sie dort gesessen und gewartet hatten, dass es aufhörte zu regnen. Währenddessen hatten sie mit ihren roten, steif gefrorenen Fingern das Nutellaglas geleert.

Wieder begannen die Tränen zu fließen. Sam konnte nicht glauben, dass Jonathan tatsächlich entführt worden war.

Panik befiel ihn, während er sich vorstellte, wie jemand in ihr Haus eindrang, den Jungen unter dem Bett entdeckte, ihn durch den Garten trug und dann mit ihm verschwand. Nein, das konnte einfach nicht wahr sein.

»Hallo?«, rief er hysterisch. »Warum lassen Sie mich nicht raus?«

Endlich waren Schritte und Stimmen vor der Tür zu hören. Das Schloss klickte, und der Vollzugsbeamte mit der Kreuztätowierung musterte ihn besorgt.

»Wann lassen Sie mich frei?«, fragte Sam.

»Das entscheide nicht ich«, erklärte der Beamte.

Sam strich sich nervös übers Kinn.

»Bitte«, sagte er. »Das ist alles ein Missverständnis. Ich habe nichts getan. Sie müssen mich hier rauslassen. Ich will doch nur suchen. Ich will Jonathan finden.«

»Und ich will, dass Sie aufhören, gegen die Tür zu schlagen«, konterte der Beamte und schloss die Zellentür.

»Nein, bitte warten Sie«, flehte Sam. »Sie verstehen mich nicht! Ich muss hier unbedingt raus und ihn suchen!«

Seine Beinmuskeln schmerzten. Henrik Levin lag mit geschlossenen Augen im Doppelbett und wäre am liebsten wieder eingeschlafen, aber er wusste, dass er aufstehen musste. Die Gedanken und Eindrücke von der nächtlichen Suchaktion wirbelten in seinem Kopf herum. Jana Berzelius und er hatten sich zu den Kollegen und freiwilligen Helfern gesellt, die sie bei dem Einsatz unterstützten. Sie waren durch ganz Åselstad gelaufen, an schönen Villen und teuren Autos vorbei, und hatten überall in der schlafenden Idylle nach Jonathan gesucht. Und jetzt lag er hier im Schlafzimmer, müde und mit schmerzenden Beinen, und musste sich damit abfinden, dass sie nicht die geringste Spur von dem Jungen entdeckt hatten.

Es war Viertel vor sieben.

Henrik stand auf, ging auf die Toilette und zog sich an, ehe er die Küche betrat.

»Guten Morgen«, sagte er und unterdrückte ein Gähnen.

An der Küchenarbeitsplatte stand seine Frau Emma, der kleine Vilgot hing an ihrer Hüfte. Der achtjährige Felix und die zwei Jahre jüngere Vilma saßen mit halb aufgegessenen Käsebroten am Tisch.

»Weißt du was, Papa?« Felix konnte vor Aufregung kaum still sitzen. »Ich habe gestern ein Mewtu gefangen!«

»Was in aller Welt ist denn das?«, fragte Henrik.

»Ein Pokémon«, erklärte Emma und setzte Vilgot auf den Boden, wo er mit seinen drallen Fingerchen gleich nach einem Spielzeug griff.

»Ach ja, richtig«, sagte Henrik. »Wusste ich's doch.«

»Das hast du gar nicht gewusst«, entgegnete Vilma entschieden.

»Doch, natürlich. Wo habt ihr es gefunden?«

»Mama hat es gefunden, beim Schwimmbad.«

»Tatsächlich?«

»Irgendjemand muss den Kindern ja zeigen, wie das Spiel

funktioniert«, sagte Emma und versuchte Vilgot daran zu hindern, das Spielzeug in den Mund zu stecken, woraufhin er laut protestierte.

»Du meinst, ich kann das nicht?«

»Du hast doch keine Ahnung von Spielen, Papa«, verkündete Vilma.

»Hat Mama das gesagt?«, fragte Henrik und sah seine Kinder auffordernd an.

»Ja«, antwortete Vilma und lachte, ehe sie einen Bissen von ihrem Brot nahm.

Henrik ging zu Emma und nahm sie in den Arm.

»Weißt du …«, setzte sie an.

»Ich weiß«, unterbrach er sie. »Ich weiß, dass du mich trotzdem liebst.«

»Das denkst du also?«, sagte sie. »Ehrlich gesagt bin ich enttäuscht, dass du gestern nicht zurückgerufen hast. Den ganzen Abend, ja, die ganze Nacht hast du dich nicht gemeldet. Ich habe mir Sorgen gemacht. Wir hatten uns doch vorgenommen, zu Hause einen gemütlichen Abend zu zweit zu verbringen, oder?«

»Tut mir leid. Aber ich musste arbeiten.«

»Was war denn so wichtig, dass du nicht mal anrufen konntest?«

Er senkte seine Stimme, damit die Kinder ihn nicht hören konnten.

»Ein Junge ist gestern von zu Hause verschwunden, und ich wollte bei der Suche helfen.«

Emma sah erstaunt aus.

»Ist es jemand, den wir kennen?«, fragte sie.

»Nein, und selbst wenn, dann dürfte ich es nicht sagen.«

»Wie alt ist er?«

»Genauso alt wie Vilma.«

»Aber ihr habt ihn gefunden, oder?«, fragte sie besorgt.

»Nein«, seufzte er und zog sie näher an sich. »Wir haben ihn nicht gefunden.«

»Ich weiß nicht, wie ich reagieren würde, wenn eines unserer Kinder verschwinden würde.« Sie lehnte ihren Kopf an seine Schulter. »Das mag man sich gar nicht vorstellen.«

»Stimmt«, sagte Henrik. »Das ist völlig unvorstellbar.«

Rebecka Malm spürte die Nervosität im Magen, als sie mit dem Frühstückstablett in den Händen Danilo Peñas Zelle betrat. Er saß mit nacktem Oberkörper auf seinem Bett. Sie errötete, als sie sah, wie muskulös und definiert seine Schultern waren, und begrüßte ihn mit einem kurzen Nicken. Dann ging sie weiter in den Raum, der ein an der Wand montiertes Bett, eine Bank und einen Schreibtisch enthielt.

Mit einer langsamen Bewegung stellte sie das Tablett vor ihm aufs Bett. Obwohl sie ihm jetzt ganz nah war, hatte sie keine Angst, auch wenn sie wusste, dass sie vorsichtig sein sollte.

»Wie geht es den Kopfschmerzen?«, fragte sie.

»Die sind weg«, antwortete er. »Dank dir.«

Sie lächelte ihn unsicher an.

»Du hast gestern von deinem Bruder erzählt«, fuhr er fort und sah sie mit seinen dunklen Augen ruhig an.

»Ja.«

»Es war toll von dir, dass du ihm geholfen hast, als er krank war.«

»Ich hatte keine Wahl.«

»Warum nicht?«

»Es gab sonst niemanden, der ihm hätte helfen können«, sagte Rebecka und senkte den Blick. »Meine Mutter wohnt in so einem Heim … für Demenzkranke.«

»Und dein Vater?«

»Der ist tot. Ich bin so froh, dass mein Bruder so tapfer gegen den Krebs angekämpft und es geschafft hat. Sonst würde ich mich ziemlich allein fühlen.«

»Wie heißt dein Bruder?«

»Johan. Er ist der tollste Junge, den …«

Sie verstummte. Plötzlich war ihr unbehaglich zumute. Warum fragte er sie nach ihrem Bruder?

Danilo musste ihr Zögern gesehen haben, denn er stand langsam auf. Erst jetzt merkte sie, wie groß er war.

»Ich finde, *du* bist toll«, sagte er mit weicher Stimme.

Rebecka trat einen Schritt nach hinten. Sie wusste, dass sie die Zelle besser verlassen sollte, blieb jedoch wie paralysiert stehen, als er sich direkt neben sie stellte. Vorsichtig streckte er die Hand aus und strich ihr sachte über den Arm. Eigentlich eine ganz normale, freundliche Geste, doch sie brachte ihr Herz zum Rasen.

»Dein Lächeln ist unglaublich.«

»Danilo, ich weiß nicht, ob …«

Sie machte sich vorsichtig los.

»Musst du das denn wissen?«, entgegnete er lächelnd und streichelte sie weiter.

Rebecka wusste nicht, was sie dazu sagen sollte. Sie sah verstohlen zur Tür und dachte, dass sie besser gehen sollte, ehe etwas passierte.

Plötzlich drückte Danilo sie gegen die Wand. Panik stieg in ihr auf, und sie versuchte sich zu wehren, versuchte das Personennotrufgerät an ihrem Pullover zu erreichen, doch es gelang ihr nicht. Sie war vollkommen hilflos.

Jetzt hätte sie schreien müssen, aber irgendetwas in seinem ruhigen Blick hielt sie davon ab.

»Du darfst mich nicht …«, sagte sie, als er ihren Pullover

hochzerrte, den BH nach oben zog und ihre kleinen Brüste entblößte.

»Pst«, sagte er.

Sie versuchte, ihm auszuweichen, als er sich vorbeugte und sie so zärtlich und mit einem solchen Begehren küsste, wie sie es schon lange nicht mehr erlebt hatte. Rebecka zuckte zusammen. Auf die Erregung, die sie jetzt überkam, war sie nicht gefasst gewesen.

Was, wenn einer ihrer Kollegen sie jetzt sah?

Danilo führte den Mund an ihre Brust. Das war nicht richtig, das wusste sie, trotzdem streckte sie sich ihm entgegen.

»Du musst mir zuhören«, flüsterte er und zog sich wieder zurück, kurz bevor er ihre Brust erreicht hatte. »Ich will, dass du etwas für mich tust.«

»Was denn?«, wisperte sie.

Per Åström stand im Flur seiner Dachwohnung und betrachtete sein Smartphone. Enttäuscht stellte er fest, dass Jana noch immer nicht auf seine Nachricht reagiert hatte, die er ihr vor einer halben Stunde geschickt hatte. Darin hatte er ihr vorgeschlagen, sich mit ihm zum Mittagessen im Restaurant Lingonfabriken zu treffen, im Stadtzentrum von Norrköping.

Vielleicht hatte sie seine SMS einfach noch nicht gelesen? Oder sie saß in einer Besprechung? Er musste Geduld haben, redete er sich ein. Und Geduld hatte er. Er wartete schon lange darauf, dass sie ein Paar werden würden.

Per steckte sein Handy ein, hängte sich das Rennrad über die Schulter und schloss die Tür zu seiner Wohnung ab.

Er hielt den roten Karbonrahmen mit einer Hand fest und lief die Treppen hinunter.

In der letzten Zeit war er Jana nähergekommen. Sie aßen immer häufiger zusammen zu Mittag und trafen sich immer öfter nach der Arbeit. Im Frühling hatte sie ihn sogar einmal in ihre Wohnung gelassen. Noch war sie nicht bei ihm zu Hause gewesen, aber der Tag würde vielleicht auch kommen.

Wenn er lang genug wartete.

Per trat auf die Straße und stellte das Rad ab.

Die neuen Manschettenknöpfe funkelten in der Sonne, als er die Hände auf den Lenker legte. Er hatte sich über das Geschenk gefreut, aber ob sie eine Anerkennung für seine Arbeit darstellten oder ob sie tiefere Gefühle für ihn hegte, vermochte er nicht zu sagen. Natürlich hoffte er auf Letzteres, aber er wusste es nicht.

Es gab vieles, was er über sie nicht wusste.

Im Gegensatz zu den meisten anderen Kolleginnen und früheren Freundinnen sprach sie kaum über ihr Privatleben, ihre Kindheit und Jugend.

Jana war introvertiert, zurückhaltend … und unglaublich schön.

Per wünschte sich nichts sehnlicher, als sie für sich zu gewinnen. Die Frage war nur, wie lange er darauf warten musste. Denn ehrlich gesagt wurde er allmählich ungeduldig. Vielleicht war er zu passiv? Er lud sie zwar häufiger mittags und zum Abendessen ein, aber womöglich sollte er etwas eindeutiger werden?

Vielleicht sollte er einfach handeln?

Es gab noch immer einen gewissen Abstand zwischen ihnen, aber nichts, was sich nicht überwinden ließe, dachte er, während er in Richtung Staatsanwaltschaft radelte. Er musste nur geschickt vorgehen.

Und er würde verdammt viel Mut brauchen.

Die Sonne schien durch die staubigen Fenster im Konferenzraum des Polizeigebäudes.

Jana Berzelius setzte sich an den Tisch und zog ihr Handy aus der Tasche ihres Blazers. Sie lächelte, als sie die SMS von Per las, und antwortete auf seinen Vorschlag mit einem »Okay«. Dann stellte sie das Gerät auf lautlos und richtete ihre Aufmerksamkeit auf Gunnar Öhrn. Am Besprechungstisch saßen darüber hinaus der Kriminaltechniker Ola Söderström sowie Anneli Lindgren, Henrik Levin und Mia Bolander.

»Irgendwelche Neuigkeiten zu dem verschwundenen Jungen?«, fragte Gunnar Öhrn.

»Nein«, antwortete Henrik Levin. »Die Taucher haben am Bootssteg gesucht, aber ohne Erfolg. Die Hundestaffel hat den Garten und die nähere Umgebung durchkämmt, aber nichts gefunden. Ich glaube, wir sollten davon ausgehen, dass der Junge per Auto entführt wurde.«

»Reifenspuren?«, fragte Gunnar Öhrn und warf Anneli Lindgren einen vielsagenden Blick zu.

»Leider konnten keine Reifenspuren gesichert werden«, antwortete sie, ohne ihn anzusehen.

»Haben wir relevante Hinweise aus der Bevölkerung reinbekommen? Hat irgendjemand etwas beobachtet?«, wandte sich Gunnar Öhrn an Henrik Levin.

»Nein«, entgegnete der und seufzte. »Obwohl wir die Medien mit allen Informationen versorgt haben, die wir zu Jonathan haben, und obwohl das Muttermal über seiner linken Augenbraue ein unverwechselbares Kennzeichen ist, haben wir bisher noch keinerlei verwertbare Spuren.«

»Habt ihr auch die Kleidung beschrieben, die er anhatte?«

»Die Leute von der Presse haben alle Informationen bekommen!«, meinte Henrik Levin frustriert. »Wir haben seine blaue Jeans erwähnt, sein weißes T-Shirt und die Strümpfe mit dem schwarz-weißen Fußball am Bündchen. Aber das scheint den Leuten egal zu sein. Sie rufen an, sobald sie ein blondes Kind ohne Erwachsenenbegleitung herumlaufen sehen.«

»Und was hat die technische Untersuchung noch ergeben?«, wollte Gunnar Öhrn wissen.

»Na ja«, meinte Anneli Lindgren und rutschte auf ihrem Stuhl herum. »Nicht sonderlich viel. Wir haben Fingerabdrücke gesichert, die wir mit der Datenbank abgleichen werden. Mal sehen, ob sich irgendwas ergibt.«

Jana wandte sich an sie.

»Können Sie etwas Neues über Felicia Witell sagen?«, fragte sie. »Wissen wir, wie sie gestorben ist?«

»Momentan bin ich mir ziemlich sicher, dass sie einen heftigen Schlag ins Gesicht bekommen hat. Dadurch ist sie nach hinten gefallen und mit dem Kopf auf den Steinboden geschlagen. Aber auf die Frage, ob der Sturz selbst tödlich war, kann ich noch nicht antworten. Wir müssen das Ergebnis der Obduktion abwarten.«

»Noch etwas?«

Anneli Lindgren schüttelte den Kopf.

»Und was sagen die Nachbarn?«, erkundigte sich Jana bei Henrik Levin.

»Diejenigen, mit denen wir bislang sprechen konnten, haben nichts beobachtet, was uns weiterhelfen würde«, antwortete er und fuhr sich mit der Hand durchs Haar.

»Konnten sie noch irgendetwas über die Familie sagen?«

»Sam Witell macht wohl einen fröhlichen Eindruck, während seine Frau Felicia niedergeschlagen und müde gewirkt hat – zumindest die wenigen Male, als die Nachbarn ihr begegnet sind.«

»Das heißt, Felicia Witell war nicht gerade ein geselliger Typ, oder?«, hakte Gunnar Öhrn nach.

»Das ist doch nichts Schlimmes«, bemerkte Jana.

»Natürlich nicht«, entgegnete Henrik Levin und faltete die Hände auf dem Tisch. »Wir haben einen Aufruf rausgegeben, dass sich alle bei uns melden sollen, die sich in den Stunden vor der Tat in der näheren Umgebung aufgehalten haben. Leider arbeitet der Sommer gegen uns, viele Nachbarn sind im Urlaub oder in ihren Sommerhäuschen.«

»Leider arbeitet auch die neue Organisation gegen uns«, meinte Gunnar Öhrn seufzend. Offenbar war ihm inzwischen bewusst geworden, wie viele Kollegen man für diesen Fall brauchen würde.

»Es ist wichtig, dass wir alle zur Verfügung stehenden Ressourcen darauf verwenden, den Jungen zu finden«, hielt Jana fest.

»Ich weiß, aber die einzigen Ressourcen, mit denen wir rechnen können, sitzen an diesem Tisch. So ist das mittlerweile.«

»Verstehe«, sagte Jana und biss die Zähne zusammen.

»Und was halten wir von Sam Witell?«, fragte Gunnar Öhrn.

»Wie du weißt, haben wir ihn bereits vernommen, und er wird nach dieser Besprechung ein zweites Mal vernommen«, berichtete Henrik Levin.

»Aber was sagt er?«

»Er ist verzweifelt. Natürlich.«

»Nicht nur«, mischte sich Mia Bolander ein und warf ihr blondes Haar über die Schulter. »Ich habe die Vernehmung mitverfolgt und finde, er wirkt emotional total unausgeglichen.«

»Teilt ihr diese Einschätzung? Henrik? Frau Berzelius?«, fragte Öhrn in die Runde. »Immerhin habt ihr mit Sam Witell im Vernehmungsraum gesessen.«

»Ich teile Mias Einschätzung«, erwiderte Henrik Levin. »Aber man kann aus verschiedensten Gründen emotional sein, und für mich hat Sam Witell zwei klar nachvollziehbare Gründe.«

»Und Sie, Frau Berzelius?«

»Witell steht ganz offensichtlich unter Schock«, erklärte sie. »Aber es ist schwer zu sagen, ob er deshalb unseren Fragen ausweicht. Henrik Levin und ich haben den Eindruck, dass er etwas verheimlicht, und das ist der eigentliche Grund, weshalb wir ihn festhalten. Worüber ich momentan nachdenke, ist der Zeitpunkt.«

»Der Zeitpunkt?«, wiederholte Gunnar Öhrn.

»Ganz genau. Warum hat der Täter zugeschlagen, als Sam Witell gerade unterwegs war? Hat er das Haus observiert?«

»Sie meinen, er war eigentlich auf Felicia Witell aus?«

»Oder auf Jonathan. Der ist ja immer noch verschwunden.«

»Vielleicht war ihr Tod ja gar nicht beabsichtigt«, mischte sich Mia Bolander ein. »Ich glaube ja eher, dass es zwischen ihr und Sam einen Streit gab, der dann eskaliert ist.«

Gunnar Öhrn verschränkte die Arme vor der Brust.

»Was wissen wir eigentlich über Sam Witell?«

»Er ist in Jönköping geboren«, berichtete Henrik Levin. »An der dortigen Fachhochschule hat er Krankenpflege studiert und ein paar Jahre bei einem Pflegedienst gearbeitet. Er hat verschiedene Anstellungen in diesem Bereich gehabt, bevor er bei der Ambulanten Wohnbetreuung der Stadt Norrköping angefangen hat.«

»Steht er im Strafregister?«, erkundigte sich Gunnar Öhrn.

»Nein«, entgegnete Henrik Levin. »Felicia Witell auch nicht.«

»Was wissen wir über sie, abgesehen davon, dass sie häufig niedergeschlagen war?«

»Sie hat das Gymnasium mit Bestnoten absolviert und in Norrköping gewohnt, bis sie dreiundzwanzig war. Dann hat sie an der Kunsthochschule in Stockholm studiert, ist dann aber wieder nach Norrköping gezogen und hat als Innenarchitektin in einem Architekturbüro gearbeitet.«

»Was ist mit Eltern und Geschwistern?«, fragte Gunnar Öhrn.

»Ihre Eltern sind tot, und sie hatte auch keine Geschwister.«

»Leben denn Sam Witells Eltern noch?«

»Nein«, entgegnete Henrik Levin. »Und auch er war Einzelkind.«

»Wie sehen die Finanzen der Witells aus? Besitzen sie weitere Immobilien außer dem Haus in Åselstad?«

»Das wissen wir noch nicht«, meinte Ola Söderström, der sich bisher noch nicht zu Wort gemeldet hatte. »Aber ich versuche gerade, diese Angaben bei den zuständigen Behörden zu erfragen.«

Er kratzte sich unter seiner gelben Mütze.

Ola Söderström trug immer eine Mütze, jeden Tag, das ganze Jahr.

»Und was wissen wir über das Privatleben der beiden?«, fragte Gunnar Öhrn. »Irgendwelche Konflikte? Krisen?«

»Bisher nichts«, sagte Henrik Levin.

»Hat er sie geschlagen?«, wollte Gunnar Öhrn wissen.

»Was meinst du?«

»Na ja, hatte sie irgendwelche Blutergüsse am Körper, die vor dem Mord entstanden sein könnten?«

»Also, ich habe nichts dergleichen feststellen können«, berichtete Anneli Lindgren. »Aber wir müssen wie gesagt die Obduktionsergebnisse abwarten.«

»Wir müssen noch mehr herausfinden«, warf Jana ein, während sie sich Notizen machte. »Vor allem sollten wir uns auf die Stunden direkt vor der Tat konzentrieren. Die können dafür ausschlaggebend sein, ob wir Sam Witells Sohn lebend auffinden oder nicht.«

»Bald wissen wir mehr«, meinte Henrik Levin und lehnte sich vor. »Wir haben die Handys der beiden beschlagnahmt, und das Telefon des Jungen wurde bekanntlich vor dem Haus aufgefunden. Wir haben die Anruflisten der letzten Monate angefordert, die hoffentlich bald eintreffen werden.«

»Gut«, sagte Jana und sah nachdenklich in ihr Notizbuch.

»Woran denken Sie?«, erkundigte sich Gunnar Öhrn.

»Jonathan ist seit bald vierzehn Stunden verschwunden«, sagte sie, ohne aufzublicken.

»Und was sollten wir jetzt tun?«

»Wir machen alles wie vereinbart. Und wir vernehmen Sam Witell ein zweites Mal.«

Wenige Meter von der Staatsanwaltschaft entfernt sprang Per Åström von seinem Rennrad. Er war guter Dinge, weil Jana seine Einladung angenommen hatte.

Mit einer Hand am Lenker ging er auf den Haupteingang zu. Drinnen würde es angenehm kühl sein. Draußen war es heiß, windstill und stickig, insbesondere in Hemd und langer Hose.

Direkt neben ihm hielt ein mattschwarzer Audi mit getönten Scheiben, aus dem ein Mann stieg. Er war groß und breitschultrig und trug einen schwarzen Pullover, dessen Kapuze er aufgesetzt hatte. Ein Lid hing herab und verlieh ihm ein schläfriges Aussehen.

Der Mann ging weiter zum Haupteingang und baute sich daneben auf. Per konnte nicht genau sagen, weshalb ihm plötzlich so unbehaglich zumute war, aber als er den starren Blick des Mannes sah, kroch ihm eine eisige Kälte über den Rücken.

Da hörte er Schritte hinter sich. Er sah sich um und entdeckte zwei Männer. Der eine war klein und untersetzt, der andere groß und mager. Auch sie trugen schwarze Kapuzenpullover.

Wer waren sie? Was wollten sie?

Hatten sie es auf sein Fahrrad abgesehen?

Das wäre nicht weiter verwunderlich gewesen. Es hatte zwei Monatsgehälter gekostet und würde sich auf dem Schwarzmarkt schnell zu Geld machen lassen.

Oder hatten sie ihn im Visier?

Per überlegte, wie er schnell entkommen könnte, falls es nötig werden würde, und sah unauffällig nach links. Doch da war nur eine Sackgasse. Rechts war ein Blumenbeet. Notfalls könnte er das Rennrad loslassen, über das Beet springen, auf den Gehsteig laufen und fliehen.

Per blieb stehen und wartete, doch als niemand etwas sagte oder sich rührte, ging er weiter auf den Eingang zu, während er den Mann mit dem hängenden Augenlid im Blick behielt.

Mit zitternder Hand tippte er den Code in das Tastenfeld an der Tür ein und lauschte auf die Atemzüge des Mannes neben ihm. Dann hörte er wieder Schritte. Die beiden anderen Männer standen jetzt direkt hinter ihm.

Per hielt den Lenker fest und wagte nicht, sich umzuschauen, sondern starrte unverwandt nach vorn. Die Tür öffnete sich mit einem Klicken.

Rasch packte er die Klinke, hörte das Quietschen der Scharniere und auf einmal die Stimme des Mannes:

»Alles ist möglich. Nicht wahr, Per Åström?«

6

»Bitte beruhigen Sie sich«, sagte Henrik Levin.

»Ich werde mich nicht beruhigen!«, schrie Sam Witell und rutschte auf dem Stuhl im Vernehmungsraum hin und her. »Sie hören mir ja nicht zu, Sie hören ja gar nicht, was ich sage! Ich könnte Felicia oder Jonathan nie im Leben etwas antun. Begreifen Sie das nicht?«

Henrik musterte den Mann, dessen Hals flammend rot war. Neben ihm saß sein Verteidiger, während Henrik neben Jana Berzelius Platz genommen hatte.

»Herr Witell«, sagte er, jetzt in freundlicherem Tonfall. »Wir tun alles, um …«

»Sie tun doch gar nichts! Jonathan ist Ihnen im Grunde egal, im Gegensatz zu mir!«

»Da irren Sie sich«, entgegnete Henrik mit ruhiger Stimme. »Uns ist es alles andere als gleichgültig, dass Ihr Sohn verschwunden ist. Mir ist es keineswegs egal.«

»Und warum unternehmen Sie dann nicht mehr? Warum sitzen Sie nur hier herum? Warum suchen Sie nicht?«

»Da draußen suchen eine Menge Kollegen nach Ihrem Sohn«, erklärte Henrik. »Aber wir brauchen Ihre Hilfe, um zu verstehen, wo Jonathan sich aufhalten könnte.«

»Ich weiß es doch nicht!«, schrie Sam Witell.

»Jetzt regen Sie sich bitte nicht so auf«, versuchte Henrik ihn zu beschwichtigen.

Sam Witell schüttelte schnaufend den Kopf.

»Ich will ihn doch nur finden. Ist das so verdammt schwer zu verstehen?«

Ein Moment angespannter Stille entstand. Henrik tauschte einen raschen Blick mit Jana Berzelius, bevor sie das Wort übernahm.

»Sie haben erzählt, dass er gern in seiner Hütte im Garten spielt«, sagte sie. »Können Sie uns weitere Orte nennen, wo er sich öfter aufhält?«

»Nein.«

»Trifft er sich mit Freunden? Macht er Sport? Ist er häufiger auf einem bestimmten Spielplatz?«

»Nein«, wiederholte Sam Witell.

»Welchen Kindergarten besucht er?«

»Er besucht keinen Kindergarten.«

»Nicht?«, fragte Henrik erstaunt. »Sie arbeiten doch in Vollzeit als …« Er suchte in den Unterlagen nach den entsprechenden Angaben.

»Bei der Ambulanten Wohnbetreuung der Stadt Norrköping«, ergänzte Sam Witell. »Felicia war mit Jonathan zu Hause.«

»Aber man hat doch Anrecht auf ein paar Stunden Kinderbetreuung pro Woche.«

»Ich weiß.« Sam Witell verschränkte die Arme vor der Brust.

»Sie haben diese Möglichkeit nicht in Anspruch genommen?«, hakte Jana Berzelius nach.

»Nein«, sagte er. »Es gab keinen Grund. Felicia wollte mit Jonathan zu Hause sein. Und was sollte ich dagegen haben?«

»Ihre Frau hat doch als Innenarchitektin in einem Architekturbüro gearbeitet, oder nicht?«, fragte Jana Berzelius weiter.

»Früher, ja. Aber das ist lange her.«

»Und sie wollte auch nicht wieder dorthin zurück?«

Sam Witell betrachtete die Staatsanwältin verständnislos.

»Ich weiß nicht, worauf Sie hinauswollen. Meine Frau ist tot. Sie kann nicht zurückkommen. Sie ist tot!«

Der Verteidiger klopfte ihm freundlich auf die Schulter, vermutlich um ihn zu beruhigen.

»Wie war Ihre Frau als Mutter?«, fragte Jana Berzelius nach einer Weile.

»Was soll ich denn darauf antworten?«, entgegnete Sam Witell. »Normal‹ oder was?«

Er kratzte sich am Hals, wodurch sich die Haut noch stärker rötete.

»Und wie war sie als Mensch?«

Sam Witell schwieg.

»War sie eher ruhig?«, wollte Jana Berzelius wissen. »Oder war sie launenhaft und aufbrausend?«

»Nein, nie.«

»Auch nicht gegenüber Jonathan?«

»Sie war keine von diesen Müttern, die ihn angeschrien hätte, dass er sich beeilen soll, nur weil er ein bisschen herumgetrödelt hat, verstehen Sie? Felicia war offen und fröhlich.«

»Und sonst?«

»Wie und sonst?«

»Wir haben den Eindruck gewonnen, sie wäre eher niedergeschlagen gewesen.«

»Sie war offen und fröhlich, das habe ich doch schon gesagt!«

Sam Witell vermittelte ihnen ein ganz anderes Bild von seiner Frau als die Nachbarn, dachte Henrik. Die Frage war nur, welches Bild zutreffender war.

»Hören Sie bitte gut zu«, sagte Jana Berzelius mit lauter Stimme. »Das Ganze muss einen Grund haben. Irgendjemand will Ihnen und Ihrer Familie etwas Böses, und wir müssen wissen, wer das sein könnte.«

Sam Witell schloss die Augen und schluckte.

»Wem hat Ihre Frau die Tür geöffnet? Was denken Sie?«, fuhr sie fort.

»Kein Kommentar.«

»Hören Sie auf damit, geben Sie uns bitte eine richtige Antwort.«

Henrik war erstaunt, dass Jana Berzelius die Stimme erhoben hatte. Sie verlor bei einer Vernehmung sonst so gut wie nie die Geduld.

»Was soll ich dazu sagen? Ich habe doch keine Antworten.«

»Wie kommt es dann, dass Felicia tot und Jonathan verschwunden ist?«, fragte Jana Berzelius. »Geht es um Geld? Um Rache? Um Eifersucht?«

»Ich weiß es doch nicht!«

»Sie setzen ihn zu sehr unter Druck«, mischte sich der Verteidiger ein.

»Erzählen Sie, Herr Witell«, bat die Staatsanwältin. »Wie hat es begonnen? Waren Sie aus irgendeinem Grund wütend, oder haben Sie sich aufgeregt?«

Sam Witell seufzte.

»Ich habe einen Anruf von Jonathan bekommen. So hat es angefangen.«

Es war eine ganze Weile still im Raum.

»Als Sie gestern nach Hause kamen«, sagte Henrik schließlich, »ist Ihnen da in der Umgebung Ihres Grundstücks etwas Ungewöhnliches aufgefallen? Jemand Fremdes oder mehrere unbekannte Personen? Vielleicht ein Auto, ein Wohnmobil, ein Lieferwagen?«

»Nein«, sagte Witell und schüttelte dann den Kopf.

Aber sein kurzes Zögern war Henrik nicht entgangen.

»Ich sehe Ihnen an, dass Sie etwas erzählen wollen«, hakte er nach.

»Sie haben da eben etwas gesagt …«

»Ich habe Sie gefragt, ob Ihnen etwas Ungewöhnliches aufgefallen ist. War das so? Haben Sie jemand Fremdes gesehen?«, wiederholte Henrik.

»Nein, da war ein …«

»Ein Wohnmobil? Ein Lieferwagen?«

Sam Witell blickte auf und sah ihn an.

»Ein Lieferwagen?«, hakte Henrik nach.

»Ja«, sagte Witell. »Es ist vielleicht nicht von Bedeutung, aber als ich von der Arbeit nach Hause kam, stand ein Mann da und hat auf mich gewartet.«

»Wann war das?«

»Gestern. Ich glaube, er wollte mir irgendeine Alarmanlage verkaufen, dabei haben wir schon eine installiert. Also habe ich ihn gebeten, wieder zu gehen.«

Henrik lehnte sich eifrig über den Tisch.

»Was können Sie mir über den Mann erzählen?«, fragte er. »Wie sah er aus?«

»Er war groß und lehnte an seinem Auto, also diesem Lieferwagen.«

»Haben Sie das Kennzeichen gesehen?«

»Nein, aber an der Seite des Wagens stand ein Firmenname: *Direktalarm*.«

Alles ist möglich. Nicht wahr, Per Åström?

Er wiederholte es, immer wieder. Es konnte kein Zufall sein, dass Danilo Peña im Untersuchungsgefängnis dasselbe zu ihm gesagt hatte.

Per umklammerte den Rahmen seines Rennrads. Er war noch immer angespannt.

Es war nicht das erste Mal, dass er als Staatsanwalt bedroht worden war. Aber es war das erste Mal, dass er dabei drei Männern Auge in Auge gegenübergestanden hatte. Erst hatte er vorgehabt, das Ganze auf sich beruhen zu lassen, aber das würde ja heißen, es wäre in Ordnung, einen Staatsanwalt zu bedrohen. Und das war nicht in Ordnung. Das war es ganz und gar nicht.

Statt die Treppe hochzugehen, drehte er sich zur Eingangstür um. Vorsichtig stellte er sein Fahrrad ab und schaute durch die Glasscheibe nach draußen. Er sah eine ältere Frau, die auf einer Parkbank saß. Neben ihr lag ein Schäferhund. Zwei junge Männer mit angespannten Gesichtern gingen vorbei.

Er drückte schnell einige Tasten auf seinem Handy und hatte wenig später den Verteidiger von Danilo Peña in der Leitung, Peter Ramstedt.

»Hallo, hier ist Per Åström.«

Der Rechtsanwalt seufzte laut.

»Was wollen Sie?«

»Ich würde Danilo Peña gern ein weiteres Mal vernehmen.«

»Sie haben doch gestern mit ihm gesprochen.«

»Und jetzt will ich eben noch einmal mit ihm sprechen«, erklärte Per.

Durch die Glasscheibe in der Tür suchte er nach dem Mann mit dem hängenden Augenlid, aber konnte ihn nirgends entdecken. Auch seine Begleiter waren nicht zu sehen. Sie mussten in dem schwarzen Audi verschwunden sein.

»Wie sieht es in Ihrem Terminkalender aus?«, fragte er.

»Na ja, am Freitag hätte ich eine Lücke«, erklärte Peter Ramstedt.

»Ich hatte an die nächste Stunde gedacht.«

»Ich bin komplett ausgebucht, ich habe mehrere Bespre-chungen, die …«

»Kein Problem«, unterbrach Per ihn. »Dann vernehme ich ihn eben in Ihrer Abwesenheit.«

»Worum geht es denn?«, fragte der Rechtsanwalt irritiert. »Warum so eilig?«

»Ich muss ihm ein paar Fragen stellen.«

»Was denn für Fragen?«

»Wir sehen uns im Untersuchungsgefängnis«, sagte Per, während er die Tür mit der Schulter aufdrückte.

Sam Witell blinzelte zum blauen Himmel empor, der vor dem Fenster seiner Zelle zu sehen war. Seine Augen brann-ten. Die Vernehmung hatte ihn ermüdet. Er hielt die neu-gierigen, fragenden Blicke des Polizisten und der Staatsan-wältin nicht aus, konnte ihre idiotischen Fragen nicht mehr hören. Er wollte einfach nur raus und Jonathan suchen!

Immerhin hatte er ihnen einen Hinweis geben können. Dieser Mann, der Alarmanlagen verkaufen wollte und auf ihn gewartet hatte, als er gestern von der Arbeit nach Hause kam. Der Typ war unnötig lang vor dem Haus stehen geblie-ben. Warum nur? Vielleicht hatte er das Haus bewundert oder die Aussicht auf den Ensjön? Es konnte hundert gute Erklärungen geben, warum der Mann noch geblieben war.

Sam legte den Kopf in den Nacken, schloss die Augen und gab ein wütendes Brüllen von sich.

Felicia vermisste er gar nicht. Als ihm das bewusst gewor-den war, hatte er sich einen Moment vor sich selbst gefürch-tet. Doch es gab einfach nichts zu vermissen.

Er musste die Gedanken an sie loslassen und sich auf Jonathan konzentrieren.

Seinen geliebten Jonathan.

Niemand wusste, wer ihn entführt hatte, wo er sich befand oder ob er verletzt war.

Sam begann zu zittern. Sollte sich herausstellen, dass jemand dem Jungen wehgetan hatte, dann würde ihn nichts aufhalten. Er würde nicht davor zurückschrecken, denjenigen zusammenzuschlagen.

Er könnte ihn sogar töten – ohne mit der Wimper zu zucken.

Der Wasserspender im Flur quietschte, als Mia Bolander einen weißen Plastikbecher herauszog. Eigentlich war sie nicht durstig, aber sie legte keinen gesteigerten Wert auf ein Gespräch mit Jana Berzelius. Also ließ sie in aller Ruhe Wasser in ihren Becher laufen und leerte ihn, während sie die Staatsanwältin beobachtete, die den Konferenzraum verließ und in Richtung Treppenhaus davonging.

Jana Berzelius trug einen strengen Hosenanzug, vermutlich von einem luxuriösen Modelabel aus Frankreich oder Italien. Mia sah auf ihre eigenen Jeans hinab und wünschte sich, sie könnte sich auch teure Kleidung leisten, insbesondere jetzt, da sie sich dank Gustaf in den Kreisen der oberen Zehntausend bewegte. Zerschlissene Jeans und T-Shirt waren da eher unpassend. Aber wie sollte sie sich jemals Designerklamotten leisten? Ihr Gehalt reichte selten für den ganzen Monat, und sie hatte auch keinerlei Ersparnisse. Sie hatte immer nur in der Gegenwart gelebt, alles andere war ihr egal gewesen.

Eines Abends vor ein paar Wochen hatte sie sich in einem Straßencafé an Gustaf rangemacht. Gut, ohne Alkohol hätte sie sich das nie getraut, aber durch vier Bier war sie ziemlich offenherzig und aufgekratzt gewesen. Dabei hatte sie keine Konsequenzen vor Augen gehabt, sondern nur an die Gegenwart gedacht.

Erst als ihr klar geworden war, dass er mehrere Millionen schwer war, beschloss sie, etwas langfristiger zu planen.

Gustaf Silverschöld.

Gustaf und Mia Silverschöld.

Herr und Frau Silverschöld.

Das war schon verdammt langfristig, dachte Mia.

Ihre Gedanken wurden unterbrochen, als Ola aus seinem Zimmer trat, das ein Stück den Gang hinunter lag. Er hielt ein paar Ausdrucke in der Hand.

»Warten Sie bitte!«, rief er Jana Berzelius hinterher. »Mia, komm bitte auch her.«

Mia ging auf ihn zu, während Jana Berzelius umkehrte.

»Wo steckt Henrik?«, wollte Ola wissen.

»Er versucht gerade, das Unternehmen für Sicherheitstechnik zu erreichen, von dem Sam Witell erzählt hat«, antwortete Mia.

»Na gut«, meinte Ola und schob seine gelbe Mütze weiter nach oben. »Dann erzähle ich euch schon mal, dass Sam Witells Version der gestrigen Ereignisse zu stimmen scheint. Dank einer Überwachungskamera wissen wir, dass er sich um 18:24 Uhr im ICA-Supermarkt in Hageby befand. Wir haben auch mit einer Kassiererin gesprochen, die dort arbeitet und bezeugen kann, dass er zu dieser Zeit bei ihr bezahlt hat. Und sie hat bestätigt, dass er ein Gespräch auf seinem Handy angenommen hat, während er an der Kasse stand.«

»Seine Angaben stimmen also«, sagte Mia. »Aber es gibt eine zeitliche Lücke vom Verlassen des Supermarkts bis zum Notruf.«

»Diese Lücke ist aber ziemlich eng«, konterte Jana Berzelius.

»Vielleicht hat er die Tat ja nicht selbst begangen«, schlug Mia vor.

»Sie meinen, er hat jemanden beauftragt, seine Frau umzubringen?«, entgegnete die Staatsanwältin.

»Das war nur ein Gedanke«, sagte Mia knapp.

»Ich glaube, wir sollten etwas weiter denken. Könnten wir es mit einem Psychopathen zu tun haben?«, meinte Jana Berzelius und wandte sich an Ola. »Mit jemandem, den Sam Witell von seiner Tätigkeit in der Ambulanten Wohnbetreuung kannte?«

»Ich habe schon die Personen aufgelistet, die er regelmäßig sieht«, sagte Ola. »Aber ich habe keine Ahnung, wie viele es insgesamt sind.«

»Beauftragen Sie jemanden, das herauszufinden«, bat Jana Berzelius.

»Das ist also der aktuelle Stand der Ermittlungen?«, fragte Mia und zerdrückte den Plastikbecher in der Hand. »Der Junge in den Händen eines gestörten Irren mit unklaren Motiven? Warum konzentrieren wir uns nicht einfach auf Sam Witell?«

»Das tun wir doch«, antwortete Jana Berzelius. »Aber wir sollten davon ausgehen, dass das, was er erzählt, mehr oder weniger der Wahrheit entspricht.«

»Was hat er schon erzählt?«, gab Mia zurück. »Dass sich ein Typ von einer Firma für Sicherheitstechnik in der Gegend aufgehalten hat. Was noch? Nichts, oder? Ich glaube auch nicht, dass er uns noch mehr verraten wird.«

»Das denke ich schon«, meinte Jana Berzelius. »Sam Witell steht vermutlich noch unter Schock, und wir müssen ihm dabei helfen, sich an alle wichtigen Details zu erinnern. Wir müssen ihn dazu bringen, dass er sich öffnet.«

Mia rümpfte die Nase und verschränkte die Arme vor der Brust.

»All right«, sagte Ola, als wollte er die gedrückte Stimmung auflockern. »Ich habe auch die finanzielle Situation des Paares überprüft. Felicia hat ungefähr zweieinhalb Millionen Kronen von ihren Eltern geerbt. Neben dem Haus besitzen sie ein Sommerhäuschen in Kolmården.«

»Sind bei beiden Immobilien Sam und Felicia Witell als Besitzer eingetragen?«, wollte Jana Berzelius wissen.

»Ja«, antwortete Ola.

»Da Felicia Witell ein kleines Vermögen geerbt hat, könnte das Motiv auch mit Geld zu tun haben«, überlegte die Staatsanwältin. »Hatte sie eine Lebensversicherung?«

»Nein«, erwiderte Ola.

Eilige Schritte näherten sich. Henrik kam hinzu, er sah eifrig aus.

»Worüber redet ihr gerade?«, fragte er.

»Ola Söderström hat ein paar neue Informationen für uns«, sagte Jana Berzelius.

»Und?«

»Mia Bolander wird es Ihnen später erzählen«, antwortete sie. »Haben Sie Kontakt zu dieser Firma für Sicherheitstechnik aufgenommen?«

»Ja«, bestätigte Henrik. »Offenbar ist ein gewisser Fredrik Axelsson für Åselstad zuständig. Er ist gerade in seinem Büro, das heißt, wir fahren gleich hin.«

»Gut«, sagte die Staatsanwältin. »Ich möchte, dass Sie ihn sorgfältig befragen. Wenn er sich zum Tatzeitpunkt in der fraglichen Gegend befunden hat, könnte er unser wichtigster Zeuge sein.«

»Sie wollen also nicht mitkommen?«, vergewisserte sich Henrik.

»Nein, ich habe eine Verabredung zum Mittagessen«, erklärte sie.

92

»Wie schade«, kommentierte Mia und warf den Becher in den Papierkorb. »Los, Henrik, auf geht's.«

Danilo Peña und sein Verteidiger Peter Ramstedt saßen bereits am Tisch im Vernehmungsraum des Untersuchungsgefängnisses, als Per Åström eintrat.

Die Ärmel von Peñas Pullover waren wie immer hochgeschoben. Die Adern verliefen wie ein feinmaschiges Netz auf den Unterarmen. Seine Augen waren dunkel und der Blick hart.

»Ich verstehe nicht, warum Sie meinen Mandanten so eilig sehen mussten«, bemerkte der Rechtsanwalt und klickte irritiert mit der Mine seines Kugelschreibers.

Per nahm Platz, überprüfte das Personennotrufgerät, mit dem man ihn versehen hatte, und räusperte sich.

»Ich hatte heute ein Treffen«, sagte er. »Mit drei Männern.«

»Und wie Sie wissen, musste ich ein Treffen absagen, um herzukommen«, konterte Ramstedt. »Ich habe in einer halben Stunde meinen nächsten Termin, deshalb wäre es gut, wenn Sie sich ein bisschen beeilen würden.«

»Worum ging es bei meinem Treffen?«, fragte Per und musterte Danilo Peña eingehend. »Was wollten die Männer von mir?«

»Wie meinen Sie das? Wie soll mein Mandant das wissen? Wird das ein Ratespiel, oder was?«

Per wartete auf eine Reaktion von Danilo Peña, mehrere Sekunden lang, aber er hörte nur das Klicken von Ramstedts Kugelschreiber.

Klick-klick. Klick-klick.

»Scheint so, als hätten Sie und ich ein langes und interessantes Gespräch vor uns«, fuhr Per fort.

Da kam es. Das höhnische Grinsen.

»Sie finden das witzig?«

Peña grinste noch immer.

»Sie finden es witzig, mich zu bedrohen. Ist das so?«

»Moment mal, jetzt komme ich nicht ganz mit«, sagte der Verteidiger. »Sie behaupten also, mein Mandant hätte Sie bedroht?«

Klick-klick.

»Bullshit«, sagte Peña plötzlich.

Seine Stimme war leise und rau.

»Das können Sie zu Ihrem Anwalt sagen«, antwortete Per.

»Nein, das ist Bullshit, weil ich nämlich überhaupt kein langes Gespräch mit Ihnen führen werde. Schicken Sie ganz einfach Jana Berzelius her.«

»Moment mal«, sagte Ramstedt erneut.

Klick-klick. Klick-klick.

»Hören Sie auf mit dem Geklicke«, befahl Peña mit harter Stimme.

»Sie werden Sie auf keinen Fall sehen«, erklärte Per.

»Okay«, sagte Peter Ramstedt. »Ich finde, wir …« Klick-klick. »… sollten …«

In diesem Moment versetzte Danilo Peña seinem Strafverteidiger einen Faustschlag gegen die Schläfe. Ein einziger Schlag, aber so heftig, dass der Anwalt sofort auf dem Tisch zusammensackte. Er ließ den Stift fallen und blieb reglos liegen.

Per stand auf und stellte sich mit dem Rücken an die Wand. Von dort aus beobachtete er Ramstedt, seine fast vollständig geschlossenen Augen und das Blut, das ihm aus dem Mund lief. Mit rasendem Herzen betätigte er das Personennotrufgerät, und im nächsten Moment erklang in der gesamten Abteilung ein durchdringendes Heulen.

»Ich will sie sehen«, wiederholte Peña leise. »Und ich kann es nicht leiden, wenn Leute mir nicht zuhören.«

»Ich würde sie nie in Ihre Nähe kommen lassen.«

»Warum nicht? Sie ist eine Frau, die …«

»Sie kennen sie doch gar nicht!«, schrie Per und hörte die lauten Stimmen der Vollzugsbeamten vor der Tür.

»Nicht?«, konterte Danilo Peña, nach wie vor vollkommen ruhig und eiskalt. »Kennen Sie sie denn? Kennen Sie sie ausreichend gut?«

»Ich kenne sie«, antwortete Per entschlossen.

»Das sagen Sie – aber haben Sie schon mal probiert, ihren Nacken zu streicheln?«

Per starrte ihn an. Was meinte er, verdammt noch mal? Gerade wollte er etwas sagen, als die Tür zum Vernehmungsraum aufflog.

»Hände auf den Rücken! Hände auf den Rücken!«, schrien ein paar Vollzugsbeamte. Sie drückten Peñas Kopf auf den Tisch und legten ihm sofort Handschellen an.

»Sie sind krank«, sagte Per gepresst. »Hören Sie? Sie werden sie nie sehen dürfen. Sie ist dort draußen, und Sie sind hier drinnen, hinter Gittern.«

»Schade«, meinte Peña, als er vom Stuhl hochgezogen wurde. »Dabei hätte ich so gern zugeschaut.«

»Wobei?«

»Warten Sie nur ab.«

7

Henrik Levin war an einer Kreuzung an der roten Ampel stehen geblieben. Er und Mia waren unterwegs zum Büro der Firma Direktalarm. Auf dem Weg dorthin hatten sie die finanzielle Situation der Familie Witell diskutiert.

»Felicia hat also nicht gearbeitet«, stellte er fest.

»Das würde ich auch nicht tun, wenn ich so viel Geld erben würde«, antwortete Mia vom Beifahrersitz.

»So viel Geld war es doch gar nicht?«

»Findest du? Für mich sind zweieinhalb Millionen Kronen schon eine ziemlich ordentliche Summe.«

»Ja, aber es reicht nicht bis ans Lebensende.«

»Das vielleicht nicht, aber Felicia hat ja außerdem dieses riesige Haus in Åselstad und das Sommerhäuschen in Kolmården geerbt«, entgegnete Mia. »Du kannst dir doch ausrechnen, wie viele Millionen die beiden Immobilien wert sind. Das Motiv könnte schon Geld sein.«

»Das bezweifle ich aber«, meinte Henrik.

»Warum denn?«

»Es scheint zwischen den beiden keinen Streit gegeben zu haben«, sagte er und blickte zur Ampel hoch, die noch immer rot war.

»Was wissen wir denn schon?«

»Immerhin hat Sam Witell noch nichts Böses über seine Frau gesagt.«

»Natürlich nicht. Eine Frau, die keine höheren Erwartungen ans Leben hat, als sich um den Nachwuchs zu kümmern und zu kochen, muss für einen Mann der Traum sein«, erwiderte Mia wütend.

»Er hat sie während der Vernehmung doch nur als ganz normale Mutter beschrieben, oder?«

»Was heißt denn ganz normal? Dass man müde und niedergeschlagen ist?«

»Nein.«

»Eben«, erwiderte Mia und verschränkte die Arme vor der Brust. »Und den Sohn anzuschreien, dass er sich mal beeilen soll, wenn er herumtrödelt, ist doch auch mehr als normal, oder?«

Henrik seufzte. Dann ließ er seinen Blick zu den kleinen Wolken schweifen, die langsam über den Himmel hinwegzogen, und dachte an seine Frau und seine Kinder. Er verspürte eine plötzliche Sehnsucht nach ihnen und beschloss, mit Emma zu sprechen. Er würde ihr vorschlagen, etwas mit der Familie zu unternehmen. Vielleicht konnten sie zusammen ins Freibad fahren oder ein Picknick im Stadtpark machen.

»Gewalt in engen sozialen Beziehungen kommt beinahe ausschließlich innerhalb der Familie vor«, brummte Mia.

»Ja, ich weiß, aber ich muss die ganze Zeit an Jonathan denken. Es ist frustrierend und irritierend, dass wir noch immer keine Spur von ihm gefunden haben. Und ich glaube, wir müssen ohne Vorbehalte verschiedene Theorien in Betracht ziehen, warum er verschwunden sein könnte«, meinte Henrik.

»Zum Beispiel?«

»Ein Geistesgestörter könnte ihn entführt haben, oder du hast recht, und Sam Witell steckt dahinter, und die Motive sind Rache, Eifersucht oder Schulden, was weiß ich. Außerdem gibt es noch eine Art von Tätern …«

Er verstummte, aber Mia war sicher schon klar, worauf er hinauswollte. Die am meisten gefürchteten und geächteten. Die Pädophilen. Es bestand die Möglichkeit, dass Jonathan von jemandem entführt worden war, der sich sexuell stark zu Kindern hingezogen fühlte.

Aber, dachte Henrik, üblicherweise wählten Pädophile ihre Opfer auf einem Spielplatz oder an ähnlichen Orten aus. Sie schlugen zu, wenn die Angehörigen für einen Moment unaufmerksam waren. Es kam nur selten vor, dass sie in ein Wohnhaus eindrangen und ein Elternteil oder sogar beide töteten, um an ihr Opfer heranzukommen. Dennoch konnten sie natürlich nicht ausschließen, dass in diesem Fall genau das eingetreten war. Henrik nahm sich vor, Ola darum zu bitten, die Fälle der letzten Jahre von Menschenraub und Sexualverbrechen gegenüber Kindern herauszusuchen, mit Fokus auf Norrköping und Umgebung.

»Ich mag dich, Henrik«, sagte Mia, »aber wenn du dich in deinen Gedanken verlierst, bist du ziemlich nervig. Kannst du dich jetzt bitte konzentrieren?«

Henrik sah sie verständnislos an. Sie zeigte auf die Ampel.

»Es ist grün. Fahr schon!«

Die Handschellen klirrten im Rhythmus von Danilos Schritten.

Rebecka Malm versuchte seinen muskulösen Oberarm mit einem festen Griff zu umfassen, während er zu seiner Zelle zurückgeführt wurde. Aber ihre Hand war nicht groß genug.

Dann und wann warf sie einen verstohlenen Blick auf sein Gesicht. Ein schiefes Lächeln umspielte seinen Mundwinkel, aber er sah sie nicht an, er schien sich komplett gegenüber seiner Umwelt verschlossen zu haben und antwortete nicht auf die Fragen, die ihr Kollege Marko ihm stellte.

Sie erinnerte sich an den gestrigen Tag. Danilo hatte sie festgehalten und am Hals geküsst, hatte bei ihr Gefühle wachgerufen, von deren Existenz sie kaum gewusst hatte.

Mit errötenden Wangen dachte sie, dass sie dem Einfluss, den er auf sie hatte, weder widerstehen konnte noch wollte. Ganz im Gegenteil, sie wollte mehr von ihm als Küsse und Liebkosungen. Viel mehr.

»Okay«, sagte Marko laut und deutlich zu Danilo. »Stehen bleiben.«

Danilo gehorchte und starrte auf den hellgrauen PVC-Boden, während Marko die Zellentür öffnete.

»Ich hätte Sie jetzt nur zu gern in die Isolationszelle gebracht«, erklärte er Danilo. »Aber der Typ aus der Nummer elf hat es früher dorthin geschafft als Sie. Rein mit Ihnen!«

Danilo gehorchte.

»Rebecka, schließ die Handschellen auf.«

Rebecka nickte, ging zu Danilo und streichelte hastig seine Hand, ehe sie die Fesseln entfernte.

Es war zwanzig nach eins. Per Åström saß mit Jana im Außenbereich des Lokals, das an einen der meistbefahrenen Radwege und Gehsteige grenzte. Obwohl er sein Sakko ausgezogen und das Hemd aufgeknöpft hatte, schwitzte er. Sein Gesicht befand sich im Schatten eines Sonnenschirms, doch auf seinen Rücken schien unbarmherzig die Sonne.

»Peter Ramstedt hat die Staatsanwaltschaft informiert, dass er aufhören wird, als Strafverteidiger zu arbeiten«, sagte er und griff nach dem hohen Wasserglas auf dem Tisch. »Ich erwäge, mich auf seine Stelle zu bewerben.«

»Ernsthaft?«, fragte Jana und schnitt ein Stück vom Dorschfilet ab, das sie sich beide zum Mittagessen bestellt hatten. »Du hast nie den Wunsch geäußert, Rechtsanwalt zu werden.«

»Nach zehn Jahren ist es vielleicht Zeit für etwas Neues«, entgegnete Per und nahm dann zwei rasche Schlucke Wasser.

Sie warf ihm einen skeptischen Blick zu.

»Das war nur ein Witz«, versicherte er und lächelte. »Es muss viel passieren, bevor ich die Staatsanwaltschaft verlasse.«

»Aber wie kommt es, dass Ramstedt nicht mehr Strafverteidiger sein will?«, fragte sie.

Per leerte sein Glas und stellte es auf den Tisch.

»Danilo Peña hat ihn k. o. geschlagen.«

Jana ließ ihre Gabel fallen, die laut klirrend auf den Teller traf.

»Wann war das?«

»Mitten in der Vernehmung. Es gab das totale Chaos.«

»Woher weißt du das?«, fragte sie und hob die Gabel hoch, an der hellgrüne Dillsoße klebte.

»Ich war dabei«, antwortete er und reichte ihr eine Serviette.

»Das heißt, du hast Danilo heute schon wieder vernommen?«

Per atmete tief durch.

»Ja, ich musste mit ihm reden.«

»Warum das?«, fragte Jana und wischte die Gabel mit der Serviette ab.

»Weil er mir drei Männer auf den Hals gehetzt hat.«

»Moment mal«, sagte sie und klang auf einmal sehr ernst. »Wann war das?«

»Heute früh, vor der Staatsanwaltschaft. Es ist weiter nichts passiert, sie wollten mich nur …« Per seufzte. »… erschrecken. Oder besser gesagt, Peña wollte mir mit diesen Typen einen Schreck einjagen.«

Sie legte Gabel und Serviette zur Seite.

»Warum sollte er dich erschrecken wollen?«, fragte sie.

»Wir sind Staatsanwälte, Jana.«

»Ja klar, aber was wollten die Männer von dir?«

»Sie haben nicht viel gesagt.«

»Aber du hast dich bedroht gefühlt?«

Er schüttelte den Kopf. Natürlich hätte es mehr zu sagen gegeben, aber er wollte nicht darüber sprechen, und er wollte Jana auch nicht zeigen, dass er sich Sorgen machte.

Am meisten beunruhigte ihn jedoch, dass Peña über Janas Nacken gesprochen hatte. Was wusste er eigentlich über sie? Und was hatte er gemeint, als er sagte: *Warten Sie nur ab?*

»Ich werde den Vorfall jedenfalls nicht melden«, fügte er hinzu.

Jana sah ihn erstaunt an.

»Du kannst ihn doch nicht einfach unter den Teppich kehren«, sagte sie.

»Das tue ich doch gar nicht.«

Sie sah sich rasch um, beugte sich vor und senkte die Stimme.

»Aber du riskierst eine Anzeige wegen Befangenheit, wenn du nicht …«

»Es war nur eine leere Drohung, ja? Das kommt bei unserer Arbeit ständig vor. Und jetzt reden wir nicht weiter darüber.«

Per blickte auf seinen Teller, spürte aber, dass sie ihn anschaute.

101

»Du solltest vorsichtig sein«, sagte sie leise.

»Ich *bin* vorsichtig. Iss jetzt auf.«

Die gleißende Sonne ließ das längliche Gebäude, in dem die Firma für Sicherheitstechnik residierte, nicht gerade in einem schöneren Licht erstrahlen. Der graue Putz und der rostige Maschendrahtzaun schienen eigens dafür da zu sein, um die Hitze und eventuelle Besucher abzuwehren. Mia Bolander hatte in diesem Stadtteil noch nie einen so tristen Ort gesehen. Das Unternehmen investierte sein Geld offenbar nicht in die Renovierung des Bürogebäudes, sondern in die Dienstwagenflotte, dachte sie, während sie zusammen mit Henrik die Stahltreppe zum Hinterhof der Firma hinunterging. Dort standen mehrere neue, weiße Lieferwagen. Die Dame am Empfang hatte sie hierher verwiesen.

»Fredrik Axelsson?«, fragte Mia.

Ein rothaariger Mann sah hinter den offenen Hintertüren eines Lieferwagens hervor.

»Das bin ich«, sagte er und reichte ihr die Hand.

Ziemlich verschwitzt, stellte Mia bei der Begrüßung fest und wischte sich ihre eigene Handfläche an der Jeans ab. Aber es war ja auch verdammt heiß draußen. Über dreißig Grad.

»Wir müssen mit Ihnen reden«, sagte Henrik und zeigte seinen Polizeiausweis.

»Ja, das hat man mir schon am Empfang gesagt, als ich gekommen bin.«

Axelsson sprach etwas schleppend, in einem nordschwedischen Dialekt. Er trug ein blaues Polohemd mit aufgedrucktem Firmenlogo und einen Gürtel, den Mia ziemlich überflüssig fand, denn die Speckfalten quollen ohnehin über den Hosenbund. Er war groß, vielleicht einen Meter fünfundachtzig und passte ganz gut zu Sam Witells Beschreibung des Mannes, der sich am Vorabend vor seinem Haus aufgehalten hatte.

»Wir haben versucht, Sie zu erreichen«, sagte Henrik.

»Ja, aber ich habe heute früh mein Handy versehentlich ins Klo fallen lassen«, erklärte Axelsson und drehte sich wieder zum Lieferwagen. »War nicht mehr zu retten.«

»Wir müssten Ihnen ein paar Fragen stellen. Es geht um die Ermordung einer Frau und die Entführung eines Jungen gestern Abend in Åselstad.«

»Ja, davon habe ich gehört«, sagte Axelsson und schob weiter Kartons im Laderaum herum.

»Wir haben erfahren, dass Åselstad Ihr Zuständigkeitsbereich ist«, fuhr Mia fort und ging näher auf ihn zu, um wieder Blickkontakt mit ihm aufzunehmen. »Stimmt das?«

»Ja.«

»Gut. Wir brauchen nämlich Ihre Hilfe. Haben Sie irgendetwas Ungewöhnliches bemerkt, als Sie gestern dort waren?«

»Ich war gestern überhaupt nicht in Åselstad«, erklärte Axelsson und erwiderte endlich ihren Blick.

»Nicht?«

»Nein«, sagte er und schüttelte den Kopf. »Ich war ein Stück außerhalb der Stadt, in Dagsberg. Da habe ich unter anderem eine kaputte Überwachungskamera in einem Kindergarten repariert.«

»Wer kann das beweisen?«

»Das steht in unserer Dokumentation.«

Fredrik Axelsson öffnete die Fahrertür des Lieferwagens, griff nach einem Tablet und scrollte durch ein Dokument. Währenddessen zog Henrik sein Handy aus der Tasche und überflog eine Nachricht, die er soeben erhalten hatte. Auf sein Gesicht trat ein erstaunter Ausdruck, und Mia wollte gerade fragen, was in der Nachricht stand, als Axelsson das Tablet in ihre Richtung drehte.

»Schauen Sie hier«, sagte er und zeigte aufs Display, »Kindergarten Skogsgläntan. Hier ist die Adresse, und daneben stehen auch alle anderen Adressen, wo ich gestern war.«

»Und wer war dann in Åselstad?«, fragte sie.

»Keine Ahnung«, meinte Axelsson und zuckte mit den Schultern.

Mia zog die Augenbrauen zusammen. Hatten die hier gar keinen Überblick, was die Kollegen machten?

»Ein paar Adressen reichen nicht als Alibi«, erklärte sie dem Mann.

»Mia«, sagte Henrik. »Wir müssen los.«

»Glauben Sie mir etwa nicht, dass ich da war?«, fragte Axelsson.

»Das muss jemand bestätigen«, antwortete sie.

»Dann rufen Sie die Kunden doch an und fragen nach.«

»Genau das werden wir tun«, sagte sie und spürte, wie Henrik ihren Arm packte.

»Was ist denn los? Musstest du mich unbedingt wegzerren?«, fragte sie auf dem Rückweg zum Auto.

»Ich habe eben eine Nachricht von Gunnar bekommen«, antwortete Henrik ernst und blieb vor ihr stehen. »Danilo Peña hat bei der heutigen Vernehmung seinen Strafverteidiger k. o. geschlagen.«

»Verdammt«, sagte Mia und strich sich das Haar aus dem Gesicht.

»Per Åström war auch anwesend«, berichtete Henrik. »Mehr weiß ich noch nicht.«

»Wir müssen mit Åström reden. Jetzt gleich.«

Henrik zückte sein Handy. »Das denke ich auch.«

Der Stuhl scharrte über das Pflaster, als Jana Berzelius aufstand und Per durch den Außenbereich des Restaurants Lingonfabriken folgte.

Offenbar hatte Pers Handy geklingelt, denn er zog es aus der Hosentasche und fing an zu telefonieren. Die Gäste an den Tischen waren viel zu laut, als dass sie hätte hören können, worüber er sprach.

Per steckte sein Handy weg, als sie auf den breiten Gehsteig kamen. Jana fiel auf, wie bedrückt er wirkte.

»Was ist denn?«, fragte sie.

Sie begannen nebeneinander her zu gehen.

»Ach, nichts Besonderes. Henrik Levin hat mich eben angerufen und wollte mit mir über Danilo Peña sprechen.«

»Ist noch etwas vorgefallen?«

»Nein, er wollte nur mehr über den Zwischenfall im Untersuchungsgefängnis wissen, und ich habe ihm versprochen, mich mit ihm und Mia Bolander in zwanzig Minuten vor dem Landgericht zu treffen.«

»Du hast gestern erzählt, dass Peña mich sehen will«, sagte sie und spürte, wie sich ihr Puls beschleunigte. Es war riskant, weitere Fragen über Danilo zu stellen, aber sie musste wissen, ob er noch mehr über sie verraten hatte.

»Und ich habe ihm schon erklärt, dass er das ganz schnell vergessen kann«, antwortete Per. Er zog eine sportliche Sonnenbrille aus der Brusttasche seines Sakkos, eher er sich die Jacke über die Schulter hängte. »Ich entscheide, wen er sehen darf, nicht er.«

Es muss einen Zusammenhang geben, dachte Jana und machte zwei Radfahrern Platz, die an ihnen vorbeisausten. Einen Zusammenhang zwischen Danilos Forderung, sie zu sehen, und der Drohung gegenüber Per.

»Können wir nicht mit dem Thema Danilo Peña aufhö-

105

ren und lieber über etwas Angenehmes sprechen?«, schlug Per vor.

»Was denn zum Beispiel?« Jana sah direkt in seine Sonnenbrille. Sie gefiel ihr nicht sonderlich, denn er sah damit wie ein Insekt aus.

»Zum Beispiel, dass ich dich heute Abend um sechs abhole.«

»Das haben wir doch gar nicht ausgemacht.«

»Ich habe es ausgemacht.«

»Aber ich habe keine Zeit«, sagte sie. »Ich besuche das Grab meiner Mutter.«

»Wann denn?«

»Mein Vater hat beschlossen, dass wir um fünf da sein sollen.«

»Und danach?«

»Ich unterstütze die Polizei bei der Suche nach dem verschwundenen Jungen.«

»Okay, du hast Termine, das habe ich begriffen, aber ich würde dich heute Abend so gern sehen.«

Er lächelte sie bittend an.

»Du gibst nicht auf, oder?«, sagte sie und erwiderte unwillkürlich sein Lächeln.

»Hartnäckig ist mein zweiter Vorname.«

»Das heißt, ich habe eigentlich keine andere Wahl, als mich mit dir zu treffen?«

»So ähnlich. Aber ich glaube ja, dass du mich eigentlich sehen willst.«

»Allmählich verstehe ich. Wenn Hartnäckig dein zweiter Vorname ist, dann lautet dein Nachname Selbstsicher?«

Er lachte auf.

»Ich hole dich in Knäppingsborg ab«, sagte er. »Und zieh dir Trainingssachen an.«

»Ich dachte, wir gehen essen.«

»Das werden wir. Unter anderem.«

»Per?«, fragte sie misstrauisch.

»Ja?«

»Was hast du vor?«

»Das wird eine Überraschung.«

8

Erst als Rebecka Malm das Untersuchungsgefängnis verließ, fiel ihr ein, dass sie ihr Feuerzeug vergessen hatte.

»Hast du Feuer?«, fragte sie Marko, der mit einer Schachtel Zigaretten in der Hand neben ihr stand.

»Yes«, sagte er und warf ihr sein Feuerzeug zu.

Sie steckte sich die Zigarette an, nahm einen tiefen Zug und hielt dann ihr Gesicht in die Sonne.

»Du hast heute früh verdammt lang gebraucht, um Peña sein Frühstück zu bringen«, bemerkte Marko.

»Findest du?«

Rebecka sah ihn an und versuchte zu begreifen, worauf er hinauswollte.

»Hast du mit ihm gesprochen?«, fragte er.

»Ja, ich habe mit ihm gesprochen«, entgegnete sie und spürte, dass sie dummerweise errötete. »Ich hielt es für wichtig, um Vertrauen zwischen uns aufzubauen.«

»Vertrauen? Er ist ein Monster und unterliegt den höchsten Sicherheitsauflagen, hast du das noch immer nicht kapiert?«

»Ja, und genau deshalb habe ich mit ihm gesprochen«, sagte sie. »Du weißt doch, wie sich Isolationshaft auf die Psyche auswirken kann.«

Sie nahm noch einen Zug.

»Wir sind doch keine verdammten Psychologen«, erwiderte er. »Wenn Peña reden will, dann müssen eben seine Möbel dafür herhalten.«

»Ich verstehe nicht, warum du so ein Idiot bist«, sagte sie genervt und blies den Rauch aus.

»Unsere Insassen sind minderintelligente Menschen, die nicht mal wissen, wie man Elektrozahnbürste schreibt, aber trotzdem verdammt gut darin sind, dir ins Hirn zu kriechen. Lass nicht zu, dass einer von ihnen das tut. Das ist es nicht wert, es wird dich total fertigmachen.«

»Wovon redest du eigentlich?«, meinte sie verärgert. »Es wird mich überhaupt nicht fertigmachen.«

»Doch, aber du merkst es nicht. Du bist jung, Rebecka. Es ist besser, wenn du dir einen anderen Job suchst.«

Marko sah sie lange an.

»Du sprichst aus eigener Erfahrung, oder?«, sagte sie.

Marko straffte die Schultern und drückte seine Zigarette aus.

»Wer hat dich fertiggemacht?«, fuhr sie fort.

»Niemand«, erwiderte er. »Ich habe nur vergessen, mir einen anderen Job zu suchen.«

Jana Berzelius betrachtete die schwarzen Ordnerrücken im Regal ihres Büros in der Staatsanwaltschaft und dachte an Per. Ihr ließ es keine Ruhe, dass er von drei Männern bedroht worden war.

Es war nicht das erste Mal. Im Frühjahr, als Danilo sie gezwungen hatte, ihm in ihrer Wohnung Unterschlupf vor der Polizei zu gewähren, hatte er damit gedroht, Per den Hals bis zu den Rückenwirbeln durchzuschneiden, sollte sie jemandem von seinem Aufenthaltsort erzählen.

Aber warum hatte er ihm jetzt gedroht? Weil Per ihm ein Treffen mit ihr verwehrt hatte?

Unruhig erhob Jana sich vom Stuhl, ging zum Fenster und blickte auf die Stadt hinunter, die vor Hitze kochte.

Sie sollte sich mit Danilo treffen, um herauszufinden, was er von ihr wollte. Das wäre am vernünftigsten. Aber sie hatte sich geschworen, ihn aus ihrem Leben herauszuhalten.

Frustriert legte sie die Hand in den Nacken. Als sie die deformierten Buchstaben unter ihren Fingern spürte, dachte sie wieder an den Mann, gegen den sie in dem illegalen Club gekämpft hatte. Bei dem Gedanken daran, dass er die Narben gesehen hatte, befiel sie wieder diese Unruhe. Vielleicht hatte sie mit Danilos Drohung zu tun oder damit, dass er ein Treffen mit ihr gefordert hatte und sie nicht wollte, dass Per oder jemand anders etwas von ihrer gemeinsamen Vergangenheit erfuhr.

Sie musste herausfinden, wer dieser Mann eigentlich war, und zwar jetzt.

Wo sollte sie ihre Suche beginnen? Im illegalen Kampfclub?

Sie hatte keine Ahnung, ob die Leute dort etwas über ihren Gegner wussten, aber was hatte sie schon für eine Alternative?

Vor dem Landgericht warteten Henrik Levin und Mia Bolander bereits auf ihn. Als Per Åström ihre ernsten Mienen sah, durchfuhr es ihn eiskalt. Er wusste nicht, wie viel er ihnen von Danilo Peña erzählen sollte, aber sie durften auf keinen Fall alles erfahren, was während der Vernehmung gesagt worden war. Womöglich würde ihm der Fall wegen Befangenheit entzogen werden, wenn herauskam, dass Peña ihn bedroht hatte.

»Bitte entschuldigen Sie, dass wir Sie so kurz vor der Gerichtsverhandlung stören«, sagte Levin. »Aber wir nehmen die Tatsache sehr ernst, dass Peña seinen Strafverteidiger bewusstlos geschlagen hat.«

»Ich weiß, dass Sie den Fall ernst nehmen. Dass Peña so reagieren würde, war ...« Per holte tief Luft. »Das war nicht gut. Ganz einfach.«

»Dennoch haben Sie uns nicht von dem Vorfall berichtet?«, fuhr Levin fort.

»Ich hatte es vor, aber ich musste mich auf die Eröffnungsrede vorbereiten, die ich gleich halten werde«, antwortete Per und hörte dabei selbst den falschen Unterton in seiner Stimme. »Es geht um einen jungen Mann, der gestohlene Fahrräder im Internet verkauft hat. Er ist wirklich ...«

»Warum sind Sie eigentlich so arrogant?«, unterbrach Mia Bolander ihn. »Peña hat sich gerade eines weiteren schweren Verbrechens schuldig gemacht, und Sie befassen sich mit gestohlenen Fahrrädern?«

»Ich bin doch nicht bewusstlos geschlagen worden.«

»Aber Peña spielt eine zentrale Rolle in unseren Ermittlungen«, sagte Levin. »Und wir machen uns Sorgen um Ihre Sicherheit.«

»Das müssen Sie nicht.«

Mia Bolander betrachtete ihn aufmerksam, als hätte sie durchschaut, dass er ihnen Informationen vorenthielt.

»Warum haben Sie Peña noch einmal vernommen?«, fragte sie.

»Ich wollte die Vernehmung von gestern weiterführen«, erklärte Per.

»Und was haben Sie herausgefunden?«

»Er hat nichts gesagt. Jedenfalls nichts Vernünftiges.«

Levin schob die Hände in die Hosentaschen.

»Er hat nichts zum Thema Jana Berzelius gesagt?«

»Wie bitte?«, fragte Per, obwohl er die Frage des Kommissars sehr wohl gehört hatte.

»Peña wollte Ihre Kollegin sehen«, entgegnete Levin. »Hat er dazu noch etwas gesagt?«

»Nein«, log Per.

»Haben Sie herausfinden können, warum er sie sehen will?«

»Ich bin mir sicher, dass er uns mit seiner Forderung nur verwirren will. Er wird seinen Willen ohnehin nicht durchsetzen.«

Per lächelte, aber in seinem Kopf wirbelten die Gedanken wild durcheinander. Niemand wusste, warum Peña ausgerechnet Jana sehen wollte, nicht einmal sie selbst schien es zu wissen. Was seltsam war, weil Peña ausdrücklich nach ihr gefragt hatte. Und es war ihm offenbar wichtig, da er sogar versucht hatte, seinen Willen mithilfe von Drohungen durchzusetzen. Per glaubte Jana natürlich, aber zugleich ging ihm nicht aus dem Kopf, dass Peña ihren Nacken erwähnt hatte.

Alles ist möglich, nicht wahr, Per Åström? Warten Sie nur ab.

Warum konnte er diese Sätze nicht vergessen? Es war doch ganz offensichtlich, dass Danilo Peña versuchte, seine Gedanken zu beeinflussen.

»Okay«, sagte Mia Bolander und unterbrach seine Überlegungen. »Mag sein, dass Peña uns nur verwirren will, aber es ist doch vollkommen gestört, wenn er seinen Anwalt misshandelt. Was tun wir dagegen?«

»Er sitzt ja schon im Gefängnis, also können wir momentan nichts weiter unternehmen«, sagte Per und sah auf seine Armbanduhr. »Es tut mir leid, aber ich muss jetzt los.«

Jana Berzelius biss sich fest auf die Lippe, während sie die Staatsanwaltschaft verließ. Auf dem Weg zur Tiefgarage war sie immer überzeugter davon, dass es die richtige Entschei-

dung war, die Identität ihres Gegners im illegalen Kampfclub herauszufinden. Ein dumpfes Signal kündigte einen
Anruf auf ihrem Handy an. Es war Henrik Levin.

»Ich wollte nur vom Besuch bei der Firma für Sicherheitstechnik berichten«, sagte er. »Ich hätte das schon früher
tun sollen, aber wir hatten einen Zwischenfall im Untersuchungsgefängnis. Ein Strafverteidiger wurde leider von seinem Mandanten schwer verletzt.«

»Per Åström hat mir bereits davon erzählt.«

»Ach ja?«, meinte Levin. »Dann hat er vielleicht auch erzählt, dass Peña nach Ihnen gefragt hat?«

Jana befiel wieder diese innere Unruhe. Sie fragte sich,
wohin das Gespräch führen würde, und blieb stehen.

»Ja, aber ich habe keine Ahnung, weshalb«, antwortete
sie und versuchte dann auf das ursprüngliche Thema umzu-
lenken. »Sie wollten mir von Ihrem Besuch bei Direktalarm
berichten?«

»Ja. Wir haben mit dem Verkäufer Fredrik Axelsson gesprochen, der für das Gebiet Åselstad zuständig ist. Aber
Fehlanzeige.«

»Fehlanzeige?« Jana ging langsam die Treppen weiter hinunter.

»Er war gestern gar nicht in Åselstad, sondern in Dagsberg, was mehrere Personen bezeugen können. Von dort
sind es über zehn Kilometer nach Åselstad, und zwischen
seinen Terminen kann er es unmöglich hin und wieder
zurück nach Dagsberg geschafft haben.«

»Und wer war dann in Åselstad?«

»Das wissen wir noch nicht.«

»Konnte dieser Fredrik Axelsson Ihnen da nicht weiterhelfen?«

»Nein, und auch sonst niemand von der Firma.«

Jana blieb stehen und dachte nach.

»Ich glaube, wir brauchen Witells Hilfe«, sagte sie schließlich. »Er hat doch gesagt, dass auf dem Lieferwagen *Direktalarm* stand, oder?«

»Ja, aber aus dem Fuhrpark des Unternehmens ist kein Auto gestohlen oder verliehen worden.«

»Also muss einer von den Angestellten dort gewesen sein«, stellte sie fest und wich einem Postboten aus, der an ihr vorbei durchs Treppenhaus eilte. »Wie viele Angestellte hat die Firma?«

»Siebzehn, davon fünfzehn Männer.«

»Zeigen Sie Witell Fotos von den fünfzehn Männern. Einer davon hat sich zur Tatzeit in der Gegend aufgehalten, und er muss uns helfen herauszufinden, wer es war.«

»Können Sie sich das Foto bitte noch einmal ansehen?«

»Das tue ich doch«, antwortete Sam Witell und schob die Hände unter die Oberschenkel, ehe er sich auf dem harten Stuhl im Vernehmungsraum vorlehnte.

»Lassen Sie sich Zeit«, sagte der Strafverteidiger, der neben ihm saß.

»Erkennen Sie ihn?«, fragte Henrik Levin und zeigte auf das Foto, das auf dem Tisch lag.

»Nein«, antwortete Sam und sah erst ihn an und dann Mia Bolander, die sich ebenfalls über den Tisch beugte. »Wer ist das?«

»Das ist Fredrik Axelsson«, erklärte Mia Bolander. »Er arbeitet bei der Firma Direktalarm und ist für das Gebiet zuständig, in dem Sie wohnen.«

Sam dachte an den Mann zurück, der vor seinem Haus gewartet hatte. Er versuchte sich an sein Aussehen zu erinnern und betrachtete dann noch einmal das Foto.

»Dieser Mann hat jedenfalls nicht vor unserem Haus gestanden.«

»Sicher nicht?«, hakte die Polizistin nach.

»Nein, er war rothaarig und hatte einen Kurzhaarschnitt. Mag sein, dass er genauso groß war, aber er hatte mehr Muskeln.«

»Wir haben hier noch mehr Fotos«, fuhr Levin fort.

Sam seufzte und starrte dann den Kommissar an, während dieser in einem Fotostapel blätterte. Warum legte er nicht alle auf einmal auf den Tisch? Warum musste alles nur so lang dauern?

»Alles in Ordnung, Herr Witell?«, fragte der Verteidiger.

»Ja, ja«, antwortete Sam.

»Diese vier Männer haben eine Kurzhaarfrisur oder hatten zumindest zum Zeitpunkt der Aufnahme kurzes Haar«, sagte Levin und legte die Fotos vor Sam auf den Tisch. »Erkennen Sie einen davon?«

Sam schüttelte den Kopf.

»Ganz sicher?«, fragte Levin.

»Sie glauben, dass einer davon Jonathan entführt hat, oder?«

»Wir glauben gar nichts.«

»Sie wissen also immer noch nicht, wo Jonathan sich befindet?«

»Sie erkennen demnach keinen dieser Männer?«, hakte Levin noch einmal nach.

»Nein«, sagte Sam und versuchte den Kloß in seinem Hals herunterzuschlucken. Es war unbegreiflich, dass sie Jonathan noch nicht gefunden hatten. Vollkommen unbegreiflich.

»Dann machen wir weiter.«

»Nein, der war es nicht«, sagte Sam mit zitternder Stimme, als Levin ein neues Foto auf den Tisch legte.

»Nein«, lautete seine Antwort auch beim nächsten Foto. Und beim übernächsten.

»Das war das letzte«, erklärte Levin schließlich.

Sam konnte die Tränen nicht mehr zurückhalten.

»Das ist doch unmöglich«, sagte er und spielte verzweifelt an den Fotos herum. »Er muss doch irgendwo sein!«

Sam bekam keine Antwort, aber als er den Blick hob und die nachdenkliche Miene des Kommissars sah, begriff er, warum.

Levin hatte denselben Gedanken wie er.

»Die Presse hat jetzt frühere Fälle von Kindesentführung ausgebuddelt«, sagte Mia Bolander und blickte auf das gesprungene Display ihres Handys.

Sie lehnte an der Arbeitsfläche des Pausenraums, in dem es nach Fleischbällchen mit Kartoffeln und brauner Soße roch, die Ola gerade in der summenden Mikrowelle auftaute.

Sie selbst würde zum Mittagessen Instantnudeln mit Rindfleischgeschmack essen. Oder war es Hähnchengeschmack? Das war auf der sonnenverblichenen Packung kaum zu erkennen. Die asiatischen Nudeln hatten zwei Wochen lang ganz hinten auf der Arbeitsfläche gelegen. Wem sie gehörten, wusste sie nicht. Aber der ehemalige Besitzer war selbst schuld, wenn er seine Sachen nicht kennzeichnete.

»Was denn für Entführungsfälle?«, fragte Ola und blickte ungeduldig in die Mikrowelle. Es war ein spätes Mittagessen geworden.

Mia fuhr mit dem Finger über das Display und las den Artikel, den *Norrköpings Tidningar* veröffentlicht hatten.

»Unter anderem den Fall mit dem Mann, der vor fünf

Jahren versucht hat, eine Zehnjährige in der Gegend von Haga zu entführen.«

»Ich erinnere mich«, sagte Ola. »Er wollte sie in sein Auto locken.«

»Genau, aber er hat es zum Glück nicht geschafft.«

Die Mikrowelle piepste laut. Ola öffnete die Tür.

Mia las weiter in dem Artikel. Darin hieß es, dass auf der ganzen Welt erschreckend viele Menschen jedes Jahr verschwanden und dass im Prinzip jeder immer und überall entführt werden konnte. Einige wurden einen Tag später wiedergefunden, andere erst nach dreißig Jahren. Und manche nie.

»Sie schreiben, dass viele Kinder von einem Elternteil entführt und ins Ausland gebracht werden«, sagte sie und folgte Ola mit dem Blick, als er sein Essen zum Tisch trug.

»Glaubst du, das trifft auf Sam Witell zu?«, fragte ihr Kollege. »Meinst du, er hat seinen Sohn in irgendein weit entferntes Land bringen lassen?«

»Nein, aber es ist doch seltsam, dass wir immer noch keine Beweise gegen ihn haben.«

»Vielleicht ist er ja unschuldig«, meinte Ola und blies auf die dampfenden Fleischbällchen, um sie abzukühlen.

»Unschuldig? Einen Scheiß ist er«, murmelte Mia.

»Du glaubst also, dass Witell mit dem Mord und mit Jonathans Verschwinden zu tun hat?«

»Wenn wir nur im Mordfall Felicia Witell zu ermitteln hätten, wen würden wir dann verdächtigen? Ihren Mann, oder? Und Sam Witell ist ihr Mann.«

»Aber wie sollen wir seine Schuld beweisen?«

»Ich weiß es nicht, aber wir müssen ihn wohl weiterhin unter Druck setzen. Ich habe immer noch das Gefühl, als würde er irgendwas verbergen.«

»Was denn?«

»Keine Ahnung.«

Ola sah sie nachdenklich an.

»Vielleicht ist er jemand anders, als er vorgibt zu sein?«, sagte er und steckte sich ein Fleischbällchen in den Mund.

Mia zuckte mit den Schultern.

»Vielleicht«, sagte sie.

»Sind Sie sicher, dass Sie mir Fotos von all Ihren Angestellten geschickt haben?« Henrik Levin stand in seinem Büro und telefonierte mit dem Handy. Eine Fliege surrte wütend an der Fensterscheibe und suchte verzweifelt einen Weg nach draußen. Henrik fühlte sich bei seiner Jagd nach dem Täter und dem verschwundenen Jungen genauso verzweifelt.

»Ja«, antwortete die Dame an der Rezeption von Direktalarm.

»Das kann aber nicht sein«, sagte er. »Ein Zeuge hat gestern einen Ihrer Lieferwagen in Åselstad gesehen.«

»Fredrik Axelsson ist für Åselstad zuständig.«

»Das wissen wir, aber er war dort nicht.«

»Seltsam. Könnte es Anders gewesen sein? Nein, der hat gerade Urlaub …«

Urlaub, dachte Henrik.

»Gibt es bei Ihnen eine Urlaubsvertretung?«, fragte er.

»Ja«, bestätigte sie.

»Wie sieht die aus?«

»Na ja, wir holen uns Aushilfen.«

»Und als Aushilfe zählt man als Angestellter?«

»Als kurzfristig angestellt, ja.«

»Wie viele Aushilfen haben Sie denn?«, fragte er weiter und beobachtete die Fliege, die jetzt auf dem Fensterbrett umherkrabbelte.

»Zwei.«

»Also haben Sie mir nicht von allen Angestellten ein Foto geschickt.«

Eine Weile herrschte Schweigen, während die Dame vom Empfang zu begreifen versuchte, was er gesagt hatte.

»Sie brauchen also auch Fotos von den Aushilfen?«

»Ganz genau.«

»Tut mir leid«, sagte sie und klang ehrlich zerknirscht. »Das wusste ich nicht.«

»Wie heißen denn die Aushilfen?«

»Terry Lindman und Jesper Palmgren. Wir könnten ein altes Foto von Palmgren haben, weil der schon seit mehreren Jahren im Sommer für uns arbeitet. Lindman ist neu, er unterstützt uns vor allem im Neubaugebiet Ljurafältet, und wir haben es noch nicht geschafft … ich meine … wir werden ein Foto von ihm machen, ich weiß nur noch nicht, wann.«

Die Fliege war verstummt. Henrik sah, wie sie auf dem Fensterbrett lag und mit ihren schwarzen Beinen in der Luft zappelte.

»Sind die beiden im Büro?«

»Jesper Palmgren schon, aber Terry Lindman nicht. Er hat sich heute krankgemeldet.«

»Könnten Sie mir bitte die Kontaktdaten der beiden geben?« Henrik stand auf, öffnete das Fenster, und die Fliege verschwand mithilfe des Luftzugs nach draußen.

»Na klar, ich fange mal mit Terry Lindman an.«

»Moment«, sagte Henrik und schloss das Fenster, ehe er zum Schreibtisch zurückkehrte und nach einem Stift griff. »Gut, jetzt bin ich soweit.«

Auf einem Block notierte er sich Personen- und Telefonnummer sowie die Adresse, die die Empfangsdame ihm langsam diktierte.

»Von Jesper Palmgren habe ich zwei Handynummern«, sagte sie. »Ich schaue nur eben nach, welche die aktuelle ist, Moment …«

Es wurde still in der Leitung. Henrik beschloss, währenddessen Terry Lindman im Strafregister zu suchen. Er erweckte seinen Computer zum Leben, gab sein Passwort und Lindmans Personennummer ein und zuckte zusammen, als er das Ergebnis sah.

»Wissen Sie was?«, sagte er. »Sie können darauf verzichten, ein Foto von Terry Lindman zu machen.«

»Warum?«

»Wir haben schon ein Bild von ihm.«

9

Über der bunten Mischung aus verschiedensten Unternehmen im Industriegebiet Butängen stieg eine dünne Rauchsäule auf, und weit entfernt war der dröhnende Verkehr des Ståthögavägen zu hören. Jana Berzelius hatte ihren Wagen vor einem Farben- und Tapetengeschäft abgestellt und wollte gerade aussteigen, als ihr Handy klingelte. Es war schon wieder Levin.

»Wir haben Witell die Fotos der Angestellten von Direktalarm gezeigt«, sagte er. »Aber er konnte keinen davon identifizieren.«

»Vielleicht ist er unsicher«, erwiderte sie. »Sie wissen doch, wie das Gesichtsgedächtnis funktioniert.«

»Er hat nicht ein einziges Mal gezögert.«

»Hatten Sie den Eindruck, als würde er die Wahrheit sagen?«

»Ja«, bestätigte Levin. »Aber ich habe soeben erfahren, dass zwei weitere Personen bei dem Unternehmen arbeiten. Sie heißen Terry Lindman und Jesper Palmgren. Beide sind Aushilfen, und einer davon dürfte uns nicht ganz unbekannt sein.«

»Wer?«

»Terry Lindman. Ich habe ihn im Strafregister gefunden. Er hat sechs Jahre in Skänninge eingesessen, wegen eines schweren Drogendelikts. Man hat ihn vor seinem eigenen Haus erwischt, wie er Drogen aus einem gemieteten Lastwagen ausgeladen hat. Lindman behauptete, er habe nicht gewusst, dass Drogen in den Kartons gewesen seien, aber da in seiner Wohnung mehrere Kilo Amphetamin und Marihuana gefunden wurden, verurteilte man ihn zu einer Gefängnisstrafe. Es gibt mehrere Artikel darüber im Internet.«

»Lindman hat also sechs Jahre im Gefängnis gesessen?«, wiederholte Jana.

»Ja, aber er wurde kürzlich entlassen.«

»Und hat sofort eine Arbeit als Verkäufer von Alarmanlagen bekommen? Das passt nicht so ganz zusammen. Haben Sie Witell ein Foto von ihm gezeigt?«, wollte Jana wissen.

»Wann hätte ich das tun sollen?«, fragte Levin irritiert. »Ich habe doch gerade erst von Lindmans Existenz erfahren.«

»Dann sollten Sie ihm umgehend ein Foto zeigen. Geben Sie mir Bescheid, wie er reagiert hat«, sagte sie und beendete das Gespräch.

Danach tippte sie »Terry Lindman« ins Suchfeld von Google. Ganz oben in der Trefferliste stand ein Artikel mit der Überschrift »Prozess gegen Lindman heute eröffnet«. Als sie ihn anklickte, fiel ihr Blick auf das Foto eines Mannes mittleren Alters. Sie verweilte ein wenig bei seinen Augen. Irgendetwas daran kam ihr bekannt vor, aber sie vermochte nicht zu sagen, was es war.

Mit gerunzelter Stirn legte sie ihr Handy in die Tasche und stieg aus dem Auto. Sie ging an dem Farben- und Tapetengeschäft vorbei, umrundete einen Holzzaun und gelangte zum Hinterhof, wo die Räumlichkeiten der Umzugsfirma und des illegalen Kampfclubs lagen.

Sam Witell ging im Vernehmungsraum auf und ab. Man hatte ihn gezwungen, hierherzukommen. Schon wieder.

Um mit der Polizei zu reden. Schon wieder. Er begriff nicht, was die Polizei von ihm wollte. Er hatte doch gerade erst hier gesessen und sich einen Haufen Fotos angesehen. Fünfzehn Männer hatte er sich angeschaut, und keiner davon sah aus wie der Unbekannte, der vor seinem Haus auf ihn gewartet hatte.

Sam versuchte, sich das Aussehen des Mannes ins Gedächtnis zurückzurufen. Es lief ihm eiskalt über den Rücken, als es ihm schließlich gelang. Er sah den stieren Blick vor sich, das kurz geschorene Haar und die muskulösen Arme.

Die Tür wurde geöffnet, und Henrik Levin kam herein. Er wirkte angespannt und hatte dunkle Schweißflecken unter den Armen.

»Was ist passiert?«, fragte der Strafverteidiger, der ebenfalls anwesend war.

»Ich habe mit dem Unternehmen für Sicherheitstechnik gesprochen«, berichtete Levin.

»Und was sagen sie?«, rief Sam. »Dass ich lüge? Dass ich mir das alles nur ausgedacht habe, natürlich!«

»Beruhigen Sie sich«, sagte Levin. »Wir glauben Ihnen.«

»Einer von deren Verkäufern stand gestern vor meinem Haus, Sie müssen mir das glauben!«

»Haben Sie gehört, was ich eben gesagt habe? Wir glauben Ihnen, Herr Witell. Aber jetzt beruhigen Sie sich bitte erst mal.«

Sam rieb sich mit den Händen übers Gesicht und holte tief Luft.

»Ich habe soeben das Foto eines weiteren Mannes bekommen und möchte Sie jetzt bitten, es sich kurz anzusehen«, erklärte Levin. »Er heißt Terry Lindman und arbeitet bei dem Unternehmen als Aushilfe und Urlaubsvertretung.«

Der Kommissar zog sein Handy aus der Tasche.

»Darf ich Ihnen das Foto zeigen?«

»Bitte sehr!«

Sam lehnte sich vor, betrachtete das Display und schnappte nach Luft.

»Erkennen Sie ihn?«

Sam blickte auf und sah dem Kommissar in die Augen.

»Er war es.«

»Sind Sie sich da ganz sicher?«

»Ja«, sagte Sam und nickte. »Das war der Mann, den ich vor meinem Haus gesehen habe.«

Jana stand eine Weile reglos da. Aus ihrem Versteck hinter einem Gebäude ließ sie ihren Blick wachsam über den Hinterhof schweifen. Die Umzugsfirma, deren Räumlichkeiten der Kampfclub nutzte, lag gut hundert Meter vor ihr.

Ein Lastwagen stand an der Laderampe, die Ladebordwand war abgesenkt.

Jana holte enttäuscht Luft. Sie hatte gehofft und auch geglaubt, dass niemand dort sein würde.

Gerade wollte sie zu ihrem Auto zurückkehren, als sie einen braungebrannten bärtigen Mann sah, der hinter dem Lastwagen hervorkam. Er trug eine lange Arbeitshose, einen braunen Pullover und ein Basecap. Mit dem Finger betätigte er einen Knopf, woraufhin die Ladebordwand wieder hochfuhr.

In Jana keimte erneut die Hoffnung auf, als ihr klar wurde, dass der Mann den Ort gleich verlassen würde.

Regungslos blieb sie stehen und wartete.

Mia und Henrik waren unterwegs zur Vrinnevigatan 16, wo Terry Lindman wohnte.

Direkt neben dem betreffenden Haus befand sich ein

ehemaliges Lebensmittelgeschäft. An der Fassade hingen noch sonnenverblichene Plakate, die Äpfel für zehn Kronen das Kilo bewarben. Auf der anderen Seite waren ein Friseursalon und ein Massagestudio untergebracht.

Lindman wohnte im sechsten Stock, am Ende eines langen Flurs.

Mia klingelte, wartete und klingelte dann erneut.

Die Tür wurde von einem Mann mit kurz geschorenem Haar und geschwollener roter Nase geöffnet. Mia betrachtete ihn und leitete von seiner Körpergröße und seinen muskulösen Armen ab, dass dies der Mann sein musste, von dem Witell gesprochen hatte.

Sie zeigte ihren Ausweis und stellte sich und Henrik vor.

»Wir müssen uns ein bisschen mit Ihnen unterhalten. Dürfen wir hereinkommen?«, fragte sie. »Oder sind Sie zu krank, um zu reden?«

»Nein, ich fühle mich heute nur ein bisschen abgeschlagen«, antwortete Lindman und trat zur Seite, um sie einzulassen.

Sie gingen durch den Flur in die Küche. Auf dem Tisch stand ein Notebook, das Lindman zusammenklappte.

»Sie arbeiten als Verkäufer für Alarmanlagen, richtig?«, fragte Henrik.

»Ja.«

»Gefällt es Ihnen dort?«

»Es ist okay, aber nur eine Urlaubsvertretung. Ich bewerbe mich nebenbei auch auf andere Jobs. Wobei ich schon gern bleiben würde, wo ich jetzt bin.«

»Was hält denn Ihr Arbeitgeber davon, dass Sie im Gefängnis waren?«, erkundigte sich Mia.

»Was hat das damit zu tun? Ich habe Bewerbungsgespräche geführt, alle Tests durchlaufen und sogar eine fünftägige Ausbildung absolviert.«

»Das heißt, die wissen gar nichts von Ihrer kriminellen Vergangenheit?«, fuhr Mia fort.

»Hören Sie mal zu«, sagte Lindman verärgert. »Ich habe meine Strafe abgesessen, und ich arbeite nicht, um jemandem Schwierigkeiten zu machen, sondern um Geld zu verdienen.«

Er fuhr sich übers kurz geschorene Haar.

»Sie haben gestern gearbeitet?«, fragte Mia.

»Ja, wieso?«

»Wo?«

»Bei Direktalarm natürlich.«

»Aber in welchem Gebiet?«

Schweigen senkte sich über die Küche. Lindman legte die Stirn in Falten, er schien nachzudenken, aber Mia war zu ungeduldig, um auf eine Antwort zu warten.

»Sie erinnern sich nicht mehr?«, sagte sie seufzend. »Dann helfe ich eben nach. Laut der Aussage eines Zeugen haben Sie sich gestern Nachmittag in Åselstad aufgehalten. Kann das sein?«

Terry Lindman nickte.

»Ja«, sagte er. »Das stimmt. Ich war da, um Alarmanlagen zu verkaufen.«

»Gut. Sind Sie dabei einem Mann namens Sam Witell begegnet?«

»Schwer zu sagen, ich sehe ja tagsüber ziemlich viele Menschen, das gehört zu meiner Tätigkeit.«

»Das ist mir schon klar«, sagte Mia. »Aber der Mann, von dem ich spreche, hat grau meliertes Haar und wohnt in einem weißen Haus am See.«

»Dann weiß ich, wen Sie meinen. Das war der letzte Termin auf meiner Tour. Aber er hatte kein Interesse an einer Alarmanlage, also bin ich nach Hause gefahren.«

»Und wie spät war es da?«

»Ungefähr fünf.«

Mia biss sich auf die Lippe. Lindman hatte das Gebiet also noch vor der Tatzeit verlassen.

»Was haben Sie anschließend gemacht?«, fragte sie.

»Ich war um sechs im Kino.«

»Mit wem?«

»Mit mir selbst.«

»Und welchen Film haben Sie gesehen?«

»Diesen neuen mit Alicia Vikander.«

»Aha. Haben Sie vor dem Haus der Familie Witell in Åselstad irgendetwas Ungewöhnliches bemerkt?«

»Nein, was sollte das gewesen sein?«

»Genau das wollte ich ja von Ihnen wissen«, erwiderte Mia seufzend.

Sobald der Lastwagen den Hinterhof verlassen hatte, trat Jana Berzelius hinter der Hausecke hervor.

Vor dem Eingang des Umzugsunternehmens lagen zahlreiche Zigarettenkippen.

Sie drückte die Türklinke herunter. Die Tür war abgeschlossen.

Schnell lief sie zur Laderampe. Das breite Tor stand noch immer offen und führte direkt ins Lager der Umzugsfirma.

Jana ließ ihren Blick über hohe Stapel Umzugskartons, orangefarbene Gabelstapler und Sofas in Plastikfolie schweifen. Sie erinnerte sich an den Geruch von Staub und Schmutz. Hier hatte sie gekämpft.

Ein Stück weiter vorn sah sie drei Türen und nahm an, dass eine davon in ein Büro führte.

War es wirklich eine so gute Idee, hier einzudringen, um mehr über den Mann herauszufinden, gegen den sie gekämpft hatte?

Jana suchte mit dem Blick nach Überwachungskameras, doch sie entdeckte keine. Sie sah auch keine Bewegungen, keine Schatten.

Obwohl das Tor offen stand, schien das Lager menschenleer zu sein. Sie versuchte sich einzureden, dass alles ganz einfach war. Sie musste sich nur beeilen.

Jana legte ihre Hände auf die Laderampe und hievte sich hoch. Lautlos ging sie an den Möbeln entlang, gelangte zur ersten Tür und öffnete sie. Dahinter befand sich eine kleine Küche, in der sich einige der hellgelben Fliesen gelöst hatten. Sie öffnete die nächste Tür und warf einen raschen Blick auf eine Toilette mit rostigem Waschbecken.

Mit steigendem Pulsschlag ging sie zur dritten und letzten Tür, legte die Hand auf die Klinke und drückte sie nach unten.

Die Tür glitt auf. Jana trat ein und ließ sie einen Spalt offen stehen. Dann lächelte sie.

Sie stand im Büro.

»Okay, danke«, hörte Henrik seine Kollegin sagen, als sie sich wieder ins Auto gesetzt hatten. Sie legte ihr Handy in den Schoß, schnallte sich an und lehnte den Kopf gegen die Nackenstütze.

»Und?«, fragte er.

»Der Film, von dem Terry Lindman gesprochen hat, lief zwar gestern um sechs im Kino Filmstaden, aber die Angestellten können anhand unserer Beschreibung nicht sagen, ob er tatsächlich dort gewesen ist.«

»Wir sollten ihnen ein Foto rübermailen.«

»Klar, das machen wir, aber wenn du mich fragst, dann ist dieser Mann ein echter Reinfall.«

»Ja«, sagte Henrik und zog sein Handy aus der Tasche. »Leider.«

»Leider? Mehr hast du dazu nicht zu sagen? Es ist doch zum Kotzen, dass wir noch immer keine vernünftigen Zeugenaussagen aus Åselstad bekommen haben, oder? Jemand hat eine Frau ermordet und einen kleinen Jungen entführt, aber niemand hat etwas gehört oder gesehen.«

Henrik antwortete nicht, sondern tippte nur auf seinem Handy herum.

»Wem schreibst du gerade?«, fragte sie genervt.

»Ich muss Jana Berzelius darüber informieren, dass Sam Witell Terry Lindman identifiziert hat«, erklärte er. »Das hatte ich vorhin vergessen.«

»Könnte es sein, dass Jonathan unter Drogen stand?«, fuhr Mia fort, als ihr Kollege mit seiner SMS fertig war. »Da ihn niemand schreien gehört hat, meine ich.«

»Vielleicht«, sagte Henrik und steckte sein Handy wieder in die Tasche. »Oder er hatte solche Angst, dass er sich nicht getraut hat, sich zu wehren. Allerdings müsste außer Sam Witell noch irgendjemand anders die Schreie von Felicia bemerkt haben. Er hat sie ja sogar durchs Telefon gehört.«

»Aber vielleicht haben die Nachbarn sie schon früher mal schreien gehört«, schlug sie vor.

»Du meinst, Sam Witell hat seine Frau geschlagen?«

»Ja.«

»Aber dann hätten die Nachbarn das doch erzählt, als wir sie befragt haben.«

Mia schüttelte den Kopf.

»Ich fasse es nicht«, sagte sie. »Es muss doch irgendjemanden geben, der mehr über das Ehepaar erzählen kann.

Jemanden, der geahnt hat, was da los war, oder der sogar wusste, dass es zwischen den Witells öfter mal zu Streit und Gewalt kam.«

»Oder es ist ein völlig isolierter Vorfall, den niemand hätte vorhersehen können.«

Mia warf ihm einen irritierten Blick zu.

»Ich glaube es nicht!«, sagte sie und schlug sich auf den Oberschenkel.

»Was?«

»Du denkst auch, dass er unschuldig ist, oder? Ola und du, ihr könnt ja einen Verein gründen, verdammt.«

»Wir können uns nicht nur auf Sam Witell einschießen, das weißt du so gut wie ich.«

»Was sollen wir denn dann machen?«, fragte Mia.

»Ich will am liebsten nicht daran denken«, sagte er. »Aber es kann natürlich sein, dass Jonathan das Opfer eines Pädophilen geworden ist.«

»Das ist meiner Meinung nach der falsche Weg. Mir fällt es schwer zu glauben, dass ein Pädophiler Felicia Witell ermordet haben sollte, um an Jonathan ranzukommen.«

»Trotzdem müssen wir das Alibi der einschlägig bekannten Täter überprüfen.«

»Unbedingt, aber …«

»Aber?«

»Ich freue mich wirklich nicht darauf.«

Jana Berzelius sah sich um. Das Büro war klein und mit einem hohen Schrank, einem Schreibtisch und einem Stuhl möbliert.

Sie öffnete die Schreibtischschubladen und suchte zwischen Lieferscheinen und Quittungen herum. Im Schrank fand sie noch mehr Unterlagen. Rasch überflog sie Rechnungen und Inkassoforderungen und stellte fest, dass sämtliche Briefe an einen Mann namens Adnan Khan adressiert waren. Sie blätterte weiter, fand aber keinerlei Hinweis auf die Besucher des illegalen Kampfclubs.

Plötzlich hörte sie einen Knall. Sie sah auf und begriff sofort, dass das Geräusch von einer zufallenden Autotür stammte.

Jemand war auf dem Weg ins Gebäude. Sie war nicht mehr allein.

Sofort ließ sie die Papiere los und sah vorsichtig durch den Türspalt hinaus. Es war der braungebrannte bärtige Mann von vorhin. Vor dem offenen Tor stand sein Lastwagen.

Sie folgte ihm mit dem Blick, sah, dass er auf dem Weg zur Toilette war, und hörte zu ihrem Entsetzen, wie ihr Handy in der Tasche ein Signal von sich gab. Das Geräusch würde sie verraten. Vergeblich sah sie sich nach einem anderen Fluchtweg um.

»Hallo«, sagte der Mann. »Ist da wer?«

Er blieb einige Sekunden nachdenklich stehen und ging dann direkt auf sie zu.

Jana versteckte sich hinter der Tür, stellte ihr Handy auf lautlos und hielt den Atem an.

Sie durfte auf keinen Fall das Risiko einer Entdeckung eingehen.

Der Mann schob die Tür auf und stellte sich auf die Schwelle. Er befand sich ganz in ihrer Nähe. Außer seinen Atemzügen und einem schwachen Klopfen aus irgendwelchen Rohren war nichts zu hören.

Kurz darauf murmelte er irgendetwas und ging wieder hinaus.

Sobald er in der Toilette verschwunden war, lief sie durchs Lager, in Richtung Tor. Noch zehn Meter, sechs, fünf, vier …

Als sie die Spülung der Toilette hörte, steigerte sie das Tempo.

… drei, zwei, eins.

Sie sprang von der Laderampe, seufzte erleichtert und ging zu ihrem Wagen zurück.

Obwohl alle Fenster weit offen standen, war es im Konferenzraum unerträglich stickig.

Henrik Levin standen die Schweißperlen auf der Stirn – aufgrund der Hitze, aber auch wegen der Stapel von Ermittlungsakten, die vor ihm lagen und allesamt von Menschenraub und Sexualverbrechen gegenüber Minderjährigen handelten.

Es gab nichts Schlimmeres als Menschen, die sich an Kindern vergriffen, dachte er, während er in den Unterlagen blätterte.

Das erste Foto, das er hochhielt, zeigte einen Mann in den Sechzigern mit starrem Blick und hoher Stirn.

»Sten Asplund, könnt ihr euch an ihn erinnern?«, fragte Henrik und sah zu Jana Berzelius, Anneli, Gunnar und Ola, die am Tisch saßen. »Er hat zwölf junge Mädchen sexuell missbraucht und eine Neunjährige in einen Fahrradkeller gelockt, wo er sie im Lauf eines Abends mehrmals vergewaltigte. Er wurde unter anderem zu einer Gefängnisstrafe wegen besonders schwerer Vergewaltigung von Kindern verurteilt.«

Henrik zeigte der Runde ein weiteres Foto.

»Widerlich«, lautete Mias Kommentar zu dem Bild einer Frau mit großporiger Gesichtshaut.

»Kristina Asplund«, sagte Henrik. »Die Schwester von Sten Asplund und seine Helferin. Sie wurde zu einer Bewährungsstrafe verurteilt. Vor anderthalb Jahren sind sie zusammen in ein Haus in Åby gezogen und seitdem nicht wieder auffällig geworden.«

Er hielt ihnen ein drittes Foto hin, auf dem ein kleiner Mann mit einem verlegenen Gesichtsausdruck und einem Ring im rechten Ohrläppchen zu sehen war.

»Aron Holm, siebenundzwanzig Jahre alt. Er hat seinen eigenen sexuellen Missbrauch von kleinen Jungs gefilmt, als er vor acht Jahren als Putzmann in einem Kindergarten arbeitete. Später wurde er erneut wegen sexueller Belästigung eines Siebenjährigen verurteilt. Er hat gestanden, den Jungen in ein Waldstück gelockt und sich dort an ihm vergangen zu haben. Holm wurde zu einer Haftstrafe verurteilt, die er in Skänninge abgesessen hat.«

»Wo hält er sich jetzt auf?«

»Er wohnt mit seinem Hund in einem Reihenhaus in Klockaretorpet.«

»Wir sollten ihn uns mal genauer anschauen«, meinte Jana Berzelius und betrachtete das Foto von Jonathan an der Wand.

»Ich werde versuchen, jemanden auf ihn anzusetzen«, sagte Gunnar seufzend und machte sich eine Notiz.

»Haben wir noch jemanden in diesem Stapel?«, fragte Mia und drehte eine Haarsträhne zwischen ihren Fingern.

»Leif Pedersen. Er hat die kleine Isabelle Strand von einem Campingplatz entführt, sitzt aber immer noch im Gefängnis.«

Henrik bekam eine Gänsehaut, als er an den Mann mit den braunen Augen dachte. Isabelle war mit fünf Jahren verschwunden und erst ein Jahr später tot aufgefunden worden. Ein Jahr lang hatte sie in einem Keller Hunger leiden müssen und war immer wieder vergewaltigt worden.

Schließlich hatte Leif Pedersen sie erwürgt und ihre Leiche in einem kleinen See versenkt, zwei Kilometer von seinem Haus entfernt. Ein Hundebesitzer hatte ihn beobachtet und die Polizei alarmiert.

»Wenn wir es mit einem Pädophilen zu tun haben, sollten wir alle Computer der Familie Witell noch einmal unter die Lupe nehmen«, bemerkte Jana Berzelius. »Es kann durchaus sein, dass Jonathan den Täter in einem Forum oder auf einer Spieleseite kennengelernt hat.«

»Ich werde das nachprüfen«, sagte Ola. »Aber Jungs in Jonathans Alter treiben sich doch nicht unbedingt in Foren oder auf Spieleseiten herum, oder? Ich dachte, die beschäftigen sich am liebsten mit der Spielekonsole?«

»Mein Sohn hat ständig das iPad auf den Knien«, antwortete Henrik. »Und er ist häufig auf irgendwelchen Seiten unterwegs, von denen ich noch nie gehört habe. Ich denke, wir können davon ausgehen, dass Jonathan das auch getan hat.«

Sie wurden von einem lauten Klopfen an der Tür unterbrochen. Henrik sah, dass Anneli unruhig auf dem Stuhl herumrutschte, als die Koordinatorin Britt Dyberg den Raum betrat. Es war ihr sichtlich unangenehm, auf die neue Partnerin ihres Exmannes zu treffen.

»Darf ich euch kurz stören?«

»Klar«, sagte Gunnar. »Komm rein.«

»Also«, begann Britt und stellte sich an den Besprechungstisch. »Viele melden sich bei uns wegen des verschwundenen Jungen. Wir haben Hinweise von Leuten reinbekommen, die glauben, ihn gesehen zu haben, und wir haben auch zwei Geständnisse. Einer behauptet, er habe Jonathan auf einen fremden Planeten entführt, und ein anderer sagt, der Junge sei ein Opfer von Vampiren geworden.«

Sie lächelte vielsagend.

»Natürlich ist keines der beiden Geständnisse sonderlich glaubwürdig. Es hat sich aber auch eine junge Frau namens Molly Barkevall bei uns gemeldet. Sie behauptet, Jonathan zu kennen.«

»Und was macht sie glaubwürdiger als die anderen?«, warf Mia genervt ein.

»Die Tatsache, dass sie seine Babysitterin ist«, antwortete Britt.

10

Der Lichtschein des Computerbildschirms erhellte das kleine Büro. Rebecka Malm sah, dass der Antrag auf Besuchserlaubnis, den einer der Insassen gestellt hatte, bewilligt worden war. Doch es fiel ihr schwer, sich zu konzentrieren, denn ihre Gedanken kreisten um Danilo. Sie sah seine markanten Züge vor sich, die Augen, die ihren Blick gefangen hielten, die Arme und Hände, die sie berührt hatten. Sie wäre am liebsten zu ihm gegangen. Aber sie wusste, dass das nicht ging, dass es nicht richtig war, sich nach ihm zu sehnen, ja, dass sie so etwas nicht einmal denken durfte.

Ihre Finger mit den grün lackierten Nägeln hielten auf der Tastatur inne, als Marko den Raum betrat.

»Verdammt, was habe ich Lust auf eine Zigarette«, sagte er und fuhr sich mit der Hand über den Pferdeschwanz.

»Wo ist das Problem? Dann geh eben raus und rauch eine!«

»Das Problem ist, dass Peña aufs Klo muss«, sagte er. »Und ich habe ihn schon eine Stunde warten lassen.«

»Eine Stunde? Jetzt hör mal zu, Marko …«

»Wenn es so verdammt eilig ist, muss er eben in den Papierkorb kacken.«

»Aber du hättest mir doch Bescheid geben können.«

»Das hätte nichts gebracht. Wir müssen bei ihm zu zweit sein. Er hat seinen Anwalt zusammengeschlagen, schon vergessen? Und wer weiß?«, fuhr Marko fort und ballte die Fäuste. »Vielleicht hat Peña ja Lust auf eine zweite Runde.«

Er machte ein paar Boxbewegungen.

»Hör schon auf.«

Rebecka schob die Tastatur von sich, stand auf und ging an ihm vorbei.

»Was ist denn mit dir los?«, rief Marko ihr hinterher. »Das war doch nur ein Witz. Rebecka?«

Jana Berzelius stieg aus dem Auto und betrat den Blumenladen, der zwischen den großen Wohnhäusern in Eneby lag. Das Geschäft hatte Teile seines Sortiments nach draußen gestellt und warb unter anderem mit Geranien, Zitronenbäumchen und grünen Topfpflanzen.

Ihr Blick blieb an einem Plakat hängen, das jemand am Eingang angebracht hatte. Darauf wurde die Bevölkerung gebeten, sich bei der Polizei zu melden, falls man Informationen zu Jonathan hatte.

Sie wollte nicht glauben, dass der Junge von einem Pädophilen entführt worden war. Sie betrachtete sein Foto, das blonde Haar, die helle Haut und das Muttermal über der Augenbraue. Auf den ersten Blick ließ sich nicht sagen, ob er eher seiner Mutter oder seinem Vater ähnelte.

Sie fragte sich, wohin die Ermittlungen sie führen würden, hoffte aber inständig, dass die Babysitterin sie auf die richtige Spur bringen würde.

Kühle, feuchte Luft schlug ihr entgegen, als sie den Laden betrat.

Sie ging zum Kühlregal mit Schnittblumen, sah sich einen Strauß cremefarbener Rosen an und wünschte, sie müsste sich nur Gedanken über den aktuellen Fall machen. Aber sie hatte noch andere Sorgen.

Danilo und seine Drohung gegenüber Per zum Beispiel.

Und außerdem war da der Mann, gegen den sie im illegalen Club gekämpft hatte.

Sie musste unbedingt herausfinden, wer er war. Eine Alternative wäre, Adnan Khan aufzusuchen, den Mann, der in den Rechnungen des Umzugsunternehmens als Adressat aufgeführt war.

Das Problem waren die rigiden Regeln des Kampfclubs, was die Anonymität betraf. Es würde vermutlich schwer werden, ja, nahezu unmöglich, ihn oder jemand anderen zum Reden zu bringen. Zumindest, wenn sie sich der üblichen legalen Methoden bediente.

Jana fühlte sich beobachtet und sah sich in dem Laden um. Es dauerte einige Sekunden, ehe sie die Frau zwischen den blühenden Sonnenblumen entdeckte.

»Wie kann ich Ihnen behilflich sein?«, fragte die Floristin lächelnd.

»Ich würde gern eine Blume für meine Mutter kaufen.«

»Was darf es denn sein?«

»Eine Pfingstrose«, entgegnete sie. »Eine weiße.«

Die Frau, die ihnen die Tür öffnete, sah jung aus. Henrik Levin schätzte sie auf zwanzig Jahre. Ihre kastanienbraunen Augen waren kunstvoll mit schwarzem Eyeliner geschminkt, und sie trug Jeans und ein zerknittertes Langarmshirt, auf dem *Last Clean Sweatshirt* stand.

»Hallo«, sagte sie. »Ich bin Molly.«

Henrik schüttelte ihr die Hand und stellte sich und Mia vor.

»Kommen Sie rein«, sagte sie und winkte sie in die Wohnung.

Bleiches Licht von einer dreiarmigen Deckenlampe fiel

in den engen Flur. Sie folgten Molly in eine Küche mit hellen Holzdielen und glänzenden Schrankoberflächen.

»Wollen Sie ein Glas Wasser haben?«, fragte die junge Frau und begann ein paar Gläser aus einem Schrank zu nehmen.

»Danke, gern«, erwiderte Henrik.

»So, und jetzt erzählen Sie mal«, eröffnete Mia das Gespräch, als sie und Henrik auf den Stühlen Platz genommen hatten. »Sie sind also Jonathans Babysitterin?«

»Mhm«, bestätigte Molly und setzte sich neben Henrik.

»Wie würden Sie den Jungen beschreiben?«, fragte Mia.

»Ich habe ihn ja nicht so oft gesehen, aber er ist immer fröhlich und nett. Und immer zu Späßen aufgelegt. Sobald ich Fotos von ihm machen wollte, hat er wilde Grimassen geschnitten.«

Molly suchte in ihrem Handy nach einem Bild.

»Hier«, sagte sie und zeigte ihnen eine Aufnahme von Jonathan, wie er vor einem kleinen Fußballtor im Garten stand und mit einer lustigen Grimasse das Victory-Zeichen machte.

Henrik betrachtete den Jungen, der eine löchrige Jeans, ein rotes T-Shirt und weiße Adidasschuhe trug.

»Er war immer brav«, fuhr Molly fort. »Jonathan ist wirklich der netteste Junge der Welt. Ich habe eher das Gefühl, als hätte ich einen Fehler begangen.«

Sie spielte an einem Silberherzchen herum, das an einer Kette um ihren Hals hing.

»Sie tragen keine Schuld an dem, was geschehen ist«, versicherte Henrik und legte das Handy auf den Tisch.

»Ich weiß«, sagte sie. »Aber es fühlt sich so an.«

»Ich verstehe noch immer nicht«, fragte Mia nach. »Was belastet Sie denn so?«

Molly seufzte tief und ließ die Kette los.

»Felicia Witell hat mich gefragt, ob ich auf Jonathan aufpassen könnte, und ich brauchte Geld, also ...«

»Also haben Sie eingewilligt?«, ergänzte Mia den Satz.

»Weil ich mir einen Computer kaufen wollte.«

»Das ist doch nicht verboten.«

»Ich weiß«, sagte die junge Frau.

»Aber was fühlt sich daran nicht gut an?«

»Dass ich nicht darüber sprechen durfte.«

Ihre kastanienbraunen Augen blitzten auf.

»Was meinen Sie?«, fragte Henrik und versuchte sich zu konzentrieren.

»Na ja, ich durfte niemandem erzählen, dass ich bei den Witells als Babysitterin gearbeitet habe. Am Anfang habe ich nicht weiter darüber nachgedacht, aber dann ist mir klar geworden, dass Felicia ihm vielleicht nicht alles erzählt hat.«

»Wem?«

»Ihrem Mann, also Jonathans Vater.«

»Er wusste also gar nicht, dass Sie auf den Jungen aufgepasst haben?«

»Nein.«

Sie schwieg und senkte den Blick.

»Molly«, sagte Henrik ernst. »Warum durfte er nichts davon erfahren?«

»Felicia hat mich gebeten, Jonathan zu erklären, dass sie eine Überraschungsparty für seinen Vater plane und ihm deshalb nicht verraten könne, dass ich da sei. Aber ich glaube, sie hat gelogen.«

»Warum glauben Sie das?«

Molly rieb die Finger unruhig aneinander.

»Sie war eher ein graues Mäuschen, wenn Sie verstehen, was ich meine?«

140

»Inwiefern?«

»Na ja, Sie wissen schon, langweilig. Ich hatte das Gefühl, als würde sie immer Abstand halten. Sie hatte kein Interesse daran, sich auch nur kurz mit mir zu unterhalten. Ich kann mir kaum vorstellen, dass sie eine Party geplant haben sollte.«

Henrik betrachtete Molly mit gerunzelter Stirn.

»Sam Witell hat seine Frau als nett und fröhlich beschrieben.«

»Das stimmt nicht«, entgegnete Molly und schüttelte den Kopf. »Felicia hat nie gelacht und wirkte ziemlich down, als ich sie getroffen habe. Als wäre sie traurig oder schlecht drauf.«

»Was wissen Sie über die Beziehung zwischen Sam und Felicia?«, fragte Mia, nachdem sie Henrik einen Blick zugeworfen hatte.

»Genau genommen gar nichts«, antwortete die junge Frau.

»Irgendwas müssen Sie doch sagen können.«

»Ich habe schon alles gesagt, was ich weiß.«

»Wie oft wurden Sie denn als Babysitterin engagiert?«, fragte Henrik.

»Einmal im Monat. Für ungefähr zwei Stunden.«

»Und wann waren Sie das letzte Mal da?«, fuhr er fort.

»Am Freitag, da habe ich auch das Foto von Jonathan mit der verrückten Grimasse geschossen.«

Henrik fuhr sich durchs Haar.

»Können Sie bitte alle Termine mit den jeweiligen Uhrzeiten aufschreiben, an denen Sie auf Jonathan aufgepasst haben?«

»Natürlich«, sagte sie und holte einen Block rosafarbene Haftnotizen und einen Stift aus einem Schrank. Mithilfe des Kalenders in ihrem Handy schrieb Molly sechs Termine auf und überreichte Henrik den Klebezettel.

»Es war immer dieselbe Uhrzeit«, sagte sie. »Immer von zwei bis vier. Felicia hat Wert darauf gelegt, dass ich pünktlich kam. Ich denke, weil sie selbst einen Termin hatte.«

»Aber Sie haben keine Ahnung, was Felicia währenddessen gemacht hat?«

»Nein«, antwortete Molly. »Ich habe wirklich keine Ahnung, ganz ehrlich. Ich dachte … ich meine, ich hatte das Gefühl, es wäre auch nicht in Ordnung, sie zu fragen. Ich hätte es vielleicht tun sollen, jetzt, wo sie …«

Sie verstummte.

»Aber ich habe sie nie gefragt«, fuhr sie nach einer Weile fort und spielte wieder an der Kette herum. »Ich habe nie danach gefragt.«

Rebecka Malm konnte den Blick nicht von Danilo abwenden, während er den Toilettenraum verließ. Eine dunkle Haarsträhne war ihm in die Stirn gefallen, und Rebecka fand ihn so attraktiv, dass sie ganz wacklige Beine bekam.

»Let's go«, sagte Marko mit lauter Stimme und machte damit die anderen Kollegen auf den riskanten Transport des Gefangenen von der Toilette zur Zelle aufmerksam.

»Ein bisschen schneller bitte schön«, ermahnte er Danilo, obwohl es nur noch ein paar Meter bis zur Zelle waren.

Rebecka sah, dass Danilo ihrem Kollegen einen kalten Blick zuwarf.

»Starren Sie mich nicht so an«, sagte Marko. »Sie sind doch selbst schuld, dass Sie hier einsitzen, verdammt. Los jetzt, zack, zack, Sie …«

Marko hielt inne, als er die Alarmanlage aufheulen hörte.

Ein Kollege aus dem Trainingsraum hatte einen Notruf abgesetzt.

»Wir müssen hin!«, sagte er angespannt zu Rebecka.

»Geh schon«, antwortete sie, während sie die Zellentür aufschloss. »Ich komme allein klar. Los, lauf!«

Marko machte kehrt und verschwand mit den anderen beiden Kollegen den Gang hinunter.

Rebecka trat einen Schritt zur Seite und ließ Danilo in die Zelle.

Ihr wurde ganz heiß im Gesicht, als er sich zu ihr umdrehte und sie mit einem intensiven Blick bedachte.

»Komm rein«, sagte er und streckte die Hand aus.

Sie war erstaunt, wusste plötzlich nicht, wie sie reagieren sollte.

»Hast du Angst?«

Rebecka schüttelte den Kopf. Sie hatte keine Angst, aber sie wusste, dass es ein Fehler war, zu ihm in die Zelle zu gehen.

»Komm rein«, wiederholte er entschlossener.

Sie sah in beide Richtungen den Gang entlang. Niemand war zu sehen. Vielleicht wusste Danilo, dass die anderen in diesem Moment mit dem Notfalleinsatz beschäftigt waren. Eigentlich müsste sie auch hingehen, um mitzuhelfen.

»Rebecka?«

Danilo unterbrach ihre Überlegungen. Angst und Begehren wechselten sich in ihr ab, als sie sein Lächeln sah. So hatte sie ihn noch nie lächeln sehen. So weich und sexy. Sie schluckte, betrat die Zelle und ließ die Tür angelehnt. Danilo sah sie zufrieden an, als sie sich vor ihn hinstellte. Er packte ihren Kopf, zog sie an sich und küsste sie hart und intensiv. Dann begann er, sie an den Schenkeln und am Bauch zu streicheln.

Ein unwirkliches Gefühl breitete sich in ihr aus. Was sie hier taten, war strengstens verboten, dennoch begann sie vor Erregung zu zittern.

Sie spreizte die Schenkel, aber im selben Moment zog er die Hand weg.

»Warum hörst du auf?«

»Ich brauche deine Hilfe.«

»Schon wieder?«, fragte sie unruhig. »Aber … ich kann nicht.«

Erneut umfasste er ihren Kopf und beugte sich zu ihr.

»Das ist mir klar«, sagte er weich. »Aber du wirst mir trotzdem helfen. Du musst dich mehr als je zuvor bemühen, das zu tun, worum ich dich bitte.«

»Was soll das heißen?«

»Du hast gehört, was ich gesagt habe.«

Jana Berzelius stand wie erstarrt da, die Schultern und den Kopf gesenkt. In der Hand hielt sie die weiße Pfingstrose.

Der Grabstein vor ihr war mit einer Taube aus Porzellan geschmückt und trug die Inschrift: *Hier ruht Margaretha Berzelius.*

Gedämpfte Stimmen waren zu hören. Sie hob den Kopf und sah eine Gruppe von sieben schwarz gekleideten Personen, die einander umarmten, ehe sie sich zerstreuten.

»Jana?«

Sie drehte sich um und sah ihren Vater, der auf eine Krücke gestützt hinter ihr stand. Er war blass, und das Hemd hing locker über den Schultern.

»Vater«, sagte sie und nickte dann seiner Pflegerin zu, die sich neben ihn gestellt hatte.

»Ich warte dort drüben unter dem Baum«, erklärte die Frau und ließ die beiden allein.

Stille senkte sich über den Friedhof.

Jana wandte sich wieder zum Grabstein und erwog, einen Schritt näher zu treten, aber blieb dann doch stehen. Sie weinte nicht, schrie nicht. Warum auch? Der Tod war endgültig, und das Leben war weitergegangen.

»Danilo ...«, setzte ihr Vater an. »Er hat also seinen Anwalt bewusstlos geschlagen?«

»Woher weißt du das?«

»Ich weiß es.«

Sie richtete ihren Blick weiter auf den Grabstein, ohne ihren Vater anzusehen.

»Er hat auch Per bedroht«, sagte sie leise.

»Aus welchem ...«

Er verstummte. Sie wusste, dass er manchmal mit den Worten zu kämpfen hatte, und sie half ihm nicht. Seit dem Selbstmordversuch hatte er weder richtig sprechen noch sich richtig bewegen können. Die Kugel hatte die linke Hirnhälfte beschädigt, und es stand noch nicht fest, ob er sich jemals ganz erholen würde.

Ihr Vater räusperte sich, fing noch einmal von vorn an und formte langsam die Worte.

»Aus welchem Grund?«

»Ich glaube, es hat damit zu tun, dass er mich sehen will und dass Per ihm diesen Wunsch verweigert hat.«

»Und warum will er dich sehen?«

»Das weiß ich nicht, und ich werde es auch nicht herausfinden. Ich will ihn so weit wie möglich aus meinem Leben heraushalten.«

Ihr Vater schob die Krücke vor und machte einen Schritt auf sie zu.

»Was bedeutet er dir?«

»Was soll er mir schon bedeuten?«, fragte sie.

»Er ist immer etwas eigenartig gewesen.«

»Danilo und ich …«

»Ich spreche von Per«, sagte er und packte mit seiner kalten, gebrechlichen Hand ihren Arm. »Was empfindest du für ihn?«

Sie hob den Kopf und sah ihren Vater direkt an – zu starr, das wusste sie, aber sie erwiderte dennoch seinen Blick. Sein Gesichtsausdruck veränderte sich.

»Ich verstehe«, sagte er langsam. »Du hast dir also eingebildet, dass du ihn magst.«

Jana sah wieder nach unten.

»Vergiss nicht, dass du … dieses Ding da im Nacken hast.«

»Es reicht jetzt«, sagte sie.

»Du weißt, was ich meine. Halt ihn von dir fern.«

»Sag mir nicht, was ich zu tun habe«, antwortete Jana und befreite sich aus seinem Griff. Das Gespräch war für sie beendet. Dann ging sie in die Hocke.

»Herzlichen Glückwunsch zum Geburtstag, Mutter«, sagte sie und legte vorsichtig die Pfingstrose auf die trockene Erde.

Henrik Levin und Mia Bolander hoben beide den Blick, als Sam Witell mit seinem Rechtsbeistand den Vernehmungsraum betrat. Witells Blick war eifrig, und ein kleines Lächeln umspielte seinen Mundwinkel.

»Was hat er gesagt? Dieser Alarmanlagenverkäufer? Was hat er gesagt?«

Henrik sah, wie das Lächeln des Mannes erstarb, als die erhoffte Reaktion ausblieb.

»Das heißt, Sie haben ihn nicht befragen können?«, fragte Witell und ließ sich auf den Stuhl sinken.

»Doch«, sagte Henrik, »und er hat bezeugt, dass er mit

Ihnen gesprochen hat. Aber er war zum Tatzeitpunkt nicht in diesem Gebiet und konnte uns deshalb keine wichtigen Hinweise geben.«

Henrik spürte einen Kloß im Hals, als er sah, wie die Farbe aus Witells Gesicht verschwand.

»Was machen wir dann überhaupt hier?«, fragte der Anwalt matt.

»Herr Witell, bei einem früheren Gespräch haben Sie gesagt, dass Ihre Frau sich entschieden hat, mit Jonathan zu Hause zu bleiben, nicht wahr?«

»Ja«, antwortete Witell seufzend. »Das stimmt.«

»Sind Sie und Ihre Frau manchmal ausgegangen?«, fragte Henrik.

»Nein, wir waren meistens zu Hause, das habe ich doch schon erzählt«, antwortete Witell.

»Sie sind also nicht ins Kino oder essen gegangen oder so?«

»Nein.«

Henrik lehnte sich zurück.

»Warum denn nicht?«, fragte er und hörte selbst, wie erstaunt er klang.

»Wir haben das einfach nicht gemacht«, sagte Witell. »Warum fragen Sie?«

»Es ist doch normal, dass man sich ein bisschen Zeit zu zweit wünscht, wenn man Kinder hat.«

»Wir hatten unsere gemeinsame Zeit zu Hause.«

»Sie haben also nie einen Babysitter engagiert?«

»Nein.«

Henrik lauschte eine Weile dem Summen der Lüftung, ehe er sagte:

»Wir haben heute mit einer jungen Frau namens Molly Barkevall gesprochen. Kennen Sie sie?«

Witell legte die Stirn in Falten, er schien zu überlegen.

»Nein«, sagte er schließlich.

»Sie behauptet, Jonathans Babysitterin gewesen zu sein.«

Witell überlegte wieder.

»Vielleicht«, sagte er, »war sie es, die uns dieses eine Mal geholfen hat … Ja, das muss sie sein.«

»Welches Mal?«

»Ich hatte einen Tisch in einem italienischen Restaurant reserviert, für Felicia und mich.«

»Sie sind also doch essen gegangen?«, fragte Mia.

»Ja, vor fünf Jahren. Aber nur dieses eine Mal. Wir sind danach nie wieder ausgegangen.«

»Ernsthaft?«, hakte Mia erstaunt nach.

Witell warf ihr einen müden Blick zu.

»Mir hat es gefallen.«

»Zu Hause rumzusitzen und die Wand anzustarren?«

»Es mag seltsam klingen, aber man begreift irgendwann, dass nur die Familie zählt, und wenn man tagsüber wie ein Tier schuftet, ist man abends zu müde, um noch auszugehen.«

»So kann man das doch nicht sehen«, sagte Mia.

»Ich habe es aber so gesehen!«, rief Witell.

Henrik fragte sich, was wohl der Grund für diesen plötzlichen Ausbruch war.

»Haben Sie Molly engagiert?«, fragte er dann.

»Nein«, erklärte Witell. »Das war Felicia.«

»Wie ist sie denn auf Molly gekommen, wissen Sie das?«

Witell nickte. »Sie ist die Tochter einer früheren Kollegin von Felicia.«

»Das heißt, Sie haben sie vor ungefähr fünf Jahren einmal engagiert, aber seitdem nicht mehr?«

»Genau.«

»Das ist aber seltsam«, sagte Henrik, »denn Molly hat uns erzählt, dass sie mehrfach angefragt worden ist.«

Witell sah überrascht aus.

»Wie bitte?«, fragte er ungläubig.

»Sie behauptet, im Lauf des letzten halben Jahres einmal monatlich bei Ihnen gewesen zu sein.«

»Das ist nicht fair«, sagte Witell und schüttelte langsam den Kopf. »Es ist nicht fair, dass Sie mir lauter Lügen auftischen. Sie denken sich doch nur einen Haufen Mist aus, um mich dranzukriegen. Machen Sie doch lieber was Vernünftiges! Sie könnten stattdessen Ihren Arsch hochkriegen und nach Jonathan suchen!«

»Mir ist klar, dass diese ganzen Fragen anstrengend sind, aber es wäre gut, wenn Sie noch ein bisschen mithelfen würden. Bei unserem letzten Gespräch haben Sie nichts von Molly erzählt.«

»Warum hätte ich von ihr erzählen sollen?«

»Weil Sie sie engagiert haben …«

»Das haben wir nicht!«, unterbrach Witell ihn und sah zwischen Henrik und Mia hin und her.

»Immer mit der Ruhe, Herr Witell, tief durchatmen«, sagte der Anwalt.

»Ihre Frau hat Molly am vergangenen Freitag engagiert«, sagte Henrik.

»Wie?«, fragte Witell. »Warum denn das?«

»Das fragen wir uns auch. Sie wussten es also nicht?«

Witell schien zu überlegen, während er die Augenbrauen bis zur Nasenwurzel zusammenzog.

»Hat Felicia mich etwa angelogen?«, sagte er schließlich. »Heißt das, sie hat mich monatelang angelogen, oder wie?«

11

Es war Abend geworden, und Jana Berzelius stand vor ihrem Haus in Knäppingsborg. Den engen Gassen und vor Menschen wimmelnden Plätzen hatte sie den Rücken zugekehrt und schauderte, als eine kühle Brise den Stoff ihrer schwarzen Trainingskleidung durchzog.

Sie musste immer wieder an das Gespräch mit ihrem Vater denken. Sie hatte ihm gegenüber verraten, was sie für Per empfand – dabei zeigte sie doch sonst fast nie Gefühle. Er hatte sie durchschaut – ohne dass sie ihm etwas erzählt hatte.

In der Spiegelung eines Fensters sah sie plötzlich sich selbst. Ihre Haare fielen glatt über Kopf und Schultern, ihre Lippen waren gerötet, die Augen dunkel.

War es wirklich so offensichtlich, dass sie ihn mochte?

Jana betrachtete weiterhin ihr Spiegelbild, als suchte sie darin eine Antwort. Sie musste immerzu daran denken, dass Per von Danilos Leuten bedroht worden war, und sie befürchtete, dass ihm tatsächlich etwas zustoßen könnte.

Ihre Überlegungen wurden unterbrochen, als ein Auto von links heranfuhr und vor ihr anhielt. Hinter der Windschutzscheibe erkannte sie Per, der ihr zuwinkte, ehe er sich über den Beifahrersitz beugte, die Tür öffnete und sie bat einzusteigen.

»Ich wusste nicht einmal, dass du ein Auto besitzt«, sagte sie erstaunt und nahm Platz.

»Es gibt vieles, was du nicht über mich weißt«, erwiderte Per und bog nach einem Schulterblick auf die Straße. Er trug ein leuchtend blaues Sportshirt, Bermudashorts und ein Schweißband am Handgelenk.

»Hast du dir zusammengereimt, was wir heute Abend machen?«, fragte er.

»Nein.«

»Aber du bist neugierig?«

»Ich kann mich kaum noch halten«, antwortete sie ironisch.

Er lachte auf.

»Na ja«, sagte er. »Du fragst mich ja nie etwas über mich, also habe ich mir gedacht, es ist besser, ich zeige dir, wer ich bin und was ich gern tue.«

»Wie schön.«

»Ich würde dich gern lächeln sehen.«

Sie spürte, dass er sie von der Seite ansah.

»Warum denn?«, fragte sie, ohne seinen Blick zu erwidern.

»Das würde mir die Sache erleichtern.«

»Wie viel?«

»Ein bisschen. Vielleicht sogar etwas mehr als ein bisschen.«

»Ich wusste es! Ich wusste, dass irgendwas faul ist an diesem Witell!«

Henrik sah Mia fragend an, die neben ihm durch die Tiefgarage ging. Sie waren unterwegs zu seinem Volvo Kombi, den er ganz hinten in der Ecke geparkt hatte.

»Was ist denn faul an Witell?«, wollte Henrik wissen. »Ist es nicht eher seltsam, dass seine Frau hinter seinem Rücken eine Babysitterin engagiert hat?«

»Sam Witell hat gelogen, was Felicia betrifft. Er hat behauptet, sie sei nett und fröhlich. Aber Molly hat das Gegenteil gesagt, nämlich dass sie traurig und niedergeschlagen gewirkt hat, was auch zu den Aussagen der Nachbarn passt.«

»Aber das macht ihn doch noch lange nicht schuldig«, meinte Henrik und stellte sich vor die Fahrertür seines Wagens.

»Nein, aber er hat vielleicht herausgefunden, dass seine Frau Molly engagiert hat. Und er hat sich über den Grund geärgert, warum sie sich einen Babysitter geholt hat.«

»Und dann hat er sie ermordet, meinst du?«, sagte Henrik und legte die Arme aufs Autodach.

»Ja«, antwortete Mia von der anderen Seite des Wagens. »Ganz ehrlich, Henrik, wir wissen kaum etwas über das Privatleben der beiden. Vielleicht hat Witell seine Frau zu Hause gefangen gehalten? Ich meine, sie hat nicht gearbeitet, sie hat keine Freunde getroffen, und er hat sie nie ins Kino oder so eingeladen. Was hatten die eigentlich für ein Verhältnis, verdammt noch mal?«

»Gar keins.«

»Genau. Und jetzt steig ein, damit ich heute noch nach Hause komme.«

»Okay«, sagte Henrik. »Aber Moment mal, warum sollte er dann Jonathan entführen? Warum begnügt er sich dann nicht damit, seine Frau zu töten?«

»Menschen sind nicht immer so rational«, sagte Mia. »Was an und für sich ziemlich gut ist, denn sonst würde unsere Aufklärungsquote unter null sinken.«

»Wir müssen nach dem Grund suchen, warum Felicia Witell einen Babysitter gebraucht hat. Das ist wichtiger, als darüber zu spekulieren, ob an Sam Witell irgendwas faul ist.«

»Aber ich …«

»Versteh mich nicht falsch«, unterbrach Henrik sie. »Ich glaube auch nicht, dass Sam Witell uns die ganze Wahrheit gesagt hat. Aber wir müssen vorbehaltloser arbeiten.«

»Nein, das müssen wir nicht.«

»Warum nicht? Weshalb bist du die ganze Zeit so misstrauisch ihm gegenüber?«

»Er hat kein einziges Mal gefragt, woran Felicia genau gestorben ist«, sagte Mia hart und öffnete die Beifahrertür.

Per Åström zog die Handbremse an und machte sich bereit, aus dem Auto zu steigen.

Jana saß schweigend neben ihm und starrte auf die große Arena, die vor ihnen lag.

»Spielen wir Tennis?«, fragte sie. Ihre Enttäuschung war nicht zu überhören.

»Ich habe doch gesagt, dass ich dir zeigen will, was ich gerne mache«, antwortete er und lächelte sie an.

»Ich weiß doch, dass du gern Tennis spielst.«

»Aber hast du schon mal selbst gespielt?«, fragte er.

»Nein.«

»Schön.«

»Was ist denn daran schön?«, entgegnete sie und fing seinen Blick auf.

»Dann habe ich das Vergnügen, es dir zu zeigen.«

Per stieg aus und umrundete schnell das Auto, um ihr noch rechtzeitig die Tür öffnen zu können. Mit einer Tasche über der Schulter führte er sie durch den Haupteingang ins Racketstadion.

»Da es draußen so warm ist, habe ich einen Platz in der Halle gebucht. Wir haben Platz B«, erklärte er.

Fröhliches Gelächter und laute Rufe waren von einer

Kindergruppe zu hören, die um ein Netz ganz hinten in der Halle herumlief.

»Du sagst ja gar nichts«, meinte er, als sie auf ihrem Platz angekommen waren. »Du denkst nach, oder? Du hältst mich vielleicht nicht für besonders aufmerksam, aber ich sehe dir an, dass du am liebsten hier wegwillst.«

»Ich denke an gar nichts«, sagte Jana.

»Lüg nicht. Ich sehe es doch.«

»Was siehst du?«

»Na gut.« Er stellte die Tasche auf eine Bank. »Ich sehe vielleicht nicht so gut, aber mir wäre es lieber, wenn du sagen würdest, was du denkst. Wenigstens ein Mal.«

»Spielen wir jetzt?«, fragte sie nur.

Er lächelte sie an und öffnete die Tasche.

»Nimm diesen Schläger und geh nach rechts.«

»Wohin denn?«

»Dort rüber, auf die andere Seite des Netzes.«

Jana wog den Schläger in der Hand und setzte sich in Bewegung.

»Wir probieren mal einen Ballwechsel«, sagte Per.

Er warf den Ball in die Luft und spielte einen sanften Aufschlag. Jana nahm den Ball entgegen und spielte ihn in einem schönen Bogen zurück.

»Anfängerglück!«, sagte er. »Noch mal!«

Jana schlug härter und spielte den Ball auch diesmal in einem ebenso schönen Bogen übers Netz.

»Okay«, sagte er. »Du hast schon mal gespielt.«

»Nein.«

»Sonst schlägt man nicht solche Bälle. Und auch nicht mit so viel Kraft. Geh ein bisschen weiter nach rechts.« Er zeigte mit seinem Schläger in die entsprechende Richtung.

Jana trat zur Seite.

»Wollen wir vor dem eigentlichen Match noch ein paar Ballwechsel üben?«, schlug er vor. Als sie nickte, fuhr er fort: »Aber nur dass du es weißt, in solchen Spielen verliere ich nicht. Verstanden?«

»Verstanden«, antwortete sie und machte sich bereit, den Aufschlag zurückzuspielen.

Sam Witell wischte sich die Tränen von der Wange. Er saß mit dem Rücken zur Wand, eingeschlossen in der verdammten Zelle, und als er an die Vernehmung dachte, wurde ihm vor Panik ganz schlecht. Ihm war klar, wie dumm er ausgesehen haben musste, als der Polizist ihm erzählte, dass seine Frau seit einem halben Jahr Molly einmal monatlich als Babysitterin beschäftigt hatte.

Er konnte es nicht glauben. Warum hatte sie das getan?

Felicia hatte doch nie jemanden sehen wollen, sie wollte mit ihren Gefühlen allein sein, und er hatte damit leben müssen. Aber irgendwas hatte sie offenbar dazu gebracht, das Haus zu verlassen.

Was nur? Oder gar wer?

Trug sie die Schuld an den schrecklichen Ereignissen?

Wenn sie ihm die Babysitterin verheimlicht hatte, hatte sie ihn in anderen Bereichen etwa auch angelogen?

Seine Gedanken wirbelten im Kopf herum.

Plötzlich breitete sich eine grausige Kälte in ihm aus. Eine plötzliche Einsicht.

Jonathan hatte nie etwas von Molly erzählt.

Hatte Felicia ihn bestochen? Oder bedroht, damit er nichts sagte?

Sam schloss die Augen, hörte wieder Jonathans zitternde Stimme, sah ihn vor sich und spürte förmlich die Angst des

Jungen, der unter dem Bett lag. Er hatte einen schmerzenden Kloß im Hals, und ihm stiegen die Tränen in die Augen.

»Felicia«, wimmerte er. »Was hast du getan?«

Mia Bolander stand auf dem dicken Teppich in ihrem Schlafzimmer und schloss den BH hinter dem Rücken, ehe sie das Handtuch vom Kopf zog. Sie bekam Gänsehaut, als das feuchte Haar ihre Schultern berührte. Es war angenehm, für eine Weile die Gedanken an die Arbeit loszulassen, stellte sie fest und warf das Handtuch auf den Boden.

Jetzt hatte sie anderes im Kopf.

Mia öffnete den Kleiderschrank und seufzte laut.

Was sollte sie heute Abend anziehen, verdammt?

Mit beiden Händen begann sie zwischen ausgebeulten Hosen und Röcken herumzusuchen, schob fusselige Pullover hin und her und spürte eine seltsame Mischung aus Apathie und Panik. Sie brauchte wirklich neue Kleidung. So viel stand fest.

Sie zog drei Kleider von ihren Bügeln und legte sie aufs Bett, begutachtete sie ausgiebig, hatte aber bei keinem davon ein gutes Gefühl. Nur eines hatte sie überhaupt schon einmal getragen.

Sie seufzte erneut und holte zwei weitere Kleider aus dem Schrank, ging sogar zum Wandspiegel und hielt sie sich nacheinander vor den Körper. Beide waren schwarz, zerknittert und ärmellos, jedoch aus unterschiedlichen Stoffen und anders geschnitten. Das Kleid mit dem Rundausschnitt würde ihre Figur besser zur Geltung bringen, aber in dem mit dem V-Ausschnitt würde sie besser atmen können und müsste weniger darüber nachdenken, wie viel sie aß.

Denn essen würde sie, auch das stand fest.

Gustaf wollte sich heute Abend unbedingt wieder bei

ihm zu Hause treffen, im Stadtviertel Kneippen, das viel angesehener war als der Stadtteil von Norrköping, in dem sie wohnte.

Sie wusste, dass sie sich glücklich schätzen konnte, weil sie eine Eintrittskarte zu der geschlossenen Gesellschaft bekommen hatte, die sonst Jungaktionären, Arztkindern und reichen Erbinnen vorbehalten war. Diese Welt war nicht für solche wie sie vorgesehen. Mia war in einem ärmlichen Stockholmer Vorort aufgewachsen und hatte um gute Schulnoten kämpfen müssen, um auf die Polizeischule gehen zu können. Nun bewohnte sie eine kleine Mietwohnung in Haga und musste fast alles auf Raten kaufen.

Sie wollte unbedingt in dieser neuen Welt bleiben, der Welt der Reichen.

Um dieses Ziel zu erreichen, konnte man höflich und nett sein und lächeln. Eine andere Möglichkeit war, das Dekolleté ins rechte Licht zu rücken. Und das war am besten im Kleid mit dem V-Ausschnitt zu sehen, dachte sie.

Mia hielt das Kleid wieder hoch, nahm die Falten in Augenschein und überlegte, wie sie die wieder loswerden konnte. Danach zupfte sie das Kleid zurecht und legte es unter die Matratze. Das war der bestmögliche Ersatz für ein Bügeleisen, und wenn sie sich außerdem noch auf das Bett setzte, würde das Kleid in einer halben Stunde ganz ansehnlich sein.

»Reines Anfängerglück«, sagte Per Åström, als er Jana Berzelius die Tür zum Lokal Durkslaget aufhielt.

»Du hast das auf dem ganzen Weg von der Tennishalle hierher gesagt«, antwortete sie, während sie vom Kellner zu einem Fenstertisch geführt wurden. Zwischendurch hatten sie sich jeder bei sich zu Hause umgezogen und waren dann gemeinsam den kurzen Weg hierher gegangen.

»Das muss Anfängerglück sein«, fuhr Per fort und zog den Stuhl für sie heraus. »Schließlich hast du gesagt, dass du noch nie zuvor Tennis gespielt hast, und trotzdem hast du das Match gewonnen.«

»Warum nicht Talent?«, schlug sie vor.

»Dann eben ungeahntes Talent«, meinte Per spöttisch.

Jana sah seinen misstrauischen Blick. Offenbar glaubte er ihr nicht. Einen Ball mit dem Schläger zu treffen war bedeutend einfacher, als ein Messer mit der Hand zu fangen, dachte sie, aber das konnte sie schlecht zu ihm sagen.

»Wir sollten bestellen«, meinte sie stattdessen.

»Sollten wir das?«

Jana sah auf.

»Ich muss mich an der Suche nach dem verschwundenen Jungen beteiligen«, erklärte sie.

»Dann war das wohl ein Missverständnis, dass ich den ganzen Abend mit dir verbringen darf.«

Eine ganze Weile sahen sie einander an. Sie hatte die Enttäuschung in seinem Tonfall bemerkt und stellte fest, dass er etwas angespannt wirkte. Aber in seinem Blick war auch etwas anderes. Sie konnte es nicht genau benennen, doch ihr wurde ganz warm dabei.

»Dann ist es wohl am besten, wenn wir gleich das Essen bestellen«, sagte Per. »Und wenn ich es richtig verstehe, lassen wir die Vorspeise aus?«

»Ja, und den Wein bitte auch.«

»Du weißt, dass ich immer hinter dir stehe«, sagte Per und stützte die Ellbogen auf den Tisch, »aber jetzt brauche ich wirklich Wein. Ich könnte eine ganze Flasche trinken.«

»Regt es dich so sehr auf, dass ich das Match gewonnen habe?«

»Du hast ja keine Ahnung«, sagte er und lächelte.

12

Aus dem oberen Stockwerk erklangen die Stimmen der Kinder. Henrik Levin stand in der Küche, spülte die Hackfleischreste aus dem Kochtopf und stellte ihn dann in die Maschine.

Eine innere Unruhe machte sich in seinem Magen bemerkbar, als er daran dachte, was Mia über Sam Witell gesagt hatte. Sie hatte recht, er hatte kein einziges Mal nachgefragt, woran seine Frau genau gestorben war.

Das konnte ein Hinweis darauf sein, dass er es schon wusste, weil er selbst sie umgebracht hatte.

Oder versuchte er sich zu schützen, indem er die Gefühle für seine Frau unterdrückte und sich stattdessen auf die Suche nach seinem Sohn konzentrierte?

»Ich muss wieder zur Arbeit«, sagte Henrik und holte einen Spülmaschinentab. »Aber es ist gut, dass wir uns für morgen ein Picknick im Stadtpark vorgenommen haben, findest du nicht auch?«

Er drehte sich um und betrachtete Emma, die mit dem iPad am Tisch saß. Sie antwortete nicht, sondern wirkte völlig versunken in einen Artikel.

»Es ist so schrecklich«, sagte sie wie zu sich selbst.

»Was denn?«

»Dass dieser süße kleine Junge verschwunden ist.« Sie hielt ihm das Display hin, auf dem der lächelnde Jonathan zu sehen war.

»Ja«, sagte Henrik und legte den Spülmaschinentab in die Maschine.

»Ihr habt keine Ahnung, was mit ihm passiert sein könnte?«

»Nein.«

»Und ihr wisst nicht, wo er ist?«

Henrik schaltete die Spülmaschine an. Wie ehrlich sollte er ihr gegenüber sein?

»Nein«, sagte er schließlich bedrückt.

»Die Welt ist krank«, bemerkte sie. »Wer will einem kleinen Jungen etwas Böses antun?«

Henrik schwieg. Was sollte er darauf antworten?

»Ich glaube, ich muss gleich weinen«, sagte sie. »Nein, ich kann jetzt nicht mehr weiterlesen.«

Emma legte das iPad aus der Hand und betrachtete ihren Mann besorgt.

»Wann kommst du nach Hause?«, fragte sie.

»Ich weiß es nicht«, entgegnete er seufzend.

»Nicht zu früh, hoffe ich.«

Er runzelte die Stirn.

»Willst du mich etwa nicht hier haben?«

»Ich will, dass du den Jungen findest.«

Eigentlich musste er doch gar nicht nervös sein. Der Abend war bisher so verlaufen wie erhofft, dennoch war sein Mund wie ausgetrocknet. Per Åström trank die letzten Tropfen aus seinem Weinglas und betrachtete Jana. Sie sah unglaublich schön aus in ihrer weißen Seidenbluse.

»Gehen wir?«, fragte er.

Sie nickte zur Antwort.

Die kühle Abendluft schlug ihnen entgegen, als sie aus dem Lokal traten. Sie bogen in die Kvarngatan ein und gingen an den charakteristischen Fabrikgebäuden des alten Industriegebiets vorbei.

»Jetzt tust du es schon wieder«, sagte Per nach einer Weile.

»Was denn?«

»Du denkst nach. Dabei hast du mir versprochen, deine Gedanken mit mir zu teilen.«

»Ich denke nicht. Ich gehe einfach nur«, erwiderte Jana und lächelte ihn an, bevor sie den Blick auf den Fluss richtete.

»Dann erzähl eben was.«

»Was denn?«

»Etwas über dich. Egal was. Ich will mehr über dich wissen.«

Er sah, dass sie sich leicht auf die Unterlippe biss.

»Dann frag mich was«, sagte er. »Du darfst fragen, was du willst. Was ich zum Frühstück esse, was mich zum Lachen bringt, was ich für Bücher lese ... Oder wovor ich Angst habe.«

Sie fing wieder seinen Blick auf, sah ihn lange an, schwieg aber, als sie am Konzertsaal Flygeln vorbeigingen und dann auf den Holmentorget traten.

Zwei kichernde Frauen kamen über den Platz. Sie hatten das Haar zu Pferdeschwänzen hochgesteckt, die bei jedem Schritt wippten.

»Bleib stehen«, sagte er und griff nach ihrem Arm.

»Warum?«

»Ich werde deine Frage beantworten.«

»Ich habe dir doch gar keine gestellt.«

Er zog sie dicht an sich und ließ sie erst los, als sie seinen Blick erwiderte. Er wartete auf eine Reaktion von ihr. Was auch immer. Er empfand beinahe etwas wie Angst, denn er wollte sich nicht blamieren. Sie schwieg, aber sie blieb stehen, ganz nah bei ihm.

»Ich habe Angst vor Gerichtsverfahren«, sagte er. »Wenn das Ermittlungsverfahren abgeschlossen ist und man dem Richter begegnet.«

»Hast du wirklich Angst davor?«, fragte sie erstaunt.

»Na ja, oder vielleicht habe ich eher ...«

Per versuchte seine Nervosität zu bremsen und all seinen Mut zu mobilisieren. Langsam hob er die Hand und streichelte vorsichtig ihre Wange.

»... Angst davor, mich zwischen dem Ermittlungs- und dem Gerichtsverfahren zu befinden und nicht zu wissen, wie das Ganze ausgehen wird.«

Er war Jana noch nie zuvor so nah gewesen, und er wusste nicht, wie er weitermachen sollte. Aber er konnte nicht aufhören, ihre Lippen zu betrachten. Er lächelte, und als sie zurücklächelte, verschwand alle Nervosität, jegliche Sorge, dass er zu schnell voranpreschen könnte.

Seine Finger zitterten, als er mit der Hand von Janas warmer Wange weiter zu ihrem Hals strich. Er wollte sie so gern für sich gewinnen, das war alles, woran er dachte.

Deshalb sah er nicht den Mann, der an ihnen vorüberging.

Die Villa lag hinter einer hohen Mauer, ein sorgfältig geharkter Kiesweg führte zur Tür.

Mia Bolander betätigte die Klingel und lauschte dem dumpfen Ton nach, bevor sie ihr Dekolleté zurechtschob, das Haar aus dem Gesicht strich und den Rücken durchdrückte.

Gustaf öffnete mit einem Lächeln. Er hätte in seinen karierten Shorts und seinem weißen Hemd gut gekleidet wirken können, wären da nicht die weißen Tennissocken gewesen, die er hoch über die Knöchel gezogen hatte. Als er die Arme nach ihr ausstreckte, sah sie die schwere goldene Uhr an seinem Handgelenk. Die Haut war faltig, aber sie ignorierte es. Sie war jetzt hier, in seinen Armen, in der Luxusvilla. In der Gesellschaft der Reichen.

»Ich habe dich vermisst«, sagte Gustaf und drückte seine Lippen an ihre.

Dann nahm er ihre Hand und führte Mia durchs Haus, über die Perserteppiche, vorbei an den Bücherregalen mit den fantastischen Sammlungen von Biografien und Fachbüchern und den Gemälden, bei denen kein Schwein wusste, was sie darstellten.

Sie spürte, wie das Kleid an ihrem Rücken klebte, und hoffte, dass er sie in die Küche führen würde, wo sie sich mit einem Bier oder einem Glas Champagner würde abkühlen können. Doch das tat er nicht. Stattdessen gingen sie hinaus durch die offene Glastür, die zur Poolterrasse führte. Und noch ehe sie ein Wort von sich geben konnte, sah sie die junge Frau, die dort an einem gedeckten Tisch saß. Sie hatte blondes, gewelltes Haar und trug ein dünnes Oberteil und hüfthohe Jeans. Trotz der abendlichen Stunde waren ihre Augen hinter einer riesigen Sonnenbrille verborgen.

»Mia«, sagte Gustaf. »Das ist meine Tochter Bianca.«

Verdammt, dachte Mia. Hatte Gustaf etwas davon gesagt, dass sie heute seine Tochter treffen würde? Nein, ganz sicher nicht.

»Bianca, Schätzchen, das ist Mia, von der ich dir erzählt habe.«

»Hallo«, sagte Mia lächelnd und hielt ihr die Hand hin.

»Hallo«, erwiderte Bianca die Begrüßung mit einem schlaffen Händedruck.

Herrgott, ist die dünn, dachte Mia. Sie sah überhaupt nicht so aus wie auf ihrem Profilbild bei Facebook.

Mia war sich durchaus darüber im Klaren, worum es jetzt ging. Wenn sie wollte, dass ihre Beziehung mit Gustaf hielt, dann musste sie nicht nur bei ihm punkten, sondern auch bei diesem Bonuskind.

»Schicke Sonnenbrille«, wagte sie sich vor.

»Danke, ist von Valentino«, antwortete Bianca. »Können wir jetzt essen?«

»Natürlich«, sagte Gustaf und zog den Stuhl für Mia heraus. »Bianca war zwei Tage in Söderköping in einem Wellnesshotel.«

»Ach ja?«, sagte Mia und nahm Platz. »Ich war noch nie in einem Wellnesshotel.«

»Noch nie?«, fragte Bianca ungläubig und nahm die Sonnenbrille ab, als wollte sie sehen, ob Mia vielleicht einen Witz gemacht hatte. »Ich fahre mehrmals im Jahr zum Wellness, Papa, nicht wahr?«

»Ich habe meinen guten Freund, den Restaurantchef des Comfort Hotel hier in der Stadt, gebeten, uns ein bisschen Essen herzurichten. Hast du schon einmal dort gegessen?«, fragte Gustaf an Mia gewandt, während er den Tisch umrundete, um sich zu setzen.

»Nein, aber …«

»Hallo, Papa?«, unterbrach Bianca sie verärgert.

»Ja?«

»Ich rede mit dir!«

»Verzeih, Schätzchen«, sagte er und tätschelte ihr den Arm. »Ich finde es nur so schön, dass wir endlich alle drei versammelt sind. Das wird sicher ein herrlicher Abend.«

Oh ja, dachte Mia. Wirklich herrlich.

Jana Berzelius spürte Pers Finger an ihrem Hals, und ein Schauer des Wohlbehagens rieselte über ihren Rücken. Niemand hatte sie je zuvor so behutsam berührt.

Per trat einen kleinen Schritt näher und sah dabei die ganze Zeit ihre Lippen an.

Langsam beugte er sich vor.

Ihre Nasenspitzen berührten einander.

Ihr wurde innerlich ganz heiß, als ihr aufging, dass er sie küssen wollte, und plötzlich fühlte es sich so selbstverständlich an, ihn gewähren zu lassen.

Doch seine Hand war unter ihr Haar geglitten und bewegte sich auf die Hautritzung im Nacken zu.

Jana drehte sich ein bisschen, versuchte ihm begreiflich zu machen, dass sie nicht wollte, dass er sie dort berührte, aber er hörte nicht auf.

Panik stieg in ihr auf.

Sie musste irgendetwas tun, um ihn davon abzuhalten. Instinktiv hob sie die Hände und stieß ihn so heftig von sich, dass er beinahe hinfiel.

Per starrte sie erstaunt an, und im selben Moment begriff sie, dass sie viel zu brutal gewesen war.

»Tut mir leid, ich dachte …«, setzte er an, aber verstummte dann unsicher.

»Du verstehst nicht«, sagte sie, und die Panik pochte in ihrer Brust.

»Was verstehe ich nicht?«, fragte Per.

Sie senkte den Blick, suchte nach einer passenden Antwort, aber wusste nicht, wo sie beginnen sollte.

»Ich muss gehen«, sagte er abrupt.

Ihr wurde eiskalt, als er sie verließ.

»Per!«, rief sie ihm hinterher. »Per, warte! Ich …«

Jana verstummte und sah, wie er sich immer weiter von

ihr entfernte. Was sollte sie tun? Ihn gehen lassen? Oder ihm hinterherlaufen und versuchen, ihm zu vermitteln, was hinter ihrem Verhalten steckte? Aber wie sollte sie bloß erklären, dass sie ihn weggestoßen hatte?

Ihre Gedanken wurden jäh unterbrochen, als sie einen großen Mann mit magerem Gesicht und über den Kopf gezogener Kapuze sah, der Per verfolgte. Sie konnte nur einen kurzen Blick auf ihn erhaschen, aber auf einmal befiel sie ein unangenehmes Gefühl, dass irgendetwas im Gange war, und sie lief ihm mit ein wenig Abstand hinterher.

Per überquerte den Platz und ging durch den Torbogen im Holmenturm. Dann bog er nach rechts auf den Fußweg an der Dalsgatan ab, völlig ahnungslos, dass er verfolgt wurde.

Auf der anderen Straßenseite begann ein anderer Mann, in dieselbe Richtung zu gehen. Er war klein und untersetzt und trug ebenfalls einen dunklen Kapuzenpullover.

Mit entschiedenen Schritten überquerte er die Straße und schloss neben dem mageren Mann auf. Keiner von ihnen schien Jana zu bemerken, sie richteten ihre ganze Aufmerksamkeit auf Per, dem sie sich immer weiter näherten.

Sie werden ihm wehtun, dachte Jana.

Mit heftig pochendem Herzen begann sie zu laufen.

»Per!«

Immer wieder rief sie seinen Namen, aber ihre Stimme ertrank im Motorengeräusch eines mattschwarzen Audis, der viel zu schnell von irgendwoher auftauchte.

Der tiefblaue Himmel spiegelte sich in den getönten Scheiben, und Jana konnte den Fahrer nicht erkennen.

Vermutlich hatte auch Per das Auto gehört, denn nun drehte er sich um.

Der Schlag des einen Mannes kam so plötzlich, dass Per nicht mehr reagieren konnte, sondern auf die Straße fiel.

Direkt vor das Auto.

Keine quietschenden Reifen waren zu hören, kein abruptes Bremsen, nur ein dumpfer Knall.

»Nein!«, schrie Jana, als sie sah, wie Per über den Wagen geschleudert wurde.

Reglos blieb er auf dem Asphalt liegen.

Panisch lief sie auf ihn zu.

Der Fahrer hatte angehalten, und die beiden Männer warfen sich ins Auto. Sie reagierte sofort, zog das Handy aus der Tasche und versuchte im Laufen das Kennzeichen zu fotografieren.

Die Reifen quietschten, als der Wagen mit hoher Geschwindigkeit den Platz verließ. Der Fahrer bog in die Sankt Persgatan ein, doch er nahm die Kurve zu schnell und verlor die Kontrolle über das Auto. Es raste auf den Gehsteig, schob mehrere leere Tische und Stühle eines Straßenrestaurants beiseite, rollte wieder auf die Straße und verschwand hinter der nächsten Ecke.

Die Welt war seltsam ruhig, als Jana zu Per kam. Er lag mit geschlossenen Augen auf der Seite.

»Per?«, sagte sie und ging neben ihm in die Hocke. »Hörst du mich? Per!«

Sie betrachtete seine Augenlider, das Blut, das ihm aus dem Mund lief, und hoffte, dass er reagieren würde. Aber er bewegte sich nicht. Sie drückte die Finger gegen seinen Hals, erahnte einen schwachen Puls und wählte sofort die Nummer des Rettungsdienstes.

Blumenberge lagen auf der Erde, vor allem Rosen und Nelken, aber auch ein weißer Teddy mit einer roten Schleife um den Hals.

Henrik Levin hob den Blick und betrachtete das Haus

der Familie Witell. Wären da nicht die Blumen und das blauweiße Absperrband, das um den Garten herum verlief, hätte niemand geahnt, dass sich hier zwei schwere Verbrechen ereignet hatten.

Während Henrik auf das Haus zuging, befiel ihn eine starke Niedergeschlagenheit. Die Suche nach Jonathan hatte bislang kein Resultat gezeigt. Die freiwilligen Helfer waren erneut mit entmutigenden Ergebnissen zurückgekehrt. Und obwohl auch diverse Rettungsorganisationen in die Suche involviert waren, obwohl jede Nachrichtenredaktion im ganzen Land über den Fall berichtete, hatte Henrik das unangenehme Gefühl, dass sie den Jungen nicht rechtzeitig finden würden.

Henrik seufzte, als er die Haustür öffnete und in den Flur trat. Noch immer waren Reste der Arbeit von der Spurensicherung zu sehen. Gegenstände und Möbel waren verrückt und nicht an ihren richtigen Platz zurückgestellt worden. Immerhin hatte jemand das Blut auf dem Boden entfernt.

Es war einen Tag und eine Nacht her, dass er an derselben Stelle gestanden hatte, mit der toten Frau vor sich. Jetzt versuchte er die Anwesenheit des Täters zu spüren. Hochkonzentriert ging er ein paar Schritte weiter und betrachtete den Fußboden, die Kommode und die Treppe. Er ging zurück zur Haustür, stellte sich vor, wie sie geöffnet wurde, und dachte dann an den Schlag, der Felicia Witell mit voller Kraft getroffen und sie zu Boden geschleudert hatte.

Henrik ging in die Hocke, warf einen Blick auf das Schuhregal und musterte noch einmal die Treppenstufen. Der Täter hatte Felicia Witell getötet und war dann nach oben in Jonathans Zimmer gegangen. Henrik schauderte, als er an die Panik dachte, die Sam Witell empfunden haben musste, als sein Sohn ihm am Telefon verängstigt erzählte, dass sich ein Fremder im Haus der Familie befand. Witell war umgehend nach Hause gefahren, doch der Täter hatte sich schon mit Jonathan davongemacht und war noch immer auf freiem Fuß. Alles war so schnell gegangen.

Henriks Blick wurde geradezu magisch von dem Schuhregal angezogen. Die Babysitterin hatte ihm ein Foto von Jonathan gezeigt, das sie vor wenigen Tagen gemacht hatte. Auf dem Foto hatte der Junge weiße Adidasschuhe getragen.

Die Einsicht befiel ihn schlagartig. Die Nackenhaare sträubten sich, und er bekam Gänsehaut.

Die Schuhe waren weg.

Jana Berzelius stand mit geballten Fäusten da und sah zu, wie die Sanitäter eine Sauerstoffmaske über Pers Mund und Nase befestigten. Er lag zugedeckt auf einer Trage, umgeben von Menschen, die mit Jana und mit den Sanitätern und miteinander redeten. Aber sie hörte nicht, was sie sagten.

Für sie gab es nur die Sorge um Per. Sie ballte die Fäuste noch fester, als der Rettungswagen davonfuhr. Sie wusste, dass Per jetzt Hilfe bekam, aber es war noch gar nicht klar, wie schwer seine Verletzungen waren. Das musste sie in Erfahrung bringen.

Jana löste sich aus der Menschenmenge und winkte ein Taxi heran.

»Zum Krankenhaus, bitte«, sagte sie, während sie sich auf die Rückbank setzte. »Notaufnahme.«

»Wird gemacht.« Der Taxifahrer, ein glatzköpfiger Mann mit Brille, bog auf die Straße.

Jana sah aus dem Fenster. Sie hatte das Gefühl, sich in einem totalen Chaos zu befinden. Und der Grund war die verdammte Hautritzung.

Ihretwegen würde sie für immer eine Verbindung zu Danilo haben, zu ihrer dunklen Vergangenheit.

Ihretwegen jagte sie ihren Gegner aus dem illegalen Club, einen Mann, über den sie nichts wusste.

Und ihretwegen hatte sie Per weggestoßen.

Sie schob die Hand unter das Haar im Nacken und kratzte fest mit den Nägeln über die Haut.

Ich habe ihn weggeschubst, dachte sie. Ich habe ihn viel zu heftig von mir weggestoßen. Und er ist zurückgewichen.

Es begann zu brennen, aber sie hörte nicht auf, sie kratzte immer fester.

Wenn sie nicht so heftig reagiert hätte, wäre Per dann womöglich nicht überfahren worden?

Aber dann hätte sie ihm stattdessen erklären müssen, warum die Buchstaben KER in ihren Nacken eingeritzt waren.

Wie sollte sie ihm erklären, dass sie als Kind zum Töten ausgebildet worden war? Dass sie töten konnte und es auch bereits getan hatte? Niemand durfte das wissen. Niemand!

Jana schnappte nach Luft, als sie spürte, wie die Haut im Nacken aufriss. Zitternd hielt sie die Hand hoch, betrachtete das Blut unter ihren Fingernägeln. Sie sah verstohlen zum Taxifahrer, der sich aufs Fahren konzentrierte, und kratzte dann verzweifelt weiter an der offenen Wunde herum.

Per war der Einzige, der es jemals mit ihr ausgehalten hatte, der sie als Mensch zu respektieren schien. Aber sie durfte ihn nie so nah an sich herankommen lassen. Nicht solange die Narben im Nacken noch da waren.

»Da wären wir«, sagte der Taxifahrer, als er vor dem Eingang der Notaufnahme hielt.

Sie wischte sich die blutigen Fingerspitzen an der Hose ab, ehe sie dem Fahrer ihre Kreditkarte reichte.

Im Wartebereich saß eine ältere Frau mit einer Augen-
klappe. Ein halbwüchsiger Junge mit geschwollener Hand
starrte auf einen Fernseher.

Die Schwester an der Rezeption winkte sie zu sich. Eine
kleine Falte entstand an ihrer Stirn, als Jana auf sie zukam.

»Vorhin ist ein Freund von mir angefahren worden«,
erklärte Jana. »Er wurde mit dem Rettungswagen herge-
bracht, und ich würde gern wissen, wie es ihm geht. Ich
weiß leider nicht seine Personennummer, aber er heißt Per.
Per Åström.«

»Das stimmt«, sagte die Frau nach einem Blick auf ihren
Bildschirm. »Er ist gerade beim Röntgen. Die Ärzte gehen
von einer Armfraktur aus und werden ihn vermutlich gleich
weiter in den OP schicken.«

»Wie lang wird die Operation dauern?«

»Dazu können wir momentan nichts sagen. Aber Sie sollten besser nach Hause fahren und morgen früh wiederkom-
men.«

»Nein«, sagte Jana entschlossen. »Ich bleibe hier.«

Der Mann atmete durch die Nase ein.

*»Die ersten Tage war ich nervös«, sagte er. »Ich war sogar
versucht, Beruhigungstabletten zu nehmen oder Alkohol zu
trinken, irgendwas. Aber es ging nicht. Ich musste mich vollkommen unter Kontrolle haben. Eines Morgens bin ich am
Haus vorbeigefahren.«*

*»Das Haus, aus dem Sie ihn mitgenommen hatten?«, fragte
Henrik.*

*»Ja. Ich habe ein Stück entfernt geparkt und bin zu Fuß
zurückgegangen. Ich wollte kein Risiko eingehen, also bin ich
nicht stehen geblieben, sondern einfach weitergegangen. Am
Ende der Straße habe ich mich auf eine Bank gesetzt. Aus*

einem Abfalleimer hat eine Zeitung rausgeschaut, die habe ich mir genommen und darin gelesen. Dann und wann habe ich zum Haus hinübergesehen und zu den Menschen, die auf der Straße unterwegs waren. Alle sahen so fröhlich und unschuldig aus. So ist es ja mit uns Menschen, nicht wahr? Zumindest nach außen. Aber keiner weiß, wie es in uns aussieht. Keiner weiß, welche Geheimnisse wir mit uns herumtragen. Keiner weiß, wer wir eigentlich sind. Ob wir Drogen nehmen, Frauen vergewaltigen oder unsere eigene Frau schlagen …«

»Oder Kinder entführen.«

»So sehe ich mich nicht«, sagte der Mann mit erhobener Stimme.

»Warum nicht?«

»Es war vorherbestimmt, dass ich ihn holen würde, dass er bei mir sein sollte.«

»Aber haben Sie nie darüber nachgedacht, dass Sie dafür bestraft werden könnten?«, wollte Henrik wissen.

»Nein.«

»Sie wirken ziemlich überzeugt.«

Der Mann senkte den Blick, und eine Falte bildete sich zwischen seinen Augenbrauen.

»Seitdem ich diese Meldung in der Zeitung gelesen hatte, war ich ziemlich sicher, dass ich davonkommen würde.«

»Was stand denn in der Zeitung?«

»Dass die Mutter des Jungen tot war.«

MITTWOCH

13

Es war früh am Morgen. Mia Bolander lag nackt unter der Decke im Doppelbett und blickte nach oben auf den Kronleuchter. Sie hörte die Dusche, das hohe Föhngeräusch und die seltsame Popmusik, die Bianca hörte, wenn sie sich schminkte.

Mia bewegte sich leicht. Sie wartete darauf, dass die Geräusche erstarben, und hoffte auf ein bisschen Zeit zu zweit mit Gustaf.

Er war in die Küche gegangen, um Kaffee zu kochen, und würde bald zurück sein.

Bianca ging die Treppe hinunter. Mia hörte, wie Gustaf mit seiner Tochter sprach.

»Mein Geld?«, war Biancas Beitrag zu ihrem Dialog.

»Hier.«

»Mehr.«

»Du hast achthundert Kronen bekommen.«

»Aber das reicht doch nur für die Schuhe«, beschwerte sie sich. »Ich will mir auch Wimperntusche kaufen.«

»Hier. Tausend müssen reichen.«

»Leg das Geld in meine Tasche. Ich habe mir gerade erst die Nägel lackiert.«

»Und wann kommst du nach Hause?«

»Kommt drauf an, wann du mich abholen kannst.«

Mia stellte fest, dass sie immer mehr in den Alltag von Gustaf und seiner Tochter einbezogen wurde. Und sie hatte gerade erfahren, dass Bianca eine Expertin darin war, sich das zu erbetteln, was sie haben wollte – Geld.

Mia hörte eine Tür zuschlagen, dann das Klirren von Kaffeetassen und Schritte, die sich näherten. Sie richtete sich auf, strich das Haar zurecht und lächelte.

Gustaf tauchte in der Türöffnung auf, mit der Kaffeekanne in der einen und den Tassen in der anderen Hand.

Der Anblick seines halb nackten Körpers war eine unerbittliche Erinnerung an sein Alter. Dabei war er für seine knapp dreiundfünfzig Jahre noch ganz gut in Schuss.

»Ich habe mir gedacht, dass wir morgen im Gin essen gehen«, sagte er und stellte die Kaffeetassen auf den Nachttisch.

»Da war ich noch nie«, antwortete Mia und spürte, wie es in ihrem Bauch kribbelte, als ihr bewusst wurde, dass sie in einem der feinsten Restaurants der Stadt essen würden.

»Bianca auch nicht. Ich wollte sie damit überraschen.«

Mias Lächeln verschwand.

»Warum denn?«

»Sie hat gesagt, dass sie gerne mal dort essen würde. Hier, bitte.«

Mia nahm die Kaffeetasse in Empfang.

»Ansonsten wäre es ja auch ganz schön, zu zweit essen zu gehen«, wagte sie einen Vorstoß, als Gustaf sich neben sie legte.

»Ich weiß«, sagte er. »Das werden wir auch, aber …«

»Aber?«

»Bianca freut sich so, wenn sie mitkommen darf. Sie hat eine harte Zeit gehabt, seit ihre Mutter in die Schweiz gezogen ist.«

Er lehnte sich schwer an ihre Brust.

»Ich habe ihr versprochen, alles zu tun, damit sie glücklich wird«, sagte er und sah Mia an. »Und sie wirkt jetzt glücklich, oder?«

»Doch, ja«, murmelte Mia.

»Ich glaube, das Pferd hat einen guten Teil dazu beigetragen.«

»Ein Pferd hat sie auch?«

Gustaf nickte.

»Ich hasse Pferde«, verkündete Mia. »Aber ich bin verdammt gut im Reiten.«

»Tatsächlich?«

»Leg dich auf den Rücken, dann zeige ich es dir.«

Jana Berzelius saß im Wartezimmer der Station neun des Vrinnevi-Krankenhauses. Ihr Gesicht war blass und ihr Haar etwas zerzaust. Die Haut im Nacken war wund. Die kleinen Blutflecken waren auf der dunkelblauen Hose kaum zu sehen.

Sie hatte die ganze Nacht auf demselben Platz gesessen.

Dabei hätte sie in der Zeit genug anderes tun können. Vor allem hätte sie nach Jonathan suchen können, der noch immer vermisst wurde. Doch Per war vor ein Auto gestoßen worden, und Jana hatte Angst, dass ihm noch etwas geschehen könnte. Deshalb hatte sie sich nicht einmal ein kurzes Nickerchen erlaubt, sondern auf dem Stuhl gesessen und unablässig die Tür zu seinem Zimmer bewacht. Dabei hatte sie die Menschen genauer in Augenschein genommen, die auf der Station unterwegs waren, und versucht herauszufinden, ob jemand den Männern ähnelte, die ihn vor das Auto gestoßen hatten. Aber das war nicht ganz einfach, denn sie hatte nur einen kurzen Blick auf sie erhaschen können, und sie konnte sie auch nicht mit den Fotos auf ihrem Handy vergleichen, denn der Akku war längst leer. Zu ihrer Erleichterung hatte hier in der Klinik niemand versucht, Per etwas anzutun.

Sie wartete darauf, mit ihm sprechen zu dürfen. Aber was sollte sie sagen?

Er wollte vielleicht nicht einmal mit ihr reden oder überhaupt etwas von ihr wissen. Das wäre nicht weiter verwunderlich. Sie hatte ihn völlig instinktiv von sich gestoßen, und noch dazu viel zu fest. Um sich selbst zu schützen.

Jana barg ihr Gesicht in den Händen.

Der Instinkt und die Gewalt waren in ihr. Und sie wusste noch immer nicht, wie sie damit umgehen sollte, auch nicht mit den Buchstaben, die tief in ihre Haut eingeritzt waren. Sie hätte sie schon längst entfernen lassen sollen, doch die Gewalt wäre trotzdem geblieben, für immer. Und das hatte auch gewisse Vorzüge. Nicht an Gesetze und Regeln denken und sich daran halten zu müssen, sondern einfach nur explodieren zu dürfen.

Wenn sie den Namen in ihrem Nacken entfernen ließ, würde sie sich nicht mehr auf dieselbe verzweifelte Art und Weise schützen müssen. Zugleich würde sie aber auch einen Teil von sich selbst verlieren.

Janas Gedanken wurden durch einen Krankenpfleger mit Brille unterbrochen, der direkt auf sie zusteuerte.

»Per Åström ist aufgewacht«, sagte er. »Sie können zu ihm reingehen, wenn Sie wollen.«

Jana erhob sich langsam und folgte dem Pfleger durch

den Gang. Als er die Hand auf die Türklinke legte, beschleunigte sich ihr Pulsschlag.

»Bitte sehr«, sagte er und öffnete die Tür.

Sie nickte, holte tief Luft und trat ein.

Rebecka Malm gab sich geschlagen. Sie konnte nicht wieder einschlafen, obwohl sie heute freihatte. Und das lag an
Danilo. Je mehr sie an ihn dachte, desto schwieriger war es,
still unter der Bettdecke liegen zu bleiben. Es war falsch
gewesen, ihm zu helfen, das war ihr klar.

Eigentlich wusste sie gar nichts über ihn. Trotz des Kusses
gestern waren sie Fremde. Und Rebecka war nicht dumm,
sie hatte begriffen, was er von ihr wollte. Aber vielleicht
wollte sie dasselbe von ihm?

Er hatte starke Gefühle in ihr geweckt, und auch wenn
er kriminell war, fühlte es sich gut an, von jemandem gebraucht und wertgeschätzt zu werden.

Außerdem sah er richtig gut aus. Vielleicht war er sogar
der bestaussehende Mann, dem sie je begegnet war.

Aber was, wenn jemand erfuhr, dass sie mit einem Häftling
rumgemacht hatte? Alle würden sie für übergeschnappt halten. Oder es widerlich finden. Vor allem ihr kleiner Bruder.

Sie griff nach dem Handy, das auf dem Nachttisch lag.
Auf einmal sehnte sie sich nach ihrem Bruder, brachte es
aber nicht fertig, ihn jetzt anzurufen.

Sie sah an die Decke und spürte erneut Danilos Hände
auf ihrem Körper. Er hatte sie geneckt, hatte ihre Schenkel und den Bauch gestreichelt, aber er hatte kein einziges
Mal ihre Brust berührt oder die Hand zwischen ihre Beine
geführt. Stattdessen hatte er die Hand von ihrem Körper
genommen und sie um Hilfe gebeten. Sie hatte sich darauf
eingelassen, ihm zu helfen, in der Hoffnung, dass er sie wei-

177

ter berühren würde. Aber das hatte er nicht getan. Warum nicht?, dachte sie. Lag es an ihrem Aussehen?

Tränen stiegen Rebecka in die Augen.

Ihr war durchaus bewusst, dass ihr magerer Körper nicht viel zu bieten hatte. Ihre Brüste waren viel zu klein und die Hüften nicht existent.

Was, wenn er sie gar nicht mehr begehrte?

Per Åström blickte Jana von seinem Krankenhausbett an. Sie stand eine Weile zögernd in der Türöffnung, trat dann jedoch ein und setzte sich auf einen Stuhl neben seinem Bett.

»Nein, das hast du nicht«, sagte er zu ihr und spürte, wie trocken sein Mund war.

»Was meinst du?«, fragte sie und sah ihn erstaunt an.

Er räusperte sich.

»Du hast kein Mitleid mit mir.«

»Warum sagst du das?«

»Weil ich hören will, wie du es zu mir sagst. Weil ich will, dass du mir zeigst, wie leid ich dir tue.«

Er wollte sie zum Lächeln bringen, aber ihre Augen waren ernst. Panik erfüllte ihn.

Er hatte gehofft, dass die Manschettenknöpfe ihre Art gewesen waren, ihm ihre Zuneigung zu zeigen. Und so war es vielleicht auch. Aber als er versucht hatte, sie zu küssen, hatte sie ihn weggestoßen. Er hatte das Gefühl, sich blamiert zu haben, und zwar auf ganzer Linie.

»Hast du schon mit der Polizei gesprochen?«, fragte sie.

Er betrachtete seinen eingegipsten rechten Arm, stützte sich auf der Matratze ab und richtete sich auf.

»Nein«, antwortete er. »Die Polizei mit hineinzuziehen kommt nicht infrage.«

»Du bist verletzt, Per.«

»Aufgrund eines Unfalls, ja.«

»Das war doch kein Unfall!«

»Aber das werde ich zu allen sagen, und die Polizei wird mir ohnehin nicht glauben, wenn ich sage, dass Danilo hinter der ganzen Sache steckt.«

»Woher weißt du das?«, fragte sie.

»Ich habe das Auto erkannt, den mattschwarzen Audi. Derselbe Wagen hat vor der Staatsanwaltschaft gehalten.«

Per sah wieder auf seinen Gipsarm hinab. Jetzt begriff er, was Danilo Peña mit dem Satz *Warten Sie nur ab* gemeint hatte. Ihm war auch klar, dass er vermutlich nicht würde beweisen können, dass Danilo dafür verantwortlich war. Deshalb war es sinnlos, den offiziellen Weg zu gehen, um ihn dranzukriegen. Allerdings hieß das noch lange nicht, dass Peña ungestraft davonkommen würde.

»Warum wollte er dir schaden? Worauf ist er aus?«, fragte Jana.

»Er will mich wohl nur erschrecken.«

»Und wozu?«

Per zuckte mit den Schultern und erwiderte ihren Blick.

»Diese Frage kannst du mir vielleicht beantworten«, sagte er. »Was weißt du eigentlich über ihn?«

Sie sah ihn verständnislos an.

»Er hat nach dir gefragt, Jana.«

»Aber ich weiß nicht, was er will.«

»Eigentlich lautet die Frage gar nicht, was *du* weißt. Sondern, was *er* weiß.«

»Worüber?«

»Über dich!«

»Und was weiß er über mich?«, fragte sie genervt.

»Nichts. Vergiss es.«

Plötzlich schämte er sich. Warum konnte er nicht aufhören, an das zu denken, was Peña über Janas Nacken gesagt hatte? Warum musste er immer wieder darüber nachgrübeln?

»Du kannst diesen Prozess nicht mehr führen«, erklärte sie entschlossen.

»Doch. Und ich freue mich mehr denn je auf die Gerichtsverhandlung.«

»Du willst also die Forderung nach Objektivität ignorieren?«

»Ich bin fest entschlossen, diesen Prozess von Anfang bis Ende durchzufechten.«

»Hast du schon die Inventarliste vom Haus der Witells durchgeschaut?«, erkundigte sich Henrik Levin und setzte sich auf den Besucherstuhl in Gunnars Büro.

»Ja«, erwiderte Gunnar von seinem Schreibtisch aus, »aber darin tauchen keine weißen Adidasschuhe auf.«

»Also sind Jonathans Schuhe weg«, stellte Henrik fest.

»Das heißt, der Junge hat sie noch angezogen«, meinte Gunnar, »oder der Täter hat sie mitgenommen.«

»Aber das passt nicht zusammen«, entgegnete Henrik. »Ich dachte, der Täter war in Eile. Warum sollte er da die Schuhe des Jungen mitnehmen?«

»Tja, keine Ahnung …« Gunnar seufzte.

Henrik lehnte sich zurück und unterdrückte ein Gähnen. Er hatte bis spät in die Nacht an dem Fall gearbeitet. Als er schließlich zu Hause im Bett lag, hatte er sich kaum entspannen können. Erst gegen fünf Uhr morgens war er vor lauter Erschöpfung eingeschlafen, und als er zwei Stunden später aufwachte, spürte er den Stress noch immer.

Da Jana Berzelius sich so in diesem Fall engagierte, hatte

er erwartet, dass sie sich noch dazugesellen würde, aber das hatte sie nicht getan, und sie hatte sich auch nicht gemeldet.

»Was wissen wir denn bisher?«, fragte Gunnar.

»Gestern haben wir erfahren, dass Felicia Witell hinter dem Rücken ihres Mannes eine Babysitterin engagiert hat. Sie heißt Molly Barkevall und sagt, sie habe im letzten halben Jahr einmal monatlich Jonathan gehütet.«

»Und Sam Witell wusste gar nichts davon?«, fragte Gunnar. »Lügt er womöglich?«

»Den Eindruck habe ich nicht. Felicia Witell hat behauptet, sie würde eine Überraschungsparty für ihren Mann planen, aber die Babysitterin hält das für eine Lüge. Doch was hat Felicia Witell stattdessen getan?«

»Gute Frage«, meinte Gunnar.

Henrik streckte die Beine aus.

»Wir haben noch keine Obduktionsergebnisse«, fuhr er fort. »Und das Labor hat noch nichts zu den Fingerabdrücken geschickt. Aber bisher deutet nichts darauf hin, dass Sam Witell der Täter sein könnte.«

Gunnar strich sich nachdenklich übers Kinn.

»Haben sich die Mitarbeiter schon gemeldet, ob Terry Lindman gestern im Kino Filmstaden war?«, wollte Henrik wissen.

»Die haben zwar ein Foto von ihm bekommen, können aber nicht sagen, ob er im Kinosaal gesessen hat oder nicht. Offenbar waren über zweihundert Personen in der Sechs-Uhr-Vorstellung.«

»Und was ist aus der Pädophilenspur geworden?«, fragte Henrik.

»Ich habe die Ermittler um Sonderschichten gebeten«, antwortete Gunnar. »Aber alle sind genauso müde und frustriert wie du.«

181

»Und was heißt das? Dass wir noch nicht Aron Holms Alibi überprüft haben?«

»Ich werde noch mal nachhaken, versprochen.«

»Hier sitzt ihr also herum?«, meinte Mia, die mit einem Stapel Unterlagen in der Hand das Büro betrat.

»Wir gehen alles durch, was wir bisher herausgefunden haben«, erklärte Henrik.

»Wie weit seid ihr denn?«

»Wir sind fertig«, sagte Gunnar.

»Gut«, sagte Mia und warf die Papiere auf den Tisch. »Dann bekommt ihr hiermit weiteres Futter.«

Jana Berzelius versuchte sich zu konzentrieren, während sie auf das vorbestellte Taxi zuging, das im Schatten eines Baums vor dem Krankenhaus wartete. Sie war natürlich erleichtert darüber, dass Per ihr nicht böse war wegen des Stoßes, den sie ihm versetzt hatte. Zugleich war sie wütend auf ihn, weil er darauf bestand, den Prozess gegen Danilo zu führen.

Aber ihre Wut auf Per war nichts im Vergleich zu dem brennenden Hass, den sie gegenüber Danilo empfand.

Er hatte sie wie eine Riesenwelle überrollt.

Ein Hass, dem mit Vernunft und Logik nicht beizukommen war.

Was mochte Danilo für einen Grund haben, Per zu schaden?

Ich muss herausfinden, was er eigentlich will, dachte sie, während sie ins Taxi stieg. Ein Schauder überlief ihren Rücken, als ihr aufging, dass sie keine Alternative mehr hatte.

Sie musste ihn sehen.

Mia Bolander schlug mit der Hand auf den Stapel von Ausdrucken, den sie auf Gunnars Schreibtisch geworfen hatte.

»Wir haben die Anruflisten«, sagte sie. »Ich habe sie eben überflogen. Sam Witell hat am Montagabend um achtzehn Uhr vierunddreißig einen Anruf von seinem Sohn bekommen, aber das wussten wir ja schon.«

»Was gibt es noch?«, fragte Henrik, griff nach dem Papierstapel und begann darin zu blättern.

Mia verschränkte die Arme vor der Brust.

»Nichts Brauchbares, was Sam Witell betrifft. In seinen Listen tauchen nur Felicia und Jonathan auf, abgesehen von einer Nummer, die wir nicht rückverfolgen konnten. Vermutlich kam der Anruf von einem Prepaidhandy.«

»Hast du versucht, dort anzurufen?«

»Ja, aber es ist keiner rangegangen, abgesehen von der Standardmailbox von Telia. Wir müssen Sam Witell dazu befragen. Jonathan hat auf seinem Handy ausschließlich Gespräche mit seinen Eltern geführt.«

»Was noch?«, erkundigte sich Gunnar. »Ich denke in erster Linie an Felicia Witell.«

»Wir wissen auf jeden Fall, wen sie als Letztes angerufen hat«, erklärte Mia. »Du brauchst gar nicht so erwartungsvoll auszusehen, denn es ist keine große Überraschung.«

»Ihren Mann?«, fragte Gunnar.

»Ganz genau. Das war am Freitag. Aber wenn ihr euch die Listen anschaut, werdet ihr sehen, dass sie am selben Tag einen Anruf erhalten hat, von einem Festnetzanschluss.«

Henrik vertiefte sich wieder in die Ausdrucke.

»Wissen wir schon, wem die Nummer gehört?«

Mia nickte. »Einer Praxis in der Trädgårdsgatan.«

»Und was für eine Praxis ist das?«

»Psychotherapie. Ihr wisst schon, sich aussprechen und ausheulen und so.«

Gunnar und Henrik wechselten Blicke.

»Ich habe schon dort angerufen«, fuhr Mia fort.

»Und?«, fragte Henrik.

»Felicia Witell war bei einem Therapeuten namens John Strid in Behandlung. Seit einem halben Jahr ist sie einmal monatlich zu ihm gegangen. Ich habe die Termine mit denen verglichen, die uns die Babysitterin Molly notiert hat, und ratet mal, was ich herausgefunden habe?«

»Die Daten stimmen überein?«

»Die Daten stimmen überein.«

Jana Berzelius reichte dem leitenden Wachbeamten ihren Ausweis und betrat den Flur des Untersuchungsgefängnisses. Als sie an den Türen mit den kleinen Überwachungsluken vorbeikam, hörte sie Schritte hinter sich. Ein Mann mit Pferdeschwanz holte sie ein.

Jana nickte dem Vollzugsbeamten wiedererkennend zu.

»Wollten Sie zu Danilo Peña?«, fragte er.

»Ja.«

»Hat Per Åström das denn genehmigt?«

Jana biss die Zähne zusammen. Obwohl sie bei den Mitarbeitern des Untersuchungsgefängnisses bekannt war, hatte sie geahnt, dass diese Frage kommen würde. Sie versuchte auszuweichen.

»Wo ist denn seine Zelle?«, fragte sie in der Hoffnung, die Bedenken des Beamten zu zerstreuen.

»Dort drüben, Nummer acht. Ich begleite Sie.«

»Das ist nicht nötig.«

»Sie dürfen nicht ohne Begleitung in seine Zelle. Sie kennen doch die Spielregeln.«

»Die Spielregeln wurden soeben geändert«, erklärte sie und ging weiter.

»Das kann nicht sein«, sagte er.

»Hören Sie zu, Hammar. So heißen Sie doch, nicht wahr? Ich habe keine Lust, Ihnen das Leben schwerzumachen, aber Sie erinnern sich bestimmt an die Anzeige, die gegen Sie erstattet wurde, nachdem Sie einen Häftling beim Verrichten seiner Notdurft beobachtet hatten?«

»Wovon reden Sie, verdammt noch mal? Die Anzeige wurde doch zurückgezogen.«

»Der Fall kann aber ganz einfach wiederaufgenommen werden. Wenn ich mich dazu gezwungen sehe.«

Das Schlüsselbund rasselte, als Marko Hammar ihn aus der Tasche zog. Jana spürte, dass er sie wütend anstarrte.

»Sind Sie sich sicher, dass Sie allein hineingehen wollen?«

»Öffnen Sie«, sagte sie nur.

Sam Witell musterte den diensthabenden Vollzugsbeamten, der in der Türöffnung stand und auf das leere Frühstückstablett wartete. Sam hatte gehört, dass der Mann »der Pfarrer« genannt wurde, weil er am Hals eine Tätowierung in Kreuzform hatte. Offenbar glaubte er, dass es dort oben zwischen den Wolken einen Gott gab.

Aber den gab es nicht. Denn sonst wäre Felicia jetzt nicht tot. Und Jonathan nicht verschwunden.

Sam vermisste ihn so entsetzlich. Er hoffte inständig, dass er lebte und dass es ihm gut ging.

Er hob das Tablett vom Bett und reichte es dem Vollzugsbeamten.

»Ich habe gehört, dass Sie Ihren Sohn verloren haben.«

Sam sah den Mann fragend an.

»Der Weg, den Sie jetzt gehen müssen, ist der einsamste, den ein Mensch überhaupt gehen kann«, fuhr er fort.

»Woher wollen Sie das wissen?«, fragte Sam und betrachtete ihn skeptisch.

»Ich bin diesen Weg selbst gegangen.«

Wovon um alles in der Welt spricht er?, dachte Sam.

»Meine Tochter war vierzehn, als sie verschwand«, erzählte der Mann. »Sie war auf einer Konfirmandenreise in England und hatte versprochen, nach einer Party auf dem direkten Weg zurückzufahren. Die Polizei fand ihr Fahrrad am Wegesrand. Keiner weiß, wo sie geblieben ist. Jedes Mal, wenn das Telefon klingelt, denke ich, vielleicht ist sie das. Jedes Mal, wenn eine Leiche gefunden wird, denke ich, vielleicht ist es meine Vilda. Diese vielen Vielleichts sind am schlimmsten.«

»Aber für mich gibt es kein Vielleicht«, sagte Sam. »Ich werde Jonathan finden. Verstehen Sie? Ich werde ihn finden!«

Das Adrenalin rauschte durch ihre Adern, als Jana die Zelle betrat. Sie bemühte sich, ruhig zu bleiben, sich zu beherrschen, Danilo nicht zu zeigen, wie gern sie ihm alle Knochen gebrochen oder den Hals mit einem Messer aufgeschlitzt hätte.

Danilo saß mit angezogenen Beinen auf dem Bett, den Kopf nach hinten gelehnt. Es waren mehrere Monate vergangen, seit sie ihn zuletzt gesehen hatte, und er war größer und muskulöser, als sie ihn in Erinnerung gehabt hatte.

Sie erwiderte seinen Blick und spürte, wie der Hass das Adrenalin verdrängte, als das Wissen sie einholte, dass er in ihr Leben zurückgekehrt war.

»Jana«, sagte Danilo gedehnt. »Per hat dich am Ende also doch hergeschickt.«

»Nein, ich bin unaufgefordert hergekommen.«

Danilo stand auf und musterte sie.

»Gut«, sagte er. »Ich brauche nämlich deine Hilfe.«

Sie biss die Zähne zusammen.

»Sieh nicht so wütend aus, Jana. Wie geht es eigentlich Per?«

»Er hätte sterben können«, sagte sie und kämpfte gegen ihre Wut an.

»Das tut mir leid.«

»Warum hast du das getan?«, fragte sie. »Es muss doch einen Grund gegeben haben.«

»Einen Grund gibt es immer.«

»Sag es mir einfach, erzähl mir, warum du dafür gesorgt hast, dass er vor ein Auto gestoßen wurde.«

Sein Blick verdüsterte sich, und die Sehnen an seinem Hals spannten sich an.

»Ich habe ihm nichts getan«, sagte er und trat einen Schritt auf sie zu, öffnete und schloss seine Fäuste einige Male. »Ich habe nur zu ihm gesagt, dass ich dich sehen will, aber ich glaube, er hat nicht ganz verstanden, wie wichtig mir das war. Also habe ich versucht, ihm meinen Wunsch ein wenig klarer zu machen.«

Janas Augen wurden schmal. Während sie ihn unverwandt ansah, stieg die Wut wieder in ihr auf. Sie konnte sich nicht mehr beherrschen, sondern ging auf ihn zu, genauso langsam und genauso bedrohlich wie er zuvor.

»Wer sind die Männer?«

»Wen meinst du?«

»Die ihn angefahren haben?«

»Keine Ahnung.«

»Aber es sind doch deine Männer!«

Er lächelte sie spöttisch an.

»Ich will, dass sie Per in Ruhe lassen«, sagte sie mit fester Stimme.

»Natürlich willst du das«, erwiderte er. »Aber das werden sie nicht tun. Zumindest nicht, solange Per noch als Staatsanwalt tätig ist.«

»Was meinst du?«, fragte sie und blieb mitten im Raum vor ihm stehen. Er beugte sich vor, drückte seine Stirn fest gegen ihre und sah ihr direkt in die Augen.

»Der Prozess beginnt in vier Wochen«, sagte er.

»Genau. Machst du dir Sorgen, dass dich eine lange und harte Strafe erwarten könnte?«

Jana fixierte ihn mit ihrem Blick.

Er grinste.

»Kein bisschen. Du wirst dafür sorgen, dass ich keine lange und harte Strafe bekomme.«

»Ich?«

»Ja, du! Denn du wirst in diesem verdammten Gerichtssaal sitzen, nicht Per.«

Jana wandte sich ab. Sie hatte damit gerechnet, dass er neue Forderungen stellen würde, aber nicht diese.

»Ich werde dich nicht freundlich darum bitten«, sagte er und ließ die Hand vorschnellen, als wollte er sie packen, doch Jana wehrte ihn ab.

»Und ich werde dir nicht helfen«, fauchte sie.

»Doch, Jana, das wirst du tun. Ich gebe dir zwei Tage, um Per zu ersetzen. Diese Aufgabe kannst du lösen, wie du willst. Wenn es dir nicht gelingt, werde ich ihn töten. Ich hoffe, das ist dir klar.«

Jana hob den Blick und spürte, wie ihr gesamter Hass auf Danilo explodierte. Sie fiel über ihn her, ohne sich zu beherrschen, ohne darüber nachzudenken, wo sie sich gerade befanden. Sie schlug ihn hart und brutal, und er konterte, schlug zurück, traf ihren Arm, ihre Schulter.

Plötzlich waren von draußen Stimmen zu hören.

Beide hielten inne und entfernten sich keuchend voneinander.

»Zwei Tage«, zischte er.

14

Die Praxis lag im zweiten Stock eines alten Gebäudes. Henrik Levin und Mia Bolander wurden in ein Zimmer geführt, das vom Flur abging. Ein Schreibtisch befand sich hinter einem weißen Wandschirm, und auf einem dünnen Teppich standen vier Besuchersessel an einem Tisch.

Henrik ging zum Fenster, sah hinaus und entdeckte einen Mann mit nacktem Oberkörper und blauer Latzhose, der einen Rosenbusch beschnitt. Auf einem Balkon direkt über dem Mann saß eine dunkelhaarige Frau und sonnte sich.

»Ich habe Sie schon erwartet.«

John Strid kam ins Zimmer. Er trug eine Mappe unter dem Arm und hatte einen etwas schiefen Rücken, als würde er an einer chronischen Krankheit leiden. Seine grauen Haare waren kurz geschnitten, und er trug ein kariertes Kurzarmhemd.

»Es hat hier einen richtigen Aufstand gegeben, seit Sie angerufen und gesagt haben, dass Sie mit mir sprechen wollen«, erklärte der Psychotherapeut.

»Dann sollten wir vielleicht klarstellen, dass Sie nicht unter Verdacht stehen«, sagte Henrik.

»Sagen Sie das bitte meiner Kollegin Stina am Empfang, wenn Sie rausgehen. Sie hat Gerüchte in die Welt gesetzt, von denen ich gar nicht weiß, wie ich mit ihnen umgehen soll.«

Er deutete auf die Sessel.

»Bitte nehmen Sie Platz.«

Henrik und Mia setzten sich. John Strid ging zum Schreibtisch, legte die Mappe ab und nahm dann gegenüber von ihnen Platz.

»Natürlich möchte ich wissen, warum Sie mich aufsuchen.«

»Das sollte Ihnen eigentlich klar sein«, sagte Henrik. »Felicia Witell ist ermordet wurden, und soweit wir wissen, war sie Ihre Klientin.«

Der Gesichtsausdruck des Therapeuten veränderte sich kaum. Er wirkte weder erstaunt noch entsetzt.

»Sie war meine Klientin, richtig«, sagte er. »Aber wie haben Sie meinen Namen herausgefunden?«

»Durch effektive Ermittlungsarbeit«, erklärte Mia. »Weshalb fragen Sie?«

»Meistens halten meine Klienten die Termine mit mir geheim, und in Felicias Fall war es besonders wichtig, dass niemand von ihren Gesprächen mit mir erfuhr.«

»Hat sie gesagt, warum?«, fragte Henrik.

»Nein, aber ich denke, ihr Mann hätte ihre Treffen mit mir nicht sonderlich geschätzt.«

»Wir hatten den Eindruck, als hätte er keine Ahnung, dass sie hier war. Weshalb war sie in Behandlung?«

»Es ging ihr schlecht«, erklärte Strid.

»Könnten Sie das ein wenig genauer ausführen?«, bat Henrik.

John Strid beugte sich zur Seite und legte den Arm auf die Lehne seines Sessels.

»Dass es einem schlechtgeht, kann für jeden Menschen etwas anderes bedeuten«, sagte er. »Je tiefer die Antworten in der Seele versteckt liegen, desto länger dauert es, den Grund für die schlechten Gefühle zu finden. Deshalb kann eine Therapie lange dauern, und man muss das auch zulassen können. Man muss sich trauen, eine Therapie als eine Investition in sich selbst zu sehen, in sein innerstes Ich.«

»Und worum ging es im Fall Felicia Witell?«, fragte Henrik.

»Sie hat Hilfe gesucht, um sich wieder besser zu fühlen, und es war meine Aufgabe, sie dabei zu unterstützen.«

»Das haben wir schon verstanden«, sagte Mia. »Aber wobei wollte sie ganz konkret Ihre Hilfe haben?«

»Ich unterliege der Schweigepflicht, und es fällt mir schwer, sie zu brechen.«

»Okay, klar, aber hier ist die Situation ein wenig anders«, sagte Mia. »Eine Frau wurde ermordet und ihr Sohn entführt.«

»Ich weiß, aber das Schweigen ist mir zur Gewohnheit geworden. Das geschieht mittlerweile völlig automatisch.«

Mia richtete sich in einer entschlossenen Bewegung auf.

»Mag sein«, sagte sie, »aber jetzt möchte ich Ihre persönliche Meinung hören.«

»Wozu?«

»Zu Felicia Witell. Waren Sie interessiert an ihr? Sexuell gesehen, meine ich?«

Der Psychotherapeut spielte an der Armlehne herum.

»Ich bin verheiratet«, sagte er sachlich.

»Aber das war doch früher kein Hinderungsgrund.«

»Wie gesagt, man sollte nicht allen Gerüchten glauben.«

»Das ist kein Gerücht, und das wissen Sie sehr gut.«

»Es liegt aber fünfzehn Jahre zurück.«

»Fünfzehn?«, wiederholte Mia. »So alt war doch auch das Mädchen, oder?«

John Strid nahm den Arm von der Lehne, legte die Hände in den Schoß und sah sie ruhig an.

»Ich habe mich unangemessen verhalten, das gebe ich zu, aber das Kapitel ist doch längst abgeschlossen. Ich will nicht mehr darüber reden.«

»Wirklich nicht?«, entgegnete Mia. »Ich dachte, genau das würde man hier tun. Einen Haufen alten Mist ausbuddeln und darüber reden. Aber vielleicht habe ich das ja auch falsch verstanden?«

Mia und John Strid maßen sich einige Sekunden lang mit Blicken. Dann seufzte der Therapeut und sagte:

»Ich dachte, Sie wollten über Felicia Witell sprechen?«

»Ganz richtig«, erwiderte Mia. »Können wir jetzt zur Sache kommen?«

Jana Berzelius schlug, so fest sie konnte, auf das Steuer und ließ den brennenden Hass auf Danilo hinaus.

Er wollte, dass sie an Pers Stelle den Prozess führte. Deshalb hatte er danach verlangt, sie zu sehen. Als Per ihm die Bitte abschlug, hatte Danilo die Männer auf ihn angesetzt, weil dies Jana ins Untersuchungsgefängnis locken würde.

Das war der ganze Plan.

Und sie war in seine Falle getappt.

Sie hatte das Gefühl, als würde Danilo sie kontrollieren, als hätte er sie in gewisser Weise zu sich bestellt. Der Gedanke machte sie vollkommen rasend.

Mit voller Kraft schlug sie wieder aufs Lenkrad und stellte sich dabei vor, dass es sich um Danilos Gesicht handelte. Sie machte so lange weiter, bis ihre Finger schmerzten.

Atemlos sank sie in den Sitz.

Sie würde Danilo nie loswerden. So sehr sie sich auch bemühte, ihn aus ihrem Leben herauszuhalten – er kam immer zurück. Er hatte ihr zwei Tage gegeben, um Per zu ersetzen.

Zwei Tage!

Wenn es ihr nicht gelang, würde Danilo ihn umbringen.

Wie sollte sie Per dazu bekommen, dass er sich in so kurzer Zeit für befangen erklärte und zurücktrat? Per hatte doch beschlossen, den Prozess vom Anfang bis zum Ende durchzufechten. Wenn sie versuchen würde, ihm den Fall zu entziehen, würde sie ihre Freundschaft, ihre Beziehung aufs Spiel setzen oder sogar beenden.

Jana blickte aus dem Fenster.

Sie musste Danilo aus ihrem Leben verbannen. Schon oft hatte sie darüber nachgedacht, aber erst jetzt wurde ihr bewusst, dass es keinen anderen Weg gab, als ihn ein für alle Mal zu vernichten.

Das Problem war nur, dass er in einer Zelle eingeschlossen war, umgeben von Vollzugsbeamten, die ihn rund um die Uhr überwachten.

Da fiel ihr jemand ein, der ihr würde helfen können, und sie setzte sich kerzengerade hin. Sie wusste, dass sie direkt zu ihm nach Hause fahren sollte, und zwar sofort. Also startete sie den Wagen und fuhr in Richtung Lindö.

Genervt und gelangweilt zugleich wartete Mia Bolander darauf, dass John Strid ihr mehr über Felicia Witell erzählen würde. Sie hatte es sich auf dem Sessel gemütlich gemacht, um zu demonstrieren, dass sie eine ausführliche Antwort erwartete. Doch der Therapeut rutschte nur schweigend mit seinem langen, dünnen Körper auf dem Stuhl herum, als wüsste er nicht, wo er anfangen sollte.

»Sie können vorher auch gern eine andere Frage beantworten«, sagte Mia schließlich. »Was haben Sie am Montagabend gemacht?«

»Ich war zu Hause, und zwar zusammen mit meiner Frau, die das natürlich bezeugen kann.«

»Wie gut. Und jetzt wären wir Ihnen sehr dankbar, wenn Sie uns erzählen könnten, warum Felicia Witell zu Ihnen gegangen ist und warum sie die Besuche hier vor ihrem Mann geheim gehalten hat«, drängte Mia. »Bekanntlich gehen viele Leute nicht offen damit um, dass sie eine Therapie machen. Es ist ihnen peinlich, mit anderen darüber zu sprechen, aber wie oft kommt es vor, dass man das vor seinem eigenen Mann verheimlicht?«

»Häufiger, als Sie denken«, entgegnete John Strid. »Viele Paare öffnen sich nie voreinander. Sie verbringen ihr ganzes Leben miteinander, ohne dem anderen ihre innersten Gedanken und Gefühle mitzuteilen. Stattdessen kommen sie zu uns.«

»Felicia Witell hat sich also nicht getraut, mit ihrem Mann über ihre Therapie zu sprechen? War das so?«, fragte Mia.

»Felicia Witell ist hergekommen, um über ihre Depression zu sprechen«, erklärte John Strid.

»Und worum ging es dabei?«, fragte Mia.

»Um Sam und Jonathan«, antwortete er und sah nach unten.

»Um Sam und Jonathan?«, hakte Henrik erstaunt nach.

»Ja, das hat sie so gesagt.«

»Könnten Sie das etwas genauer erklären?«

»Ich kann Ihnen nichts weiter dazu sagen. Es ging um ihre familiäre Situation.«

Mia schüttelte den Kopf. »Also, mir kommt es so vor, als wäre Ihnen das ziemlich wichtig.«

»Was denn?«, fragte der Psychotherapeut und sah sie an.

»Nichts zu sagen.«

»Das liegt doch nur daran, dass ich nichts zu sagen habe«, betonte er und machte eine resignierte Handbewegung.

»Sie haben Felicia Witell sechs Mal gesehen«, meinte Mia.

»Wie kommt es, dass Sie nicht wissen, was die Depression mit ihrem Mann und ihrem Sohn zu tun hat?«

»Ich habe versucht, sie zum Erzählen zu bewegen, aber ich glaube …«

John Strid legte den Arm wieder auf die Lehne.

»Was glauben Sie?«, fragte Mia.

»Dass die Antwort zu tief in ihrer Seele verborgen war.«

Jana Berzelius stand in der großen weißen Villa in Lindö und sah ihren Vater an dem langen Tisch im Esszimmer sitzen. Er hatte einen Teller vor sich. Sie lauschte dem Klirren des Bestecks auf dem Porzellan – ein beruhigendes Geräusch. Sie hatte es immer schon gemocht. Das Klirren und die Stille.

Es war eine Erleichterung für sie, ihren Vater mit Messer und Gabel essen zu sehen. Vor nur wenigen Monaten hatte er noch wie ein kleines Kind gegessen, mit Löffel, Lätzchen und Essensresten um den Mund.

Am anderen Ende des Esszimmers öffnete sich eine Tür, und die Pflegerin kam herein. Sie nickte Jana kurz zu, ging dann zu Karl Berzelius und sprach leise mit ihm. Jana hörte nicht, worüber sie redeten, nahm aber an, dass es um das Essen ging, denn wenige Sekunden später räumte die Pflegerin den Teller weg und ging lächelnd auf Jana zu.

»Er kann Sie jetzt empfangen. Danke, dass Sie gewartet haben«, sagte sie, durchquerte den Essraum und ging durch eine Drehtür in die Küche.

Jana trat näher und setzte sich auf den Stuhl neben ihrem Vater.

Mit zitternder Hand hob er die Serviette hoch und wischte sich den Mund ab.

»Was tust du hier?«, fragte er, ohne sie anzusehen.

»Ich hätte gern deine Hilfe.«

»Aha?«, sagte er und legte die Serviette beiseite. »Wobei, wenn ich fragen darf?«

Er sprach langsam und kämpfte wie immer mit den Worten.

»Ich will Danilo zur Rechenschaft ziehen.«

Er blickte sie lange aus seinen stahlgrauen Augen an.

»Was meinst du damit?«

»Du weißt, was ich meine. Nur du kannst mir helfen.«

»Ich will nicht in eure Angelegenheiten involviert ...«

»Das bist du schon«, unterbrach sie ihn. »Und du wirst es immer sein.«

»Jetzt bewegst du dich auf sehr dünnem Eis, Jana«, sagte ihr Vater warnend.

»Aber du hast doch Kontakte, die ...«

»Das ist nichts, worüber man spricht! Wen ich kenne oder nicht kenne, geht niemanden außer mich etwas an. Verstanden?«

Jana betrachtete ihre Hände. Sie hatte sich nie mit ihrem Vater ausgesöhnt, aber dennoch begriffen, dass ihr sonst niemand geblieben war.

»Danilo will, dass ich Per in der Hauptverhandlung ersetze«, sagte sie.

Karl legte die Hände in den Schoß und lehnte sich zurück.

»Und was sagt Per dazu?«

»Er will in jedem Fall bei dem Prozess antreten. Obwohl er nicht nur bedroht, sondern auch verletzt worden ist.«

»Er hat also kein neutrales Verhältnis mehr zum Angeklagten?«

»Ich habe nur zwei Tage Zeit, ihn zu ersetzen, und wenn es mir nicht gelingt, dann ...«

Sie konnte den Satz nicht beenden, wusste aber, dass ihr Vater sie dennoch verstand.

»Danilo weiß, dass Per deine Schwachstelle ist, oder? Ich habe doch gesagt, du sollst dich von ihm fernhalten.«

Jana schwieg.

»Es tut mir leid, aber ich habe dir schon genug geholfen«, sagte ihr Vater und erhob sich mühsam vom Stuhl. Er griff nach seiner Krücke und begann sich mit unsicheren Schritten von ihr zu entfernen.

»Wenn du das eine Mal meinen solltest, als ich dich um eine inoffizielle DNA-Analyse gebeten habe, um herauszufinden, wer Mutters Tod auf dem Gewissen hat – das habe ich für sie getan«, erklärte sie. »Nicht für mich.«

Karl drehte sich langsam zu ihr um.

»Und für wen willst du Danilo zur Rechenschaft ziehen?«, fragte er.

Jana war still.

»Solange Danilo in Haft ist, hast du keine Möglichkeit, an ihn heranzukommen«, sagte er. »Deshalb solltest du dir diesen Gedanken aus dem Kopf schlagen.«

»Das werde ich aber nicht«, sagte sie starrsinnig.

»Dann geh auf seine Forderungen ein. Je kürzer seine Strafe, desto schneller kannst du ihn zur Rechenschaft ziehen.«

»Per will bei dem Prozess aber antreten«, wiederholte sie.

Karl atmete tief durch, als könnte er dadurch die Kontrolle über sich behalten.

»Dann sieh zu, dass du ihn absetzt.«

»Was meinst du?«

»Wenn Per kein neutrales Verhältnis mehr zum Angeklagten hat, kannst du ihn wegen Befangenheit anzeigen.«

»Nein.«

»Nur so kannst du das Problem aus der Welt schaffen und Per retten.«

»Nein«, wiederholte sie und schüttelte den Kopf. »Ich kann ihn nicht anzeigen.«

»Und warum nicht?«

»Das würde er mir nie verzeihen.«

»Und was wirst du dann tun?«

Henrik Levin betrachtete Sam Witell, der zusammen mit seinem Verteidiger ihm gegenüber im Vernehmungsraum saß. Er wirkte aufgewühlt.

»Wo haben Sie das eigentlich alles her?«, fragte Witell.

»Was meinen Sie?«, wollte Henrik wissen.

»Na ja, die ganzen Lügen, die Sie sich zusammenspinnen.«

»Das sind keine Lügen«, erklärte Mia, die neben Henrik saß. »Es ist eine Tatsache, dass Ihre Frau mehrere Monate eine Psychotherapie gemacht hat, weil sie depressiv war.«

»Das behaupten Sie«, sagte Witell.

»Aber es entspricht nicht der Wahrheit?«, fragte Mia.

»Nein.«

»Allerdings gibt es mehrere Menschen, die Ihre Frau als sehr depressiv beschreiben.«

»Aber ich habe sie doch wohl am besten gekannt, oder?«

Henrik strich sich übers Kinn und spürte die rauen Bartstoppeln. Er war sich unsicher, was Sam Witell betraf. Versuchte er nur die Fassade aufrechtzuerhalten und so zu tun, als hätte er eine glückliche Familie gehabt? Oder wusste er tatsächlich nichts von der Therapie seiner Frau?

Natürlich konnte man nicht alles über seinen Partner wissen, dachte Henrik. Er selbst wusste zum Beispiel nicht, was Emma in diesem Moment tat. Sie hatte gesagt, dass sie

Essen für das abendliche Picknick im Stadtpark vorbereiten würde, aber sie konnte natürlich ebenso gut auf dem Weg zu einem Mittagessen bei einem Glas Wein mit ihrem heimlichen Lover sein oder über Facebook romantische Nachrichten an ihre erste große Liebe schicken. Wie sollte er das wissen?

»Sie haben Ihre Frau nicht als irgendwie verändert empfunden?«, fragte Mia.

»Nein«, sagte Sam Witell. »Sie war fröhlich ... wie immer.«

»Aber warum hat sie dann eine Therapie gemacht?«, entgegnete Mia.

»Was weiß ich!«

Mia rieb sich die Nase, ehe sie fragte:

»Hatten Sie ein gutes Sexualleben?«

»Was hat denn das mit der Sache zu tun?«, erwiderte Sam Witell.

»Den meisten fällt es schwer, auf diese Frage zu antworten«, konterte sie.

»Und warum stellen Sie sie dann?«

Mia zog ein Blatt Papier aus der Tasche, auf das sie eine Handynummer geschrieben hatte.

»Kennen Sie diese Nummer?« Sie schob Witell den Zettel zu.

»Warum?«

»Sie sind von dieser Nummer angerufen worden, und wir würden gern wissen, wem sie gehört.«

Witell zuckte mit den Schultern.

»Einer Freundin«, sagte er.

»Wie heißt sie?«

»Lilian Streng. Aber sie hat nichts mit dieser ganzen Sache zu tun.«

»Wer ist sie denn?«, fragte Mia.

»Einfach eine Freundin. Hören Sie doch auf.«

»Warum wollen Sie nicht über sie sprechen? Ist das Thema irgendwie heikel?«

»Nein.«

»Es hat aber den Anschein. Hatten Sie eine Beziehung mit ihr, neben Ihrer Ehe mit Felicia?«

»Warum sollte ich das gehabt haben?«, entgegnete er gleichgültig.

»Glauben Sie, dass Ihre Frau eine Affäre hatte?«

Sam Witell lehnte sich zurück. »Also, jetzt ist wirklich Schluss. Sagen Sie es mir einfach direkt. Hat sie mich betrogen? Mit wem? War sie etwa mit dem Therapeuten zusammen?«

»Warum sollte er ihr heimlicher Liebhaber sein?«, fragte Henrik mit ruhiger Stimme.

»Weil es das Einzige ist, worüber Sie bisher gesprochen haben«, antwortete er. »Ihre verdammten Therapiegespräche.«

Sam Witells Schultern sanken herab. Er sah resigniert aus.

»Wissen Sie, wer John Strid ist?«, erkundigte sich Henrik.

»Ist sie zu ihm in die Therapie gegangen?«

»Kennen Sie ihn?«, fragte Henrik verblüfft.

»Nein.«

»Aber Sie wussten, dass er Psychotherapeut ist?«

»Ich bin davon ausgegangen.«

Sam schlug die Augen nieder.

»Hat Ihre Frau Sie jemals betrogen?«, fragte Henrik.

»Nein«, sagte Witell. »Aber ich wünschte es mir beinahe.«

»Warum denn das?«

»Dann wäre es leichter.«

»Was wäre leichter?«

»Ihren Tod zu akzeptieren.«

Jana Berzelius war wieder in der Staatsanwaltschaft und suchte in ihrem Büro nach einem Ladekabel, fand aber keines. Sie warf das Handy auf den Schreibtisch und setzte sich auf den Stuhl. Mit Blick auf die Ablagefächer dachte sie über Danilo nach und über seine Forderung, dass sie Per im bevorstehenden Prozess ersetzen sollte.

Sie empfand großen Frust darüber, dass diese Sache so viel von ihrer Zeit raubte. Das Ermittlungsteam würde wohl noch eine ganze Weile ohne sie klarkommen müssen.

Sie musste auch die Suche nach dem Mann im illegalen Kampfclub auf Eis legen. Jetzt ging es ausschließlich darum, eine Lösung für Danilos Forderung zu finden.

Danilo konnte sie nichts anhaben, solange er im Untersuchungsgefängnis saß. An die Männer, die Per bedroht hatten, kam sie jedoch heran.

Per war von einem mattschwarzen Audi angefahren worden, und davor hatte sie zwei Männer beobachtet, die ihn verfolgt und dann vors Auto gestoßen hatten. Zweifellos war das Ganze arrangiert gewesen.

Sie ließ ihren Blick zu dem entladenen Handy wandern und dachte, dass die Antwort auf die Frage nach der Identität der Männer möglicherweise in diesem Gerät zu finden war.

Aber wie war es Danilo gelungen, sie zu kontaktieren?

Er saß im Untersuchungsgefängnis, mit den höchsten Sicherheitsauflagen. Er durfte nicht fernsehen, keine Zeitungen lesen, hatte keinen Zugang zu einem Telefon und durfte auch keinen Besuch empfangen.

Er durfte zwar Briefe schreiben, aber der Inhalt musste von Per geprüft und genehmigt werden, ehe sie verschickt wurden.

Konnte es sein, dass Danilo jemanden in seiner unmittelbaren Umgebung benutzt hatte?

Aber wen?

Sie nahm den Hörer des Festnetztelefons auf ihrem Schreibtisch und rief beim diensthabenden Justizvollzugsbeamten an.

»Hier ist Staatsanwältin Jana Berzelius«, sagte sie. »Ich hätte ein paar Fragen zu einem der Häftlinge.«

»Wie heißt er denn?«

»Danilo Peña. Wissen Sie, ob es in letzter Zeit irgendwelche Zwischenfälle gab?«

»Da kann gar nichts passieren«, sagte der Mann. »Er ist doch komplett von der Umgebung hier abgeschottet.«

»Und niemand hat versucht, Kontakt zu ihm aufzunehmen?«

»Nein.«

Jana schob ihre Hand unters Haar und strich vorsichtig über den Wundschorf, der sich in ihrem Nacken gebildet hatte.

»Gibt es unter den Mitarbeitern jemanden, mit dem Danilo Peña in näherem Kontakt steht als mit den anderen?«

»Höchstens Rebecka.«

»Wie heißt sie mit Nachnamen?«

»Malm. Aber sie ist heute nicht da.«

»Wo ist sie denn?«

»Keine Ahnung. Sie hat sich freigenommen.«

»Aber Sie wissen bestimmt, wie ich sie erreichen kann, oder?«

Es war kurz nach ein Uhr mittags, als Henrik Levin und Mia Bolander im Fahrstuhl des Polizeigebäudes standen und in den dritten Stock fuhren. Henrik dachte an die Vernehmung von Sam Witell zurück.

»Lilian Streng«, sagte er, als sich die Lifttüren öffneten. »Wo haben wir diesen Namen schon mal gehört oder gesehen?«

Mia zuckte mit den Achseln.

»Ist dir inzwischen eingefallen, woher wir sie kennen?«, fragte sie, als er vor ihr den Fahrstuhl verließ.

»Ich glaube schon«, sagte Henrik und ging eilig auf Olas Büro zu.

Der Kollege hatte die Füße auf den Schreibtisch gelegt und starrte auf den großen Bildschirm vor sich.

»Du hast doch eine Liste von Sam Witells Klienten erstellt«, sagte Henrik und musterte das Durcheinander auf dem Tisch. Da lagen Ausdrucke und Post-it-Zettel, Umverpackungen von Instantessen und leere Coladosen.

»Ja«, antwortete Ola.

»Könnte ich sie noch einmal sehen?«

»Na klar.«

Ola nahm seine Füße vom Tisch, suchte in dem Chaos und hielt Henrik schließlich einen Zettel hin.

Henrik überflog die Liste, zeigte auf einen Namen und blickte dann auf.

»Sam Witell hat gesagt, dass Lilian Streng eine Freundin sei.«

»Ja, und?«

»Das mag ja sein«, sagte er. »Aber sie ist auch eine seiner Klientinnen.«

Rebecka Malms Wohnung lag in einem hellgelben vierstöckigen Haus in Oxelbergen. Jana Berzelius stellte ihr Auto ganz in der Nähe ab und nahm das Handy vom Ladekabel.

Der Akku hatte sich auf dem kurzen Weg hierher kaum aufgeladen.

Das Knattern eines Mopeds war zu hören, als sie aus dem Wagen stieg.

Eine blonde Frau in Jeansshorts und ärmellosem Oberteil öffnete. Sie war klein und zierlich.

»Hallo?«, sagte sie in fragendem Ton.

»Sind Sie Rebecka Malm?«

»Ja.«

»Ich heiße Jana Berzelius und bin Staatsanwältin. Darf ich reinkommen?«

»Worum geht es denn?«

»Um Danilo Peña.«

Die Frau errötete.

»Ich glaube, es ist besser, wenn Sie und ich unter vier Augen über ihn sprechen und nicht hier im Treppenhaus«, fuhr Jana fort. »Meinen Sie nicht auch?«

»Kommen Sie rein«, sagte Rebecka Malm und schob die Tür auf.

Jana stellte fest, dass die Vollzugsbeamtin ein wenig angespannt aussah, als sie sich an den Küchentisch setzten. Rebecka Malm schob den kleinen Obstkorb mit Nektarinen mehrmals hin und her, bevor sie ganz zufrieden wirkte.

»Soweit ich weiß, reden Sie oft mit Danilo Peña«, begann Jana.

»Ich versuche immer, den Häftlingen in Isolationshaft mehr Aufmerksamkeit zu widmen als den anderen«, antwortete die junge Frau.

»Und worüber reden Sie mit Danilo Peña?«

»Nichts Besonderes«, antwortete Rebecka Malm und zuckte mit den Schultern. »Es ging ihm schlecht, und ich …«

»Einem wie Peña geht es nie schlecht«, unterbrach Jana sie.

»Sehen Sie?«, sagte Rebecka Malm und sah ihren Besuch an. »Es ist wirklich nicht leicht, wenn ihn alle immer nur verurteilen. Er ist im Grunde sehr nett.«

»Sie finden ihn nett?«

»Ja.«

Als Jana sah, dass die junge Frau wieder errötete, lehnte sie sich vor.

»Ein enger Freund von mir ist verletzt worden, und ich will, dass Sie mir jetzt aufrichtig antworten. Hat Danilo Peña Sie jemals gebeten, etwas für ihn zu tun? Hat er Sie um Hilfe gebeten?«

»Um Hilfe?«, fragte Rebecka Malm. »Wobei?«

»Es ging darum, jemanden außerhalb des Gefängnisses zu kontaktieren«, erklärte Jana.

Rebecka Malms Blick flackerte, und Jana war sofort klar, dass sie log.

»Sie riskieren eine Haftstrafe, wenn sich herausstellt, dass Sie ihm in irgendeiner Weise geholfen haben, verstehen Sie?«

»Aber das habe ich nicht getan«, entgegnete die junge Frau trotzig.

Offenbar wollte sie die Tragweite des Ganzen nicht sehen. Jana hatte genug, erhob sich vom Tisch und packte Rebecka Malm am Hals.

»Erzählen Sie«, sagte sie mit eiskalter Stimme.

»Lassen Sie mich los!«, keuchte Rebecka Malm erschrocken. »Ich kann nicht atmen.«

»Erzählen Sie!«

»Er …«, setzte die junge Frau an und hustete. »Er hat mich gebeten, eine Nummer zu wählen. Von zu Hause aus.«

»Wen haben Sie angerufen?«

»Ich weiß es nicht«, wimmerte sie. »Jemand hat abgenommen und zugehört, als ich gesagt habe …«

»Was haben Sie gesagt?«, schrie Jana und verstärkte ihren Griff um Rebecka Malms Hals.

»›Macht Per fertig. Und zwar ordentlich.‹«

Jana löste ihren Griff, und die junge Frau schnappte nach Luft.

»Geben Sie mir die Nummer«, sagte Jana.

»Ich habe sie schon gelöscht, und ich kann mich nicht an alle Ziffern erinnern, ehrlich.«

Rebecka Malms Augen füllten sich mit Tränen. Ängstlich und erstaunt zugleich betrachtete sie Jana.

»Jetzt ist es beruflich wohl gelaufen für mich, oder?«

»Nein«, sagte Jana. »Nicht, wenn Sie mich benachrichtigen, falls Danilo Peña Sie erneut bittet, jemanden anzurufen.«

15

Mia Bolander betrachtete die Frau, die in der Ecke des Sofas saß. Sie wusste nicht viel über Lilian Streng, außer dass sie psychisch krank und Sam Witell im Rahmen der Ambulanten Wohnbetreuung für sie zuständig war.

Lilian Streng sah gestresst aus, gab seltsam gluckernde Geräusche tief im Hals von sich und sah die ganze Zeit in Richtung Fenster, als ahnte sie eine Bewegung hinter den geschlossenen Jalousien. Aber dort konnte nichts sein, denn die Wohnung lag im vierten Stock eines Mietshauses ohne Balkone.

»Wir sind hier, um mit Ihnen über Sam Witell zu sprechen«, erklärte Mia und schlug die Beine übereinander. Sie und Henrik saßen auf zwei Stühlen, die sie sich aus der Küche geholt hatten.

»Sam Witell, ja.«

»Sie wissen, wer das ist?«

Lilian Streng nickte kurz.

»Können Sie mir etwas über ihn erzählen?«, fragte Mia.

Lilian Streng blickte wieder zum Fenster. Es gluckste in ihrem Hals.

Mia musterte das geblümte Kleid und die breite, rote Perlenkette, die um ihren schmalen Hals hing. Das Kleid sah unmodern aus, dachte sie. Vermutlich stammte es aus irgendeinem Secondhandladen. Mia durfte nicht vergessen, sich ein neues Kleid für das Abendessen mit Gustaf und dem Bonuskind im Gin zu kaufen.

208

»Ich fand es schön«, sagte Lilian Streng plötzlich, und ein Glitzern trat in ihre Augen.

»Was?«, fragte Henrik nach. »Was fanden Sie schön?«

»Dass Sam hier war. Er war nett.«

»Er ist doch immer noch nett, oder nicht?«, sagte Henrik mit einem kleinen Lächeln.

»Nein«, antwortete sie und schüttelte entschlossen den Kopf. »Er ist gestern nicht gekommen. Das war nicht nett.«

»Das stimmt. Aber er kommt bestimmt zurück.«

»Nein, er hat mich verlassen. Alle verlassen mich. Mika auch.«

»Wer ist Mika?«

»Eine Freundin«, sagte Lilian Streng und gluckste erneut.

»Eine enge Freundin?«, fragte Henrik.

»Nicht mehr. Dafür ist Sam jetzt mein Freund.«

Stille legte sich über den Raum.

»Okay«, sagte Mia und strich sich das Haar hinters Ohr. »Wie oft ist Sam denn hier?«

»Oft«, antwortete Lilian Streng.

»Wie oft?«

»Jeden Dienstag und jeden Donnerstag.«

»Was machen Sie dann miteinander?«

»Wir waschen ab und putzen«, erzählte sie. »Und wir steigen in einen anderen Bus um.«

»Sie steigen in einen Bus?«

Mia hörte selbst, wie skeptisch sie klang.

»Ja, wir steigen von einem Bus in einen anderen um. Das ist ganz schön schwierig.«

Lilian Streng streckte den Hals und sah wieder zum Fenster.

»Das heißt, Sie mögen Sam?«, fragte Henrik.

»Das ist aber geheim.«

209

Sie lächelte hastig und mit zusammengekniffenen Augen.

»Sam weiß also gar nichts davon?«, hakte Henrik nach.

»Ich lasse mir nichts anmerken«, antwortete Lilian Streng. »Ich habe entschieden, niemandem davon zu erzählen. Deshalb bleibt es ein Geheimnis. Das ist einfach so.«

Sie schluckte und gluckste.

»Aber Sie haben ihn angerufen, Lilian«, sagte Mia. »Auf seinem privaten Handy.«

»Ja, ich habe ihn angerufen. Das durfte ich. Weil ich ihn mag.«

»Aber Sie wollten doch, dass es ein Geheimnis bleibt?«, meinte Henrik.

Lilian Streng sah ihn aus großen Augen verunsichert an.

»Sam ist ja gar nicht hinter mir her, sondern der Geheimdienst.«

»Aber nein, der Geheimdienst ist nicht hinter Ihnen her«, antwortete Henrik ruhig.

»Doch, sie verfolgen mich und spionieren durch meine Fenster und gehen in meine Wohnung, wenn ich nicht da bin.«

»Hören Sie, Lilian, niemand spioniert Ihnen hinterher«, versicherte Henrik.

»Sie sind auch im Bus«, sagte sie und schluckte.

»Nein.«

»Doch. Deshalb ist das Umsteigen ja auch so schwierig.«

Jana Berzelius ging im Laufschritt zu ihrem Wagen, der hinter einer hohen Thujahecke stand. Sie dachte noch einmal über das nach, was Rebecka Malm erzählt hatte. Jetzt wusste sie zumindest, wie Danilo vom Untersuchungsgefängnis aus kommunizierte.

Aber mit wem hatte er kommuniziert?

Unruhig rannte sie das letzte Stück zum Auto.

Sobald sie den Motor gestartet hatte, schloss sie ihr Handy ans Ladekabel an und blätterte hastig die Fotos durch, die sie gemacht hatte, als Per angefahren wurde. Die Bilder waren verschwommen und unscharf, lauter dumpfe Farben in einem wilden Durcheinander.

Sie wusste, dass es im Prinzip unmöglich war, verschwommene Fotos scharf zu machen. Dennoch begann sie, nach verschiedenen Bildbearbeitungsprogrammen zu suchen.

Über einen Link gelangte sie zu einem Forum mit dem Diskussionsthema Bewegungsunschärfe. Jemand mit dem Nickname Mooshi empfahl eine neue Fotoapp, und sie las nach, wie man ein Foto Schritt für Schritt bearbeiten konnte, um die Unschärfe zu reduzieren. Es war eindeutig einen Versuch wert, fand sie.

Mit einigen schnellen Klicks hatte sie die App gefunden und wartete, bis sie heruntergeladen war.

Vom Fernseher im Wohnzimmer war eine Frauenstimme zu hören, die enthusiastisch von einem neuen Reiseziel in Griechenland schwärmte. Eine Insel mit kreideweißen Stränden und kleinen familiären Tavernen. Aber Rebecka Malm hörte nicht zu. Sie lehnte sich ans Balkongeländer, zog hektisch an ihrer Zigarette und wünschte sich, sie hätte der Staatsanwältin nicht die Tür geöffnet.

Panik stieg in ihr auf, als sie an all das dachte, was sie dieser Jana Berzelius anvertraut hatte. Warum hatte sie nicht einfach irgendwas zusammengeschwindelt, statt ihr die Wahrheit zu sagen?

Immerhin hatte Rebecka behauptet, dass sie die Nummer von Danilos Freund nicht auswendig wisse, aber was half das schon?

Sie hatte Danilo verraten. Obwohl sie ihm versprochen hatte, niemandem von ihren Gesprächen zu erzählen, hatte sie genau das getan.

Die Fernsehreporterin begann begeistert von schwarzen Oliven zu sprechen.

Rebecka drückte ihre Zigarette aus, steckte sich gleich eine neue an und sah in den Innenhof hinunter.

Sie wusste nicht, wie sie Danilo davon erzählen sollte. Vermutlich würde er traurig und wütend werden, wenn er es erfuhr.

Aber wenn sie ihm erklärte, dass die Staatsanwältin sie gewürgt und gezwungen hatte, alles zu sagen, dann würde er ihr vielleicht verzeihen.

Ja, natürlich würde er ihr dann verzeihen, dachte sie. Ganz bestimmt, oder?

Henrik Levin hörte, wie Mia tief Luft holte, als sie auf die Straße in der Altstadt hinaustraten. Obwohl es Nachmittag war und nicht weit zu den großen Einkaufspassagen, war es um sie herum still und menschenleer. Man hatte beinahe den Eindruck, als würden sich die Einwohner Norrköpings in ihren Häusern verstecken.

Eine enorme Müdigkeit befiel Henrik, und er gähnte ausgiebig, während sie zusammen zum Auto gingen, das am Olaiparken stand. Zwei schlaflose Nächte hatten ihre Spuren hinterlassen, und er fühlte sich kraftlos. Er fragte sich, wie er später am Abend das Picknick im Stadtpark mit der Familie schaffen sollte.

Vor einer Boutique blieb Mia stehen. Ihr Blick wurde von einem roten Kleid angezogen, das im Schaufenster hing.

»Ich muss hier rein«, sagte sie.

»Aber nicht jetzt«, entgegnete Henrik und seufzte.

»Gib mir fünf Minuten, okay?«, bat sie und verschwand durch die Tür.

»Mia, wir müssen doch …«, setzte Henrik an, aber hielt inne, als sein Handy klingelte. Er zog es aus der Tasche und sah Gunnars Nummer auf dem Display.

»Henrik«, meldete er sich.

»Gut, dass ich dich erwische«, sagte Gunnar. »Bist du in der Nähe?«

»Ich bin in der Stadt. Was ist passiert?«

»Wir haben den Obduktionsbericht und die Analyseergebnisse aus dem Labor bekommen. Soll ich dir das Wichtigste zusammenfassen?«

»Tu das«, sagte Henrik und lehnte sich schwer gegen das Schaufenster.

Die App war heruntergeladen.

Jana Berzelius richtete sich im Fahrersitz auf.

Der Motor war noch immer im Leerlauf.

Voller Eifer startete sie das Bildbearbeitungsprogramm und öffnete eines der verschwommenen Fotos vom mattschwarzen Audi.

Sie hatte im Forum gelesen, dass es beinahe unmöglich sei, das gesamte Foto scharf zu bekommen, aber darauf war sie auch gar nicht aus. Sie wollte nur das Autokennzeichen lesen können.

Ehe sie die Bearbeitung startete, klingelte ihr Handy. Es war Henrik Levin. Sie wollte nicht gestört werden, also drückte sie das Gespräch weg. Wenig später kam eine SMS von ihm: »Bitte zurückrufen! Wichtig!«

Jana seufzte und wählte seine Nummer.

»Was gibt es Neues?«, fragte sie.

»Ich wollte nur ein paar Infos aus der laufenden Ermittlung an Sie weitergeben. Relevante Untersuchungsergebnisse. Positive und negative. Wann kommen Sie her?«

»Geben Sie mir das, was Sie momentan haben. Bitte das Positive zuerst.«

»Gunnar Öhrn hat mich angerufen. Der Obduktionsbericht ist eingetroffen. Wie schon von Anneli Lindgren vermutet, hat Felicia Witell einen so harten Schlag ins Gesicht bekommen, dass sie mit dem Hinterkopf auf den Steinboden gefallen ist. Sie ist an den Folgen des Sturzes gestorben. Ansonsten gibt es keine inneren oder äußeren Anzeichen von Gewalt und auch keine Hautabschürfungen, die darauf hindeuten würden, dass sie sich verteidigt hätte.«

»Und was sind die negativen Untersuchungsergebnisse?«, fragte Jana. »Etwa, dass wir Sam Witell keine Tatbeteiligung nachweisen können?«

»Genau. Die Blutflecke auf seiner Kleidung stammen von Felicia Witell und sind wahrscheinlich dort hingekommen, als er sie in den Arm nahm.«

»Und die Fingerabdrücke?«

»Es konnten nur Fingerabdrücke von der Familie und von Molly Barkevall sichergestellt werden.«

»Wer ist Molly Barkevall?«

»Darauf komme ich gleich zurück. Wir haben auch erfahren, dass auf Jonathans Handy nur seine eigenen Fingerabdrücke gefunden wurden.«

»Das heißt, wir haben keine neuen Spuren, die wir verfolgen könnten«, fasste Jana zusammen.

»Genau. Wir haben auch mit einer von Sam Witells Klientinnen bei der Ambulanten Wohnbetreuung gesprochen. Sie heißt Lilian Streng und ist in unseren Fokus geraten, weil er ihr seine private Handynummer gegeben hat. Aber auch sie konnte uns keine weiterführenden Hinweise geben.«

»Bitte überprüfen Sie als Nächstes alle Klienten, die er betreut hat. Das fände ich sinnvoll.«

»Die Kollegen haben das bei den meisten schon gemacht, auch bei seiner Chefin«, sagte Henrik Levin.

»Dann tun Sie es bitte noch einmal. Und wer ist diese Molly Barkevall?«

»Felicia Witell hat sie im vergangenen halben Jahr einmal monatlich als Babysitterin engagiert. Es hat sich herausgestellt, dass Felicia Witell in dieser Zeit bei einem Psychotherapeuten namens John Strid war. Der Therapeut hat für Montagabend ein Alibi, und ich gehe davon aus, dass er mit dem ganzen Fall nichts zu tun hat. Wenn ich es recht verstanden habe, dann hat Felicia Witell ihn aufgesucht, weil sie aufgrund ihrer Familiensituation unter Depressionen gelitten hat. Eine Therapie zu machen ist an sich ja nichts Ungewöhnliches. Ich finde es nur merkwürdig, dass sie ihre Besuche beim Therapeuten vor ihrem Mann geheim gehalten hat.«

»Da muss ich Ihnen widersprechen«, sagte Jana. »Wenn sie wegen ihrer familiären Situation Depressionen hatte, könnte das auch heißen, dass sie sich scheiden lassen wollte, und dann wäre ihr Mann vermutlich der Letzte, mit dem sie geredet hätte.«

»Das schon«, meinte Henrik. »Aber er hat ja dementiert, dass seine Frau depressiv gewesen sein soll.«

»Das verstehe ich gut. Das ist eine Art, sich selbst und seine Familie zu schützen und den Schein aufrechtzuerhalten.«

Jana holte tief Luft.

»Wir lassen Sam Witell frei«, sagte sie dann. »Aber wir sollten ihn überwachen.«

»Dazu haben wir keine Ressourcen.«

»Dann entlassen wir ihn mit der Auflage, in Norrköping zu bleiben und sich jeden Morgen um neun Uhr bei der Polizei zu melden. Das ist keine optimale Lösung, aber das Einzige, was wir momentan tun können. Wie läuft die Suche nach Jonathan?«

»Wir suchen rund um die Uhr. Momentan sind etwa dreißig Freiwillige unterwegs, und wir hoffen, dass heute Abend noch mehr dazustoßen. Ich habe ein Familienpicknick geplant, bei dem ich nicht fehlen kann, aber danach werde ich beim Suchen helfen.«

»Sie können auch mit mir rechnen«, sagte Jana und legte auf.

Dann kehrte sie zum Bildbearbeitungsprogramm auf ihrem Handy zurück. Hochkonzentriert versuchte sie, weitere Informationen aus dem verschwommenen Foto zu extrahieren. Sie wollte nicht aufgeben, ehe sie das Autokennzeichen lesen konnte. Mithilfe eines Filters und einer bestimmten Einstellung wurde das Bild immer schärfer.

Komm schon, los jetzt!, dachte Jana.

Sie zoomte das Auto näher heran, und ihr Puls beschleunigte sich, während das Kennzeichen auf dem Display immer klarer zu erkennen war. Am Ende konnte sie es ganz deutlich lesen.

Sie lächelte und beschloss, den Besitzer des Audis sofort ausfindig zu machen.

Leise Töne erklangen aus einem Lautsprecher irgendwo oberhalb von Mia Bolanders Kopf. Sie stand in der kleinen Boutique und hatte sich drei Kleider über den Arm gelegt. Das rote, das sie im Schaufenster gesehen hatte, und zwei schwarze, die die übertrieben freundliche Mitarbeiterin für sie ausgewählt hatte.

»Mia?«

Henrik war durch die Eingangstür in den Laden gekommen.

»Hier!«, rief sie und winkte ihm zu.

»Was machst du da?«, fragte er, als er vor ihr stand.

»Ist das nicht ziemlich offensichtlich?«, antwortete sie. »Ich versuche ein Kleid zu finden.«

»Gehst du auf eine Party?«

»Ich treffe mich mit Gustaf.«

Henrik runzelte fragend die Stirn.

»Wer ist Gustaf?«

»Gustaf Silverschöld«, sagte sie und wich seinem Blick aus. »Hast du Geld dabei?«, fuhr sie fort, um nicht über Gustaf sprechen zu müssen.

»Ja, wieso?«

»Gut zu wissen. Was wolltest du von mir?«

»Wir entlassen Sam Witell aus der Untersuchungshaft«, sagte er leise, damit die Verkäuferinnen ihn nicht hören konnten.

»Du hast mit Jana Berzelius gesprochen«, stellte sie fest und sah ihn verärgert an.

Henrik nickte.

»Und sie findet, dass wir Sam Witell einfach so freilassen sollen?«

»Er bekommt die Auflage, sich jeden Tag bei uns zu melden.«

»Und wie machen wir jetzt weiter?«, fragte sie und befühlte den Stoff eines heruntergesetzten blau gestreiften Kleides.

»Wir sollten herausfinden, warum es Felicia Witell so schlecht ging, und außerdem alle Klienten überprüfen, für die Sam Witell bei der Ambulanten Wohnbetreuung zuständig ist.«

»Aber wir haben doch schon …«

»Ich weiß, das habe ich auch zu Jana Berzelius gesagt, aber sie will, dass wir sie uns noch einmal genauer ansehen. Ich denke, wir rufen erst mal seine Chefin an. Helen Folkesson heißt sie, wenn mich nicht alles täuscht.«

»Ruf du sie an«, sagte Mia. »Dann kann ich mich hier solange ein wenig umschauen.«

Sam Witell folgte dem tätowierten Vollzugsbeamten durch die Gänge des Untersuchungsgefängnisses.

Er erinnerte sich an das aufgewühlte, verzweifelte Gefühl, das seit seiner Ankunft in ihm gelauert hatte – in jeder Minute, in jeder Sekunde, die er hinter Gittern verbringen musste.

Jetzt hatte er ein völlig anderes Gefühl.

Wenn jemand ihn gefragt hätte, dann hätte er die Erleichterung angesichts seiner Entlassung gar nicht beschreiben können.

Sam und der Beamte gingen weiter durch den Korridor und gelangten in ein Zimmer, wo ihm eine uniformierte Frau mit nachgezeichneten Augenbrauen und breiten Lippen seine Habseligkeiten überreichte und sich den Empfang quittieren ließ. Sam griff sofort nach seinem Handy, schaltete es an und stellte fest, dass der Akku noch nicht ganz leer war. Dann steckte er sein Portemonnaie und die Autoschlüssel ein, zögerte aber, bevor er die Hausschlüssel an sich nahm.

»Wie Sie sicher verstehen werden, bekommen Sie die Kleidung, die Sie bei Ihrer Ankunft anhatten, nicht zurück«, sagte die Beamtin freundlich. »Aber Sie dürfen natürlich die Sachen behalten, die Sie jetzt tragen. Kann Sie jemand abholen?«

»Nein«, sagte Sam. »Und ein Auto habe ich auch nicht dabei.«

»Wo wohnen Sie denn?«

»In Åselstad.«

»In Åselstad«, wiederholte sie. »Wir finden bestimmt eine Lösung. Jemand müsste Sie nach Hause bringen können …«

Sie verstummte und sah ihn entschuldigend an.

»Tut mir leid«, sagte sie. »Vielleicht wollen Sie das gar nicht, ich meine … in Anbetracht dessen, was dort passiert ist … Möchten Sie lieber woanders hin?«

»Nein«, antwortete Sam. »Ich will nach Hause.«

Henrik Levin stellte sich wieder mit dem Rücken zum Schaufenster und wartete darauf, mit Helen Folkesson verbunden zu werden, der Leiterin der Ambulanten Wohnbetreuung. Er hoffte stark, dass sie ihnen weiterhelfen konnte.

»Helen Folkesson«, meldete sich eine nasale Stimme am anderen Ende.

»Hallo, mein Name ist Henrik Levin. Ich bin Kriminalkommissar.«

»Aha, ja?«

»Sie haben schon mit einem unserer Kollegen über Sam Witell gesprochen und das, was seiner Familie widerfahren ist.«

»Ja«, antwortete sie seufzend. »Der arme Sam. Was für ein Albtraum das für ihn sein muss!«

»Kennen Sie Sam Witell gut?«

»Sehr gut sogar. Er ist seit mehreren Jahren bei uns, und wir haben immer gut zusammengearbeitet.«

»Hatten Sie auch privat Kontakt zu ihm?«

»Nein, nur bei der Arbeit. Aber ich kann zwischen den

Zeilen lesen und spüren, was er braucht«, erklärte Helen Folkesson.

»Und was braucht er?«

»Ab und zu in den Arm genommen zu werden.«

»Wie meinen Sie das?«, fragte Henrik und hielt sich das Handy ans andere Ohr.

»Ich meine nichts Unanständiges«, versicherte Helen Folkesson schnell. »Ich versuche ihn nur zu bestärken, weiterhin einen so guten Job zu machen. Viele von uns fragen sich ständig, ob sie genug für ihre Klienten tun. Häufig sind wir ja deren Anker im Leben, wir sind so etwas wie ihre Angehörigen oder ihr bester Freund.«

»Der Liste, die Sie uns zugeschickt haben, konnte ich entnehmen, dass Sam Witell zehn Personen betreut?«

»Ja, Sam ist für ungefähr zwölf Personen zuständig. Ungefähr sage ich deshalb, weil ein Klient vielleicht irgendwann wieder besser klarkommt und keine Unterstützung mehr braucht. Oder es geht ihm schlechter, er bekommt einen Rückfall und braucht sogar Pflege.«

»Ich vermute, dass Ihnen die folgende Frage schon gestellt wurde, aber können Sie mir irgendetwas erzählen, was mit den Geschehnissen im Haus der Familie Witell zusammenhängen könnte?«

»Ich verstehe nicht ganz, was Sie meinen.«

»Ich meine, dass Sam Witell Ihnen womöglich irgendetwas anvertraut hat. Vielleicht ist er mit irgendwelchen Arbeitsproblemen zu Ihnen gekommen.«

»Ständig.«

»Erklären Sie mir das bitte genauer.«

»Die Betreuung von Menschen mit psychischen Beeinträchtigungen ist in vielfacher Hinsicht eine Herausforderung. Wir helfen ihnen bei alltäglichen Verrichtungen wie

Saubermachen. Lauter Dinge, die einem schwerfallen, wenn man keinen Sinn im Leben sieht. Wir haben viel darüber gesprochen, Sam und ich.«

»Über das Leben?«

»Ja, und warum manche unserer Klienten sich entscheiden, es zu beenden. Es kommt nicht gerade selten vor, dass wir zu Beerdigungen eingeladen werden. Ich weiß, dass Sam vor einem Monat eine solche Einladung bekommen hat.«

»Ist er hingegangen?«

»Nein, obwohl er den Mann sogar tot in der Küche aufgefunden hat. Der Klient hatte Diabetes und vergessen, sich Insulin zu spritzen. Ich glaube, Sam war im Lauf der Jahre auf vielen Beerdigungen. Zum Beispiel, als eine Frau ertrunken im Fluss gefunden wurde. Vielleicht erinnern Sie sich an das tragische Unglück? Ein Zeuge hatte unsere Klientin mit einem Kinderwagen herumlaufen gesehen, daher hat die Polizei angenommen, dass sie ihr Kind mit ins Wasser gezogen hat. Ein andermal waren wir bei der Beerdigung eines Neunzehnjährigen, der sich zu Tode gehungert hat. Er hat nur noch fünfunddreißig Kilo gewogen, als er schließlich einen Epilepsieanfall erlitt und starb. Wenn so etwas passiert, will man einfach nur heulen.« Helen Folkesson unterbrach sich und sagte entschuldigend: »Tut mir leid, jetzt habe ich viel zu viel geredet.«

»Kein Thema«, sagte Henrik. »Was hatten Sie denn in der letzten Zeit für einen Eindruck von Sam Witell? Ist Ihnen irgendetwas Besonderes aufgefallen?«

»Nein, und das habe ich auch schon Ihrem Kollegen gesagt. Sam war ruhig und fröhlich, wie immer.«

»Sie haben ihn nie zusammen mit einer anderen Frau gesehen?«

»Sie meinen, abgesehen von Amanda?«

Henrik zuckte zusammen. »Wer ist Amanda?«

»Sie war jahrelang seine Kollegin, und sie haben viele Hausbesuche zusammen gemacht, aber momentan ist sie in Elternzeit.«

»Wie heißt sie denn mit Nachnamen?«

»Sie heißt Amanda Denver.«

»Und wer begleitet ihn jetzt bei solchen Hausbesuchen?«

»Ich. Amandas Elternzeitvertretung fängt erst nächste Woche an.«

»Könnten Sie mir die Kontaktdaten von Amanda Denver zuschicken?«, fragte er und gab Helen Folkesson seine Handynummer durch.

»Sie bekommen sie gleich per SMS.«

»Danke«, sagte Henrik und beendete das Gespräch.

Er drehte sich um und starrte ins Schaufenster, um einen Blick auf Mia zu erhaschen, aber er sah sie nirgends.

Kurz darauf gab sein Handy einen kurzen Klingelton von sich. Er überflog die SMS mit Amanda Denvers Kontaktdaten und beschloss, sie gleich anzurufen, doch er erreichte nur die Mailbox und verzichtete darauf, ihr eine Nachricht zu hinterlassen.

Sam Witell hatte sie kein einziges Mal erwähnt, dachte Henrik, als er wieder den Laden betrat. Warum bloß?

Mia Bolander brach der Schweiß aus, während sie sich in der engen Umkleidekabine aus ihrer Jeans schälte. Neben dem Spiegel, an einem der Garderobenhaken, hingen die drei Kleider. Das rote und die beiden schwarzen.

Schwarz war gut, eine praktische Farbe, dachte sie und nahm das erste Kleid vom Bügel, zog es an und bekam sofort Atemnot.

Es war viel zu eng.

Und hässlich.

Runter damit! Sie zog das zweite schwarze Kleid an.

Aber was war jetzt mit ihrem Hintern los? Er war vollkommen in dem festen Stoff verschwunden. Oder nein, er war nicht verschwunden, sondern irgendwie zusammengepresst worden, wodurch sie doppelt so breit aussah. Na, toll!

Rasch zog sie das Kleid aus und probierte das rote an. Noch mehr Schweiß auf dem Rücken, Bauch rein, den Reißverschluss hoch und …

Mia stemmte die Hand in die Taille und begutachtete sich im Spiegel von allen Seiten. Das Kleid war richtig hübsch und saß auch gut. Es wäre perfekt für das Abendessen mit Gustaf und Bianca im Gin.

Ihr wurde ganz schwindlig, als sie auf das Preisschild schaute. Eintausendzweihundert Kronen. Noch nie hatte sie ein so teures Kleid angehabt. Da hörte sie Henriks angespannte Stimme vor der Umkleidekabine.

»Mia, komm jetzt«, sagte er. »Du hast was von fünf Minuten gesagt, aber jetzt ist beinahe eine halbe Stunde vergangen. Wir müssen weiter.«

»Ich komme, okay?«, antwortete sie und zog das rote Kleid wieder aus.

»Gut, denn wir müssen mit einer gewissen Amanda Denver reden.«

»Mit wem?«, fragte Mia und hob ihre Jeans vom Boden auf. »Ich habe dich nicht verstanden.«

»Das ist Sam Witells Kollegin. Bist du fertig?«

»Ich komme schon! Kannst du bitte aufhören, mich zu nerven?«

Sie hörte Henrik seufzen.

»Weißt du was, Mia?«, sagte er müde. »Wir sehen uns am Auto.«

Mia fluchte innerlich, als sie sich den Pullover über den Kopf zog. Sie legte sich das rote Kleid über den Arm und stürmte aus der Kabine, in der Hoffnung, Henrik aufhalten zu können. Aber er war schon mitsamt seiner schlechten Laune verschwunden – und dem Geld, was sie sich von ihm hatte leihen wollen, um das Kleid zu bezahlen.

»Und wie hat es gepasst?«, fragte die Verkäuferin lächelnd, als Mia das Kleid auf den Tresen warf.

»Beschissen!«, antwortete sie und verließ den Laden.

Sam Witell öffnete die Tür und stieg aus dem Polizeiauto, das sofort wendete und davonfuhr. Reglos stand er da, bis es hinter der Hecke der Nachbarn verschwunden war.

Erst da wandte er sich seinem Haus zu.

Sollte er sich hineinwagen?

Er atmete tief ein, öffnete das Gartentor, stieg über die Blumen und den weißen Teddy mit der roten Schleife, aber kam nur bis zu den hohen Johannisbeersträuchern. Dann wartete er, bis sich sein Herz ein wenig beruhigt hatte, bevor er weiterging. Die Hände zitterten, als er die Haustür öffnete.

Drinnen war es still.

Und fürchterlich leer.

Sam blieb in der Türöffnung stehen.

Sein Magen verkrampfte sich, als er die Stelle sah, wo Felicia gelegen hatte.

Sie war tot, dachte er, aber sie war trotzdem noch da. Sie war überall. Da lagen ihre roten Gummistiefel und die schwarze Sonnenbrille mit den verkratzten Gläsern, die sie aber trotzdem getragen hatte.

Und um ihn herum waren auch Jonathans Sachen. Die hellblaue Jacke und der Rucksack.

Übelkeit stieg in Sam auf, als er einen Blick ins Wohnzimmer warf und sah, dass der Tisch immer noch mit den Servietten gedeckt war, die Jonathan gefaltet und auf die Teller gelegt hatte.

Warum habe ich ihn nicht einfach mit zum Supermarkt genommen, um Sahne zu kaufen? Warum habe ich ihm gesagt, dass er dableiben und die idiotischen Servietten falten soll?

Sam schluckte, drängte die übelschmeckende Traurigkeit in den Hals zurück und versuchte stattdessen, alle Kraft in seinem Inneren zu mobilisieren.

Das Adrenalin begann durch seinen Körper zu pumpen.

Mit einer entschlossenen Bewegung zog er die Haustür zu und sperrte sie von außen ab.

Jetzt aber, verdammt noch mal, dachte er und lief durch den Garten zu seinem Auto.

16

Jana Berzelius fuhr von der Autobahn ab und weiter zum kleinen Ort Stigtomta, der gut fünfzig Kilometer nördlich von Norrköping lag. Schon bald entdeckte sie ein gelbes Schild mit der Aufschrift »Autowerkstatt«.

Hinter dem Auto wirbelte eine Staubwolke auf, als sie auf einen schmalen Kiesweg einbog. Weiter vorn stand ein rotes Haus mit Blechdach, hinter dem die Autowerkstatt zu erahnen war.

Jana stellte den Wagen auf dem Vorplatz ab, verschaffte sich einen Überblick über die Umgebung und vergewisserte sich, dass ihr Messer hinten im Hosenbund steckte. Dann öffnete sie das Handschuhfach und holte die Handschuhe und die dünne Mütze hervor, die immer dort bereitlagen. Rasch setzte sie die Mütze auf und schob die Haare darunter.

Ein Schwarm Fliegen schwirrte über zwei vollen Mülltonnen, und sie roch den Gestank von verdorbenem Essen, als sie auf das Haus zuging.

Jana klopfte an die Haustür und wartete. Niemand kam, um zu öffnen. Sie ging weiter zur Autowerkstatt und öffnete langsam die Eingangstür an der Giebelseite.

Im schwachen Licht sah sie ein Auto, das mit einem Wagenheber aufgebockt war. Der linke Vorderreifen fehlte, und die Bremsscheibe war freigelegt. Neben dem Wagen waren Reifen aufgestapelt. Auf dem Boden lagen ein Kreuzschlüssel, eine Kiste mit Bolzen und zwei Universalschlüssel.

Vorsichtig trat sie ein.

Obwohl an der Decke zwei Neonröhren leuchteten, war es ziemlich dunkel. Ein Geruch von Öl und Diesel stieg ihr in die Nase. Sie hielt inne, doch nur das schwache Surren irgendeiner Maschine war zu hören sowie ein Tropfen, vermutlich von einem Wasserhahn.

Doch da quietschte eine Tür.

Sie suchte mit dem Blick nach einer Bewegung, lauschte auf die schleppenden Schritte und sah schließlich einen untersetzten Kerl im Blaumann, der auf das aufgebockte Auto zuging. Er trug eine schmutzige Schutzbrille, und seine Hände wiesen Ölflecken auf.

»Sind Sie Erik?«, fragte sie.

Der Mann erstarrte. Er schob die Schutzbrille hoch und sah sie misstrauisch an.

»Ich denke nicht«, antwortete er.

»Ganz sicher nicht?«

»Nein.«

»Ich bin Erik«, sagte eine andere Stimme aus dem Hintergrund.

Jana warf einen Blick über die Schulter. Ein großer Mann mit schmalem Gesicht kam langsam auf sie zu. Er hatte keine Waffe in der Hand, aber sein Kapuzenpullover war so ausgebeult, als trüge er eine Pistole im Hosenbund.

Beide erinnerten Jana an die Männer, die Per verfolgt hatten.

»Erik Persson«, sagte sie, während er an ihr vorbeiging.

»Höchstpersönlich«, entgegnete er und wechselte ein paar Worte mit dem kleineren Mann, bevor er angespannt lächelte. »Also, was machen Sie hier?«

227

Henrik Levin startete den Motor, als er Mia über den Rasen des Olaiparkens gehen sah. Sie ließ sich auf den Beifahrersitz sinken und schnallte sich wütend an.

»Kein Kleid?«

»Fahr schon«, sagte sie und verschränkte die Arme vor der Brust.

Henrik schüttelte den Kopf und bog vom Parkplatz auf die Straße.

»Also«, begann er nach einer Weile. »Wer ist denn dieser Silverstjärna?«

»Er heißt Silverschöld«, brummte Mia.

»Ist er nett?«, fragte Henrik und ließ eine Straßenbahn vorbei.

»Natürlich ist er nett«, sagte sie und erwiderte seinen Blick. »Und reich ist er auch. Er hat ein total riesiges Haus in Kneippen.«

»Das heißt, er ist nett und reich.« Henrik lächelte spöttisch. »Wie alt ist er denn?«

»Dreiundfünfzig.«

Henrik zuckte zusammen.

»Habe ich richtig gehört? Dreiundfünfzig?«

»Ja, genau das habe ich eben gesagt.« Sie sah zur Seite.

»Meine Güte, Mia.«

»Was ist?«

»Er ist ja beinahe doppelt so alt wie du.«

»Nicht ganz«, erwiderte sie verärgert, »aber er hat sich verdammt gut gehalten.«

Henrik sah sie misstrauisch an.

»Glaubst du mir nicht? Ich zeige dir ein Foto«, sagte sie genervt und holte ihr Handy hervor.

»Nicht nötig.«

»Doch!« Sie begann in ihren Fotos zu blättern. »Hier ist

er«, sagte sie schließlich und drehte das Handydisplay zu Henrik. »Kennst du ihn?«

»Wieso sollte ich das?«

»Vielleicht willst du ja mehr sehen?«

»Nein, das …«

»Jetzt schau doch mal!« Sie blätterte weiter. »Hier ist sein Haus, seine Küche, sein Auto, sein Schwanz …«

»Verdammt noch mal, Mia. Ich fahre!« Er schüttelte den Kopf. »Das wird nicht gut gehen«, fügte er hinzu.

»Was meinst du damit?«, fragte Mia. »Natürlich wird es gut gehen.«

»Ich sage doch nur, dass …«

»Danke für deine Meinung«, unterbrach sie ihn, »aber sie ist mir egal.«

»Die Meinungen anderer sind dir meistens egal.«

»Insbesondere deine«, konterte sie.

Jana Berzelius zog ihr Handy aus der Tasche, ohne die beiden Männer aus den Augen zu lassen. Sie standen mit dem Rücken zum aufgebockten Auto mit der freigelegten Bremsscheibe. Links stapelten sich die Autoreifen.

»Per Åström«, sagte sie. »Kommt Ihnen der Name bekannt vor?«

»Nein«, antwortete Erik Persson.

»Denken Sie bitte ganz genau nach.«

»Ich habe den Namen noch nie gehört. Und du, Magnus?«

»Nein«, erwiderte der Kleinere der beiden und sah zur Seite. Jana kannte solche Reaktionen zur Genüge. Viele begingen den Fehler, mit dem Blick zu verraten, dass sie logen.

»Per Åström wurde gestern Abend von einem Auto angefahren. Einem mattschwarzen Audi«, fuhr sie fort.

Erik hob sein Kinn ein wenig und atmete langsam durch die Nase ein.

»Ich vermute, es war ein Unfall«, sagte er.

»Er wurde von Ihnen vor das Auto gestoßen.«

»Von uns?«, wiederholte Erik. »Nein, das kann nicht sein.«

»Leugnen Sie das etwa?«

Erik und Magnus wechselten einen Blick.

»Natürlich leugnen wir das«, sagte der Untersetzte und lächelte schief. »Denn es ist ja gar nicht passiert.«

»Dumm gelaufen«, meinte Jana. »Ich habe Sie nämlich gesehen.«

»Sie haben gesehen, wie er vors Auto geschubst wurde?«, vergewisserte sich Erik.

»Genau.«

»Von wem? Von mir? Oder von Magnus?«

Erik lächelte noch breiter, als Jana schwieg.

»Sie wissen es also nicht?«, fuhr er fort.

Jana antwortete nicht.

»Ich war es nicht«, sagte Magnus und steckte die Hände in die Taschen seines Blaumanns.

»Ich auch nicht«, erklärte Erik. »Das spricht für uns, nicht wahr? Und beweist, dass Sie keine Ahnung haben, wovon Sie reden.«

»Sie haben recht«, sagte sie. »Ich bin eine Idiotin. Ich hätte wissen müssen, wer von Ihnen beiden ihn vors Auto gestoßen hat. Aber ich habe es einfach nicht gesehen. Deshalb ist es ja ein Glück, dass ich …«

Jana zog langsam ihr Handy aus der Tasche.

»… alles fotografiert habe.«

Eine ganze Weile herrschte Schweigen.

»Sie hätten die Nummernschilder auswechseln müssen.

An Ihrer Stelle wäre ich ein bisschen vorsichtiger gewesen«, sagte sie.

»Es gibt kein Auto«, erklärte Erik und begann sie zu umkreisen. »Nicht mehr. Es ist verbrannt.«

»Bei einem Unfall, vermute ich?«

»Quatsch nicht so viel«, sagte Magnus. »Gib mir das Handy.«

»Nein.«

Jetzt stand Erik hinter ihr.

»Verdammt noch mal, gib mir das Handy«, wiederholte Magnus hartnäckig.

»Nein.«

Da hörte sie ein klickendes Geräusch hinter sich. Erik hatte eine Pistole gezogen.

»Bist du schwer von Begriff?«, fragte er. »Du sollst uns das Handy geben. Und zwar sofort!«

Sam Witell wartete in seinem Auto. Er stützte sich mit dem Ellbogen an der Tür ab und behielt den Eingang eines Hauses in der Trädgårdsgatan im Blick.

Obwohl der Akku seines Handys nur noch zehn Prozent anzeigte, begann er, im Internet zu surfen. Er sollte es besser bleiben lassen, blätterte aber dennoch durch die sozialen Netzwerke. Sie waren voll von empörten Anklagen gegen ihn. Er hätte sich gern verteidigt, aber was hätte er schreiben sollen?

Die Onlineausgaben der Zeitungen präsentierten Details aus seinem Leben und irgendwelche Interviews. Darin wurden Geschichten von früher aufgewärmt, die vermutlich seine Schuld beweisen sollten, zum Beispiel über das zerschlagene Fenster des Lehrerzimmers und den verbrannten Papierkorb in der Schultoilette. Aber was wussten seine

Lehrer von früher schon über sein jetziges Leben, verdammt?

Und was wusste sein sommersprossiger Mitschüler aus der achten Klasse? Es war doch Ewigkeiten her, dass Sam ihn zusammengeschlagen hatte. Wenn der Typ nur das Maul gehalten hätte, dann wären noch alle seine Vorderzähne im Mund, und er hätte nicht mit dem Gesicht auf dem kalten Metallgitter vor der Schule liegen müssen.

Keiner durfte sich über ihn äußern, doch alle taten es.

In diesem Moment wurde die braune Haustür geöffnet. Sam ließ das Handy in den Schoß gleiten.

Der Mann, der aus dem Haus trat, war grau und gebeugt. Sofort ließ Sam sich so tief wie möglich in den Sitz sinken. Er spähte hinter dem Steuer hervor und sah, wie der Mann über die Straße und auf einen schwarzen Mercedes zuging.

Sam startete den Motor und wartete, bis der andere auf die Fahrbahn eingebogen war. Dann gab er sanft Gas und folgte ihm.

Jana Berzelius war ganz ruhig. Die beiden Männer in der Werkstatt waren ein Problem, das gelöst werden musste. Erik war offenbar bereit, ihr in den Rücken zu schießen, vielleicht auch in den Kopf, wenn sie nicht ihr Handy hergab.

Sie sah, wie sich sein verbissenes Gesicht in der Seitenscheibe des aufgebockten Wagens spiegelte, sie sah seine Hand, die die Pistole umfasste, und sie sah ihn näher kommen.

»Wir warten«, erinnerte Magnus sie und griff nach dem Kreuzschlüssel, der auf dem Boden lag.

»Sinnlos«, sagte sie.

»Ach, tatsächlich?« Er grinste. »Dann müssen wir wohl dafür sorgen, dass du uns das Handy gibst.«

»Sie bleiben besser, wo Sie sind«, erwiderte sie und senkte leicht den Kopf.

Erik lachte auf, trat einen Schritt vor und drückte ihr den kalten Kolben an den Hinterkopf.

»Gib uns jetzt das verdammte Handy«, sagte er.

Jana holte tief Luft.

»Es wird wehtun«, warnte sie ihn.

»Was?«

»Das hier.«

Sie wirbelte herum, packte die Pistole und schlug sie von unten gegen Eriks Kinn. Diese Prozedur wiederholte sie zweimal direkt nacheinander. Erik stolperte über die Autoreifen und sank auf den Betonboden. Dabei blinzelte er verblüfft, als könnte er nicht verstehen, dass sie ihm den Unterkiefer gebrochen hatte. Aus seinem geöffneten Mund quoll Blut hervor.

Mit der Pistole in der Hand richtete sie den Blick auf Magnus. Doch der war zäh und begann mit dem Kreuzschlüssel auf sie einzuschlagen. Sie schob sich vorwärts, zielte mit dem Ellbogen auf seinen Hals und traf. Dann holte sie Anlauf und riss ihm mit einem Tritt die Beine unter dem Körper weg.

Da sah sie eine Bewegung aus dem Augenwinkel.

Erik hatte nicht aufgegeben.

Er kam auf sie zu.

Sam Witells Hand lag auf dem Steuer, die andere hielt er an die Lippen und kaute nervös auf den Nägeln. Er hatte das Auto des Mannes bis nach Röda Stan verfolgt, eine Gegend mit roten Häuschen und perfekt beschnittenen Hecken.

Der Mercedes stand auf einer gepflasterten Einfahrt vor einem Einfamilienhaus, das so aussah wie viele andere hier.

Sam atmete heftig, als er an den Straßenrand fuhr und aus seinem Auto stieg. Sein Blick fiel auf den weißen Zaun. Er kletterte darüber und entdeckte den Mann, der gerade seinen Briefkasten leerte.

Als er bei ihm angekommen war, blickte dieser auf. Sein Gesicht erstarrte.

»Sam Witell?«, fragte er.

»Tun Sie nicht so verdammt erstaunt, John Strid.«

»Was machen Sie hier?«

»Ich wollte mal ein ernstes Wort mit Ihnen reden.«

»Worüber denn?«

»Über meine Frau.«

Jana Berzelius sah, wie Eriks Arm auf sie zukam. Sie wirbelte herum, duckte sich und richtete sich dann wieder auf.

Eriks Unterkiefer hatte sich verschoben und hing seitlich herunter. Er keuchte und spuckte, griff sie noch einmal an, traf sie an der Schulter und versuchte, ihr die Pistole aus der Hand zu schlagen.

Sie konterte, indem sie ihm einen Ellbogen in die Seite rammte. Dann hob sie die Pistole, zielte und schoss.

Die Kugel ging direkt durch seinen Kopf. Erik sackte zusammen und blieb mit leerem Blick auf dem Boden liegen.

Jana umrundete den Toten und hielt sich dabei von der Blutlache fern, die sich um seinen Kopf herum ausbreitete. Dann bewegte sie sich auf Magnus zu.

Er versuchte auf allen vieren über den Boden zu kriechen, aber rutschte mit den Schuhen aus und kam kaum voran.

Jana steckte sich die Pistole in den Hosenbund und versetzte dem Mann einen harten Schlag ins Gesicht. Als er seine Augen nicht mehr öffnete, wusste sie, dass er das Bewusstsein verloren hatte.

Sie packte ihn, zog seinen schweren Körper über den Betonboden und legte seinen Kopf genau unter die Bremsscheibe des aufgebockten Wagens. Nach einigen leichten Schlägen ins Gesicht wachte er auf.

»Verdammt noch mal, was …«, keuchte er und sah sich verwirrt um.

»Wie Sie sicher verstehen werden, hätte ich noch ein paar Fragen zu Per Åström«, sagte sie.

»Lass mich frei, verdammt, zieh mich hier raus!«

Er begann wild um sich zu schlagen.

Jana war mit ihrer Geduld am Ende und versetzte ihm einen weiteren harten Schlag. Er stöhnte und fluchte laut. Das Blut lief ihm aus Nase und Mund.

»Ihr habt gedacht, es wäre ganz einfach, mich zum Schweigen zu bringen, oder?«, sagte Jana. »Ich war ja allein, hatte weder Polizei noch Einsatzkommando dabei. Da wart nur ihr beide und ich.«

Er sah sie ängstlich an.

»Und jetzt sind nur noch wir beide übrig«, fuhr sie fort.

»Was willst du?«, fragte er. »Sag schon!«

»Warum habt ihr Per Åström vors Auto gestoßen?«

»Wir haben den Befehl erhalten, ihm wehzutun.«

»Von wem?«

»Ich weiß es nicht. Keine Ahnung, ehrlich!«

»Natürlich weißt du es!«, sagte Jana laut und hob die Faust.

»Warte, warte, warte«, antwortete er hastig. »Wir haben den Befehl von Danilo erhalten. Wir haben noch was gut bei ihm, aber ich habe keine Ahnung, warum wir diesem Åström eins auswischen sollten. Es war ein Befehl, okay?«

Jana senkte die Faust wieder.

»Ich habe euch beide auf dem Marktplatz gesehen«, sagte sie. »Ich habe gesehen, wie ihr ihn verfolgt habt. Aber wer hat den Wagen gefahren?«

»Kannst du mich nicht freilassen?«, bat er. »Verdammt, ich liege auf irgendwas, das …«

»Los, antworte! Wer hat das Auto gefahren?«

»Zeke! Zeke saß am Steuer.«

»Wie heißt dieser Zeke mit Nachnamen?«

»Das weiß ich nicht. Er wird nur so genannt. Er hat auch den Befehl entgegengenommen.«

»Sag mir, wo er wohnt!«

»Ich habe keine Ahnung, aber wir haben ihn in der Norralundsgatan aufgesammelt.«

»Das reicht nicht.«

»Okay, okay«, sagte er. »Norralundsgatan einundvierzig. Erdgeschoss. Lass mich jetzt frei!«

»Warum sollte ich das tun?«

»Wir haben nur den Befehl ausgeführt, habe ich doch gesagt.«

»Ihr habt einen Staatsanwalt angegriffen«, sagte sie.

Plötzlich grinste Magnus. »Vielleicht hat er es ja verdient.«

Jana stand abrupt auf, nahm Anlauf und trat auf den Wagenheber ein, der schon bald nachgab. Die Bremsscheibe schnitt genau durch den Hals des Mannes.

Das Auto schaukelte ein paarmal.

Jana wartete, bis es stehen blieb.

Dann wandte sie sich ab.

17

Jetzt gab es kein Zurück mehr. Dazu war es längst zu spät. Sam Witell war schon im Haus und hatte John Strid auf einen Küchenstuhl gedrückt.

»Sie haben Felicia getötet«, sagte er. »Geben Sie zu, dass Sie sie getötet und Jonathan entführt haben!«

»Bitte, Herr Witell, beruhigen Sie sich.«

»Wo steckt Jonathan? Ich will es wissen!«

»Herr Witell«, sagte John Strid. »Können Sie mir bitte zuhören?«

Doch Sam wollte nicht zuhören.

»Wo ist Jonathan?«, schrie er.

»Ich stelle fest, dass ich Sie offenbar sehr wütend gemacht habe …«

»Na, und wie!«

»… und Sie haben auch alles Recht der Welt, wütend zu sein über das Schlimme, was Sie erlebt haben, aber ich kann Ihnen versichern … Herr Witell? Hören Sie mir zu? Ich kann Ihnen versichern, dass ich mit der Sache nichts zu tun habe.«

»John?«, sagte eine ängstliche Stimme.

Sam drehte sich um. In der Tür stand eine Frau mit Kurzhaarschnitt, die eine Einkaufstüte in der Hand hielt. Er hatte sie nicht kommen hören.

»Was ist denn passiert?«, fragte sie und stellte langsam die Tüte auf dem Boden ab.

Sie betrachtete ihn besorgt, und jetzt erst war Sam bewusst, dass er noch immer die Kleider aus dem Untersuchungsgefängnis trug.

»Es ist alles in Ordnung«, versicherte John Strid.

»Alles in Ordnung?«, wiederholte Sam. »Finden Sie es in Ordnung, dass Sie mich mit meiner Frau betrogen und sie umgebracht haben? Dass Sie meinen Sohn entführt haben und ihn irgendwo versteckt halten?«

»Was meint er?«, fragte die Frau. »Wovon spricht er?«

»Ich habe Ihnen nichts getan, Herr Witell!«, sagte John Strid.

»Sind Sie Sam Witell?«, fragte die Frau.

»Sie kennen mich doch gar nicht!«, rief Sam und zeigte warnend mit dem Finger auf sie.

»Das stimmt«, erwiderte sie, »aber ich spreche Ihnen mein tiefstes Beileid aus zu dem, was geschehen ist.«

»Sie wissen nicht, was passiert ist, Sie wissen gar nichts, also halten Sie den Mund!«

»Ich verstehe, wie weh es tun muss«, fuhr die Frau fort. »Aber dafür können Sie nichts. Mit Ihrem jetzigen Verhalten bekommen Sie sie allerdings auch nicht zurück.«

»Halten Sie den Mund!«, schrie Sam und zeigte wieder mit dem Finger auf sie. »Sonst breche ich Ihrem Mann das Nasenbein!«

»Wollen Sie zuschlagen?«, fragte John Strid. »Tun Sie das, schlagen Sie nur, wenn Sie sich dadurch besser fühlen. Aber denken Sie nach, bevor Sie es tun. Denken Sie an Jonathan. Er braucht Sie. Er ist ein feiner kleiner Kerl.«

»Woher wissen Sie das?«

»Ihre Frau hat es mir erzählt.«

»Nein, nein, nein.« Sam schüttelte den Kopf, aber John Strid sprach weiter.

»Ich weiß, dass es Ihnen schwerfällt, mit Ihren Erlebnissen zurechtzukommen, aber versuchen Sie bitte, erst ein paarmal tief durchzuatmen.«

»Warum war Felicia bei Ihnen? Können Sie mir diese Frage beantworten? Haben Sie mit ihr geschlafen, oder was?«

John Strid warf einen kurzen Blick auf seine Frau, ehe er tief Luft holte.

»Nein«, sagte er. »Ich habe nie eine Affäre mit Ihrer Frau gehabt, und ich habe weder ihr noch Ihrem Sohn etwas angetan.«

»Was hat sie denn dann in Ihrer Praxis gemacht?«

»Ihrer Frau ist es nicht gut gegangen«, sagte er.

»Das glaube ich Ihnen nicht!«

Sam schlug mit der geballten Faust auf die Küchenarbeitsplatte.

»Können Sie sich denn gar nicht mehr erinnern?«, fuhr John Strid fort. »Dass Sie früher einmal zu mir gekommen sind und erzählt haben, Ihre Frau sei niedergeschlagen, depressiv. Sie wollten doch, dass ich mich mit ihr unterhalte.«

»Einmal, ja! Aber Sie haben sich monatelang hinter meinem Rücken mit ihr getroffen!«

»Sie ist mehrmals bei mir gewesen, das ist richtig.«

»Warum hat sie mir nichts davon erzählt? Warum hat sie mich angelogen?«

Sam atmete hektisch ein und aus.

»Weil es ihr Ihretwegen nicht gut gegangen ist.«

Es wurde still im Raum, und Sam war plötzlich verwirrt. Ihm kam es so vor, als würde er sich selbst von außen sehen, wie er in einer wildfremden Küche stand und zwei wildfremde Menschen anbrüllte.

»Was haben Sie getan?«, fragte John Strid. »Was haben Sie ihr getan?«

Sam wusste nicht, was er sagen sollte. Also verließ er die Küche.

Wortlos.

Als sie im Wohngebiet Klingsberg ankamen, war Mia Bolander immer noch sauer auf Henrik. In den kleinen Gärten standen Schaukelgestelle, Kinderroller und runde Planschbecken.

Hier wohnte also Witells Kollegin Amanda Denver, dachte sie, während Henrik den Wagen vor einem roten Haus mit weißen Fensterrahmen parkte. Vor der Haustür stand eine Schuhbürste in Gestalt eines Igels neben Töpfen mit prachtvollen Blumen.

Mia klingelte. Als niemand öffnete, gingen sie ums Haus, um dort nach Amanda Denver zu suchen. Auf der Rückseite hing ein schlaffes Badmintonnetz zwischen zwei Pfosten. Neben einem kleinen Gewächshaus entdeckten sie einen Sandkasten mit buntem Kinderspielzeug und einen riesigen Grill. Alles sah so verdammt klischeemäßig aus, fand Mia. Ihr fiel es schwer, sich selbst in einem solchen Leben zu sehen. Mit einem Nine-to-five-Job, mit Kindern, die zur Kita gebracht und wieder abgeholt werden mussten, mit Kochen, einem Hund, mit dem man Gassi gehen musste, mit Zimmern, die renoviert werden wollten, und mit einem strikten Plan, nach dem abgewaschen, gestritten, geputzt, ins Bett gebracht und gevögelt wurde. Und am Wochenende musste man aufwendige Grillabende mit den Nachbarn organisieren, die mit zunehmendem Billigweinkonsum immer mehr mit ihren Reisen, ihrem Vermögen und ihren widerlich hohen Monatsgehältern protzten. Pfui

Teufel! Mia wollte mehr vom Leben. Und mit Gustaf Silverschöld konnte sie ihr Leben so führen, wie sie es wollte.

»Ich probiere es noch mal bei Amanda Denver«, sagte Henrik.

Mia stand schweigend da. Nach einer Weile hörte sie, wie er eine kurze Nachricht auf ihrer Mailbox hinterließ und sie bat, sich zurückzumelden.

Henrik sah auf die Uhr und hielt erneut das Handy ans Ohr.

»Wen rufst du denn jetzt schon wieder an?«, fragte Mia.

»Sam Witell natürlich«, antwortete Henrik. »Ich will wissen, was er zu Amanda Denver zu sagen hat.«

»Wie sollte ich das wissen?«, brummte sie.

»Er geht auch nicht ran«, meinte Henrik und schüttelte enttäuscht den Kopf. »Wollen wir schnell bei ihm zu Hause vorbeifahren?«

»Entscheide du«, sagte sie und zuckte mit den Achseln.

»Jetzt hör auf, die beleidigte Leberwurst zu spielen. Wir müssen mit ihm über Amanda Denver sprechen. Wir haben keine Zeit zu verlieren.«

Sie seufzte laut.

»Dann fahren wir eben.«

Sam Witell fuhr durch den Kreisverkehr auf die E 22 und jagte das Auto voller Panik auf hundertsechzig Stundenkilometer hoch.

Er hatte sich in John Strids Haus gedrängt und ihn und seine Frau angebrüllt.

Bestimmt hatten sie schon die Polizei gerufen.

Vermutlich würde er im Gefängnis landen.

Sam blickte unruhig in den Rückspiegel, dann aufs Handy, aber das Display blieb dunkel.

Der Akku war leer.

Er atmete ein paarmal tief durch, um sich zu beruhigen, und versuchte sich auf das zu konzentrieren, was er jetzt tun musste. Er musste nach Hause fahren, sich umziehen und sich dann auf die Suche nach Jonathan begeben. Aber es fiel ihm unglaublich schwer, wieder nach Hause zurückzukehren. Ein Teil seines Gehirns sagte ihm, dass er in die Stadt zurückfahren sollte, während der andere ihm einflüsterte weiterzufahren.

Mit einem starken Druck auf der Brust traf er in Åselstad ein. Jetzt sah er sein Haus. Sah das Dach und den Schornstein, die Hecke und das Gartentor.

Und den Volvo, an dem zwei Personen lehnten.

Es waren die beiden Kripobeamten, Henrik Levin und Mia Bolander. Aber warum waren sie hier? Was wollten sie von ihm? Hatten sie erfahren, dass er bei John Strid gewesen war? Nein, das kam ihm doch unwahrscheinlich vor.

Hatten sie etwa …?

Hoffnung durchzuckte ihn.

Hatten sie Jonathan gefunden?

Sam bremste abrupt auf der Einfahrt, stieg eilig aus und lief zu ihnen.

»Wo ist er?«, fragte er keuchend. »Jonathan, wo ist er? Sie haben ihn gefunden, oder?«

Levin sah ihn verständnislos an.

»Sie wissen, dass wir alles tun, um …«, setzte er an.

»Wie?«, unterbrach Sam ihn. »Was meinen Sie? Sie haben ihn nicht gefunden? Aber ich dachte …«

Levin legte ihm eine Hand auf die Schulter.

»Fassen Sie mich nicht an!«, sagte Sam und ging auf das Gartentor zu.

»Witell? Warten Sie, wir müssen mit Ihnen reden.«

»Scheren Sie sich zum Teufel. Sie alle!«

Sam öffnete das Tor, stieg über die Blumen, die noch immer dort lagen, und ging weiter an den Apfelbäumen vorbei. Er hörte, dass ihm die beiden Polizisten folgten.

»Witell?«

Er antwortete nicht, öffnete die Haustür und wollte sie blitzschnell hinter sich schließen. Doch Henrik Levin war schneller und schob seinen Fuß dazwischen.

»Lassen Sie mich in Ruhe!«, rief Sam und versuchte, die Tür zuzudrücken, doch vergeblich.

»Sie machen es nur noch schlimmer«, sagte die Polizistin. »Lassen Sie uns bitte rein!«

»Nein!«

»Bitte, lassen Sie uns rein. Wir wollen nur mit Ihnen sprechen. Jetzt kommen Sie schon«, sagte sie entschlossen.

Sam sah, wie sich der Türspalt langsam weiter öffnete. Er konnte nicht mehr lange dagegenhalten. Am Ende gab er nach, ließ die Tür langsam aufgleiten. Henrik Levin und Mia Bolander standen mit ernsten Mienen vor ihm.

»Was wollen Sie eigentlich?«, fragte er.

»Kommen Sie, wir setzen uns erst mal«, schlug Levin vor.

»Darf ich mich vorher umziehen?«

Ihr Adrenalinpegel war wieder ein wenig gesunken, doch Jana Berzelius stand noch immer unter Anspannung, als sie zur Norralundsgatan einundvierzig kam. Es gab nur eine Wohnung im Erdgeschoss, stellte sie fest und ging auf die Haustür zu.

Auf dem Weg hierher hatte sie alle Vorsichtsmaßnahmen Revue passieren lassen, die sie in der Autowerkstatt getroffen hatte, damit niemand sie mit dem Tod der beiden Männer in Verbindung bringen konnte. Sie hatte keine

Spuren hinterlassen sowie Mütze und Handschuhe getragen. Außerdem hatte sie Eriks Pistole sorgfältig abgewischt, bevor sie sie Magnus in die schlaffen Finger gedrückt hatte. Falls, oder besser gesagt, wenn die Polizei in die Werkstatt in Stigtomta kam, würde das Ganze wie ein Streit aussehen, der aus dem Ruder gelaufen war.

Zwei von drei Männern waren beseitigt, dachte sie, während sie das dunkle Treppenhaus betrat. Einer war noch übrig.

Die Wohnungstür war an mehreren Stellen eingedrückt, vermutlich durch Tritte. Jana klingelte zweimal, doch niemand öffnete.

Sie machte kehrt, ging wieder hinaus und um das Haus herum zu einer kleinen Terrasse. Dabei sah sie durch die Fenster in die Wohnung hinein und hoffte auf eine Bewegung, doch nichts war zu sehen. Nicht ein einziges Möbelstück.

Jana ballte die Fäuste vor Enttäuschung.

Die Wohnung stand leer.

In Witells Küche roch es muffig. Auf dem Esstisch stand eine Schüssel mit Bananen, die braune Flecken aufwiesen.

»Wo sind Sie gewesen?«, fragte Henrik, als Sam Witell neben Mia Platz genommen hatte. Er trug jetzt eine Jeans und ein grünes T-Shirt.

»Ich war nur draußen und habe mit dem Auto ein Runde gedreht«, antwortete Witell und wich seinem Blick aus.

»Sie sollten lieber zu Hause bleiben«, sagte Mia.

»Ich habe nur die Auflage, mich jeden Tag bei der Polizei zu melden, ich stehe nicht unter Hausarrest.«

»Aber das ändert sich vielleicht, wenn wir Sie nicht erreichen«, erwiderte sie hart.

»Sie können doch einfach anrufen.«

»Ich habe angerufen«, konterte Henrik, »aber Sie sind nicht rangegangen.«

»Der Akku war leer.«

Mia starrte ihn an.

»Dann sorgen Sie dafür, dass Ihr Handy aufgeladen ist«, sagte sie.

»Damit Sie mich verfolgen und mir rund um die Uhr Fragen stellen können?«

»Jetzt ist es aber gut, verdammt!«, brauste Mia auf.

»Okay, okay.«

Sam Witell strich mit der Hand über die Tischplatte und zog das Handy aus der Hosentasche. Er verschwand im angrenzenden Wohnzimmer und kam mit einem Ladegerät zurück, das er in die Steckdose über der Küchenarbeitsplatte steckte.

»So.« Er setzte sich wieder. »Sind Sie jetzt zufrieden?«

»Allmählich verlieren wir die Geduld mit Ihnen«, erklärte Henrik langsam und nachdrücklich. »Wissen Sie, warum?«

»Keine Ahnung.«

»Weil die ganze Zeit neue Fragen auftauchen, was Sie betrifft. Wer ist Amanda Denver?«

»Meine Kollegin.«

»Und warum haben Sie nicht von ihr erzählt?«, fragte Mia genervt.

»Warum hätte ich das tun sollen? Sie ist momentan in Elternzeit.«

»Genau das meinen wir«, sagte Mia frustriert.

»Was denn?«

»Wenn Sie von ihr erzählt hätten, dann müssten wir Sie nicht fragen«, erklärte sie.

»Wir sind einfach nur Kollegen. Wir arbeiten zusammen, machen gemeinsame Hausbesuche.«

»Das heißt, wenn wir Amanda Denver fragen, dann sagt sie dasselbe, dass Sie nur Kollegen sind und nichts anderes?«

»Ja, natürlich. Wir sind ja nichts anderes. Wenn Sie wollen, kann ich Ihnen alles über alle Kollegen erzählen, was sie gerne zu Mittag essen, was sie für Haustiere haben und welche Schuhgröße und so.«

»Also, Sie sind ja total …«

»Mia!«, rief Henrik, der jetzt genug hatte. »Kannst du uns bitte allein lassen?«

Mia funkelte ihn wütend an, bevor sie sich erhob und die Küche verließ.

Henrik stützte die Ellbogen auf den Tisch und betrachtete sein Gegenüber.

»Ich weiß, dass Sie wissen wollen, wer Ihre Frau getötet hat, und ich weiß, dass Sie Ihren Sohn wiederfinden wollen. Aber während der Vernehmungen und auch jetzt habe ich das Gefühl, als würden Sie unsere Arbeit behindern. Sie müssen uns glauben, dass wir alles tun, um den Fall zu lösen.«

»Das glaube ich Ihnen.«

»Dann können wir doch jetzt aufhören, dieses alberne Spiel zu spielen. Ich meine es ernst, Herr Witell. Wenn Sie etwas wissen, dann müssen Sie es uns erzählen.«

»Was soll ich wissen?«

Henrik seufzte erneut. Er stand auf und öffnete zwei Schränke, ehe er ein Glas fand. Dann ließ er den Wasserhahn am Spülbecken eine Weile laufen, ehe er das Glas füllte.

»Hier«, sagte er zu Witell. »Trinken Sie.«

Sam Witell leerte das Glas mit großen Schlucken.

»Haben Sie jemanden, mit dem Sie reden können?«,

fragte Henrik und setzte sich wieder. »Wollen Sie, dass ich Ihnen psychologische Hilfe besorge?«

Sam Witell grinste.

»Dann rufen Sie doch gleich John Strid an.«

Henrik seufzte laut.

»Geben Sie bitte zu, dass Sie ihn kennen«, sagte er. »Ich habe es Ihnen angesehen. Aber Sie haben sich entschieden, es zu leugnen. Warum?«

Sam Witell spielte an dem Glas herum.

»Ich habe einen Vorschlag«, meinte Henrik und faltete die Hände auf dem Tisch. »Wir fangen noch mal von vorne an.«

»Wie von vorne?«

»Wie haben Sie sich kennengelernt, zum Beispiel?«

»Felicia und ich?«

»Nein, Sie und Lady Gaga.«

Sam Witell lachte auf.

»Felicia und ich haben uns in der Kneipe kennengelernt, ganz klassisch«, begann er. »Als ihre Eltern bei einem Autounfall ums Leben kamen, haben wir beschlossen, in Felicias Elternhaus zu ziehen. Ein Jahr später haben wir geheiratet.«

»Sprechen Sie weiter«, sagte Henrik. »Aber bitte etwas ruhiger.«

Witell nickte und senkte seine Schultern ein wenig.

»Felicia mochte keine großen, protzigen Veranstaltungen, also haben wir bloß standesamtlich geheiratet, sie und ich und zwei Trauzeugen. Als wir verheiratet waren, begannen wir vom nächsten Schritt zu träumen.«

»Sie wollten Kinder?«

»Ja. Aber es hat nicht geklappt. Wir haben es sechs Jahre und sieben Monate probiert, und vor der letzten IVF-

Behandlung hatten wir die Hoffnung schon aufgegeben. Wir wollten der Sache aber trotzdem eine Chance geben und erfuhren dann, dass Felicia schwanger war. Wir waren natürlich überglücklich, aber …«

Witell verstummte.

»Aber?«, ermutigte ihn Henrik.

»Ich werde nie vergesse, wie …« Sam Witell starrte auf den Tisch. »Sie war im achten Monat. Wir waren im Wald, bei unserem Häuschen, und haben Pilze gesammelt. Ich wusste nicht, was ich tun sollte, es ging so schnell, und als er auf die Welt kam, war er …« Er räusperte sich, sprach langsam weiter. »Er war so klein. Felicia legte ihn an die Brust und versuchte, ihn warm zu halten. Wir waren überhaupt nicht bereit, und ich weiß nicht, ob das der Grund war, warum sie es nicht geschafft hat.«

»Was hat sie nicht geschafft? Ihn warm zu halten?«

»Sich um ihn zu kümmern.«

Sam Witell sackte noch mehr in sich zusammen.

»Aber Sie hatten endlich ein Kind«, sagte Henrik. »Sie hätte doch glücklich sein müssen.«

»Ja, aber sie hat sich irgendwie verändert.«

»Inwiefern?«, fragte Henrik.

Sam Witell erwiderte seinen Blick.

»Sie hat sich verschlossen, wurde antriebslos und still. Sie konnte nur noch im Bett liegen. Nur ich kümmerte mich um Jonathan. Er wurde ein Papakind.«

Sam Witell lächelte traurig. Er schwieg eine Weile, ehe er fortfuhr: »Ich habe wohl die ganze Zeit gehofft, dass es Felicia bald besser gehen würde. Aber ich hatte den Eindruck, als wäre ihr Jonathan fremd, als könne sie ihn nicht richtig annehmen. Also habe ich gedacht, es würde ihr helfen, mit jemandem zu reden. Mit einem Profi.«

»Und da kam John Strid ins Spiel?« Henrik lehnte sich zurück.

»Ja, ich habe sie zu ihm geschickt, und es war wohl auch ein gutes Gespräch, aber natürlich wollte ich am liebsten, dass sie mit mir redete. Es fühlte sich verkehrt an, dass sie ihre innersten Gedanken und Gefühle mit jemand anders teilte. Das hat mich wahnsinnig gestört.«

»Aber Sie wollten doch, dass es ihr besser ging?«

»Ich wollte, dass es ihr mit mir zusammen besser ging! Also habe ich zu ihr gesagt, dass sie nicht mehr zu ihm gehen sollte. Und auch nicht zu einem anderen Seelenklempner.«

Henrik runzelte die Stirn.

»Wie hat sie darauf reagiert?«, fragte er.

»Sie war traurig und hat behauptet, es sei für sie wichtig zu reden. Aber wenn ihr das Reden wirklich so wichtig war, dann hätte sie das doch auch mit mir tun können.«

»Hat sie das denn getan?«, wollte Henrik wissen.

Sam Witell sah zur Seite.

»Nein«, sagte er dann. »Das hat sie nicht. Genauso wenig, wie sie Jonathan richtig annehmen konnte. Und die Jahre vergingen.«

Sam Witell schüttelte betrübt den Kopf.

»Das heißt, Ihre Frau hat die Gespräche mit John Strid geheim gehalten, weil Sie ihr damals verboten hatten, dort hinzugehen?«

»Ja, aber ...«

Er verstummte.

»Was wollten Sie sagen?«

»Was sie getan hat, ist doch jetzt nicht mehr wichtig.«

»Für uns schon«, entgegnete Henrik.

»Nein«, sagte Sam Witell. »Finden Sie Jonathan, das ist das Einzige, was jetzt wichtig ist.«

18

Jana Berzelius stieg im Flur ihrer Wohnung aus den Schuhen und ging langsam zum Badezimmer. Sie war enttäuscht, dass es ihr nicht gelungen war, den Mann zu erwischen, der Per angefahren hatte.

Wie sollte sie ihn nur finden?

Sie konnte sich nicht an die Kollegen von der Polizei wenden, das hätte nur zu unangenehmen Folgefragen geführt.

Aber vielleicht …

Jana blieb vor der Badtür stehen. Sie zögerte noch ein wenig, bevor sie ihren Vater anrief, war sich nicht sicher, was sie von ihm erwarten konnte.

»Ja?«, antwortete er.

»Ich muss mehr über einen Mann erfahren, der Zeke genannt wird«, sagte sie ohne Umschweife.

Sie hörte seine Atemzüge im Telefon.

»Mehr weiß ich nicht über ihn«, fuhr sie fort. »Aber er soll sich zuletzt in der Norralundsgatan einundvierzig aufgehalten haben.«

Karl Berzelius schwieg noch immer.

»Du konntest mir nicht helfen, Danilo zur Rechenschaft zu ziehen, aber ich erwarte, dass du mir jetzt hilfst. Es eilt.«

Er räusperte sich.

»Und für wen machst du es diesmal?«, fragte er. »Immer noch für Per?«

Sie senkte den Blick, während sie nach den richtigen Worten suchte.

»Du antwortest nicht«, stellte er fest.

»Kannst du mir helfen oder nicht?«

»Ich werde tun, was ich kann.«

Sam Witell sah aus dem Küchenfenster und beobachtete Henrik Levin und Mia Bolander, die zu ihrem Volvo gingen. Sobald sie losgefahren waren, zog er den Autoschlüssel aus der Tasche, hielt dann aber inne.

Endlich hatte er die Möglichkeit, sich auf die Suche nach Jonathan zu begeben. Nur wo sollte er anfangen?

Er hatte keine Ahnung. Also drehte er sich um, zog das Handy vom Ladekabel ab und begann herumzutelefonieren. Erst rief er den Nachbarn an und fragte, ob ihm etwas aufgefallen sei, aber der war gerade auf Gotland. Dann suchte er die Nummer der Babysitterin heraus, doch als er auf ihrer Mailbox landete, packte ihn die Panik. Schreiend hinterließ er ihr die Nachricht, dass sie eine Idiotin sei, weil sie heimlich als Babysitterin gearbeitet habe und dass sie ihn sofort zurückrufen solle, um sich zu erklären.

Dann ließ er das Handy auf die Küchenarbeitsplatte fallen, drückte die Hände an die Stirn und überlegte verzweifelt, wo Jonathan stecken könnte.

Ihm fiel der Computer ein. Vielleicht würde er darin irgendetwas entdecken, was ihn weiterbrachte.

Mit großen Schritten lief Sam die Treppe hinauf und in Jonathans Zimmer.

Ihm stiegen die Tränen in die Augen, als er sich umschaute. Das Bett, der Schreibtisch, die Bücher. Dummerweise hatte er sich eingebildet, dass die Polizei Jonathans Rechner stehen gelassen hätte, aber er war natürlich weg.

Als er sich umdrehte, entdeckte er das Schwert.

Das verdammte Plastikschwert.

Es stand hinter der Tür.

Sam spürte, wie die Panik in seiner Brust raste, und konnte sich nicht mehr beherrschen. Er packte das Schwert, hielt es zwischen seinen beiden Händen und versuchte, es zusammenzudrücken. Erst zur einen Seite, dann zur anderen.

Aber es war zu stabil.

Er unternahm einen weiteren wütenden Versuch und presste das Schwert gegen sein Bein. Allmählich gab es nach. Seine Armmuskeln zitterten, als er immer fester drückte. Schließlich brach es entzwei.

Er verließ das Zimmer und ging die Treppe hinunter. In der Küche drückte er das kaputte Schwert in die Mülltüte und kämpfte mit der Einsicht, dass es noch immer keinen Hinweis auf Jonathans Aufenthaltsort gab. Er konnte überall sein.

Eine Träne rollte ihm über die Wange, als er nach dem Autoschlüssel griff.

Er hatte keine andere Wahl.

Er musste überall suchen.

Das heiße Wasser brannte in der Wunde im Nacken. Jana Berzelius schrubbte sich sorgfältig die Arme, die Hände und das Gesicht. Sie duschte heiß und lang. Dann hüllte sie sich in ein weiches Handtuch und stellte sich vor den Spiegel.

Sie schob die Haare zur Seite und entblößte den Nacken. Die Haut war noch immer warm und wund.

Sie holte einen kleineren Spiegel aus dem Badezimmerschrank, mit dessen Hilfe sie sehen konnte, dass sich die eingeritzten Buchstaben entzündet hatten.

Vorsichtig tupfte sie sie mit Desinfektionsmittel ab. Nachdem sie ein großes Pflaster auf die Stelle geklebt hatte, begutachtete sie ihren nackten Körper und suchte ihn nach eventuellen Blutergüssen von der Begegnung mit den Männern in der Werkstatt ab. Dabei entdeckte sie einen kleinen blauen Fleck am Ellbogen und einen größeren auf der Schulter.

Auch Danilo hatte sie dort getroffen, dachte sie. Ein unangenehmes Schaudern durchfuhr sie, als ihr aufging, dass er den blauen Fleck vermutlich verursacht hatte.

Ins Handtuch eingewickelt trat sie in die Küche, steckte die Kleidung, die sie tagsüber angehabt hatte, in den Mülleimer und ging dann weiter ins Schlafzimmer.

Während sie sich eine Hose und einen Pullover anzog, dachte sie an Danilo, an seine Forderung und an seine Drohung gegenüber Per.

Per …

Ihr war klar, dass sie ihn anrufen musste. Sie setzte sich mit dem Handy auf die Bettkante und wählte seine Nummer.

»Jetzt bin ich aber erstaunt«, sagte er.

»Warum denn?«

»Normalerweise rufe ich dich an und nicht umgekehrt. Ist irgendwas passiert?«

»Nein«, log sie. »Bist du aus dem Krankenhaus entlassen worden?«

»Ja, ich bin zu Hause«, antwortete er. »Mit meinen Eltern. Sie haben darauf bestanden, mir zu helfen. Ich konnte einfach nicht Nein sagen. Wenn du nichts vorhast, darfst du gerne herkommen. Ich weiß, dass meine Eltern sich freuen würden, dich kennenzulernen.«

»Ich habe schon etwas anderes vor.«

»Was denn?«

»Ich werde nach Jonathan suchen.«

»Das heißt, ich darf meine Eltern allein unterhalten?«

Jana lächelte.

»Wie lange bleiben sie denn?«, fragte sie.

»Ich werfe sie morgen früh raus, wenn ich zur Arbeit fahre. Und ich weiß, dass du gleich sagen wirst, es sei unklug von mir, wieder zu arbeiten, und ich solle mich ausruhen, aber behalte das bitte für dich. Es reicht mir schon, dass meine Mutter mir damit in den Ohren liegt.«

»Deine Mutter scheint eine kluge Frau zu sein.«

»Stimmt, aber sie weiß nicht, wie viele Unterlagen ich vor der Gerichtsverhandlung gegen Danilo Peña noch durchschauen muss.«

»Du hast es dir also nicht anders überlegt?«

Als Per schwieg, wurde Jana bewusst, dass sie diese Frage nicht hätte stellen sollen, zumindest nicht so direkt, aber sie musste die Antwort wissen.

»Nein«, sagte er knapp. »Ich habe es mir nicht anders überlegt. Das werde ich auch nicht tun. Warum fragst du?«

»Ach, nur so«, entgegnete sie rasch. »Wir sehen uns morgen.«

Sie beendete das Gespräch und seufzte.

Wie sollte es ihr gelingen, Per bei Gericht zu ersetzen?

Nachdem er Mia abgesetzt hatte, fuhr Henrik Levin über die Bergsbron. Diese Strecke über den Fluss war er schon unzählige Male gefahren, und normalerweise fand er die Aussicht auf das Museum der Arbeit und den Gebäudekomplex Katscha spektakulär. Aber heute kam ihm alles hässlich und langweilig vor. Es gab bei diesem Fall viel zu viele Dinge, die ihn belasteten.

Das Gespräch mit Sam Witell bedeutete zwar einen gewissen Fortschritt, doch zugleich hatten sich viele neue Fragen aufgetan. Ihm war insbesondere aufgefallen, dass Felicia Witell offenbar keinen Wert darauf gelegt hatte, sich mit ihrem Mann auszutauschen.

Warum hatte sie sich ihm gegenüber nicht öffnen wollen?

Was hatte sie verborgen gehalten?

Henrik stellte das Auto am Stadtpark ab und stieg aus. Kühle Abendluft schlug ihm entgegen.

Er lächelte, als er seine Familie entdeckte.

Vilma stand dicht neben Felix im Schatten einer großen Eiche. Sie sah auf etwas, das er in den Händen hielt.

Emma saß ein Stück entfernt mit Vilgot in den Armen. Auf der Erde lag eine große Picknickdecke, auf der Besteck und Teller verteilt waren.

»Papa!«, riefen Felix und Vilma im Chor und liefen auf ihn zu.

Er nahm sie in den Arm.

»Wir haben zwei Pokémons gefangen«, berichtete Felix. »Schau mal!«

Er zeigte ihm das Telefon, das er in der Hand hielt.

»Das ist ja toll«, sagte Henrik.

»Zwei!«, wiederholte Vilma und lächelte glücklich.

Henrik ging zu Emma hinüber.

»Wir sollten den Kindern eigene Handys geben«, sagte sie und lächelte.

»Felix kann sicher schon eines bekommen«, antwortete Henrik. »Aber Vilma ist erst sechs. Ich weiß nicht, ob sie schon die Verantwortung für ein Telefon übernehmen kann.«

»Mag sein. Aber es wäre schön, wenn ich mein Handy irgendwann mal für mich haben könnte.«

»Dürfen wir zu den Schaukeln rübergehen?«, fragte Felix und zeigte auf einen Spielplatz, wo sich viele andere Familien befanden. »Vielleicht gibt es da noch mehr Pokémons.«

»Was meinst du, Henrik?«, fragte Emma.

Er zuckte mit den Achseln.

»Na klar!«, sagte er dann.

»Super!«, rief Felix.

»Aber ihr dürft nicht weiter als bis zu den Schaukeln gehen«, mahnte Emma. »Versprochen?«

»Versprochen!«, antworteten Felix und Vilma und liefen davon.

Emma legte Vilgot auf die Decke und setzte sich neben ihn. Auch Henrik nahm bei ihnen Platz.

»Was ist mit dem Jungen?«, fragte sie. »Habt ihr ihn gefunden?«

»Nein«, sagte Henrik und rieb sich die Augen. »Nach unserem Picknick muss ich weiter nach ihm suchen.«

Sie betrachtete ihn ernst und öffnete dann eine Kunststoffbox mit Nudelsalat.

»Wie schön du alles vorbereitet hast«, sagte er, um das Thema zu wechseln.

»Es ist schön, dass wir uns Zeit füreinander nehmen, wir als Familie«, erwiderte sie. »Ich wünschte mir nur, wir könnten das öfter tun.«

Henrik nickte statt einer Antwort und spürte, wie das schlechte Gewissen an ihm nagte.

»Stell dir vor, wir könnten mal ein paar Tage verreisen?«, fuhr Emma fort. »Ich weiß, dass es gerade jetzt etwas schwierig ist, aber können wir nicht bald mal eine Reise buchen? Vielleicht eine Woche in Thailand im Winter? Es wäre so schön, etwas zu haben, worauf man sich freuen kann.«

»Mama!«

Vilma lief laut weinend auf sie zu.

»Felix ist weg. Ich finde ihn nicht.«

»Dass es auch immer mit Tränen enden muss«, meinte Emma seufzend.

»Vielleicht ist es am besten, wenn wir jetzt essen«, schlug Henrik vor.

»Ja!«, stimmte Vilma sofort zu und wischte sich die Tränen ab.

»Holst du Felix?«, fragte Emma. »Dann bereite ich alles vor.«

Henrik nickte.

»Komm«, sagte er zu Vilma und nahm sie an der Hand. »Wir holen ihn.«

Sie gingen zum Spielplatz.

»Hast du gesehen, in welche Richtung er davongelaufen ist?«

»Dahin«, sagte Vilma und zeigte auf das Gelände hinter der gelben Rutsche.

Henrik sah sich um und hielt Ausschau, konnte Felix aber nirgends sehen.

»Ihr solltet doch nur bis zu den Schaukeln gehen«, sagte er.

»Ich weiß, das habe ich ihm auch gesagt, aber er hat nicht zugehört.«

Henrik ließ seinen Blick über die vielen Menschen schweifen.

Kein Felix.

Er ging immer schneller, nahm eine Abkürzung über die Rasenfläche, während sein Herz immer heftiger schlug. Hinter der Rutsche ging ein Mann mit seinem Hund spazieren.

»Bist du sicher, dass er hierher gelaufen ist?«, fragte Henrik und betrachtete Vilma prüfend.

»Ja«, antwortete sie. »Ich habe Hunger.«

»Wir essen gleich, wir müssen nur vorher Felix finden.«

Er zog sie mit sich zurück in die Mitte des Spielplatzes. Seine Handflächen wurden schweißnass, während er die Gesichter absuchte, denen er begegnete. Die Stimmen der spielenden Kinder und Erwachsenen um ihn herum hallten durch den Park. Ein älterer Mann hielt einem Jungen ein Eis hin, doch das Kind war jünger als Felix. Eine Frau schob ein blondes Mädchen an, das auf der Schaukel saß und die Beine baumeln ließ.

»Felix?«, rief Henrik mit unsicherer Stimme.

Wo steckte er nur? War er zu Emma zurückgelaufen?

Henrik sah sich nach ihr um.

Nein, an ihrem Picknickplatz waren nur Emma und Vilgot.

»Felix?«, rief er wieder und suchte die Umgebung mit den Augen ab.

Es wurde leer und still in seinem Kopf, und in der nächsten Sekunde war es da.

Das Gefühl, dass etwas passiert war.

Ihm wurde schlagartig eiskalt.

»Felix!«

Henriks Mund war wie ausgedörrt. Er begann zu laufen, gefolgt von Vilma. Weiter vorn entdeckte er eine langhaarige Frau mit einem Kind, das ihn an Felix erinnerte. Er holte sie ein und hielt sie fest, um das Gesicht des Jungen zu sehen.

»Was machen Sie denn da?«, fragte die Frau empört.

»Tut mir leid, ich …«

Er stockte und machte kehrt.

Die Anspannung pochte in seinen Schläfen, während er mit Vilma weiterlief. Er hielt ihre Hand so fest, dass es vermutlich wehtat, aber sie entzog sich nicht, sondern versuchte nur, mit ihm Schritt zu halten.

Dann sah er den Rücken eines anderen Jungen. Er ging zwischen den Bäumen und hatte den Kopf gesenkt.

Bitte, bitte, bitte, dachte Henrik und lief noch schneller.

»Felix?«

Der Junge drehte sich um und sah auf.

»Felix! Gott sei Dank!«

Henrik ließ Vilmas Hand los, packte seinen Sohn und umarmte ihn innig.

»Was ist denn?«, fragte Felix erstaunt.

Henrik hielt ihn ein wenig von sich, betrachtete sein Gesicht und lächelte ihn erleichtert an.

»Hör auf, Papa, das ist voll peinlich.«

Henrik umarmte ihn erneut.

»Papa! Lass das!«

Aber Henrik ließ ihn nicht los.

»Was ist denn mit ihm?«, wollte Felix von Vilma wissen.

»Ich glaube, er freut sich.«

»Warum denn?«

»Weil wir jetzt essen.«

Der Mann wischte sich den Schweiß von der Oberlippe und wich Henriks Blick aus.

»Haben Sie sie umgebracht?«

Der Mann schwieg.

»Reden Sie mit mir!«, sagte Henrik und schlug mit der Hand auf den Tisch.

»Es fällt mir schwer, darüber zu sprechen«, sagte der Mann und blickte langsam auf. »Ich habe diese Sache schon lange auf meinem Gewissen.«

»Ich dachte, Sie hätten keine Schuldgefühle?«

»Das habe ich auch nicht. Aber der Preis, den ich gezahlt habe, um ihn versteckt zu halten, war zu hoch, viel zu hoch. Wissen Sie, was man alles in Kauf nehmen muss, um ein Kind zu verstecken? Immer alles mehrfach nachprüfen und kontrollieren, um sicherzugehen, dass man auch nicht das geringste Detail übersehen hat, was die gemeinsame Zukunft aufs Spiel setzen könnte.«

»Und warum geht man dieses Risiko ein?«

»Sehen Sie sich um. Schauen Sie sich doch mal an, wie die Welt aussieht. Ein Menschenleben ist kaum etwas wert. Das ist eine einfache, brutale Wahrheit.«

»Das gibt Ihnen aber trotzdem nicht das Recht, ihn zu entführen.«

»Verstehen Sie nicht?«, erwiderte der Mann frustriert. »Ich musste ihn einfach mitnehmen.«

»Was meinen Sie damit?«

»Dass ich nicht ohne ihn klargekommen wäre.«

Der Mann holte tief Luft.

»Und er wäre nie ohne mich klargekommen.«

DONNERSTAG

19

Jana Berzelius starrte in die Dunkelheit und atmete stoßweise. Danilos Forderung, Per im bevorstehenden Prozess
zu ersetzen, zerrte so an ihren Nerven, dass die Vergangenheit wieder in ihren Träumen herumspukte.

Es waren Träume, Erinnerungen aus ihrer Kindheit, die
es am besten gar nicht geben sollte und die sie am liebsten loswerden wollte. Aber wie die Buchstaben in ihrem
Nacken hatten sie sich festgeätzt und würden ihr bleiben,
solange sie lebte. Jana starrte weiter an die Decke und war
plötzlich wieder mitten in ihrem Traum, in dem kalten Trainingsraum, bei Danilo und dem Trainer.

»Konzentrier dich jetzt«, hatte der Mann sie angebrüllt.
»Wenn du im Kampf nicht ständig präsent bist, hast du ein
Riesenproblem.«

Sie hatte fünf Meter von ihm entfernt gestanden, barfuß auf dem kalten Boden. Ihr Kopf war rasiert, ihre Arme
voller Wunden. Gegenüber von ihr stand Danilo mit einem
Messer in der Hand, auch er mit rasiertem Schädel.

Der Trainer hatte sich an den Jungen gewandt.

»Wirf!«

Danilo hatte das Messer in einem scharfen Bogen geradewegs in ihre Richtung geschleudert. Aber sie war der Klinge ausgewichen, hatte sie einfach nicht entgegengenommen.

»Reiß dich zusammen!«, hatte der Trainer geschrien.

Er war zu ihr gekommen und hatte ihr mit voller Kraft seine Faust ins Gesicht geschlagen. Ihr Kopf wurde zurückgeworfen, sie taumelte, gewann dann aber das Gleichgewicht zurück. Ihr Mund füllte sich mit Blut, das ihr übers Kinn lief.

Der Trainer ging zu Danilo, gab ihm das Messer und flüsterte ihm etwas ins Ohr.

»Bist du bereit?«, fragte Danilo. »Ich werfe das Messer jetzt nach rechts.«

Sie verlagerte das Gewicht, hob die Hände und bemerkte, dass er ihr einen seltsam starren Blick zuwarf. Hastig sah er nach links und warf dann das Messer. Es traf sie am Bein und schlitzte ihr den Oberschenkel auf. Sie brach auf dem harten Boden zusammen, blieb auf der Seite liegen und winselte vor Schmerz. Heißes Blut trat stoßweise aus der Wunde aus.

»Du bist verletzt«, sagte der Trainer und betrachtete sie voller Abscheu.

»Weil er gelogen hat«, wimmerte sie. »Er hat gesagt, dass er nach rechts werfen würde. Er hat gelogen!«

»Ja, das schon. Aber seine Augen haben nicht gelogen, oder?«

Der Trainer hatte sie angegrinst und Danilo das Messer zurückgegeben, woraufhin dieser sich breitbeinig hingestellt hatte, bereit für den nächsten Wurf.

»Na dann«, sagte der Trainer. »Los, aufstehen, Ker.«

Sie hatte sich mühsam wieder hingestellt.

»Okay, Hades!«, hatte er Danilo zugebrüllt. »Wirf!«

Jana richtete sich im Bett auf, sie war wieder im Schlafzimmer, in der Realität angekommen, aber noch immer außer Atem.

Sie sah auf ihr Handy, das auf dem Nachttisch lag. Enttäuscht stellte sie fest, dass ihr Vater in den wenigen Stunden, die sie geschlafen hatte, nichts von sich hatte hören lassen.

Genervt legte sie das Handy zurück, schob die Decke zur Seite und stand auf. Sie hatte nur noch vierundzwanzig Stunden, um Zeke aufzutreiben.

Wenn sie ihn nicht fand, würde Per sterben.

Es war schon viel zu spät. Mia Bolander musste sich beeilen, sonst würde sie nicht rechtzeitig zur Arbeit kommen.

Neben ihr war das Bett leer. Gustaf war schon aufgestanden.

Sie hörte Schritte im unteren Stockwerk und nahm an, dass er in der Küche war, um Kaffee zu kochen.

Irgendetwas schepperte im Badezimmer. Offenbar war Bianca schon wach.

Mia hatte wirklich keine Lust, mit ihr zu sprechen. Sie wollte sich nur von Gustaf verabschieden und dann gehen.

Rasch zog sie sich die Jeans und das T-Shirt an, die sie auf den Boden geworfen hatte. Dann lief sie die knarzende Treppe hinunter, ging über die Perserteppiche und gelangte in die Küche.

»Gustaf«, sagte sie. »Ich muss zur Arbeit und wollte mich nur verabschieden …«

Mia verstummte.

Nicht Gustaf stand an der Spüle, sondern Bianca.

In den Händen hielt sie eine Tasse Tee. Sie trug Sportkleidung und hatte die Haare zu einem hohen Pferdeschwanz zusammengefasst.

Mia fluchte im Stillen. Wie hatte sie sich nur so irren können?

»Papa ist gerade noch im Bad«, erklärte Bianca. »Er bringt mich zum Yoga.«

»Zum Yoga«, wiederholte Mia seufzend.

»Ich gehe zweimal die Woche ins Yoga. Hast du das mal ausprobiert?«

»Nein, ich habe kein Interesse daran, im Schneidersitz die Sonne zu begrüßen.«

»Guten Morgen, meine Engelchen!«

Gustaf kam in die Küche. Er trug eine blaue Stoffhose und dazu ein weißes Poloshirt. Nachdem er Mia einen Kuss auf die Wange gegeben hatte, wandte er sich an Bianca.

»Schätzchen, ich habe mir gedacht, dass wir heute Abend zu dritt ins Gin essen gehen. Klingt das nicht gut?«

»Doch, schon«, sagte Bianca achselzuckend, bevor sie die Teetasse auf die Küchenarbeitsplatte stellte. »Wir müssen jetzt los, wenn ich es rechtzeitig zum Yoga schaffen soll.«

»Dann fahren wir gleich«, antwortete Gustaf.

»Ich hole nur eben mein Handy«, sagte sie. »Ach ja, und du kannst mir das Geld in meine Tasche legen.«

Mia sah Bianca hinterher, die aus der Küche verschwand. Dann beobachtete sie Gustaf, der ein paar Geldscheine aus seinem Portemonnaie zog.

»Zweitausend Kronen?«, fragte Mia erstaunt. »Wofür das denn?«

»Da war irgendwas mit dem Hufschmied«, erklärte er und legte die Scheine in die rosa Tasche, die auf der Arbeitsplatte stand. »Soll ich dich zur Arbeit bringen? Ich könnte dich auf dem Weg zum Yoga absetzen.«

»Gern«, antwortete Mia, während Gustaf die Küche verließ. Langsam ging sie zur Arbeitsplatte.

»Kommst du?«, rief Gustaf.

»Gleich«, sagte sie, ohne die Tasche mit dem Geld aus den Augen zu lassen. »Ich will nur noch … ein Glas Wasser trinken.«

Henrik Levin war auf dem Weg zum Polizeirevier, als sein Handy klingelte. Er blickte aufs Display und sah eine Nummer, die er nicht kannte. Wer rief denn so früh morgens bei ihm an?

»Henrik Levin«, antwortete er mit belegter Stimme.

»Hallo, hier ist Amanda Denver.«

Henrik setzte sich kerzengerade hin. Amanda Denver, Sam Witells Kollegin.

»Sie haben versucht, mich zu erreichen«, fuhr sie fort, »und Sie fragen sich bestimmt, warum ich Sie nicht schon früher zurückgerufen habe, aber ich habe eine neue Handynummer. Die alte hat mein Sohn Kevin übernommen. Ich schaue nicht immer auf sein Handy, und Kevin erzählt mir nicht immer alles. Deshalb habe ich erst jetzt erfahren, dass Sie angerufen und eine Nachricht hinterlassen haben.«

»Ich freue mich, dass Sie sich melden«, sagte Henrik und versuchte wacher zu klingen, als er war. »Ich müsste mit Ihnen über Sam Witell sprechen. Sie haben sicher schon gehört, was passiert ist, oder?«

»Ja«, antwortete sie. »Das Ganze ist total krank. Aber ich höre gerade, dass Hugo aufgewacht ist. Ich kann Sie später anrufen oder … Keine Ahnung, aber vielleicht wäre es besser, wenn Sie zu mir nach Hause kommen würden. Gegen neun? Ginge das?«

»Dann sagen wir neun«, entgegnete Henrik.

»Haben Sie meine Adresse?«

»Ja, die habe ich.«

»Gut. Dann bis später!«

Rebecka Malm war vollkommen erschöpft. Sie und Marko standen im Gang des Untersuchungsgefängnisses mit dem Essenswagen zwischen sich. Marko redete die ganze Zeit. Offenbar hatte es abends Probleme gegeben. Einer der Häftlinge hatte heftige Entzugserscheinungen bekommen, und einem neuen Insassen mit Diabetes hatte man verweigert, dass er seine Insulinspritzen in der Zelle lagerte. Rebecka hörte kaum zu. Sie dachte nur an Danilo und ging in Gedanken durch, was sie zu ihm sagen würde. Ganz ruhig würde sie ihm erklären, dass sie gezwungen worden sei, dass sie keine andere Wahl gehabt hätte, als der Staatsanwältin von den heimlichen Telefonaten zu erzählen.

Sie holte tief Luft und nahm ein Frühstückstablett vom Wagen, mit dem sie auf die Zelle acht zuging.

»Wo gehst du hin?«, fragte Marko.

»Ich bringe Danilo Peña sein Frühstück«, antwortete sie.

»Er hat schon Frühstück bekommen.«

Rebecka blieb stehen und sah Marko erstaunt an.

»Von wem?«

»Von mir«, sagte er. »Hast du das gar nicht gesehen?«

»Nein«, erwiderte Rebecka und ärgerte sich über sich selbst, weil sie so vollkommen in ihre Gedanken versunken gewesen war.

»Schade nur, dass mir die Butterbrote auf den Boden gefallen sind, bevor ich sie ihm gegeben habe. Aber ein bisschen Dreck reinigt ja den Magen.«

Rebecka funkelte ihn wütend an, stellte dann das Tablett wieder zurück und schob den Wagen weiter durch den Gang.

»Ist eigentlich gestern irgendwas vorgefallen, als du wegen des Noteinsatzes mit ihm allein warst?«, fragte Marko.

»Nein, da war nichts«, antwortete sie und sah ihn ruhig an.

»Gar nichts, meinst du?«

»Worauf willst du hinaus?« Sie blieb mit dem Wagen stehen.

»Ich wollte nur einen Grund haben, ihn heute nicht in den Hof zu lassen.«

»Warum sollte er keinen Hofgang bekommen?«, fragte Rebecka.

»Wir haben einen Personalengpass, und ich glaube nicht, dass wir …«

»Ich kann ihn rausbringen«, unterbrach sie ihn und spürte, wie sich ihr Magen zusammenzog.

»Das ist keine gute Idee.«

»Warum denn nicht? Er hat doch das Recht auf eine Stunde Hofgang am Tag.«

»Es ist zum Kotzen, wie korrekt du immer bist«, sagte Marko und nahm ein Tablett vom Wagen.

»Danke. Dann sind wir uns also einig?«

Der Autoschlüssel lag in seinem Schoß. Es dauerte ein paar Sekunden, ehe Sam Witell begriff, wo er sich befand.

Er packte das Steuer, um sich aufzusetzen. Nacken und Schultern schmerzten. Eine Stunde hatte er im Sitzen geschlafen, aber war jedes Mal aufgewacht, wenn sein Kopf zur Seite gekippt war.

Der morgendliche Verkehr hatte begonnen. Er sah Autos, Busse, Menschen, Kinderwagen und Fahrräder.

Aber um welche Straße handelte es sich?

Er hatte keine Ahnung.

Die ganze Nacht war er herumgefahren, in der Hoffnung, Jonathan zu finden.

Er wollte ihn so gerne wiedersehen, ihn umarmen und ihm erzählen, wie sehr er geliebt wurde.

Sam erinnerte sich an einen Abend, an dem er Jonathan ins Bett gebracht hatte. Er war damals ungefähr vier Jahre alt gewesen. Nachdem er ihm ein Buch über eine Katze vorgelesen hatte, die sich in einer blauen Vase versteckte, hatte er ihn geküsst, erst auf die eine Wange und dann auf die andere, und er hatte gesagt: »Gute Nacht. Ich hab dich lieb.« Jonathan lächelte immer, wenn er das sagte, aber an diesem Abend hatte er seine kleinen Arme um ihn gelegt und gesagt: »Ich hab dich auch lieb.«

Jetzt lehnte Sam den Kopf nach hinten und sah sich selbst im Rückspiegel. Die Haare waren zerzaust, und er hatte dunkle Ringe unter den Augen.

Nicht er sah ihn dort aus dem Spiegel an, sondern ein Fremder.

Wer war das? Der Einsame? Der Witwer? Der, den alle bemitleideten?

Reiß dich zusammen, dachte er. Was bringt es schon, wenn du hier herumsitzt und dir selbst leidtust? Gar nichts.

Sam drehte den Zündschlüssel und hörte den Motor aufbrummen. Er würde zum Polizeirevier fahren und sich dort melden, wie es in seinen Auflagen hieß. Und dann würde er etwas essen und Kraft schöpfen, um weiter nach Jonathan zu suchen.

Henrik Levins Beine zitterten unter dem Besprechungstisch im Konferenzraum. Am Vorabend hatte er einen Vorgeschmack von Panik, Angst und Schrecken bekommen, als er im Stadtpark seinen Sohn nicht gefunden hatte. Das Gefühl hatte nur kurz angedauert, aber es war mehr als genug gewesen, um die Panik nachvollziehen zu können, die Sam Witell angesichts von Jonathans Verschwinden empfinden musste.

Dieses Gefühl hatte Henrik dazu bewogen, zusammen mit Jana Berzelius und allen freiwilligen Helfern bis in die frühen Morgenstunden nach dem Jungen zu suchen.

Und dieses Gefühl war es, das seine Beine unter dem Tisch erzittern ließ.

»Es ist Viertel nach acht«, sagte Gunnar. »Wollen wir loslegen?«

Henrik nickte.

»Ich hatte gestern ein langes Gespräch mit Sam Witell«, berichtete er und ließ seinen Blick zwischen Gunnar, Anneli, Mia, Ola und Jana Berzelius hin und her wandern, die alle im Raum versammelt waren.

»Ja, stimmt«, brummte Mia und funkelte ihn wütend an.

»Wie ihr wisst, hat Witell die ganze Zeit dementiert, dass seine Frau depressiv gewesen sei, aber gestern ist herausgekommen, dass das Paar durchaus Probleme gehabt hat.«

»Was denn für Probleme?«, fragte Jana Berzelius.

»Witell hat mir erzählt, dass er und seine Frau Schwierigkeiten hatten, Kinder zu bekommen, und dass es ein langer Kampf war, bis Felicia endlich schwanger wurde. Als Jonathan schließlich auf der Welt war, bekam sie eine schwere Depression.«

»Meinst du eine Wochenbettdepression?«, fragte Anneli.

»Ich denke schon«, sagte Henrik. »Sam Witell hat erzählt, dass die Entbindung ziemlich spontan im Wald verlaufen ist.«

»Im Wald?«, fragte Mia. »Wo denn?«

»Bei ihrem Sommerhäuschen in Kolmården. Laut Witell

war das ein traumatisches Erlebnis, durch das sich das Wesen seiner Frau verändert hat. Sie hat sich verschlossen, wurde antriebslos und konnte sich nicht um Jonathan kümmern, was natürlich ihre Beziehung zum Kind beeinflusst hat.«

»Wie meinst du das?«, fragte Gunnar.

»Sie schaffte es nicht, den Jungen zu versorgen«, erklärte Henrik. »Und das wiederum führte dazu, dass sie ihn nicht annehmen konnte.«

Eine Weile war es ganz still im Raum.

»Die Wochenbettdepression betrifft mehr Frauen, als man denkt«, sagte Anneli schließlich. »Es muss schwierig sein, wenn man sich nicht so glücklich fühlt, wie alle es von einem erwarten.«

»Aber ist so eine Depression nicht etwas Vorübergehendes?«, fragte Jana Berzelius.

»Doch«, meinte Henrik und rutschte unbehaglich auf seinem Stuhl herum. »Genau das ist ja das Schwierige.«

»Was denn?«

»Dass Felicia Witell den Jungen bis zum Ende nicht annehmen konnte.«

Jana Berzelius betrachtete das Foto der toten Frau, das an der Wand befestigt war.

»Ich fasse es nicht«, sagte Mia. »Warum hat Witell uns das nicht gleich erzählt?«

»Vielleicht hat er sich geschämt?«, schlug Anneli vor.

»Es gibt noch eine Sache, die er uns vorenthalten hat«, fuhr Henrik fort. »Wir haben erfahren, dass er eine Kollegin namens Amanda Denver hat. Laut Witells Chefin haben sie mehrere Jahre lang eng zusammengearbeitet.«

»Und warum hat Witell sie uns gegenüber nicht erwähnt?«

»Wohl, weil die Kollegin gerade in Elternzeit ist«, mutmaßte Henrik.

»Haben Sie schon mit ihr gesprochen?«, erkundigte sich Jana Berzelius.

»Wir werden gleich im Anschluss an die Besprechung mit ihr reden«, sagte Henrik.

»Dann ist es doch am besten, wenn wir jetzt aufhören, oder?«, meinte sie.

20

Es juckte fürchterlich unter dem Gips. Per Åström versuchte seinen Finger so weit wie möglich darunterzuschieben, erreichte jedoch die Stelle nicht.

Er sah zum Nachttisch, auf den seine Mutter ein Tablett mit einer Tasse Kaffee, einem noch warmen Scone und einem Glas frisch gepresstem Orangensaft gestellt hatte.

Per hatte seine Eltern angelogen und behauptet, Opfer eines Unfalls geworden zu sein. Das hatte er allen erzählt, und alle glaubten ihm. Sie waren einfach nur erleichtert, dass er mit einem gebrochenen Arm und ein paar Schürfwunden davongekommen war.

Niemand wusste, dass ein Mordanschlag auf ihn verübt worden war.

Niemand außer Jana.

Sie betrachtete das, was geschehen war, mit Sorge und fand sogar, dass er sich im Prozess gegen Danilo Peña für befangen erklären sollte.

Doch das würde er nie im Leben tun.

Hinter dem Tablett entdeckte er einen Kugelschreiber und schauderte vor Wohlbehagen, als er sich gleich darauf mit dem Stift unter dem Gips kratzte.

Er hielt inne, als er ein Klopfen am Türrahmen hörte.

»Ich wollte nur fragen, ob wir dich zur Staatsanwaltschaft bringen sollen, ehe Mama und ich wieder heim nach Vadstena fahren«, erkundigte sich Pers Vater mit einem besorgten Lächeln.

»Ich habe es mir anders überlegt, ich fahre nicht zur Staatsanwaltschaft.«

»Nicht? Bleibst du doch zu Hause?«

»Ich muss ins Untersuchungsgefängnis«, antwortete Per und kratzte sich wieder mit dem Kugelschreiber. »Und vielen Dank, aber du musst mich nicht hinbringen. Ich nehme mir ein Taxi.«

Jana Berzelius war allein im Konferenzraum zurückgeblieben. Ihr Blick wanderte die Wand hinauf, zu den Fotos von Felicia, Sam und Jonathan Witell.

Sie dachte an Felicia Witells Depression und dachte lange darüber nach, ob sie wirklich den Gedanken akzeptieren sollte, dass diese Erkrankung schuld daran war, dass sie ihren Sohn nicht annehmen konnte.

Jana versuchte die Erinnerungen an ihre eigene Kindheit zurückzudrängen, aber sie kehrten mit unbarmherziger Wucht zurück. Sie hatte auf einem Stuhl gesessen und die Hände unter den Oberschenkeln versteckt, als ihre neuen Eltern kamen, um sie beim Jugendamt in Norrköping abzuholen. Sie hatten sie in ihr Haus in Lindö mitgenommen und ihr das blaue Zimmer gezeigt, das ihr gehören sollte.

Da hatte sie keine Ahnung gehabt, dass ihr neues Leben von lauter strengen Regeln und Forderungen erfüllt sein würde.

Sie hatte alles getan, was ihr neuer Vater ihr befohlen hatte.

Aber Karl hatte sie nie dafür gelobt.

Er hatte ihr nichts geschenkt.

Nicht einmal seine Liebe.

Jana betrachtete das Foto von Jonathan, sein helles Haar, das Muttermal über der Augenbraue und sein Lächeln.

Dann nahm sie das Foto von Felicia Witell genauer in Augenschein, die braunen Haare und die blasse Haut. Auch sie lächelte, wirkte aber seltsam unbeteiligt. Und in ihren Augen war keine Freude zu erkennen.

Janas Gefühl, dass irgendetwas nicht stimmte, wurde immer stärker. Sie hatte es schon gestern beim Anblick des Plakats gehabt, das die Öffentlichkeit um sachdienliche Hinweise zu Jonathan und seinem Verbleib bat, aber da war das Gefühl schnell wieder verflogen.

Jetzt war es zurückgekehrt und wollte nicht verschwinden.

Am Himmel hatten sich schwere schwarze Wolken aufgetürmt, und die Baumkronen schwankten im Wind.

Mia Bolander saß neben Henrik im Wagen und dachte an die zusammengeknüllten Geldscheine in ihrer Jeanstasche. Dafür würde sie sich das rote Kleid kaufen, das sie im Laden anprobiert hatte. Sie lächelte vor sich hin, als sie daran dachte, wie schick sie beim Abendessen mit Gustaf und Bianca aussehen würde.

Mit diesem Kleid würde sie sich wunderbar in die Welt der Reichen einfügen und sich endlich als Teil von ihr fühlen.

Henrik bog nach Klingsberg ab und stellte den Wagen an derselben Stelle vor dem Haus mit den weißen Fensterrahmen ab wie am Vortag.

Die Haustür wurde von einer Frau mit Brille geöffnet. Das aschblonde Haar hing ihr strähnig in die Stirn, und auf ihrem rosa Oberteil hatte sie kleine Milchflecken.

»Amanda Denver«, stellte sie sich mit einem festen Händedruck vor.

»Danke, dass Sie sich Zeit für uns nehmen«, sagte Mia.

»Ich bin ja in Elternzeit«, erklärte die Frau.

»Wie lange sind Sie schon zu Hause?«, fragte Henrik.

»Moment ... Bald drei Wochen. Noch nicht so lang, aber es kommt mir vor wie eine Ewigkeit. Hugo schläft nachts nämlich nicht. Aber zum Glück schläft er jetzt gerade. Kommen Sie herein, wir setzen uns in die Küche.«

Sie kamen in eine kleine Küche, die nach frisch aufgebrühtem Kaffee duftete. In der Spüle lagen drei Babyfläschchen und zwei Kochtöpfe, die noch nicht abgewaschen waren. Aus dem Wohnzimmer war die Erkennungsmelodie einer Kindersendung zu hören. Das Klischee einer schwedischen Durchschnittsfamilie, dachte Mia und schauderte.

»Wie ich schon am Telefon sagte, würden wir gern mit Ihnen über Sam Witell sprechen«, begann Henrik, als sie Platz genommen hatten. »Sie sind Kollegen, nicht wahr?«

»Ja, wir haben mehrere Jahre eng zusammengearbeitet. Sam ist ein richtig netter Kerl. Unseren Klienten gegenüber ist er immer rücksichtsvoll. Und mir gegenüber auch. Wir haben Spaß zusammen. Deshalb fällt es mir so schwer zu begreifen, was passiert ist.«

»Haben Sie irgendeine Ahnung, wer ihm das angetan haben könnte?«, fragte Henrik.

»Nein«, entgegnete sie bedauernd. »Ich habe wirklich keine Ahnung.«

»Sie wissen nicht, ob er Schulden oder Feinde hatte oder ob ihn jemand bedroht hat?«

»Nein, das kann ich mir nicht vorstellen. Er ist immer nett zu allen.«

»Und wie war seine Frau?«

»Ehrlich gesagt weiß ich das gar nicht.« Sie schob die Brille bis zur Nasenwurzel hoch. »Ich habe sie nie kennengelernt. Allerdings kenne ich auch nur von den wenigsten meiner Kollegen irgendwelche Angehörige.«

»Hat Sam von ihr erzählt?«, fragte Henrik.

»Er hat viel von Jonathan gesprochen.« Sie lächelte schwach.

»Was hat er gesagt?«

»Ach, alles Mögliche.«

»Was denn zum Beispiel?«

»Na ja, witzige Dinge, die Jonathan gesagt hatte, oder neue Tricks, die er beim Fußball gelernt hatte und so.«

»Wo waren Sie am Montag gegen sechs oder sieben Uhr abends?«, wollte Mia wissen.

»Hier«, antwortete Amanda Denver und lächelte wieder ein wenig. »Also zu Hause.«

»War jemand zusammen mit Ihnen hier?«

»Ja. Mein Mann Olof. Er ist gerade bei der Arbeit, heute ist sein letzter Tag, dann hat er Urlaub.«

»Als was arbeitet er denn?«

»Er ist Feuerwehrmann.«

»Mama?«

Von der Türöffnung war eine helle Stimme zu hören. Dort stand ein blonder Junge, der nichts als eine Unterhose trug und eine Fernbedienung in der Hand hielt.

»Kevin«, sagte Amanda Denver. »Du musst jetzt warten. Mama hat gerade zu tun.«

»Darf ich mir einen Bonbon holen?«, fragte der Junge.

»Nein«, sagte sie. »Du musst erst etwas frühstücken.«

»Nur einen?«, quengelte der Junge.

»Nein, habe ich gesagt!«

»Och«, machte der Junge und ging seufzend davon.

Amanda Denver lächelte sie entschuldigend an.

»Tut mir leid«, sagte sie. »Aber Kevin ist ein bisschen zu begeistert von dem neuen Süßigkeitenautomaten.«

»Das wären meine Kinder aber auch«, bemerkte Henrik. »Wo haben Sie den gekauft?«

»Nirgends«, erklärte Amanda Denver. »Kevin und ich haben ihn geschenkt bekommen.«

»Von wem denn?«

»Keine Ahnung. Der Kurier wusste auch nichts Näheres, aber ich nehme an, dass er von einem unserer Klienten kommt oder vom Angehörigen eines Klienten.«

Mia überlegte und dachte an den Jungen, der gerade in der Küchentür gestanden hatte und auf den ersten Blick mit seinem blonden Haar Jonathan ähnelte.

»Wie alt ist Kevin?«, fragte Mia.

»Sieben«, antwortete Amanda Denver.

»Also ein Jahr älter als Jonathan«, stellte Henrik fest.

»Ja«, sagte Amanda Denver. »Deshalb haben wir uns auch viel über unsere Kinder unterhalten.«

»Sprechen Sie mit Ihren Klienten über Ihre Kinder?«, wollte Henrik wissen.

»Nein, wir sprechen in Anwesenheit unserer Klienten nie über unser Privatleben.«

»Tun Sie das denn vor den Angehörigen Ihrer Klienten?«, fragte er.

»Nein, auch das nicht.«

»Wie kommen Sie dann darauf, dass der Süßigkeitenautomat von einem Klienten oder einem Angehörigen stammen könnte?«

Es wurde still in der Küche.

»Dürfen wir uns den Automaten mal ansehen?«, fragte Mia.

Sam Witell erfüllte seine Pflicht. Er hatte die Auflage, sich jeden Morgen bei der Polizei zu melden, also stand er jetzt vor einer Frau mit langem Pony und einer glitzernden Zahnspange und wartete. Sie hielt seinen Führerschein in der Hand, betrachtete ihn lange, als würde das Foto darauf nicht mit dem Mann übereinstimmen, der vor ihr stand. Vielleicht stimmte das sogar. Damals vor vier Jahren, als das Foto gemacht wurde, hatte er kurzes, dunkles Haar und wache Augen gehabt. Jetzt hing ihm das grau melierte Haar in die schweißnasse Stirn, und die Augen waren rot vor Trauer, Müdigkeit und Erschöpfung.

Wenn die Polizei ihn doch nur mit ihren vielen Fragen und nervigen Auflagen in Ruhe lassen würde.

Und wenn die Frau aufhören würde, ihn mit ihren kleinen Augen und dem halb offenen Mund anzuglotzen.

Am liebsten hätte er gesagt: Ja, es stimmt, ich bin der Mann, dessen Frau ermordet und dessen Junge entführt wurde. Wollen Sie ein Autogramm, oder wie?

Aber dazu fehlten ihm der Mut und auch die Kraft.

Er seufzte vor Erleichterung, als sie ihm endlich den Führerschein zurückgab.

Mit gesenktem Blick ging er am Empfangstresen vorbei, hinaus in die frische Luft und zu seinem Toyota, der in einer engen Parklücke auf der gegenüberliegenden Straßenseite stand.

Seine Beine waren wacklig, und seine Hände zitterten.

Er musste etwas essen, sonst würde er bald in Ohnmacht fallen. Schwer ließ er sich auf den Fahrersitz sinken, schnallte sich an und parkte aus.

Jana Berzelius klopfte vorsichtig an Ola Söderströms Bürotür.

»Ach, Sie sind noch da?«, sagte er, als sie die Tür aufschob und eintrat.

»Ich möchte Sie bitten, ein paar Angaben aus dem Geburtenregister für mich herauszusuchen.«

»Aha?« Ola Söderström lehnte sich zurück und musterte sie, als versuchte er zu erraten, worauf sie hinauswollte.

»Es geht mir insbesondere darum, ob es irgendwelche Hinweise auf eine Adoption gibt.«

»Wird gemacht«, antwortete er, »aber wessen Daten soll ich überprüfen?«

»Die von Jonathan Witell. Und könnten Sie bitte in der Kinderpoliklinik nachfragen, ob es bei dem Jungen irgendwelche gesundheitlichen Probleme gab?«

»Warum das?«

»Tun Sie einfach, was ich sage«, erwiderte Jana und machte auf dem Absatz kehrt.

In Kevins Zimmer standen ein zerwühltes Bett und eine Kommode. Über dem Schreibtisch hing eine große Pinnwand mit einem Foto von Kevin, einer Urkunde und einem Poster mit verschiedenen Sportwagen.

»Hier ist er«, sagte Amanda Denver.

Sie ging zur Kommode und zeigte auf einen Süßigkeitenautomaten mit rotem Deckel. Er war mit Sahnebonbons gefüllt, die in buntes Papier eingewickelt waren. Mithilfe von zwei leuchtenden Hebeln ließ sich ein Greifarm steuern, der die Bonbons herausbeförderte.

»Wann haben Sie den Automaten bekommen?«, fragte Henrik Levin, während Mia näher trat, um das Spielzeug genauer in Augenschein zu nehmen.

Amanda Denver überlegte kurz.

»Vor einer Woche, glaube ich, oder vielleicht … Doch,

wir haben ihn letzte Woche per Kurier bekommen. Kevin hat sich wie gesagt sehr darüber gefreut. Das Ding blinkt und spielt auch Melodien.«

»Aber Sie haben sich nicht darüber gewundert, dass der Absender anonym war?«, fragte Henrik, während Mia den Automaten in die Hände nahm, ihn drehte und wendete.

»Ach, ich bekomme ziemlich viele Pakete.«

»Ohne Absender?«

»Nein«, antwortete Amanda Denver. »Aber ich gewinne öfter mal bei irgendwelchen Verlosungen auf Facebook, deshalb denke ich nicht ständig darüber nach, wer mir …«

»Henrik«, unterbrach Mia das Gespräch und starrte ihn an. Langsam stellte sie den Süßigkeitenautomaten wieder auf die Kommode und machte ein paar Schritte rückwärts.

»Was ist denn?«, fragte er.

»Hier«, sagte sie und deutete auf das Spielzeug. »Sieh mal.«

Henrik ging zu ihr und folgte ihrem Zeigefinger mit dem Blick, doch er sah nichts. Dann machte er noch einen Schritt vorwärts und musterte den Automaten aufmerksam.

Mia zeigte wieder auf den Apparat, und jetzt endlich sah er das, worauf sie hinauswollte. Direkt unter dem Deckel war in einem Loch eine Linse zu sehen.

»Da ist eine Kamera verborgen«, erklärte sie.

Das Wasser war zu kalt. Dennoch spritzte er es sich ins Gesicht.

Verdammt, war das eisig.

Und keine Papierhandtücher, nur Toilettenpapier zum Abtrocknen. Papier, das aufweichte und als kleine Wülste an den Wangen hängenblieb.

Sam Witell zupfte sie weg und verließ dann die Toilette

bei McDonald's. Das Pfeifen der Maschinen und ein schwerer Frittiergeruch schlugen ihm entgegen.

Sein Magen schrie vor Hunger, als er sich in die Schlange einreihte und die Menüs las.

Eine kurze Erinnerung an Jonathan blitzte auf. Sein fröhliches, warmes Gesicht. Die kleine Zahnlücke. Derselbe Geruch wie jetzt, im selben Restaurant. Sie hatten am Ecktisch gesessen, und Jonathan hatte ein Happy Meal bekommen. Er hatte vor Anstrengung das Gesicht verzogen beim Versuch, das Spielzeug aus seiner Plastikverpackung zu lösen. Er hatte geweint, als ihm der Hamburger auf den Boden gefallen war. Und er hatte vor Lachen kaum noch Luft bekommen, als er sich ein Stäbchen von den Pommes frites durch die Zahnlücke in den Mund geschoben hatte.

Sam musste die Tränen unterdrücken und drehte sich rasch zu einem Bildschirm, auf dem aktuelle Nachrichten zu lesen waren. Er überflog sie, während die Schlange immer kürzer wurde. Es war offenbar ein Weltereignis, dass sich ein Paar aus einer Dokusoap getrennt hatte. Er kannte sie nicht einmal. In Istanbul hatte es ein Selbstmordattentat gegeben. Über zehn Tote und mindestens achtzig Verletzte. Und das Brâvallafestival, das gerade stattgefunden hatte, konnte offensichtlich einen neuen Besucherrekord verzeichnen. Er befürchtete, dass bald irgendeine Meldung über ihn und seine Familie erscheinen würde, aber las trotzdem weiter.

»Was darf es denn sein?«

Sam drehte den Kopf, betrachtete die Frau mit Zopf, die hinter der Theke stand, und begriff, dass er an der Reihe war.

»Einen Big Mac«, sagte er. »Mit allen Extras.«

Rebecka Malm überreichte Per Åström das tragbare Personennotrufgerät.

Sie war nervös, weil sie in Danilos Auftrag einen Anruf getätigt und die Botschaft überbracht hatte: »Macht Per fertig. Und zwar ordentlich.« Und ihr war klar, dass vor ihr der Mann stand, den Danilo fertigmachen wollte.

Bisher hatte sie kaum über die Telefonate nachgedacht. Aber jetzt, da sie den Gipsarm des Staatsanwalts sah, wurde ihr klar, dass sie ernsthafte Konsequenzen gehabt hatten.

Schweigend stand sie neben Per Åström, der mit dem Notrufgerät kämpfte. Er musste es während seines Aufenthalts im Untersuchungsgefängnis tragen und kannte es auch schon von früher, aber wegen seines Gipsarmes fiel es ihm schwer, es an seinem weißen Hemd zu befestigen.

Das schlechte Gewissen befiel sie.

»Soll ich Ihnen helfen?«, fragte sie vorsichtig und sah ihm rasch in die verschiedenfarbigen Augen.

»Gern.«

»Sie wollen also Danilo Peña sehen?«, bemerkte sie und hantierte eine Weile herum, bis das Notrufgerät an seinem Platz war.

»Ganz genau.«

»Der Vernehmungsraum ist leider belegt, und ich weiß nicht, wann er wieder frei wird.«

»Dann muss ich wohl in der Zelle mit ihm sprechen. Gehen wir?«

»Sollten wir nicht auf seinen Anwalt warten?«, fragte Rebecka.

»Das hätte keinen Sinn«, entgegnete Åström.

»Warum nicht?«

»Er hat im Moment keinen Anwalt.«

Mia Bolander stand neben Henrik und betrachtete den roten Süßigkeitenautomaten.

»Stimmt irgendwas nicht damit?«, fragte Amanda Denver.

»In dem Automaten ist eine Kamera installiert«, antwortete Mia und drehte sich zu ihr um.

»Eine Kamera?« Amanda Denver schnappte nach Luft und schob dann rasch die Tür zu, als befürchte sie, dass ihr Sohn Kevin das Gespräch mithören könnte. »Was meinen Sie? Was für eine Kamera?«

»Vermutlich eine Webcam.« Mia betrachtete das Stromkabel, das von dem Spielzeug zur Wand verlief, und verfluchte sich selbst, dass sie den Automaten hochgehoben hatte. Das ließ sich leider nicht rückgängig machen. Demjenigen, der die Kamera installiert hatte, musste klar sein, dass man ihn oder sie entdeckt hatte.

»Das heißt, Sie meinen, jemand hat …«

Amanda Denver beendete den Satz nicht, sondern hielt sich die Hand vor den Mund.

»Bitte versuchen Sie sich daran zu erinnern, wer Ihnen diesen Automaten geschickt haben könnte«, sagte Henrik. »Es ist sehr wichtig.«

»Aber ich weiß es doch nicht«, wiederholte Amanda Denver. »Ich habe keine Ahnung.«

»Wir werden ihn beschlagnahmen«, erklärte Henrik und signalisierte seiner Kollegin, dass er gleich jemanden herbestellen würde, der den Automaten abholen konnte.

»Aber ich verstehe noch immer nicht …«, setzte Amanda Denver erneut an.

»Was verstehen Sie nicht?«, fragte Mia.

»Warum da eine Kamera installiert ist.«

»Und wir verstehen nicht«, konterte Mia, »wer Ihnen

diesen Süßigkeitenautomaten gegeben hat. Sie haben noch immer keine Ahnung?«

»Nein«, antwortete Amanda Denver. »Aber vielleicht können Sie Sam fragen.«

»Sam Witell? Warum denn?«

»Weil er auch so ein Ding zugeschickt bekommen hat.«

21

Jana Berzelius war wieder in der Staatsanwaltschaft. Erstaunt stellte sie fest, dass es in Pers Zimmer dunkel war. Er wollte doch heute zurückkommen, dachte sie und versuchte ihn telefonisch zu erreichen. Ihre Unruhe wuchs, als er nicht ranging.

Sie hörte Schritte hinter sich und drehte sich um. Ihr Chef Torsten Granath kam auf sie zu.

»Weißt du, wie es sich anfühlt, einen großen Hecht aus dem Vättersee zu ziehen?«

»Nein«, antwortete sie.

»Ich auch nicht«, meinte er. »Aber ich hoffe nächstes Mal auf mehr Anglerglück.«

Jana lächelte kurz.

»Hast du Per gesehen?«, fragte sie dann.

»Nein«, sagte Torsten. »Ich bin auch gerade erst eingetroffen. Warum?«

»Er hat gesagt, er würde heute herkommen«, sagte sie und ging in ihr Büro.

In der nächsten Sekunde vibrierte ihr Handy. Enttäuscht stellte sie fest, dass es nicht Per war, sondern Ola Söderström.

»Ich habe alles über Jonathan Witell aus dem Geburtenregister abgerufen sowie bei der Kinderpoliklinik alle Informationen erfragt, um die Sie mich gebeten hatten«, erklärte er.

»Und was haben Sie herausgefunden?«, fragte sie und nahm hinter dem Schreibtisch Platz.

»Na ja, ich wusste ja nicht so recht, wonach ich suchen sollte, aber Sam und Felicia Witell haben auf jeden Fall dafür gesorgt, dass Jonathan alle nötigen Impfungen bekommen und alle Vorsorgeuntersuchungen durchlaufen hat und …«

»Was haben Sie im Geburtenregister gefunden?«, unterbrach sie ihn.

»Dass er am fünften September geboren wurde.«

»Und was steht da als Geburtsort?«, fragte sie.

»Norrköping.«

»Sonst nichts?«

»Ich weiß nicht, worauf Sie hinauswollen?«

»Es steht also nirgendwo, dass er adoptiert worden wäre?«

»Nein. Wie kommen Sie denn darauf?«

»Vergessen Sie es«, sagte sie. »Aber trotzdem vielen Dank.«

Sie beendete das Gespräch und betrachtete das Display, bis es erlosch. Vermutlich hatte sie sich mit ihren Ahnungen einfach geirrt. Jonathan war nicht adoptiert worden.

Aber sie spürte noch immer diesen Zweifel in sich.

War es wirklich Felicia Witells Krankheit, die dazu geführt hatte, dass sie ihren Sohn nicht annehmen konnte?

Oder ging es um etwas ganz anderes?

Danilo Peña saß auf dem Bett und hatte die Arme um seine Beine geschlungen, als Per Åström die Zelle betrat. Viele lange Tage waren hier totgeschlagen worden. Ein gewisser Johnny, ein Robban und ein Eriksson hatten zum Zeitvertreib ihre Namen in die Schreibtischplatte geritzt.

Die Tür hinter ihm stand nur einen kleinen Spalt offen. Aus Gründen der Diskretion wartete die Vollzugsbeamtin draußen.

»Was ist das Problem?«, zischte Peña ihm zu.

»Sie sind das Problem«, entgegnete er. »Oder besser gesagt, was Sie *tun*, ist das Problem.«

»Ich tue nichts anderes, als Sie anzusehen«, sagte Peña. »Der Gips steht Ihnen.«

Per wurde zunehmend verärgerter.

»Ihre Freunde sollen sich von mir fernhalten«, forderte er mit fester Stimme. »Wenn sie sich mir noch einmal nähern, dann …«

Per verlor den Faden, als Peña sich vom Bett erhob.

»Was ist dann?« Der Mann lächelte höhnisch.

»Halten Sie die Typen einfach von mir fern, verstanden?«

Peña trat einen Schritt vor und warf ihm einen kalten Blick zu.

»Das liegt an Ihnen.«

»Nein«, widersprach Per und trat einen Schritt zurück. »Es liegt nicht an mir.«

»Doch«, beharrte Peña und trat näher.

Noch zwei Schritte, und er stünde direkt vor ihm.

Ich muss hier raus, dachte Per beim Zurückweichen und spürte auf einmal die Wand an seinem Rücken. Er konnte nicht weiter nach hinten gehen. Die Tür war rechts von ihm, nur einen halben Meter entfernt.

»Sie sind doch immer noch als Staatsanwalt in der Verhandlung gegen mich vorgesehen, oder?«, bemerkte Peña. »Ich meine nur, weil Sie hier sind.«

»Warum fragen Sie?«

»Antworten Sie einfach«, gab Peña zurück und erhob dabei seine Stimme.

Es ist zu gefährlich, dachte Per. Er musste den Raum verlassen, sofort.

»Ich warte auf Ihre Antwort.«

»Auf keinen Fall werde ich mich aus diesem Prozess zurückziehen«, sagte Per und schob die Tür auf.

»Ich freue mich, dass Sie das gesagt haben«, zischte Peña.

»Warum?«

»Das wird einiges vereinfachen.«

Die Musik von der Kindersendung war so laut, dass man sich unmöglich konzentrieren konnte. Henrik Levin ging in die Küche und schloss die Tür hinter sich, um den Freiton am anderen Ende zu hören. Durch das Fenster sah er den Garten und das schlaffe Badmintonnetz. Der Himmel war noch immer dunkelgrau, und der Wind hatte aufgefrischt.

»Hallo?«, meldete sich Sam Witell.

»Hier ist Henrik Levin. Ich muss Sie etwas fragen.«

»Was ist denn nun schon wieder?« Sam Witell klang angespannt.

»Hat Jonathan einen Süßigkeitenautomaten?«

»Warum fragen Sie?«

»Es ist wichtig«, sagte Henrik, während er weiter durchs Fenster nach draußen sah.

Witell schwieg.

»Können Sie sich erinnern, ob er einen Süßigkeitenautomaten hat?«, wiederholte Henrik.

»Warum fragen Sie? Sagen Sie schon!«, beharrte Witell.

Henrik seufzte.

»Bitte, ich möchte nur wissen, ob Jonathan so einen Automaten hat oder nicht. Denken Sie bitte genau nach.«

Sam Witell holte hörbar Luft.

»Ja«, antwortete er. »Das hat er. Einen roten.«

Henrik wurde unbehaglich zumute.

»Wo steht er?«, fragte er.

»Ich glaube, in einem Schrank, im Wohnzimmer.«

»Haben Sie den selbst gekauft?«, wollte Henrik wissen. »Oder haben Sie ihn geschenkt bekommen? Bitte denken Sie genau nach!«

»Wir haben ihn letzte Woche bekommen.«

Henrik drückte das Handy fester ans Ohr.

»Per Kurier?«, fragte er. »Absender unbekannt?«

»Ja. Woher wussten Sie das?«

»Ihre Kollegin Amanda Denver hat auch so einen Automaten erhalten. Hat Jonathan ihn benutzt?«

»Viel zu oft«, erwiderte Witell. »Deshalb haben wir ihn ja auch versteckt. Warum fragen Sie? Worum geht es eigentlich?«

»Haben Sie gesehen, wer den Automaten angeliefert hat?«

»Ja, ein junger Mann.«

Henriks Puls wurde schneller.

»Hat er sich vorgestellt?«

»Nein«, sagte Sam Witell. »Das glaube ich nicht.«

»Wissen Sie denn, für welchen Kurierdienst er gearbeitet hat?«

»Keine Ahnung, es stand ja nichts auf dem Paket.«

»Haben Sie ein Logo oder etwas Ähnliches auf seiner Kleidung gesehen?«

»Nein. Und jetzt sagen Sie bitte, worum es geht.«

Henrik ignorierte seine Frage. Er brauchte weitere Informationen, eine Personenbeschreibung, was auch immer.

»Wie sah der Mann aus?«, beharrte er. »Können Sie ihn beschreiben?«

Sam Witell seufzte.

»Ich habe mir nur gemerkt, dass er ... wie soll ich sagen ... ein bisschen schüchtern und ängstlich wirkte, wenn Sie wissen, was ich meine.«

»Noch etwas?«

Witell dachte nach.

»Er hatte einen Ohrring«, sagte er schließlich.

»Einen Ohrring?«, wiederholte Henrik und fuhr sich nervös durchs Haar. »Im rechten oder im linken Ohr?«

»Ich glaube, es war das rechte Ohr.«

Nein, nein, nein, dachte Henrik und ging auf die Küchentür zu.

»Ich schicke jemanden vorbei, der den Süßigkeitenautomaten bei Ihnen abholt.«

»Aber ich bin nicht zu Hause.«

»Dann sehen Sie zu, dass Sie so schnell wie möglich nach Hause fahren. Ich muss jetzt auflegen.«

»Levin? Warten Sie!«

Aber Henrik drückte ihn weg, öffnete die Tür und lief zurück zu Mia, die noch in Kevins Zimmer stand.

»Du siehst verdammt blass aus«, sagte sie. »Was ist los?«

»Ich glaube, ich weiß, wer Jonathan entführt hat.«

Sam Witell starrte den Hamburger an, der in seiner Verpackung zwischen den beiden Vordersitzen lag. Er hatte noch immer nichts davon gegessen.

Warum wollte die Polizei Jonathans Süßigkeitenautomaten abholen lassen? Was war daran so Besonderes?

Amanda hatte auch so einen bekommen, dachte er. Aber woher wusste die Polizei davon?

Schweiß trat ihm auf die Stirn, während er ihre Nummer wählte.

»Hallo Sam«, antwortete sie. Ihre Stimme wirkte angespannt. »Es tut mir leid, aber ich kann gerade nicht sprechen.«

»Ist irgendwas passiert?«, fragte er.

»Die Polizei ist hier«, sagte sie. »Ich rufe dich zurück, sobald sie weg sind, ja?«

Und schon war das Gespräch vorbei. Wut stieg in ihm auf. Er hatte das Gefühl, als wollte niemand mit ihm sprechen. Warum nicht? Ich muss herausfinden, was die Süßigkeitenautomaten mit dem Ganzen zu tun haben, dachte er und startete den Wagen.

Enttäuscht saß Jana Berzelius in ihrem Zimmer in der Staatsanwaltschaft. Noch immer hatte Per sich nicht gemeldet.

Sie hatte auch nichts von ihrem Vater gehört, obwohl er inzwischen etwas über Zeke herausgefunden haben müsste.

Wenn selbst er über jemanden nichts in Erfahrung bringen konnte, dann gab es auch nichts Wissenswertes. Wie sein kompliziertes Netzwerk aufgebaut war, wusste wohl keiner außer ihm selbst.

Sie zuckte zusammen, als das Handy klingelte. War es Per? Oder ihr Vater? Nein, es war Henrik Levin.

»Ja?«, antwortete sie und hörte das Rauschen eines Autos.

»Aron Holm«, sagte Levin. »Wir glauben, dass er Jonathan entführt hat!«

Jana hörte die Anspannung in seiner Stimme.

»Aron Holm«, wiederholte sie. »Der Pädophile?«

»Ja.«

»Wie sind Sie denn darauf gekommen?«

»Sam Witell und seine Kollegin Amanda Denver haben beide einen Süßigkeitenautomaten bekommen, in den jemand eine winzige Webcam installiert hat. Die Automaten wurden von einem jungen Mann ausgeliefert, und anhand der Beschreibung, die Sam Witell uns gegeben hat, vermuten wir, dass es Aron Holm ist. Erinnern Sie sich? Er hat schon früher Kinder heimlich gefilmt.«

»Wo wohnt er?«

»In Klockaretorpet. Wir sind schon unterwegs dorthin.«

»Gut«, sagte sie. »Dann rufen Sie mich an, wenn Sie ihn eingesammelt haben.«

Mia Bolander ließ den Blick über die Straße schweifen und entdeckte drei Jugendliche mit Sonnenbrille, die an einem Fahrradständer herumlungerten und versuchten, cool auszusehen. Ein Postauto kam vorbei, gefolgt von einer älteren Frau auf einem roten Fahrrad. Auf den ersten Blick sah die Gegend aus wie jedes andere Wohngebiet auch. Aber das hier war Klockaretorpet. Hier gab es ständig Ärger, mit Schießereien, Steinwürfen und brennenden Autos. Es war so schlimm, dass der Rettungsdienst sich weigerte, ohne Polizeibegleitung auszurücken.

»Komm schon«, sagte Henrik und ging auf das Reihenhaus zu, das etwa zehn Meter von der Straße entfernt lag. Es hatte ein Satteldach und eine gelbe Fassade.

Die Haustür war braun. Es gab keine Klingel.

Mia hob die Hand und klopfte, trat einen Schritt zurück und sah in beide Richtungen, bevor sie ein zweites Mal anklopfte.

Ein Klicken war zu hören. Die Tür wurde aufgeschlossen und von einem ängstlich dreinblickenden Mann geöffnet, der einen dünnen silbernen Ring im rechten Ohrläppchen trug.

Sie erkannte ihn von den Fotos, die sie sich im Rahmen der Ermittlungen angesehen hatten.

Aron Holm.

Mia beobachtete ihn und stellte fest, dass er die Tür gleich wieder schließen wollte.

»Wagen Sie nicht einmal daran zu denken!«, schrie sie, schob den Fuß in die Türöffnung und zückte ihre Waffe.

Henrik packte die Tür und schob sie mit aller Gewalt auf, bis Aron Holm sie loslassen musste und nach hinten stolperte.

Mia richtete die Waffe auf ihn und sah, wie er sich mit entsetztem Blick auf dem Boden zusammenkrümmte.

»Legen Sie sich auf den Bauch, und nehmen Sie die Hände auf den Rücken«, befahl sie.

»Es war ein Unfall«, erklärte er.

»Die Hände auf den Rücken!«, wiederholte sie.

»Hast du alles unter Kontrolle?«, fragte Henrik.

»Ja, alles im Griff«, sagte Mia.

Während Henrik ins Innere des Hauses ging, rief er Jonathans Namen.

Sam Witell ignorierte das unangenehme Gefühl, wieder zu Hause zu sein, und steuerte geradewegs auf das Wohnzimmer zu. Er wollte wissen, was die Süßigkeitenautomaten mit der ganzen Sache zu tun hatten.

Im Schrank ganz links stand der Automat. Sam hatte ihn nach oben gestellt und hinter einigen hohen Vasen versteckt, damit Jonathan ihn weder sehen noch erreichen konnte.

Warum eigentlich? Warum hatte er ihn nicht einfach so viel Süßigkeiten essen lassen, wie er wollte?

Sam hob die Vasen herunter, griff dann nach dem Spielzeug und nahm es genauer in Augenschein. Er konnte einfach nicht begreifen, warum die Polizei so einen Aufstand deswegen veranstaltete.

»Ich kapiere es nicht!«, schrie er und warf den Automaten zu Boden.

Der Deckel rutschte unters Sofa, und die bunten Bonbons verteilten sich vor ihm.

Jetzt fiel sein Blick auf den Fußball, der auf dem Sofa lag.

Es war nur wenige Tage her, dass er Jonathan damit überrascht hatte. Dennoch fühlte es sich so an, als sei seitdem unendlich viel Zeit vergangen. Tränen stiegen ihm in die Augen, als ihm bewusst wurde, dass er den Jungen vielleicht nie wieder sehen würde, wie er im Tor stand, bereit für den nächsten Schuss, mit gebeugten Knien und Torwarthandschuhen, die an seinen kleinen Händen so riesig aussahen.

Seine Gedanken wurden von der Türklingel unterbrochen.

»Scheiße«, murmelte Sam, als er die Unordnung auf dem Boden sah.

Er ging in die Knie und schob die Bonbons zusammen, so schnell er konnte.

Schon wieder war die idiotische Klingel zu hören.

»Ich komme!«, rief er in Richtung der geschlossenen Haustür.

Er bekam den Deckel unter dem Sofa zu fassen, trug den Süßigkeitenautomaten in den Flur und stellte ihn ab. Bevor er die Tür öffnete, wischte er die Tränen weg.

Vor ihm stand eine uniformierte Polizistin.

»Ich heiße Hanna Hultman und bin hier, um einen Süßigkeitenautomaten abzuholen.«

»Warum brauchen Sie den?«, fragte er. »Was stimmt denn damit nicht?«

»Leider weiß ich nichts darüber.«

»Aber was glauben Sie denn? Sie müssen doch irgendwas wissen. Schließlich sind Sie Polizistin, verdammt noch mal!«

»Ich habe nur die Anweisung erhalten, den Automaten abzuholen. Mehr kann ich nicht sagen.«

»Gute Entschuldigung. Richtig gut«, sagte er, ehe er ihr das Spielzeug überreichte.

»Es tut mir aufrichtig leid, was Ihnen und Ihrer Familie

widerfahren ist«, sagte die Polizistin. »Passen Sie gut auf sich auf.«

»Danke«, antwortete er und schloss die Tür hinter ihr.

Mit zusammengebissenen Zähnen dachte er wieder an Amanda.

Wenn ihm jemand eine Antwort auf die Frage geben konnte, was diese Automaten mit der ganzen Sache zu tun hatten, dann sie. Er musste mit ihr reden. Jetzt gleich.

Amanda hatte gesagt, dass sie zu Hause sei, dachte er und machte sich auf den Weg.

Rasch durchquerte Henrik Levin das Reihenhaus. Er hörte die Stimme von Aron Holm hinter sich, hörte, wie er immer wieder sagte, es sei nur ein Unfall gewesen.

Was meinte er damit? Was war passiert?

»Jonathan?«, rief Henrik.

Er blieb stehen und warf einen Blick ins Wohnzimmer. Ein Sofa und ein Tisch mit Donald-Duck-Heften.

Dann ging er weiter über den knarzenden Fußboden, sah kurz in die Küche und lief auf die Treppe zu, die ins obere Stockwerk führte.

Aron Holms Stimme wurde schwächer, je höher Henrik gelangte.

Er sah drei Türen, die von einem Flur abgingen.

Ein Spinnennetz bewegte sich sacht hin und her, als er die erste Tür öffnete.

Die Jalousien vor den beiden Fenstern waren heruntergelassen.

Eine Weile starrte er in den dunklen Raum, suchte mit der Hand nach einem Lichtschalter und entdeckte ihn schließlich. Im nächsten Moment wurde das Zimmer von einer Deckenlampe erhellt.

Er schnappte nach Luft, als sein Blick auf zwei Süßigkeitenautomaten fiel, die auf dem Fußboden neben einer Matratze standen.

Langsam trat er näher, nahm die Apparate genauer in Augenschein, die Schraubendreher, die daneben lagen, die winzigen Webcams in ihren Verpackungen, die Kabel und das silberne Klebeband.

Aron Holm hatte also die Automaten gekauft und die Kameras darin installiert.

Henrik hob den Blick und musterte die schmutzige Matratze, auf der Sperma, Kot oder irgendwas anderes Spuren hinterlassen hatte. Rechts davon lag ein Kleidungsstück. Es war eine Unterhose, wie er mit einem raschen Blick feststellte. Dann machte er kehrt und ging ins nächste Zimmer.

Die Scharniere quietschten, als er die Tür öffnete.

Dahinter befand sich ein kleines Badezimmer. Die Lampe funktionierte nicht.

Im spärlichen Licht, das durch das schmutzige Fenster hereinfiel, erkannte er, dass der Duschvorhang in der Badewanne verfärbt war. Schwarze Schimmelflecken waren in den Fugen zwischen den Fliesen zu sehen.

Die Härchen an seinen Armen sträubten sich, als er Blut am Waschbecken und am tropfenden Wasserhahn entdeckte.

Und jetzt nahm er den Gestank wahr, den entsetzlichen Gestank.

Henrik hielt sich die Nase zu, richtete den Blick auf den Duschvorhang und näherte sich langsam, mit schweren, widerwilligen Schritten.

Es rasselte unter ihm, und er merkte, dass er auf eine Kette getreten war.

Vorsichtig zog er den Duschvorhang zur Seite.

Dann sah er in die Badewanne.

Lange betrachtete er den Hund, der darin lag.

Auf der Seite, mit entblößter Kehle. Die Augen waren starr und leer, die blaue Zunge hing ihm aus dem Maul.

22

Einige Regentropfen fielen vom Himmel, als Jana Berzelius das Lokal betrat.

Sie setzte sich an einen Fenstertisch und studierte die Speisekarte.

In dem Moment, als sie sich für den Ziegenkäsesalat mit Roter Bete entschieden hatte, klingelte ihr Handy. Es war ihr Vater.

»Zakarias Damm heißt er«, sagte er ohne Umschweife. »Und wird Zeke genannt.«

»Du hast ihn gefunden?«

»Ich habe dir ein Foto von ihm gemailt.«

»Gut«, antwortete sie. »Aber wo finde ich ihn?«

Er hustete. »Es gibt keine Adresse. Nicht mehr.«

»Aber ich muss ihn erreichen. Es ist eilig, ich …«

»Ich habe mein Bestes getan«, unterbrach er sie.

»Und sein Handy?«

»Jana, mehr konnte ich nicht herausfinden.«

»Verstehe«, sagte sie und beendete das Gespräch.

Rasch öffnete sie das Foto, das er ihr geschickt hatte. Es zeigte einen Mann mit dünnem, zerzaustem Haar und einem herabhängenden Augenlid, das ihm einen schläfrigen Gesichtsausdruck verlieh.

Ein Gefühl von Stärke erfüllte ihren Körper.

Immerhin wusste sie jetzt, wie dieser Zeke aussah.

Das Handy klingelte erneut. Diesmal war es Henrik Levin.

»Wir haben ihn«, sagte er. »Wir haben Aron Holm. Kommen Sie?«

Jana faltete die Speisekarte zusammen und erhob sich.

»Ich komme.«

Per Åström hatte vorgehabt, direkt zur Staatsanwaltschaft zu fahren, doch nun lief er eilig die Treppen zu seiner Wohnung hoch. Sein Blick war vorwärtsgerichtet, er atmete konzentriert. Er durfte nicht vergessen zu atmen. Das hatte er sich immer wieder gesagt, seit er das Untersuchungsgefängnis verlassen hatte.

Danilo Peña hatte ihm zwar schon mehrmals gedroht, aber noch nie hatte er ihn ganz direkt gefragt, ob er noch als Staatsanwalt mit dem Fall betraut sei. Vielleicht pokerte Per zu hoch und riskierte zu viel, aber er wollte sich nicht ins Bockshorn jagen lassen, er würde bleiben.

Als Per die Tür hinter sich geschlossen hatte, ließ die Spannung ein wenig nach. Er wusste, dass Jana angerufen hatte, aber er ignorierte es. Stattdessen durchquerte er das Wohnzimmer und stellte sich ans bodentiefe Fenster.

Während er nach draußen blickte, dachte er darüber nach, wie seltsam es war, dass ihm noch nie zuvor aufgefallen war, wie groß der Baum dort draußen war. Seine Äste reichten über den kleinen Parkplatz und die dort stehenden Autos. Man konnte sich ohne Weiteres hinter diesem Baum verstecken. Vielleicht verbarg sich in diesem Moment einer von Peñas Leuten dort?

In einer Mischung aus Wut und Nervosität beschloss er, dass er Danilo Peña zum letzten Mal im Gefängnis besucht hatte. Es war besser, ihn in Ruhe zu lassen. Er würde bis zur Hauptverhandlung hinter Gittern und in Isolationshaft bleiben.

Und dann werde ich es ihm heimzahlen, dachte Per und blickte nach draußen. Und zwar richtig.

Henrik Levin konnte nicht stillstehen. Die ganze Zeit sah er das Bild des toten Hundes in Aron Holms Haus vor sich.

»Da kommt sie«, sagte Mia und deutete mit dem Kopf in den Gang des Polizeireviers.

Henrik blieb stehen und entdeckte Jana Berzelius. Ihr Blick war konzentriert, ihr Mund wirkte angespannt.

»Wie gut, dass Sie so schnell kommen konnten«, begrüßte er sie, als sie vor ihnen stand.

»Das ist doch selbstverständlich. Haben Sie die Süßigkeitenautomaten abholen lassen?«

»Ja. Und in beiden war tatsächlich eine Kamera installiert. Ich kenne Fälle, bei denen Kinder heimlich in Schwimmbädern und so gefilmt worden sind, aber das hier ... Ich habe noch nie etwas Vergleichbares gesehen.«

Henrik überlief ein Schauder, als er daran dachte, wie er selbst reagieren würde, wenn er eine Kamera in einem der Kinderzimmer zu Hause finden würde. Was wäre er dann? Vater oder Polizist?

»Aron Holm ist ein schlauer Fuchs«, bemerkte Mia. »Allein schon die Idee, eine Kamera in einem Süßigkeitenautomaten zu installieren, ist ziemlich krank. Und es ist unglaublich, dass jemand keine Mühen scheut, um das Ganze auch durchzuführen. Und dann sorgt dieser Jemand dafür, dass die Automaten tatsächlich in einem Kinderzimmer landen. Das ist ja ... Ich weiß gar nicht, was ich sagen soll.«

»Um was für eine Kamera handelt es sich?«, fragte Jana Berzelius.

»Laut Anneli Lindgren eine sogenannte Stecknadelkamera«, erklärte Henrik. »Sie ist extrem klein, wie ein Stück Würfelzucker, und die Linse ist nur wenige Millimeter groß, weshalb sie für versteckte Überwachung perfekt geeignet ist. Anneli war beeindruckt, dass Mia sie überhaupt bemerkt hat.«

»Wissen wir schon, warum Aron Holm die Kameras in den Automaten installiert hat?«, fragte Jana Berzelius.

»Nein, aber wir werden ihn fragen.«

»Was ist denn los? Ich kapiere gar nichts!«

Sam Witell drängelte sich an Amanda vorbei durch die Türöffnung und ging in ihre Küche, ohne sich vorher die Schuhe auszuziehen.

Sie folgte ihm.

»Bitte«, sagte sie ernst, »sprich nicht so laut. Kevin sitzt im Wohnzimmer und schaut fern, und ich will nicht, dass er uns hört.«

»Okay, okay …«

»Willst du dich hinsetzen? Ich kann dir einen Kaffee machen, wenn du …«

»Nein! Sag mir nur, warum die Polizei hier war!«

»Du und ich, wir haben doch beide einen …«

»… Süßigkeitenautomaten bekommen, ich weiß«, sagte Sam. »Aber warum hat die Polizei so ein großes Interesse daran?«

Amanda lauschte in Richtung Wohnzimmer und senkte dann die Stimme.

»Im Automaten war eine Kamera installiert«, erklärte sie. »Eine Webcam.«

»Wie? Was sagst du da? Eine Kamera?«

»Ich dachte, du wusstest das?«

»Woher soll ich das wissen? Keiner erzählt mir was! Was denkst du denn, warum ich hier bin!«

»Bitte, Sam. Hör mir zu«, sagte Amanda. »Die Polizei versucht denjenigen zu finden, der …«

»Der Polizei ist das alles doch scheißegal!«, schrie er.

»Denk bitte an Kevin!«

»Dann denk du bitte an Jonathan!«, brüllte er.

Amanda verstummte, atmete rasch durch die Nase und sah Sam entschuldigend an.

»Tut mir leid«, flüsterte sie.

Wütend schüttelte er den Kopf.

»Tut mir leid«, wiederholte sie und streckte ihm die Hand hin. »Ich wollte nicht …«

»Fass mich nicht an!«, rief Sam und stürmte aus der Küche.

Jana Berzelius betrachtete Aron Holm, der ihr gegenübersaß. Sein Kinn war glatt rasiert, die Lippen wirkten trocken und rissig. Seine Augen waren seltsam ruhig, dachte sie. Als würde er demnächst aufgeben oder als hätte er das bereits getan.

Im Vernehmungsraum saßen auch Henrik Levin und Aron Holms Verteidigerin, eine ältere Frau in karierter Bluse.

»Wir haben zu Hause bei Ihnen einen Laptop und ein Handy beschlagnahmt«, erklärte Henrik Levin. »Hat außer Ihnen jemand Zugriff auf beide Geräte?«

»Nein«, antwortete Aron Holm und schüttelte den Kopf, was den Ohrring zum Schaukeln brachte.

Henrik Levin zeigte auf einen USB-Stick, der auf dem Tisch lag.

»Den haben wir in Ihrer Wohnung gefunden. Gehört er Ihnen?«

»Ja, das ist mein USB-Stick«, antwortete Aron Holm und kratzte sich an seinem dünnen, bleichen Arm.

»Und der Inhalt des Sticks, ist das auch Ihrer?«

»Ja«, erwiderte er.

»Das heißt, es ist Ihr Filmmaterial«, stellte Henrik Levin fest. »Woher haben Sie die Filme?«

»Ich habe sie selbst aufgenommen, mithilfe der Süßigkeitenautomaten.«

»Und wo haben Sie die Sachen her?«, fragte Henrik Levin.

»Im Internet gekauft.«

»Gibt es noch mehr Kinder, denen Sie Süßigkeitenautomaten haben zukommen lassen?«

»Nein, ich habe nur zwei verteilt.«

Henrik Levin lehnte sich ein wenig vor.

»Jetzt bin ich neugierig«, sagte er. »Wie sind Sie auf die Idee gekommen, eine Kamera in einen Süßigkeitenautomaten zu montieren?«

»Über YouTube. Da gibt es alles zum Thema Kameras, Netzwerke, Reichweiten und so.«

»Auch wie man seinen Hund tötet?«, fragte Henrik Levin.

Aron Holm befeuchtete seine Lippen mit der Zunge, aber antwortete nicht.

»Warum haben Sie Ihren Hund getötet?«

»Das weiß ich nicht«, murmelte er. »Aber ich glaube, sie hat zu laut gebellt. Ich habe ihr gesagt, dass sie aufhören soll, aber sie hat nicht gehorcht.«

»Sie hat zu laut gebellt«, wiederholte Henrik Levin müde und sah zu Jana.

»Auf Ihrem Filmmaterial sind zwei Jungen zu sehen«,

sagte sie zu Aron Holm. »Eines der Kinder heißt Jonathan Witell.«

»Ja.«

»Sie wissen, wen ich meine?«

Aron Holm zog die Füße unter den Tisch zurück und nickte.

»Ja, das weiß ich. Ich werde es auch nicht leugnen.«

»Wo ist er?«, fragte sie.

»Was meinen Sie?«

»Was haben Sie mit ihm gemacht?«

»Nichts.«

Aron Holm ließ seinen Blick zwischen Levin und Jana hin- und herschweifen.

»Sie glauben doch wohl nicht, dass ich ihn entführt habe?«, fragte er.

»Das heißt, Sie wussten, dass er verschwunden war?«, entgegnete Jana.

»Ja, aber ich habe ihn nicht entführt. Das muss jemand anders gewesen sein.«

Henrik Levin stand auf.

»Meine Güte«, sagte er wütend. »Hören Sie auf, anderen die Schuld zuzuschieben. Wo ist Jonathan?«

Aron Holm duckte sich auf seinem Stuhl.

»Aber ich …«, setzte er an.

»Aber ich – was?«

»Ich wollte doch nur schauen.«

»Kinder anschauen?«, brüllte Henrik Levin. »Erklären Sie mir bitte, warum Sie darauf stehen, unschuldige Kinder zu beobachten?«

Noch nie hatte Jana ihn so aufgebracht erlebt.

»Ich weiß, dass viele es nicht gut finden, aber ich wollte sie doch nur vor mir sehen, und ich habe manchmal mit ihnen geredet. Sie haben mich nicht gehört, aber es hat sich trotzdem so angefühlt, als würden sie es tun.«

Henrik Levin setzte sich wieder und versuchte sich zu beruhigen.

»Können Sie uns bitte erzählen, warum Sie Kinder filmen?«, fragte Jana.

»Ich weiß es nicht. Es ist nichts, was ich eigentlich tun will, aber irgendwie konnte ich nicht mehr aufhören. Es ist dasselbe wie mit dem Chatten.«

»Das heißt, Sie chatten auch«, sagte sie. »Auf welchen Seiten sind Sie unterwegs?«

»Meistens treibe ich mich auf ganz normalen Seiten herum. Aber dabei habe ich entdeckt, dass es viele andere gibt, die dasselbe Interesse haben wie ich.«

»Und haben Sie auch von anderen Leuten solche Filme zugespielt bekommen?«, fragte sie.

»Ja.« Aron Holm nickte. »Aber die Filme waren so alt.«

»Deshalb wollten Sie neue drehen?«

»Das wollte ja nicht nur ich«, antwortete der Mann.

»Jetzt schieben Sie die Schuld wieder anderen in die Schuhe«, bemerkte Henrik Levin.

»Aber sie haben gesagt, dass sie mich dafür bezahlen würden, und weil ich arbeitslos bin …«

»*Die*, haben Sie gesagt. Wer sind *die*?«, unterbrach Levin ihn. »Wer wollte Sie dafür bezahlen?«

»Die, mit denen ich gechattet habe.«

»Sie wollten die Filme also weiterverbreiten?«

»Nur an diejenigen, die Englisch sprechen.«

Jana lehnte sich zurück.

»Wie haben Sie Jonathan und Kevin ausgewählt?«, fragte sie.

»Ich musste sie nicht auswählen.«

»Was haben Sie gesagt?«, rief Henrik Levin.

»Ich musste sie nicht auswählen«, wiederholte Aron Holm. »Ich habe die Namen bekommen.«

»Von wem?«

»Von einem alten Freund.«

»Und wie heißt der?«

Aron rutschte unbehaglich auf seinem Stuhl herum.

»Sagen Sie schon!«, rief Henrik Levin.

»Er heißt Terry. Terry Lindman.«

Rebecka Malm ließ Danilo nicht aus den Augen. Er lockerte die Schultern und ging dann auf dem Hof herum. Es nieselte leicht durch das Netzgitter über ihnen.

Auf dem ganzen Weg zum Hof hatte Danilo besorgt ausgesehen, beinahe misstrauisch, und sie fragte sich, ob es an dem Gespräch mit Per Åström lag. Sie hatte keine Ahnung, was der Staatsanwalt in der Zelle zu ihm gesagt hatte.

Plötzlich hatte Rebecka das Gefühl, als ginge es um sie. Vielleicht hatte Danilo von Åström erfahren, dass sie ihn verraten hatte, noch bevor sie selbst es ihm gesagt hatte.

Die Unruhe in ihr wuchs, als Danilo sie ansah. Sie hatte vorgehabt, auf dem Weg zum Hof von dem Gespräch mit Jana Berzelius zu erzählen, aber sie traute sich nicht.

Womit sollte sie anfangen?

Was, wenn er es schon wusste?

Scheiße, Scheiße, Scheiße, dachte Mia Bolander, als sie Henrik durch den Gang folgte. Es ärgerte sie, dass sie noch vor wenigen Tagen Terry Lindman in seiner Wohnung Auge in Auge gegenübergestanden hatten. Sie tastete in ihrer Tasche nach dem Handy, während sie zum Volvo lief. Dabei suchte sie die Nummer von Direktalarm heraus. Sie hörte selbst, wie angespannt sie klang, als sie der Frau am Empfang zu erklären versuchte, dass sie dringend Terry Lindman sprechen mussten.

»Ist er bei der Arbeit?«, fragte sie.

»Nein, er ist noch immer krank«, antwortete die Empfangsdame ruhig. »Worum geht es denn? Ich meine, weil es so eilig zu sein scheint.«

Die Frau sollte sich nicht in ihre Ermittlungen einmischen, dachte Mia und beendete grußlos das Telefonat.

Sie sah, dass Henrik mehrere Schritte Vorsprung hatte, und ging schneller.

»Wo ist Terry?«, rief er.

»Vermutlich zu Hause«, entgegnete sie.

Das Adrenalin pumpte durch ihren Körper, als sie hörte, wie Henrik per Telefon sofortige Verstärkung anforderte.

Während Sam Witell an der Ampel auf Grün wartete, lauschte er dem Regen, der auf das Autodach trommelte. Von Weitem sah er das Polizeigebäude und dachte an Henrik Levin, der nicht ans Telefon ging und deshalb keine Ahnung hatte, dass er auf dem Weg zu ihm war, um ihn zur Rede zu stellen.

Sam hatte noch immer keine Ahnung, wer eine Kamera in die Süßigkeitenautomaten montiert hatte und warum. Er war immer stärker davon überzeugt, dass es etwas mit Jonathan zu tun hatte. Und er würde nicht aufgeben, ehe er eine Antwort hatte.

Es donnerte, während er weiterfuhr.

Gerade als er zum Polizeirevier abbog, entdeckte er einen Volvo, der ihm in hoher Geschwindigkeit entgegenkam. Erst als er an ihm vorbeigefahren war, ging ihm auf, wer am Steuer gesessen hatte. Henrik Levin. Neben ihm saß Mia Bolander mit verbissener Miene.

Sam bremste ab, machte eine scharfe Kehrtwende und folgte ihnen.

Die Scheibenwischer schoben rasch den Regen beiseite, der gegen die Windschutzscheibe prasselte. Henrik Levin raste durch die Innenstadt, vorbei am Kunstmuseum und dem Vasaparken. Er konzentrierte sich darauf, möglichst bald bei Terry Lindman anzukommen.

Sein Puls wurde schneller, als er auf die Vrinnevigatan abbog. Durch den dichten Regen sah er das geschlossene Lebensmittelgeschäft mit den ausgeblichenen Plakaten. Die Verstärkung konnte nicht weit weg sein. Henrik hielt und wartete eine Minute. Zwei. Drei.

»Was ist los?«, fragte er bei der Polizeifunkzentrale nach. »Wo bleibt die Verstärkung?«

»Eine Straßenbahn ist auf der Nygatan bei der Halte-stelle Väster Tull liegen geblieben. Der Verkehr kommt nicht vorbei«, lautete die Antwort. »Wegen einer vorüber-gehenden Signalstörung ist offenbar der gesamte Straßen-bahnverkehr eingestellt worden. Sie versuchen, die Stelle zu umfahren, aber rechnet bitte mit einigen Minuten Ver-spätung.«

»Das geht nicht«, sagte Henrik zu Mia.

»Was tust du da?«, fragte sie, als er die Autotür öffnete. »Wollen wir nicht warten?«

»Ich habe doch gesagt, dass ich nur ungern warte, wenn es um Kinder geht«, erklärte er. »Komm schon!«

Ein Blitz zuckte über den Himmel, und Sam Witell fuhr langsamer. Er verfolgte Henrik Levin und Mia Bolander mit dem Blick und sah, wie sie mit raschen Schritten über den nassen Rasen auf ein hohes Mietshaus zugingen.

Was hatten sie vor? Zu wem wollten sie? Wer wohnte dort? War es jemand, der mit den Automaten oder mit Jonathans Verschwinden zu tun hatte?

Die Fragen kreisten in Sams Kopf, und seine Verzweiflung stieg.

Er wartete, bis die Polizisten im Haus verschwunden waren, ehe er das Gebäude umrundete und dahinter parkte, neben einer Reihe von Garagen. Der Regen schlug ihm entgegen, als er die Autotür öffnete.

»Verdammt noch mal«, sagte Mia Bolander. »Los! Öffnen Sie!«

Zum zweiten Mal drückte sie auf die Klingel neben Lindmans Wohnungstür am Ende des Flurs.

Henrik stand schweigend neben ihr und wartete. Es war nur das dumpfe Dröhnen eines müden Motors zu hören. Jemand fuhr mit dem Aufzug nach oben.

Das Dröhnen endete. Der Fahrstuhl hatte auf ihrem Stockwerk angehalten.

»Schlagen wir die Tür ein?«, fragte Mia. »Wetten, der Alarmanlagenverkäufer sitzt da drinnen und rührt sich nicht?«

Im selben Moment trat Lindman aus dem Fahrstuhl. Er hielt einen Wäschekorb in den Händen.

»Herr Lindman?«

Das Gesicht des Mannes erstarrte.

»Wir würden gern mit Ihnen sprechen. Könnten Sie …«

Mia kam aus dem Konzept, als der Mann sich umdrehte und zu laufen begann. Schon war er an der Treppe angelangt und rannte hinunter.

»Terry Lindman! Stehen bleiben!«

Mia und Henrik folgten ihm mit gezogenen Waffen. Dass sie ganz hinten im Flur gestanden hatten, hatte dem Mann einen Vorsprung verschafft. Als sie die Treppe hinunterliefen, sahen sie, dass er den Wäschekorb fallen gelassen hatte. Hosen, Pullover und Strümpfe lagen auf den Stufen verstreut.

Sie hörten Lindmans rasche Schritte, aber sahen ihn nicht. Im nächsten Moment hörten sie eine Tür zuschlagen.

Mia lief die Treppen hinunter, so schnell sie konnte, und ignorierte die Stimme in ihrem Inneren, die ihr sagte: Er hat euch abgehängt. Er hat euch abgehängt.

Sam Witell drückte sich an die Fassade und blickte vorsichtig um die Ecke des hohen Mietshauses. Levins Wagen stand noch immer vor dem Eingang auf der Vorderseite. Sam war verzweifelt, weil er nicht wusste, was da gerade passierte.

Der Regen hatte ein wenig nachgelassen, aber seine Haare waren nass, und das grüne T-Shirt klebte ihm am Körper.

Plötzlich tauchte Mia Bolander an der Haustür auf, in der Hand eine Pistole.

Was war da los, verdammt? Sam zog rasch den Kopf zurück. Ihm war klar, dass er den Ort besser verlassen sollte, dass er hier nicht von der Polizei gesehen werden durfte. Rasch machte er kehrt und lief zurück zu seinem Auto, das auf der Rückseite bei den Garagen stand.

Gerade als er die Hand auf den nassen Türgriff legte, bemerkte er aus dem Augenwinkel eine Bewegung. Ein Mann lehnte sich über ein Balkongeländer im zweiten Stock.

Es dauerte ein paar Sekunden, bis Sam ihn erkannte.

Der Alarmanlagenverkäufer.

Terry Lindman.

Sam duckte sich hinter das Auto und spürte, wie sein Herz schneller schlug.

Der Mann blickte in die Wohnung hinter sich, als befürchtete er, dass jemand ihn verfolgen könnte. Er zögerte kurz, ehe er über das Geländer kletterte und sprang.

Bei der Landung knickten die Beine unter ihm weg.

Sam war so verwirrt, dass er nicht sofort schaltete, was da gerade passierte. Geduckt blieb er hinter dem Auto stehen und sah Lindman zu, wie dieser sich aufrappelte und davonstolperte.

Offenbar hatte die Polizei mit ihm sprechen wollen. Und jetzt versuchte er zu fliehen.

Glaubte die Polizei etwa, dass Lindman Jonathan entführt hatte?

Sam merkte, wie das Adrenalin durch seinen Körper gepumpt wurde.

Während der Mann sich immer weiter von ihm entfernte, fasste Sam einen Entschluss.

Er stand auf.

Jetzt wusste er, was er tun musste.

23

Als Jana Berzelius im sechsten Stock aus dem Fahrstuhl trat, sah sie einen uniformierten Mann mit grauem Haar, der vor Terry Lindmans Wohnungstür Wache hielt. Das ganze Gebäude wurde durchsucht.

Ein Stockwerk tiefer war Anneli Lindgren damit beschäftigt, die Kleidungsstücke aus dem Wäschekorb einzusammeln, den Terry Lindman beim Weglaufen hatte fallen lassen.

Die umliegende Gegend war abgesperrt, und man hatte begonnen, die Nachbarn zu befragen, in der Hoffnung darauf, dass ihn jemand bei der Flucht beobachtet hatte. Auch Hundestaffeln waren gerufen worden und würden in Kürze vor Ort sein.

Leise Stimmen und der Straßenverkehr von draußen waren zu hören, als Jana Lindmans Wohnung betrat. Das Handy klingelte in ihrer Tasche, und ein Lächeln huschte über ihr Gesicht, als sie Pers Namen auf dem Display sah.

»Hallo, ich bin's«, sagte er, nachdem sie sich gemeldet hatte. »Wie geht es dir?«

»Das sollte ich doch eher dich fragen«, entgegnete sie. »Ich habe dich heute nicht in der Staatsanwaltschaft gesehen.«

»Ich habe beschlossen, zu Hause zu bleiben.«

»Netter Versuch«, bemerkte sie.

»Aber es stimmt«, versicherte er. »Ich bin zu Hause, liege

auf dem Sofa und schaue mir schlechte Wiederholungen im Fernsehen an.«

»Ich hätte nicht gedacht, dass du jemals so etwas sagen würdest«, meinte sie verblüfft.

»Ich auch nicht. Sehen wir uns heute?«

»Ich bin mit dem aktuellen Fall beschäftigt.«

»Aber du weißt, wo du mich findest.«

»Auf dem Sofa?«

Per lachte auf.

»Ja«, sagte er. »Und darauf ist genug Platz für zwei. Bis bald.«

Jana legte das Handy zurück in die Tasche und ging weiter in das kleine Schlafzimmer, wo Henrik Levin und Mia Bolander auf sie warteten.

Der ausgeschaltete Motor gab ein leises Klopfen von sich. Sam Witell blieb im Auto sitzen, das Steuer hielt er mit beiden Händen umfasst. Seine Kleider waren nach dem Regen beinahe getrocknet.

Vor ihm lag sein Sommerhäuschen. Ein abgelegenes Haus am Ende einer schmalen Schotterstraße, wenige Kilometer vom Tierpark Kolmården entfernt. Es war klein und hatte einen keilförmigen Vorplatz. Im Garten standen mehrere Apfelbäume.

Sam konnte sich kaum an die zwanzigminütige Autofahrt erinnern. Er hatte impulsiv und unüberlegt reagiert. Was hatte er sich da nur eingebrockt? Sein Blick fiel auf den Randstein am Kiesweg, der zum Haus führte, und auf die getrockneten Blumen, die dort lagen, und ihm wurde klar, dass er nicht mehr zurückkonnte. Er musste abschließen, was er begonnen hatte. Aber hatte er eigentlich etwas dagegen? Nein, ganz und gar nicht, er freute sich sogar darauf.

Als Sam die Autotür aufschob, spürte er die kühle Luft nach dem Regen. Er hörte den Zug, der von Süden her kam. Es quietschte, als die Waggons hintereinander um die lang-gezogene Kurve fuhren.

Er verließ das Auto, ging durch das hohe, nasse Gras, vor-bei an dem Häuschen, und folgte einem kleinen Pfad, der direkt in den Wald führte.

Henrik Levin stand mit Mia vor dem zerwühlten Bett in Terry Lindmans Schlafzimmer. Er hatte ein unangenehmes Gefühl, irgendetwas störte ihn. Aber er konnte nicht sagen, was es war.

Die Wände waren nackt, keine Gemälde, keine Gardi-nen. Eine runde Reislampe mit einem chinesischen Dra-chen hing von der Decke.

Seine Gedanken wurden von Jana Berzelius unterbro-chen, die ins Zimmer kam.

»Los, fragen Sie schon«, sagte Mia direkt und verschränkte die Arme vor der Brust.

»Was soll ich fragen?«, erwiderte Jana Berzelius.

»Wie Terry Lindman uns abhängen konnte.«

»Das muss ich nicht«, sagte sie. »Ich gehe davon aus, dass Sie sich diese Frage selbst schon gestellt haben.«

Mia verzog ihren Mund und wandte das Gesicht ab.

Henrik öffnete mit einem vorsichtigen Ruck die Schrank-tür und ließ den Blick über die Kleidungsstücke wandern, die in den einzelnen Fächern lagen. Ganz unten auf dem Boden entdeckte er eine dünne Schicht hellen Staub.

Während er in die Hocke ging, hörte er Schritte.

Anneli erschien in der Türöffnung.

»Ich würde euch gern etwas zeigen«, sagte sie mit ernster Stimme. »Kommt bitte mit.«

Die Angst dröhnte in Rebecka Malms Ohren, als sie Danilo nach dem Hofgang wieder hereinließ. Sie konnte ihm die Wahrheit nicht länger vorenthalten. Sie musste ihm ihren Verrat beichten, dass Jana Berzelius sie dazu gezwungen hatte, von den geheimen Telefonaten in seinem Auftrag zu erzählen. Aber wie sollte sie es ihm nur sagen?

Sie überlegte hin und her, während sie zurück in den Zellentrakt gingen. Erst als sie sich der Bibliothek näherten, öffnete sie den Mund, um es zu sagen.

»Ist dir eigentlich klar, dass ich völlig verrückt nach dir bin?«, flüsterte Danilo plötzlich.

Rebecka war völlig aus dem Konzept gebracht.

»Wirklich?«, stotterte sie erstaunt. »Aber ich dachte …«

»Das bin ich schon seit unserer ersten Begegnung.«

Rebecka spürte, wie ihre Wangen heiß wurden. Mein Gott, er war wirklich verrückt nach ihr.

»Was machst du?«, fragte sie erschrocken, als Danilo die kleine Bibliothek betrat.

Er sah sich rasch zwischen den Bücherregalen um und drehte sich dann zu ihr um.

»Komm«, sagte er.

»Aber was, wenn …«

»Hör auf«, unterbrach er sie. »Es gibt hier keine Überwachungskameras, nur dich und mich.«

Sehnsucht und Begehren erfüllten sie, während sie sich im Korridor umsah. Was sie tat, war vollkommen falsch, und sie wusste, dass sie gefeuert werden würde, falls sie jemand erwischte. Doch in diesem Moment wollte sie nur ihn.

Auf wackligen Beinen ging sie in die Bibliothek.

Er packte sie und drückte sie an die Wand. Der Stoff raschelte, als er den Pullover hochzog und ihre Brüste entblößte. Sie presste sich an ihn, atmete stoßweise und fuhr ihm mit den Fingernägeln über den Rücken. Seine Haut war heiß und verschwitzt. Und er war schon hart, das spürte sie. In einer raschen Bewegung öffnete sie den Gürtel ihrer Hose, aber schämte sich plötzlich für ihren Eifer.

»Mach weiter«, ermutigte er sie lächelnd.

Sie ließ die Hose auf den Boden gleiten und wollte gerade ihren Slip abstreifen, als er sie erneut hart packte und umdrehte.

Ihr ganzer Körper brannte vor Sehnsucht, ihn in sich zu spüren. Sie stützte die Hände an die Wand und wartete darauf, dass er sie nehmen würde, ganz fest. Aber auch diesmal neckte er sie nur.

»Nimm mich«, keuchte sie. »Nimm mich, jetzt sofort.«

Er drückte sich an sie und flüsterte ihr ins Ohr:

»Du musst noch ein Telefonat für mich führen.«

»Warum denn?«

»Ich muss Per Åström eine Lektion erteilen.«

»Aber …«

»Kein Aber. Versprichst du mir, in meinem Auftrag anzurufen?«

»Ja, ja …«, antwortete sie.

Erst da beugte er sie vor, zog ihren Slip zur Seite und drang in sie ein.

Mia Bolander ging mit großen Schritten hinter Anneli, Henrik und Jana Berzelius her. Sie hatten Terry Lindmans Wohnung verlassen und waren auf dem Weg ins Treppenhaus. Mia war verärgert, nicht nur, weil sie Lindman aus den Augen verloren hatten, sondern auch, weil in diesem Fall ständig neue Komplikationen auftauchten.

Es hatte nicht den Anschein, als würde sie in nächster Zeit hier wegkommen. Beinahe der ganze Tag war vergangen, und sie hatte es immer noch nicht geschafft, das Kleid zu kaufen, das sie am Vortag anprobiert hatte. Sie musste vor dem Abendessen mit Gustaf an dem Geschäft vorbeigehen. Es gab keine andere Möglichkeit.

»Mia, hilf mir mal auf die Sprünge«, sagte Anneli und unterbrach ihre Gedanken. »Was hatte Jonathan an, als er verschwand?«

»Ein weißes T-Shirt und eine blaue Jeans«, antwortete Mia und begann die Treppen hinunterzugehen.

»War das alles?«, fragte Anneli und sah sie kurz an.

Mia dachte nach.

»Nein«, antwortete Jana Berzelius schließlich. »Er trug auch Strümpfe mit einem schwarzweißen Fußball am Bündchen.«

Mia funkelte sie wütend an.

»Dann kann es sehr gut sein«, sagte Anneli und hielt ein Paar Strümpfe hoch, »dass die hier Jonathan gehören.«

Es wurde still im Treppenhaus.

Mia starrte die Strümpfe an, ihr Magen verkrampfte sich.

»Verdammt«, fluchte sie. »Dann ist Terry Lindman also Jonathans Entführer.«

»Wir hatten ihn«, sagte Jana Berzelius leise.

Mia starrte sie wütend an.

»Danke«, zischte sie. »Wirklich nett, das noch mal zu erwähnen.«

»Ich meine ja bloß …«

»Wissen Sie was?«, unterbrach Mia sie. »Behalten Sie Ihre blöden Anklagen doch für sich.«

»Hör auf«, sagte Henrik. »Wir haben jetzt keine Zeit für so einen Unsinn. Wir müssen Lindman finden.«

»Und wie? Hast du eine Idee?«, fragte Mia.

»Aron Holm«, sagte Jana Berzelius. »Wir vernehmen ihn noch einmal.«

Der Schuppen lag auf einer kleinen Anhöhe mit hübscher Aussicht auf den umliegenden Wald. Es war schon viele Jahre her, dass Sam Witell ihn gebaut hatte. Der Schuppen beherbergte eine Sauna, aber er konnte an den Fingern einer Hand abzählen, wie oft er sie genutzt hatte.

Er drehte den Schlüssel im Schloss und öffnete die Tür. Der Duft von Birkenholz schlug ihm entgegen. In der Türöffnung blieb er stehen und spürte, wie ein Schauer über seinen Rücken rieselte, als ihm klar wurde: Dies war das perfekte Versteck.

Er machte einen Schritt in den Schuppen hinein. Sein Blick fiel noch kurz auf das Saunaaggregat, dann knallte die Tür hinter ihm zu. Durch einen Lüftungsschlitz an der Wand sickerte ein wenig Licht.

Er schaltete die Beleuchtung an und fuhr tastend über das Aggregat, fühlte die Halterungen und die großen Schrauben in der Wand. Er zog an dem Aggregat und versuchte, es nach vorn zu kippen, aber wie erhofft ließ es sich nicht bewegen.

Der Wind rauschte sacht in den Baumkronen, als Sam die Sauna wieder verließ. Eilig kehrte er zum Sommerhäuschen zurück, suchte ein dickes Seil heraus und ging damit zum Auto. Er sah sich ein letztes Mal um, dann öffnete er die Kofferraumklappe.

Und spürte, wie ihn der Hass überwältigte.

Aron Holm weigerte sich, auf dem Stuhl im Vernehmungsraum Platz zu nehmen. Er wollte lieber an der Wand hinter seiner Strafverteidigerin stehen und an seinem Pullover herumzupfen. Er sah ängstlich aus, fand Henrik Levin. Die ganze Zeit blickte er nervös um sich.

Henrik wechselte einen Blick mit Jana Berzelius, die neben ihm saß, ehe er dem jungen Mann zum vierten Mal dieselbe Frage stellte, ohne jedoch eine vernünftige Antwort bekommen zu haben.

»Sagen Sie schon, wo ist er? Wo ist Terry Lindman?«

»Ich weiß es doch nicht«, jammerte Holm.

»Jetzt tun Sie nicht so. Sie wissen eine Menge über ihn, geben Sie es endlich zu.«

»Nein …«

Henrik ging allmählich die Geduld aus. Er stand auf und ging zu Aron Holm.

»Wo versteckt er sich? Erzählen Sie es uns.«

»Ich habe keine Ahnung«, antwortete Aron Holm.

»Und ich habe keine Zeit für Ausflüchte«, sagte Henrik irritiert. »Geben Sie uns Fakten! Wo steckt er?«

Aron Holm sank auf den Boden, zog die Knie ans Kinn und betrachtete Henrik mit einem schüchternen Blick, als fürchtete er, gleich geschlagen zu werden.

»Ich kenne Terry doch gar nicht«, antwortete er.

»Aber Sie haben gesagt, dass Sie die Namen der Jungen von ihm bekommen hätten und dass Sie deshalb ausgerechnet diesen beiden Kindern einen Süßigkeitenautomaten gebracht haben.«

»Doch, stimmt, das habe ich gesagt.« Aron Holm nickte.

»Und Sie haben Terry Lindman einen ›alten Freund‹ genannt.«

»Na ja, wir sind vielleicht eher so was wie Bekannte.«

»So was wie Bekannte?«

»Ja.«

»Ich habe nicht das Gefühl, als würden wir hier weiterkommen«, sagte die Verteidigerin. »Wir sollten eine Pause einlegen.«

»Herr Holm?«, sagte Jana Berzelius und ignorierte die Strafverteidigerin geflissentlich. »Wir glauben, dass Terry Lindman Jonathan entführt hat, und wir brauchen Ihre Hilfe, um ihn zu finden.«

»Ich kann Ihnen nicht helfen«, erwiderte dieser verzweifelt.

»Sie können nicht oder Sie wollen nicht?«, fragte Henrik.

Aron Holm schwieg.

»Jonathan ist sechs Jahre alt! Sechs!«, brüllte Henrik und schlug mit der Hand an die Wand. »Und Sie wollen uns nicht helfen?«

Aron Holm hielt die Arme über den Kopf, als wollte er sich schützen.

»Ich habe ihn nur angeschaut«, erklärte er schluchzend. »Mehr habe ich nicht getan. Ich weiß nicht, wo er ist. Ich weiß es einfach nicht.«

»Ich denke, wir brechen an dieser Stelle ab«, sagte die Verteidigerin entschlossen.

Fünfzehn Minuten später trafen sie sich zur Lagebesprechung. Jana Berzelius stellte fest, dass Mia Bolander sichtlich ungeduldig war. Sie konnte nicht stillsitzen, spielte an ihren Haaren herum und starrte die ganze Zeit auf die geschlossene Tür des Konferenzraums. Gunnar Öhrn, Henrik Levin, Ola Söderström – alle saßen ruhig am Tisch, außer Mia Bolander.

Nur Anneli Lindgren fehlte, sie war noch in Terry Lindmans Wohnung und würde vermutlich noch etliche Stunden dort verbringen.

»Gut, dann legen wir los«, sagte Öhrn. »Henrik?«

»Wir gehen davon aus, dass Terry Lindman der Entführer des kleinen Jonathan ist«, begann Henrik Levin. »Leider ist es ihm gelungen, aus dem Mietshaus zu fliehen, wo er wohnt, und er scheint jetzt untergetaucht zu sein. Eine Frau aus dem zweiten Stock hat erzählt, dass sie ihre Wohnungstür angelehnt gelassen hat, während sie ihren Müll weggebracht hat, und als sie zurückkam, war die Wohnungstür geschlossen und die Balkontür offen. Die Hundestaffel hat Lindmans Fährte aufgenommen, doch die Spur endet ein Stück vom Mietshaus entfernt. Das kann bedeuten, dass er von dort aus mit dem Auto weitergefahren ist.«

»Haben wir irgendwelche Zeugen?«, wollte Öhrn wissen.

»Wir fragen gerade im Wohngebiet herum«, berichtete Henrik Levin, »aber bislang haben wir noch keinerlei Hinweise auf Jonathans Aufenthaltsort.«

»Aber die Sache mit den Strümpfen«, meinte Gunnar Öhrn. »Heißt das, der Junge lebt noch und Terry Lindman kümmert sich um ihn?«

»Das hoffen wir«, sagte Henrik Levin. »Lindman hatte die Strümpfe ja sogar gewaschen.«

»Haben wir irgendwelche Hinweise darauf, dass der Junge in Lindmans Wohnung gewesen ist?«, erkundigte sich Öhrn.

»Noch nicht.«

»Und sein Komplize konnte uns auch nichts dazu sagen?«, fuhr Gunnar Öhrn fort. »Ich meine diesen Aron Holm.«

»Nein«, antwortete Henrik Levin.

»Was wissen wir eigentlich über Terry Lindman?«, fragte Jana. »Über seine Verwandten, seine Freunde, seine Familie?«

»Seine Eltern leben in Oxelösund«, berichtete Henrik

Levin. »Außerdem hat er eine Schwester, die ebenfalls dort wohnt. Ich habe die Kollegen gebeten, sie zu kontaktieren.«

»Hat er eine Freundin?«, fragte sie.

»Er ist unverheiratet«, erwiderte Henrik Levin.

»Und Exfreundinnen?«

»Keine Ahnung.«

Jana wandte sich an Ola Söderström.

»Und was können Sie über seinen Computer sagen?«, fragte sie.

»Ich schaue ihn mir gerade näher an«, antwortete er.

»Super, prima, toll«, sagte Mia. »Sind wir jetzt fertig mit der Besprechung?«

»Die Frage ist doch, warum Terry Lindman ausgerechnet die Namen von Jonathan und Kevin an Aron Holm weitergegeben hat«, bemerkte Jana.

»Das frage ich mich auch«, meinte Henrik Levin. »Sam Witell und Amanda Denver waren Kollegen, und es kann kein Zufall sein, dass ausgerechnet die beiden einen Automaten bekommen haben.«

»Das müssen wir überprüfen«, sagte Gunnar Öhrn.

»Also, das mit den Webcams, den Süßigkeitenautomaten und Jonathan ist die eine Sache«, begann Mia Bolander und fuhr sich durchs Haar. »Aber den Mord an Felicia Witell verstehe ich nicht. Hat Lindman sie umgebracht, um an Jonathan ranzukommen?«

»Vermutlich ja«, antwortete Henrik Levin.

»Ist nicht gerade typisch für einen Pädophilen, aber wer weiß?« Mia Bolander zuckte mit den Schultern. »Noch was?«

»Wir wissen doch noch gar nicht, ob Terry Lindman pädophil ist«, gab Levin zu bedenken und unterdrückte ein Gähnen.

»Warum sollte er es denn nicht sein?«, fragte Mia Bolander. »Er arbeitet ja mit einem Pädophilen zusammen.«

»Aber Henrik hat recht«, meinte Öhrn. »Wir wissen noch immer zu wenig über ihn.«

»Was müssen wir denn noch wissen?«, zischte Mia Bolander. »Alles deutet doch auf ihn hin.«

»Schon, aber wir wissen noch immer nicht, wie das alles miteinander zusammenhängt – Terry Lindman, Aron Holm, die Automaten, der Mord und die Entführung«, sagte Gunnar Öhrn. »Aber ich glaube, es wird sich alles klären, wenn wir ihn zu fassen bekommen.«

»Ja, wenn wir ihn zu fassen bekommen«, wiederholte Mia Bolander.

»Ich habe schon Verstärkung angefordert, und ich werde alles dafür tun, dass wir noch mehr Leute bekommen.«

»Gut«, sagte Mia Bolander. »Aber es hat doch keinen Sinn, hier herumzusitzen und auf die Verstärkung zu warten, oder?«

Rebecka Malm ging durch den Korridor des Untersuchungsgefängnisses.

Widerstreitende Gefühle tobten in ihr.

Sie hatte Danilo versprochen, ein weiteres Telefonat zu führen. Natürlich sollte sie an die schrecklichen Konsequenzen denken, die dieses Gespräch haben würde. Sie wusste auch, dass Danilo ihr nicht guttat, dass sie am besten alles beenden sollte. Aber er hatte nun mal eine unwiderstehliche Wirkung auf sie. Rebecka wollte mehr. Sie musste einfach mehr haben. Und deshalb musste sie das Telefonat führen, um das er sie gebeten hatte. Trotz aller Konsequenzen.

Vermutlich war sie nicht die erste Frau, deren Begehren über die Vernunft siegte, und sie würde auch nicht die Letzte sein.

Ihre Atemzüge wurden immer rascher, als sie die Treppe hinunter und zur Tür lief, die zum Raucherplatz hinausführte.

Rebecka dankte einer höheren Macht, dass außer ihr niemand dort war.

Jetzt musste sie sich beeilen. Rasch zog sie das Handy aus der Tasche und wählte die Nummer. Dann dachte sie an Jana Berzelius und hielt kurz inne. Panik erfüllte sie. Schließlich hatte sie ihr versprochen, sie anzurufen, sobald Danilo sie um ein weiteres Telefonat bat.

»Scheiße«, murmelte sie.

Was sollte sie tun? Sollte sie sich wirklich bei dieser Staatsanwältin melden? Wäre es nicht besser, sie zu ignorieren und einfach Danilos Freund anzurufen?

Die Zeit raste davon. Sie musste sich entscheiden. Sollte sie Kontakt zur Staatsanwältin aufnehmen oder nicht?

Noch ehe die Fahrstuhltüren zugingen, drückte Mia Bolander dreimal auf den Knopf. Nicht weil sie glaubte, es würde dadurch schneller gehen, sondern weil sie so wütend darüber war, dass sie schon in zehn Minuten zum Abendessen mit Gustaf und Bianca verabredet war. Wegen der langen Besprechung hatte sie nicht die geringste Chance gehabt, das Kleid zu kaufen, das sie gestern anprobiert hatte. Genervt spielte sie mit den Geldscheinen, die zerdrückt in ihrer Tasche lagen. Jetzt war nicht einmal genug Zeit, um nach Hause zu fahren und sich umzuziehen. Sie würde in schmutzigen Jeans und einem alten T-Shirt ein luxuriöses Abendessen zu sich nehmen müssen.

Scheiße.

»Hast du es irgendwie eilig?«, fragte Henrik, der neben ihr stand.

»Ich bin zum Abendessen verabredet«, antwortete sie und strich sich die Haare aus dem Gesicht, bevor sie ihr Konterfei im Wandspiegel begutachtete.

»Mit Silberhirn?«

Mia seufzte müde, während sich der Lift nach unten bewegte.

»Fährst du nach Hause?«, fragte sie.

»Ja«, antwortete er und gähnte herzhaft.

»Kann ich mitfahren?«

»Na klar. Wo musst du hin?«

»Zum Gin.«

»Das Essen dort soll gut sein«, sagte er. »Aber teuer.«

»Gustaf zahlt«, erklärte sie. »Er zahlt alles.«

In der Tiefgarage des Polizeigebäudes begann ihr Handy zu vibrieren. Jana Berzelius erstarrte, als sie sah, dass es die Vollzugsbeamtin aus dem Untersuchungsgefängnis war.

»Hier Jana Berzelius.«

»Hallo, hier ist Rebecka Malm. Also, Sie hatten doch gesagt, dass ich mich bei Ihnen melden sollte.«

»Ja?« Jana sah sich um und vergewisserte sich, dass niemand sie hören konnte.

»Sie wissen sicher, warum«, fuhr Rebecka Malm fort.

»Danilo Peña hat schon wieder von Ihnen gefordert, dass Sie für ihn ein Telefonat führen«, mutmaßte Jana.

»Stimmt.«

»Und was sollen Sie sagen?«

»Ich habe so ein komisches Gefühl dabei. Ich weiß gar nicht, ob ich …«

»Sagen Sie schon!«

»Dass Åström um die Ecke gebracht werden soll.«

Die Worte trafen Jana wie ein Schlag ins Gesicht.

»Ich will, dass Sie anrufen«, sagte sie so beherrscht wie möglich. »Aber statt das weiterzugeben, worum Danilo Peña Sie gebeten hat, sagen Sie, dass …«

»Das geht nicht«, unterbrach Rebecka Malm sie.

»Warum nicht?«

»Weil ich schon angerufen habe.«

Panik stieg in Jana auf.

»Wann war das?«, fragte sie.

»Vor ein paar Minuten. Ich weiß, dass es dumm von mir war, aber ich …«

Jana hörte nicht mehr zu. Sie rannte schon zum Auto.

24

Sicher zehn Gäste in Anzügen und Kleidern sahen von ihren Tischen auf, als Mia Bolander das kleine Restaurant betrat. Zumindest fühlte es sich so an. Was gab es da zu glotzen? Ihr zerknittertes T-Shirt oder die dreckige Jeans, die sie schon den ganzen Tag anhatte? Oder ihre Haare, in die sie mithilfe ihrer Finger ein bisschen Volumen gezaubert hatte?

»Mia!«

Gustaf winkte sie zu sich. Er trug einen dunkelgrauen Anzug und ein weißes Hemd und saß allein an einem runden schwarzen Tisch. Es kribbelte in ihrem Bauch, und sie schöpfte Hoffnung. Hatte er womöglich ihren Wunsch nach einem Abendessen zu zweit erhört?

»Du siehst erstaunt aus«, stellte Gustaf fest, als sie vor ihm stand.

»Na ja, weil du allein am Tisch sitzt.«

»Bianca steht da hinten.«

Mia ließ die Schultern sinken, als sie sich umdrehte und den blonden Haarschopf entdeckte. Das Bonuskind stand vor den Toiletten, hielt das Handy ans Ohr und sah aufgewühlt aus.

»Sie musste kurz telefonieren«, erklärte Gustaf. »Offenbar hat sich ihr Pferd auf der Koppel verletzt.«

»Ach, wie schade«, sagte Mia und setzte sich.

»Ja, und die Tierärztin ist offenbar schwer zu erreichen«,

fuhr er besorgt fort. Doch schon im nächsten Moment strahlte er. »Sieh einer an, da kommt ja mein kleiner Schatz. Wie sieht es aus?«

»Ich habe mindestens siebzehn Nachrichten auf der Mailbox hinterlassen und hoffe, dass sie bald zurückruft«, berichtete Bianca und ließ sich auf den Stuhl fallen. »Ich kriege die Krise.«

»Das wird sich schon alles aufklären«, versuchte Gustaf sie zu trösten. »Meinst du nicht auch, Mia?«

Mia nickte und sah, dass der Kellner sich ihrem Tisch näherte.

»Und? Möchten Sie schon bestellen?«, fragte er.

»Ich habe mir gedacht, wir nehmen alle drei das Probiermenü«, sagte Gustaf. »Das mit den vier Gängen.«

Mia schlug die Speisekarte auf und hob die Augenbrauen, als sie Wörter wie Flussbarsch, Kalbsbries und Nackthafer las.

»Und ansonsten ist alles in Ordnung?«, erkundigte sich der Kellner und sah alle drei fragend an.

»Ja«, sagte Mia. »Wenn Sie mir dann bitte noch ein Bier bringen würden?«

Jana Berzelius rannte die Treppe zu Pers Wohnung hinauf. Sie hatte ihn auf dem Weg hierher angerufen, aber er war nicht rangegangen.

Es war dunkel im Hausflur, doch sie verzichtete darauf, die Treppenhausbeleuchtung anzuschalten. Sie lief bis zur Wohnungstür, klingelte einmal, dann noch einmal. Sie kämpfte gegen den Impuls an, die Tür einzutreten, und zwang sich zu warten. Je mehr Zeit verging, desto mehr Gänsehaut bekam sie an den Armen, auf dem Rücken, am Nacken.

Wieder betätigte sie die Klingel, und noch einmal. Plötzlich öffnete sich die Tür.

»Jana?«, sagte Per erstaunt. »Hallo, was machst denn du hier?«

Er stand vor ihr und hatte sich ein Handtuch um die Hüften geschlungen. Wasser tropfte aus seinem Haar, und auf einer Schulter klebte noch Seifenschaum. Er hatte sich eine Plastiktüte um den eingegipsten Arm gewickelt.

Jana biss sich auf die Unterlippe und dachte, dass sie ihm eigentlich eine gute Erklärung liefern müsste, warum sie so plötzlich auftauchte, doch ihr fiel nichts ein.

»Darf ich reinkommen?«, fragte sie nur.

Henrik Levin ging den gepflasterten Gang zu seinem Haus entlang und sah, dass die Räder der Kinder draußen standen. Nach dem letzten Wolkenbruch hatte sich auf den Satteln Wasser gesammelt. Als er den Lenker von Vilmas rotem Fahrrad umfasste, verspürte er eine enorme Erleichterung darüber, zu Hause zu sein. Und hier würde er auch bleiben, zumindest eine oder zwei Stunden. Dann musste er weiterarbeiten.

Sein Bauchgefühl sagte ihm, dass sie kurz davor waren, Jonathan zu finden, und er erwog, Sam Witell anzurufen, entschied sich dann aber dagegen. Es hatte keinen Sinn, ihn weiter nervös zu machen. Sie würden ihm erst Bescheid geben, wenn sie ganz sicher waren, dass Terry Lindman der Entführer war.

Henrik schob das Fahrrad zum Schuppen. Als er die Beleuchtung anschaltete, wurde er daran erinnert, wie eng es dort drinnen war. Er ließ seinen Blick vom Rasenmäher in der Ecke zum Sessel schweifen, bei dem die Füllung aus einem Riss im Stoff hervorquoll, und zu den

Umzugskartons, die noch immer nicht geleert waren. Was enthielten sie? Bücher? Oder Fotos? Vielleicht Kinderkleidung?

Da drüben stand der alte Küchentisch seiner Schwiegermutter, ihre Kommode und ihre Stickbildchen, für die sie keinen Platz mehr hatte. Seit sie vor einigen Monaten aus diesem Haus und in ihre Neubauwohnung gezogen war, wohnten er und seine Familie hier.

Henrik holte Felix' Fahrrad und stellte es dicht neben Vilmas. Dann streckte er die Hand aus, um das Licht wieder auszuschalten, hielt aber inne, als er den Staub auf dem Boden sah.

Er blickte nach oben und stellte fest, dass Emma mehrere Löcher in die Wand gebohrt hatte, für die Haken, die sie vor einigen Wochen gekauft hatte.

Der Staub, dachte er.

Ein eisiges Gefühl durchfuhr ihn, als ihm bewusst wurde, dass er solchen Staub heute schon einmal gesehen hatte. In einem anderen Zimmer, an einem anderen Ort.

Per Åström hatte zwei Weingläser auf den Wohnzimmertisch gestellt. Er war völlig überwältigt, dass Jana endlich bei ihm zu Hause war, und er wusste nicht, was er sagen oder tun sollte. Deshalb blieb er stehen, das Handtuch um die Hüften geschlungen, und betrachtete ihren Rücken.

»Was ist?«, fragte er.

Jana drehte sich um.

»Nichts«, sagte sie.

»Dann steh doch nicht am Fenster herum. Komm her und stoß mit mir an.«

Als sie ihm entgegenging, wurden ihm der Ernst in ihrem Blick und die Konzentration in ihren Bewegungen bewusst.

Er hatte schon längst gemerkt, dass sie ihre Gefühle so sehr im Zaum hielt, dass beinahe nichts an die Oberfläche drang. Aber das hieß nicht, dass sie nichts empfand. Sie war schließlich hergekommen!

Er reichte ihr eines der Weingläser.

»Danke«, sagte sie.

»Danke dir«, erwiderte er und hob sein eigenes Glas.

»Wofür?«

»Weil du hier bist. Ich freue mich wirklich sehr darüber. Ein bisschen erstaunt bin ich ja, aber vor allem freue ich mich.«

Er lächelte sie an, ehe er einen großen Schluck Wein trank.

»Hast du Hunger?«, fragte er.

»Wieso?«

»Ich dachte, wir gehen hinterher was essen.«

»Hinterher?«

»Nachdem ich fertig geduscht habe natürlich. Du hast es geschafft, mich mitten im Schamponieren zu unterbrechen. Willst du solange Musik hören?«

»Ich mag keine Musik.«

»Okay, dann bleib einfach hier sitzen und genieß den Wein. Es dauert ein bisschen, mit Gips zu duschen, aber ich werde mich beeilen«, sagte Per und tanzte mit dem Glas in der Hand aus dem Zimmer.

Sam saß am Küchentisch seines Sommerhäuschens.

Es kam ihm so vor, als würde sein Kopf gleich explodieren. Schweiß lief ihm den Hals herab. Er hatte sich angestrengt, hatte die Muskeln viel zu sehr beansprucht und war jetzt am Ende.

Um ihn herum war es still. Er hörte nichts außer seinem

eigenen Atem und dem Surren eines elektrischen Geräts irgendwo.

Sam stellte das Handy auf lautlos, ließ dann den Kopf langsam sinken und legte die Wange auf die kalte Tischplatte.

Er sah nach unten. Der glänzende Fußboden wirkte unscharf. Das Licht, das durchs Fenster hereinfiel, wurde immer schwächer. Sein Blickfeld schrumpfte zu einem verschwommenen Kreis.

Er schloss die Augen und schlief auf dem Küchenstuhl ein.

Sobald Jana Berzelius hörte, wie die Badtür geschlossen wurde, erhob sie sich vom Sofa und spähte weiter aus dem Fenster. Sie versuchte die Gestalten zu erfassen, die sich dort unten bewegten. Vorhin hatte sie eine junge Frau in dunklem Hosenanzug und roter Handtasche gesehen, einen Jungen auf einem Skateboard und einen älteren Mann, der Münzen in einen Parkscheinautomaten steckte. Jetzt war die junge Frau mit der roten Handtasche verschwunden. Auch der Junge auf dem Skateboard war weg. Dafür sah sie den älteren Mann, der inzwischen den Parkschein in seinen Wagen gelegt hatte und jetzt davonging.

Jana blickte in alle Richtungen, entdeckte aber niemanden, der wie Zeke aussah.

Aus dem Badezimmer war Wasserrieseln zu hören. Per musste wieder in die Dusche gestiegen sein. Sie hatte nicht umhingekonnt, einen verstohlenen Blick auf seinen Brustkorb, seinen durchtrainierten Bauch und auf das Handtuch zu werfen, das er um seine Hüften geschlungen hatte. Das Blut rauschte in ihren Adern, und ihr wurde bewusst, dass sie ihn zum ersten Mal beinahe nackt gesehen hatte.

Sie war auch zum ersten Mal bei ihm zu Hause.

Jana sah sich im Wohnzimmer um. Sie betrachtete das weiße Sofa und das auf Maß eingebaute Regal, das viele Bücher auf Schwedisch und Englisch enthielt. An einer Wand hingen eingerahmte Fotos. Einige zeigten Per selbst, auf den meisten waren aber Menschen zu sehen, die vermutlich seine Eltern, Geschwister, Verwandten oder Freunde waren. Schwer zu sagen, denn sie war keinem davon je begegnet.

Plötzlich war ein Geräusch zu hören.

Ein Klicken, wie von einem Schloss, das geöffnet wurde.

Rasch durchquerte sie das Zimmer und betrat den Flur. Jemand versuchte offenbar, in die Wohnung zu gelangen.

Jana lief zur Tür, schaute kurz durch den Spion und sah einen Mann. Das eine Augenlid hing schlaff herab. Es herrschte kein Zweifel, wer das war.

Zeke.

Sie packte die Klinke und warf sich gegen die Wohnungstür, die im nächsten Moment aufflog. Zeke wurde rückwärts ins Treppenhaus geworfen, hielt aber das Gleichgewicht.

Er sah verblüfft aus.

»Wer zur Hölle bist du denn?«, fragte er.

Jana antwortete nicht, sondern schloss die Tür hinter sich und erwiderte seinen Blick.

Zeke sah hochkonzentriert aus. Er begann auf sie zuzugehen, hob die Linke und hielt die andere Hand weiter unten, wie ein Boxer. Dann schlug er in Janas Richtung, wohl im Glauben, sie mit einem einzigen Faustschlag niederstrecken zu können. Doch sie blockierte seinen Arm und konterte mit einem schnellen Ellenbogenstoß gegen sein Kinn. Dann umkreiste sie ihn und stellte sich mit dem Rücken zum Treppenhaus, um ihn an der Flucht zu hindern.

Als Zeke einen hektischen Blick auf eine Tür warf, die seitlich vom Flur abging, wusste Jana, dass er sich nach anderen Fluchtwegen umsah.

Erneut hob er seine Fäuste. Diesmal schlug er unkontrolliert in ihre Richtung, und sie musste nach hinten ausweichen, um nicht getroffen zu werden.

Plötzlich nahm er Anlauf und trat so heftig gegen ihre Beine, dass sie umfiel. Ehe sie wieder auf den Füßen war, hatte er die andere Tür geöffnet und war dahinter verschwunden.

Ein gedämpftes Geräusch von Schritten auf Metall erklang, und als sie die Tür öffnete, sah sie Zeke, der eine Wendeltreppe hinauflief. Sie griff nach dem Geländer und rannte hinterher.

Henrik Levin trat aus dem Aufzug, begrüßte den uniformierten Kollegen, der im Flur Wache schob, und ging in Terry Lindmans Wohnung.

»Du bist schon wieder hier?« Anneli blickte erstaunt aus einer Türöffnung.

Ohne zu antworten, ging Henrik ins Schlafzimmer und öffnete den Kleiderschrank. Er tastete nach dem Staub, der in der Ecke lag.

Eindeutig Bohrstaub.

Terry Lindman musste dort gesägt oder gebohrt haben.

»Was machst du?«, hörte er Anneli hinter sich sagen.

»Ich brauche eine Taschenlampe.«

»Ich habe eine in meiner Tasche. Warte kurz, dann hole ich sie dir.«

Als sie weg war, schob er die Hand in den Kleiderschrank, tastete an den Wänden und merkte, dass die Schrauben nicht ordentlich befestigt waren.

Erneut waren Schritte zu hören. Anneli war zurück.

»Bitte sehr«, sagte sie und reichte ihm eine Taschenlampe. »Was suchst du?«

»Ich weiß es noch nicht.«

Er leuchtete mit der Lampe in den Schrank und beugte sich weiter hinein.

Dann klopfte er gegen die Rückwand.

Es klang hohl.

Ein leichter Druck mit der Hand, und schon löste sich die Rückwand. Dahinter kam ein Hohlraum zum Vorschein.

Henrik richtete den Lichtkegel nach unten und schnappte nach Luft.

Per Åström lächelte seinem Spiegelbild zu. Er hatte ein Leinenhemd und schwarze Chinos angezogen und das Deo ein paarmal extra hin und her gerollt. Noch immer war er völlig überwältigt, weil Jana endlich bei ihm zu Hause war. Er dachte nur noch daran, dass er ihr nahe sein wollte. Alles andere war unwichtig. Er musste sich nur beherrschen. Seine Gefühle für sie waren nicht mehr geheim, aber er hatte gelernt, dass er es wohl besser ruhig angehen ließ.

Mit dem leeren Weinglas in der Hand ging er ins Wohnzimmer. Er blieb im Licht des Spotlights stehen und starrte das Sofa an, auf dem Jana gerade noch gesessen hatte. Ihr Glas stand unangerührt auf dem Tisch.

»Jana?«, rief er, bekam aber keine Antwort.

Er wartete eine Weile und ging dann in die Küche.

Erst jetzt bemerkte er, dass es um ihn herum ganz still war.

Nichts außer den eigenen Schritten auf dem Parkett war zu hören.

Er warf einen raschen Blick in die Küche, machte kehrt und merkte, dass die Schlafzimmertür einen Spaltbreit offen stand.

»Jana?«, rief er wieder und ging weiter zum Schlafzimmer.

Er schob die Tür auf, schaltete die Deckenlampe an und suchte den Raum mit den Augen nach Jana ab, doch da waren nur das bodentiefe Fenster, das Bett und der Fransenteppich.

Als er sich im Flur umsah, stellte er fest, dass die Wohnungstür nicht abgeschlossen war.

Jetzt war ihm klar, dass sie die Wohnung verlassen hatte.

Fieberhaft suchte er nach einer Erklärung, warum sie gegangen war, ohne sich zu verabschieden.

Rasch blickte er ins menschenleere Treppenhaus, ehe er die Wohnungstür schloss und von innen absperrte. Dann griff er nach seinem Handy und wählte zweimal ihre Nummer. Doch beide Male wurde er auf ihre Mailbox umgeleitet.

Irgendetwas musste passiert sein. Aber was?

Mia Bolander atmete tief ein. Das Hauptgericht hatte richtig gut geschmeckt. Aber sie hatte schon längst die Nase voll davon, sich Schilderungen von Reitturnieren, Meetings und verschiedenen Hindernistypen wie Mauern, Oxer und Gatter und weiß der Teufel was noch alles anhören zu müssen. Sie antwortete nur *Doch*, *Ja* und *Nein*, während das Bonuskind drauflosplapperte. Immer wieder kam sie zurück auf den armen Gaul, der verletzt auf der Koppel lag.

»Es ist die Tierärztin!«, rief Bianca plötzlich, als ihr Handy vibrierte. Sie erhob sich rasch und verließ den Tisch, um das Telefonat anzunehmen.

Gustaf rutschte unbehaglich hin und her und folgte ihr mit dem Blick. Er wirkte besorgt.

»Das wird schon wieder mit dem Pferd«, sagte Mia und drückte seine Hand.

»Das ist gar nicht der Grund für meine Sorgen«, erwiderte Gustaf. »Bianca und ich hatten eine Diskussion, bevor wir hergefahren sind. Offenbar hat sie keine Ahnung, was sie mit dem Geld gemacht hat, das ich ihr heute früh gegeben habe. Es ist nicht das erste Mal. Sie behauptet gern so was, wenn sie irgendwas Unnötiges gekauft hat, von dem ich nichts erfahren soll.«

»Ach, wirklich?« Mia spürte, wie ihre Wangen heiß wurden, als sie an die Geldscheine dachte, die in ihrer Hosentasche lagen.

»Wünschen Sie einen Kaffee zum Dessert?«, fragte der Kellner, während er abtrug.

»Ja bitte«, sagte Mia. »Einen großen Kaffee. Schwarz.«

»Und was darf ich Ihnen bringen?«, erkundigte sich der Kellner bei Gustaf.

»Einen doppelten Espresso bitte.«

»Ist alles noch zu Ihrer Zufriedenheit?«

»Wir hätten gern noch ein Bier«, sagte Mia und zeigte auf ihr leeres Glas.

»Aber ich habe doch noch gar nicht ausgetrunken«, meinte Gustaf erstaunt.

»Ich helfe dir«, schlug sie vor und leerte auch sein Bierglas.

Der Wind zerrte an Janas Haaren, als sie auf das Flachdach hinaustrat. Sie sah sich um. Hier oben konnte man sich kaum irgendwo verstecken. Einige Schornsteine und eine Satellitenschüssel, sonst nichts. Es waren gut zwanzig Meter bis zum Erdboden, aber es gab weder ein Geländer noch eine andere Absperrung. Nur eine schmale Kante.

Jana ging weiter vorwärts und sah, dass Zeke sich offenbar hinter einem der Schornsteine versteckt hatte. Er musste sie gehört haben, denn jetzt schaute er dahinter hervor. Erst überrascht, dann erwartungsvoll.

»Machen Sie das gern?«, fragte sie.

»Was denn?«, gab er zurück.

»Andere Menschen zu verletzen?«

»Komm näher, dann erfährst du es.«

Im selben Moment blitzte etwas auf, und Jana begriff, dass er ein Messer in der Hand hielt. Der Gedanke, dass die scharfe Klinge mit Leichtigkeit Pers Hals hätte durchtrennen können, machte sie rasend vor Wut.

Sie ging direkt auf ihn zu.

Zeke stieß mit dem Messer in ihre Richtung. Immer wieder parierte sie seine Ausfälle. Die ganze Zeit schwang er das Messer im selben Winkel, in derselben Höhe, was es ihr leichter machte, seine Vorstöße einzuschätzen.

Gerade als er das Messer nach hinten bewegte, ließ sie ihre Hand vorschnellen und traf ihn am Kehlkopf.

Zeke wimmerte auf und ließ die Waffe fallen. Dann sank er mit den Händen am Hals auf den Boden. Das Atmen fiel ihm sichtlich schwer.

Jana nahm das Messer an sich, schob es sich in den hinteren Hosenbund, packte dann Zeke und zog ihn zum Rand des Daches.

Sie spürte keinerlei Widerstand, hörte ihn nur zischend nach Luft ringen.

Erst als er über der Kante hing, konnte er wieder etwas Kraft mobilisieren.

»Zieh mich hoch!«, keuchte er. »Zieh mich hoch!«

»Nur wenn Sie auf meine Fragen antworten.«

Doch er hörte ihr nicht zu, sondern schlug mit den Armen um sich und öffnete den Mund, um zu schreien. Sobald er schrie, würden die Passanten unten auf der Straße hochschauen und sie sehen.

Doch sie wollte nicht gesehen werden. Insbesondere nicht mit ihm.

Deshalb lehnte sie sich ein klein wenig zurück.

Und ließ ihn los.

Das Dessert, das ihnen nun serviert wurde, sah aus wie ein Kunstwerk aus Äpfeln und Crème fraîche. Gerade als Mia Bolander davon probieren wollte, kam Bianca zurück an den Tisch. Sie sah aufgewühlt aus.

»Die Tierärztin sagt, dass wir sofort zum Stall fahren sollen.« Sie drückte das Handy an ihre Brust.

Gustaf musterte sie.

»Wir müssen jetzt los, Papa. Das Taxi ist schon da, glaube ich.«

»Aber ich kann nicht mitkommen ...«, setzte Gustaf an. »Nicht zum Stall.«

»Ich packe das nicht allein«, sagte Bianca schrill und begann zu weinen. »Du musst mitkommen, Papa.«

Gustaf schwieg.

»Wir haben das Dessert doch noch gar nicht gegessen«, gab er vorsichtig zu bedenken.

»Wir müssen jetzt fahren!«, schrie sie hysterisch. Fast alle Gäste des Restaurants blickten auf.

Gustaf legte die Serviette beiseite, stand auf und küsste Mia auf die Wange.

»Bitte entschuldige uns«, sagte er. »Ich rufe dich später an.«

»Okay.« Mehr brachte Mia nicht heraus.

Sie funkelte wütend ihre Tischnachbarn an, die sie ohne jede Scham anstarrten. Erst als sie ihr Tischgespräch wiederaufnahmen, aß Mia ihr Dessert und leerte das Bierglas.

»Hat es Ihnen geschmeckt?«

Der Kellner stand wieder am Tisch.

»Ja.« Mia streckte ihre geschwollenen Beine unter den Tisch.

»Wünschen Sie noch etwas?«

»Nein, ich gehe jetzt.«

»Dann bringe ich Ihnen die Rechnung.«

»Die Rechnung?« Mia erstarrte. »Aber mein Freund hat doch …«

Der Kellner legte den Kopf schief und lächelte bei ihrem Einwand.

»Wie wollen Sie zahlen?«, erkundigte er sich. »Mit Karte oder bar?«

Per Åström hörte den Klang von Martinshörnern. Als er aus dem Fenster schaute, sah er unten auf der Straße Polizeiautos und einen Rettungswagen. Was war da los?

Seine Gedanken wurden jäh unterbrochen, als es an der Wohnungstür klingelte.

Er stand vom Sofa auf und ging in den Flur hinaus.

Plötzlich zögerte er.

Was, wenn Danilo Peñas Männer vor seiner Tür standen? Bereit, ihn erneut zu bedrohen und zu verletzen?

Hör auf damit, ermahnte er sich und versuchte das unangenehme Gefühl zu verscheuchen, während er weiter in Richtung Flur ging.

Sein Herz geriet aus dem Takt, als er die Tür aufmachte. Jana stand vor ihm und hielt eine Tüte in der Hand.

»Warum siehst du so erstaunt aus?«, fragte sie und sah ihn aus ihren dunklen Augen an.

»Wo bist du gewesen?«, rief er.

»Du hast doch vorgeschlagen, dass wir was essen, wenn du fertig geduscht hast«, sagte sie und deutete auf die Tüte. »Thailändisch – passt das?«

Henrik Levin blickte eine Weile in den Himmel. Er fühlte sich völlig erschöpft.

»Sie glauben mir nicht?«

Der Mann wischte sich eine Träne von der Wange.

»Ich bin wohl nur ein bisschen schockiert«, meinte Henrik und fuhr sich mit den Händen übers Gesicht.

»Ich habe nur getan, was nötig war. Sie müssen mir glauben! Ich musste es einfach tun!«

»Sie haben ein Kind entführt!« Henrik starrte sein Gegenüber an.

»Sie verstehen mich immer noch nicht.«

»Was verstehe ich nicht? Erzählen Sie.«

FREITAG

25

Es war früh am Morgen, als Jana Berzelius in ihrer Küche eine Tasse mit Kaffee füllte. Sie war zehn Kilometer gelaufen, und ihr Haar war noch feucht vom Duschen. Durchs Fenster beobachtete sie die Menschen, die dort unten entlanggingen.

Sie lächelte, als sie sich an den Vorabend erinnerte. Aus irgendeinem Grund hatte sie sich erlaubt, sich zu entspannen, als sie und Per sich zum Essen an seinen Küchentisch gesetzt hatten.

Nach dem Essen waren sie ins Wohnzimmer umgezogen, und mit einem Weinglas in der Hand hatte Per von den Menschen und Orten auf den Fotos erzählt, die an der Wand hingen. Er hatte die ganze Zeit fröhlich, ja, beinahe aufgekratzt gewirkt, weil sie bei ihm zu Hause war.

Bevor sie ging, hatte er die Hand ausgestreckt und ihr über die Wange gestrichen. Ganz leicht nur, aber es hatte gereicht, um ihr zu signalisieren, dass er keine Angst davor hatte, sie wieder zu berühren.

Obwohl die Zeit, um Per in der Gerichtsverhandlung zu ersetzen, bald abgelaufen war, empfand sie keine so große Unruhe mehr. Da war ein anderes Gefühl. Vielleicht Wohlbehagen? Oder war es Befriedigung, weil sie die Männer ausgeschaltet hatte, die Per etwas antun konnten?

Alle drei waren weg.

Sogar Zeke.

Sie trank einen kleinen Schluck Kaffee und dachte wieder an die Begegnung mit ihm. An seinen Körper, der über den Rand des Daches verschwunden war, und an das Messer, das sie in einen Müllschlucker geworfen hatte.

Am liebsten hätte sie Danilo selbst eröffnet, dass seine Männer ihn im Stich gelassen hatten. Dass sie seine Leute und ihn überlistet hatte.

Aber je länger er nichts davon wusste, desto besser.

Jana griff nach ihrem Handy und suchte die Nummer von Rebecka Malm heraus. Als sie die Ansage auf der Mailbox hörte, sah sie auf die Uhr. Es war nur noch eine halbe Stunde bis zur Morgenbesprechung bei der Polizei.

Jana stellte die Tasse ab.

Sie würde es schaffen.

Rebecka Malm stieg in ihre Schuhe und ging dann zum Flurspiegel. Sie begutachtete sich, das Haar, das Make-up, die Zähne.

Noch immer war dieses kribbelnde Gefühl in ihr, wie das Überbleibsel eines Rausches. Es kam ihr so vor, als wäre auf einmal alles anders. Denn erst in diesem Moment war ihr klar geworden, dass sie den Mann ihres Lebens getroffen hatte. Denn genau das war Danilo für sie. Ein Mann, der ihr das gab, was sie wollte. Der ihr Genuss verschaffte. Wie ein Kind an Heiligabend sehnte sie sich danach, ihn wiederzusehen.

Es klingelte an der Tür. Rebecka drehte sich um. Wer wollte so frühmorgens etwas von ihr?

343

Sie öffnete und erschrak. Vor ihr stand Jana Berzelius, die sie ernst anblickte.

»Ich habe Sie angerufen«, sagte die Staatsanwältin. »Warum gehen Sie nicht ans Telefon?«

Wortlos trat Rebecka einen Schritt zurück in den Wohnungsflur und griff nach ihrer Handtasche.

»Sie haben jetzt genau zwei Möglichkeiten«, fuhr Jana Berzelius fort. »Entweder kündigen Sie Ihren Job als Justizvollzugsbeamtin mit sofortiger Wirkung, oder ich werde gegen Sie wegen Anstiftung zum Mordversuch Anklage erheben.«

Rebecka ignorierte Jana Berzelius und hängte sich die Tasche über den Arm. Sie sperrte die Wohnungstür ab und lief rasch die Treppen hinunter, doch es gelang ihr nicht, die Staatsanwältin abzuschütteln.

An der Hecke vor dem Haus stand ein Mann mit dem Rücken zu ihnen und wartete auf seinen Hund, der gerade an einem Gebüsch schnupperte.

»Ich meine es ernst«, sagte Jana Berzelius von hinten.

»Und ich will jetzt einfach zur Arbeit fahren, verstanden?«

Jana Berzelius packte mit unerwarteter Kraft ihren Arm. Rebecka wimmerte auf und sackte ein wenig in sich zusammen. Verdammtes Weib, was wollte sie eigentlich von ihr?

»Sie haben den Vormittag über Zeit, sich für eine der beiden Alternativen zu entscheiden«, sagte die Staatsanwältin.

»Sie haben mir keine einzige vernünftige Alternative angeboten«, entgegnete Rebecka.

»Wenn Sie sich nicht entscheiden, werde ich es für Sie tun.«

Rebecka versuchte sich loszureißen, aber es gelang ihr nicht. Ihr Blick fiel wieder auf den Hundebesitzer, der noch immer an derselben Stelle stand. Sie deutete mit dem Kopf auf ihn.

»Lassen Sie mich los, sonst schreie ich!«

Sie sah den kalten Blick der Staatsanwältin und spürte, wie Jana Berzelius sie aus ihrem Griff entließ. Dann ging Rebecka mit schmerzendem Arm auf ihr Auto zu.

Sam Witell drehte und wendete sich in seinem Bett im Sommerhäuschen, um bequemer zu liegen. Er konnte sich nicht mehr erinnern, wie er überhaupt ins Bett gekommen war. Vermutlich hatte er schlafgewandelt, denn er wusste nur noch, dass er mit dem Kopf auf dem Küchentisch eingenickt war.

Als er die Decke beiseiteschob, stellte er fest, dass er noch immer seine Jeans und das grüne T-Shirt trug. Er ging auf die Toilette, wusch sich das Gesicht und sah dann durchs Fenster auf die Straße hinaus. Kein Auto, kein Mensch war zu sehen, und er war erleichtert, dass das Häuschen so abgelegen war. Sam hatte keine Ahnung, was er tun oder sagen sollte, wenn die Polizei käme.

Um sich abzulenken, ging er hinaus. Ein paar Vögel flatterten rasch von einem Gebüsch empor, als er die Haustür hinter sich schloss. Das Morgenlicht schien durch die Bäume am Waldrand. Sam füllte seine Lunge mit frischer Luft. Dann ließ er das Sommerhäuschen hinter sich, stieg über einen Graben und ging auf die Wiese hinaus, die sich neben der Schotterstraße ausbreitete. Im hohen Gras wuchsen wilde Blumen, und er pflückte sechs Margeriten mit dichten Blütenblättern. Die Sonne verschwand gerade hinter den Wolken, als er auf dem schmalen Kiesweg zum Häuschen zurückging. Er bückte sich, legte die Blumen auf den Randstein und schlug die Hände vors Gesicht.

Jana Berzelius lauschte dem Gemurmel der Kollegen vom Ermittlungsteam, die sich nach und nach an den Tisch im Konferenzraum setzten.

»Bedauerlicherweise befinden wir uns am selben Punkt wie gestern«, sagte Gunnar Öhrn mit besorgter Miene. »Wir wissen immer noch nicht, wo sich Terry Lindman befindet. Nach wie vor gehen wir davon aus, dass er mit dem Auto geflohen ist, wobei sein eigener Wagen noch immer auf dem Parkplatz steht.«

»Okay«, meinte Mia. »Er könnte also im Auto von jemand anders geflohen sein. Heißt das, er arbeitet mit weiteren Leuten außer Aron Holm zusammen?«

»Wenn ich vielleicht ein paar konkrete Dinge beitragen darf?«, meldete sich Anneli zu Wort. »Wir haben eine Sporttasche gefunden, die Terry Lindman in seinem Kleiderschrank versteckt hatte. Ola, könntest du bitte …?«

Ola Söderström klappte sein Notebook auf, tippte auf der Tastatur herum und brachte ein Foto von blutigen Bandagen zum Vorschein.

Jana runzelte die Stirn.

»Diese Bandagen lagen in seiner Sporttasche«, erklärte Anneli Lindgren.

»Sie werden verwendet, um Hände und Handgelenke zu stützen, zum Beispiel beim Boxen. Zeig mal das nächste, Ola.«

»Yes«, sagte er und wechselte das Foto.

»Was ist das?«, fragte Mia Bolander.

Jana starrte das Foto an. Ihr Herz begann zu rasen.

»Das ist eine Gesichtsmaske«, sagte Anneli Lindgren.

»Lag die auch in der Tasche?«, hakte Mia Bolander nach.

»Ja, und wir haben darin auch eine Pistole gefunden, eine ČZ 70 Kaliber 7,65 mm. Hergestellt in Serbien. Die Waffe war vermutlich der Grund, weshalb er die Tasche versteckt gehalten hat.«

Jana hörte nicht mehr zu. Sie war wieder im illegalen Kampfclub und sah sich selbst auf der schwarzen Matte, zusammen mit ihrem Gegner. Sie sah, wie er rasend vor Wut von hinten auf sie einschlug, immer wieder. Wie ihre Maske plötzlich am Nacken hochgerutscht war und die Buchstaben freigelegt hatte.

Terry Lindman hatte sie dort gesehen.

Jetzt begriff sie, warum ihm seine Augen so seltsam bekannt vorgekommen waren, als sie sein Foto zum ersten Mal gesehen hatte.

Lindman war ihr Gegner gewesen. Sie war sich ganz sicher.

»Das heißt, er ist Boxer?«, fragte Gunnar Öhrn.

»Das können wir nicht mit Sicherheit sagen«, meinte Anneli Lindgren. »Aber wir können zumindest davon ausgehen, dass er boxt oder einen anderen Kampfsport betreibt.«

»Ich kenne keinen Verein, in dem man beim Boxen oder Kämpfen eine Maske trägt«, überlegte Gunnar Öhrn laut.

»Höchstens in illegalen Clubs«, bemerkte Mia Bolander.

»Meinst du wirklich, er kämpft in so einem Club?«, fragte Gunnar Öhrn.

»Ich habe von Clubs gehört, bei denen die Teilnehmer im Boxkampf maskiert sind, um anonym zu bleiben.«

»Da Terry Lindman eine Waffe besaß, wollte er die Maske womöglich für andere Zwecke einsetzen?«, schlug Gunnar Öhrn vor.

»Was denn zum Beispiel?«, fragte Mia Bolander. »Um jemanden zu überfallen?«

»Oder um ein Kind zu entführen«, sagte Henrik Levin.

Eine Weile senkte sich Schweigen über den Raum.

»Wir können nicht einfach dasitzen und herumspekulieren«, sagte Gunnar Öhrn schließlich. »Ich will wissen, wer Terry Lindman ist, wo er steckt und was ihn dazu gebracht haben könnte, eine Frau zu töten und ein Kind zu entführen.«

»Haben wir eigentlich schon mit seinen Eltern gesprochen?«, fragte Jana. Sie versuchte, Ruhe zu bewahren und den Aufruhr in ihrem Inneren zu ignorieren.

»Nur kurz«, erwiderte Gunnar Öhrn.

»Ich kann seine Eltern anrufen und fragen, ob sie etwas über die Bandagen, die Maske und die Waffe wissen«, bot Mia Bolander an.

»Gut«, sagte Jana. »Und Sie, Levin, sorgen dafür, dass wir die Schwester noch einmal befragen können.«

Sobald Rebecka Malm Danilos Zelle betrat, legte sie die Arme um seinen Hals. Sie hatte beinahe vergessen, wie gut er aussah.

Mit geschlossenen Augen beugte sie sich vor und wartete darauf, dass er sie küsste. Doch zu ihrer Überraschung befreite er sich aus ihrer Umarmung.

»Wie ist es gestern gelaufen?«, fragte er kurz angebunden.

»Ich glaube, gut«, antwortete sie.

»Du glaubst?«

Rebecka antwortete nicht, sondern stand einfach nur da, mit gesenktem Blick, und fragte sich, wie sie es ihm sagen sollte.

»Was meinst du damit?«, hakte Danilo nach. Er schien irritiert zu sein, dass sie nichts sagte.

»Er hat nicht zurückgerufen.«

»Was sagst du da, verdammt?«

Rebecka traute sich nicht, seinen Blick zu erwidern. Sie

hatte das Gefühl, als wäre es ihr Fehler, dass sich der Mann nicht zurückgemeldet hatte.

»Und ich …«, fuhr sie fort und hörte die Nervosität in ihrer Stimme. »Ich weiß gar nicht, wie ich es sagen soll, aber ich bin von einer Staatsanwältin kontaktiert worden.«

»Die Jana Berzelius heißt?«, fragte Danilo.

»Woher wusstest du das?« Rebecka sah ihn erstaunt an.

Danilo begann zu lachen.

Was sie ihm erzählt hatte, war doch gar nicht lustig gewesen, dachte sie, trotzdem lachte er. Sie war erleichtert. Sie hatte solche Angst davor gehabt, ihm die Wahrheit zu gestehen, aber jetzt war ihr klar, dass ihre Angst unbegründet gewesen war.

»Rebecka«, sagte Danilo und sah sie an. »Du musst mir wieder helfen.«

Rebecka schlug die Augen nieder.

»Ich weiß, dass es für dich nicht einfach ist, aber ich werde dich verwöhnen. Ich werde dich glücklich machen.«

»Versprichst du mir das?«, fragte sie und spürte wieder das wohlbekannte Kribbeln im Bauch.

»Du musst mich dafür heute nur zur Bibliothek bringen.«

»Aber ich kann nicht garantieren, dass ausgerechnet ich …«

»Tu es einfach«, unterbrach er sie.

Henrik Levin saß in seinem Büro und suchte nach der Nummer von Terry Lindmans Schwester Malin. Nach zwei Freitönen meldete sich eine Frau mit fröhlicher Stimme. Im Hintergrund waren Rufe und Gelächter von Kindern zu hören.

»Ich bin gerade erst am Strand angekommen«, erklärte Malin Lindman, nachdem Henrik sich vorgestellt hatte.

»Warten Sie mal kurz, dann gehe ich ein bisschen weiter weg.«

Er hörte, wie sie einen Mann bat, die Kinder beim Baden im Auge zu behalten.

»So«, sagte sie dann. »Jetzt bin ich wieder da.«

»Wir brauchen Ihre Hilfe«, erklärte Henrik. »Wir sind auf der Suche nach Ihrem Bruder.«

»Ich weiß schon. Ich habe mit einem Kollegen von Ihnen gesprochen, der mich gefragt hat, wo Terry stecken könnte. Was hat er denn angestellt?«

»Wir müssen ihn finden, mehr kann ich Ihnen nicht sagen. Wissen Sie, wo er sein könnte?«

»Nein. Und ich will es auch nicht wissen.«

»Warum nicht?«

»Weil er ein Idiot ist.«

Sie seufzte.

»Tut mir leid, aber allmählich reicht es mir mit ihm. Mein Bruder hatte bisher ein ziemlich chaotisches Leben. In der Schule hat er sich geprügelt, ist mit den falschen Leuten herumgehangen, hat irgendwann Drogen genommen und sogar im Gefängnis gesessen, wie Sie wissen. Ich habe ihn ein paarmal dort besucht, und nach seiner Freilassung habe ich versucht, ihm zu helfen, indem ich ihm etwas Geld geliehen habe und so. Aber jetzt werde ich ihm nicht helfen.«

»Warum nicht?«

»Er gibt einem das Geld nie zurück, das hätte ich wissen müssen. Blöd, wie ich bin, hatte ich gedacht, dass die Zeit im Gefängnis ihn verändern würde, aber inzwischen weiß ich, dass er sich nie verändern wird. Er wird immer ein Idiot bleiben. Oder vielleicht bin ich die Idiotin, weil ich immer zur Verfügung stehe und ihm helfe.«

»Wissen Sie, ob er gerne kämpft?«

»Kämpft? Wie meinen Sie das?«

»Trainiert er Boxen oder einen anderen Kampfsport?«, fragte Henrik.

»Als Jugendlicher hat er das getan«, erklärte seine Schwester. »Aber ob er das immer noch macht? Keine Ahnung.«

»Wann hatten Sie zuletzt Kontakt?«

»Vor einem Monat oder so. Er hat mich angerufen und war sauer. Mal wieder.«

»Warum war er sauer?«

»Weil ich ihm kein Geld leihen wollte.«

»Was wollte er denn mit dem Geld?«

»Weiß ich nicht.«

»Sie haben ihn nicht gefragt?«

»Ich habe nur zu ihm gesagt, dass er mir erst mal das zurückzahlen soll, was er mir schuldet. Vorher werde ich kein Wort mit ihm reden.«

»Wissen Sie, ob Ihr Bruder einen Hang zu Waffen hat?«, wollte Henrik wissen.

»Also … es tut mir leid, aber ich will da wirklich nicht in irgendwas verwickelt werden.«

»Das werden Sie auch nicht, versprochen. Wir wollen nur mehr über Ihren Bruder erfahren.«

»Verstehe, aber da müssen Sie sich an jemand anders wenden.«

»Nur noch eine Frage«, sagte Henrik, »und die ist vielleicht ein bisschen heikel. Was für eine sexuelle Orientierung hat Terry?«

»Was meinen Sie?«

»Ist er heterosexuell, homosexuell?«

»Er ist hetero. Bevor er hinter Gitter kam, war er mit einer Frau zusammen.«

351

»Wie heißt sie?«

»Sie nannte sich Mika.«

»Mika?«

Henrik fuhr sich mit der Hand über den Mund. Hatte er diesen Namen nicht schon irgendwo gehört?

»Mehr weiß ich nicht über sie«, fuhr Malin Lindman fort. »Und ich werde wohl auch nicht mehr erfahren.«

»Warum?«

»Weil Mika tot ist.«

Seit der Besprechung im Polizeirevier hatte Jana Berzelius keine einzige Minute, nein, keine einzige Sekunde lang an etwas anderes als an Terry Lindman gedacht.

Er war ihr Gegner gewesen.

Und er hatte die Hautritzung in ihrem Nacken gesehen.

Er war der Mörder und Entführer.

Und sie musste alles tun, um ihn zu finden.

Jana kam in den Stadtteil Knäppingsborg und lief eilig an den vielen bunten Stühlen und Tischen vorbei, die auf dem Kopfsteinpflaster des kleinen Platzes aufgestellt waren.

Eine Gruppe Touristen stand ihr im Weg. Konzentriert lauschten sie dem deutschen Reiseleiter. Sie drängte sich vorbei, entschuldigte sich und lief weiter.

Rasch öffnete sie die Haustür, und während sie die Treppen zu ihrer Wohnung hochlief, dachte sie an den Vorsprung, den sie gegenüber der Polizei hatte. Sie wusste schon, in welchem illegalen Club Terry Lindman gekämpft hatte und wer als Besitzer eingetragen war. Sie hatte seinen Namen auf mehreren Briefen und Rechnungen gesehen, als sie sich ins Büro des Umzugsunternehmens geschlichen hatte, dessen Räume von dem illegalen Club genutzt wurden. Dort würde sie ihre Suche beginnen. Bei ihm, bei Adnan Khan.

Sie drehte den Schlüssel in der Tür, durchquerte den Flur, ging ins Schlafzimmer und öffnete die Tür zu ihrem begehbaren Kleiderschrank. Rasch wechselte sie ihre Kleidung und zog sich ein schwarzes Langarmshirt und eine dünne, enge Hose an.

Die Sporttasche stand ganz hinten.

Sie ließ sie aufs Bett fallen, öffnete den Reißverschluss und zog die Maske und die weißen Bandagen heraus.

Sie konnte sie nicht behalten, nicht jetzt, nachdem die Polizei ebensolche Bandagen und genau so eine Maske bei Terry Lindman gefunden hatte.

Sie würde sie wegwerfen. Nur die Maske würde sie noch einmal tragen müssen. Ein letztes Mal.

26

Mia Bolander saß auf ihrem Bürostuhl, lehnte den Kopf nach hinten und betrachtete das Handy, das in ihrem Schoß lag. Während ihres Telefonats mit Terry Lindmans Mutter hatte Gustaf angerufen und eine Nachricht auf ihrer Mailbox hinterlassen, dass Biancas Gaul überlebt habe. Als würde Mia irgendwelche Gedanken an dieses Pferd verschwenden. Im Moment dachte sie nur daran, dass sie nach dem gestrigen Abendessen nur noch fünfundfünfzig Kronen hatte. Gustaf und seine Tochter hatten sie im Restaurant zurückgelassen, allein mit der Rechnung.

Wie konnten sie es wagen?

Arschlöcher.

Alle beide.

Vielleicht war es besser, auf ihn und sie zu pfeifen?

Dann müsste sie sich auch nicht mehr das ewige Gerede über Pferde, Wellnesswochenenden, Yoga und weiß der Teufel was anhören.

Es war schon komisch. Jetzt hatte sie die Möglichkeit, das Leben zu führen, nach dem sie sich schon immer gesehnt hatte, und ausgerechnet da fiel ihr ein, dass es vielleicht doch nicht das war, was sie wollte.

Mia seufzte laut, als ihr Handy klingelte.

Jana Berzelius saß in ihrem Auto und betrachtete Adnan Khans rotes Ziegelhaus, das ein Stück weiter unten an der einsamen Straße lag. Neben dem Haus befand sich eine Doppeltürgarage. Vor der länglichen Veranda breitete sich ein ungemähter Rasen aus. Ein Vorhang bewegte sich im Windzug von der offenen Terrassentür.

Das nächste Haus lag gut hundert Meter entfernt in derselben Straße, danach folgten nur noch Wälder und Felder.

Wieder einmal beruhigte Jana sich, dass sie die Situation im Griff habe und rasch handeln müsse.

Sie streifte ihre Handschuhe über, zog die Maske übers Gesicht und ging auf das Haus zu.

Henrik Levin stand breitbeinig in seinem Büro und ging im Kopf die bisherigen Ermittlungen durch. Er versuchte sich an alle Personen zu erinnern, mit denen er gesprochen hatte, und war sich immer sicherer, wer von ihnen Mika erwähnt hatte.

Lilian Streng, die psychisch kranke Klientin mit den glucksenden Geräuschen.

Höchst angespannt suchte er nach ihrer Nummer. Sie mussten sich jetzt beeilen, sie brauchten mehr Informationen über Terry Lindmans Bekannte und über die Orte, wo er sich normalerweise aufhielt. Und sie mussten herausfinden, warum er in seiner Wohnung Bandagen, eine Maske und eine Waffe versteckt hatte. Obwohl Mika tot war, konnte sie trotzdem ein wichtiges Puzzlestück bei der Analyse von Lindmans Leben darstellen. Lilian Streng hatte Mika erwähnt und müsste mehr über sie sagen können.

Er suchte in seinen Unterlagen und Notizblöcken, konnte aber nirgends ihre Nummer finden. Irritiert fuhr er sich durchs Haar.

»Die Kollegen von der Streife haben angerufen.«

Henrik blickte auf. Mia hatte sein Büro betreten, ohne vorher anzuklopfen.

»Aha?« Angespannt suchte Henrik weiter auf seinem Schreibtisch.

»Sam hat sich heute nicht zurückgemeldet«, fuhr sie fort.

»Nicht?«

»Eine Polizeistreife ist zu ihm nach Hause gefahren, aber er war nicht da. Die Haustür war abgesperrt, drinnen war es dunkel, keinerlei Bewegungen.«

»Hast du ihn angerufen?«, fragte Henrik.

»Das Handy ist ausgeschaltet.«

»Und sein Wagen?«

»Ist auch weg«, antwortete Mia. »Aber, und das wollte ich dir vor allem erzählen, wir haben neue Ergebnisse von den Befragungen in Lindmans Nachbarschaft. Ein Zeuge hat einen roten Toyota gesehen, der weggefahren ist, während wir dort waren.«

»Terry Lindman hat doch gar keinen roten Toyota«, entgegnete Henrik.

»Exakt. Aber du weißt schon, wer so einen Wagen fährt, oder?«

»Sam Witell.«

»Genau.«

Trotz der Wärme im Raum wurde Henrik eiskalt. In seinem Kopf kreisten die Gedanken immer schneller, und er versuchte intensiv, sie zu sortieren.

Sam Witell.

Terry Lindman.

Beide weg.

»Sorg dafür, dass die Kollegen von der Streife das Haus in Åselstad nach ihm durchsuchen«, sagte Henrik. »Wo könnte er sonst sein?«

»Vielleicht in seinem Sommerhäuschen?«, schlug Mia vor. »Soll ich die Kollegen bitten hinzufahren?«

»Wir kümmern uns selbst darum«, erklärte er. »Und bitte jemanden, bei Lilian Streng anzurufen.«

»Weshalb?«

»Um alles in Erfahrung zu bringen, was sie über Mika weiß.«

Jana Berzelius stand an der offenen Terrassentür und spähte in den Spalt zwischen den Vorhängen. Sie sah einen kleinen Flur und geschlossene Türen, die vermutlich ins Schlafzimmer und ins Bad führten.

Als sie einen Blick in die Küche warf, entdeckte sie einen Mann, höchstwahrscheinlich Adnan Khan. Er trainierte Liegestütze auf dem Boden und zählte konzentriert und laut mit.

»Einundzwanzig, zweiundzwanzig, dreiundzwanzig …«

Jana lächelte, als sie sah, dass er orangefarbene Kopfhörer trug. Die Musik, die er vermutlich gerade hörte, würde ihre Schritte übertönen.

Sie überprüfte den Sitz ihrer Maske. Dann ging sie rasch zu ihm und drückte das Knie gegen einen Punkt zwischen seinen haarigen und verschwitzten Schulterblättern.

Adnan Khan zuckte zusammen, und im nächsten Moment schrie er auf.

»Du kriegst dein Geld, versprochen, ich werde bezahlen, ich werde bezahlen!«

Sie riss ihm die Kopfhörer ab und drückte dann den Unterarm gegen seinen Kopf.

»Es geht nicht um Geld«, sagte sie mit fester Stimme. »Es geht um Terry Lindman.«

»Was? Wer bist du?«, keuchte er.

»Egal. Terry kämpft in deinem Club. Was weißt du über ihn?«

»Was denn für ein Club? Ich habe keinen Club.«

»Nicht?« Sie presste den Arm stärker gegen seinen Kopf.

»Okay«, wimmerte er. »Vielleicht habe ich doch einen.«

»Und was weißt du über Terry?«

»Ich weiß eigentlich gar nichts über ihn. Wir notieren uns keine Namen oder Adressen. Alle, die kämpfen, tragen Masken, das war schon immer so. Was man nicht weiß … Na, du verstehst schon. Das Einzige, was wir über unsere Kunden wissen, sind Gerüchte, die man so hört.«

»Und was sagen die Gerüchte über ihn?«, fragte Jana.

»Dass er gewalttätig ist. Offenbar hat er jemanden verprügelt, als er im Knast war, und zwar ordentlich. Ob das stimmt oder nicht, kann ich nicht sagen.«

Adnan Khan hustete, und Speichel spritzte auf den Boden.

»Wann war er zuletzt im Club?«, erkundigte sich Jana.

»Am Montag.«

»Ganz sicher?«

»Ja!«, jammerte er. »Terry ist bei einem Fight beinahe totgeschlagen worden.«

In diesem Punkt sprach er die Wahrheit, wie Jana wusste.

Sie beugte sich näher zum Ohr des Mannes und sagte: »Zähl weiter.«

»Was?«

»Du warst eben bei dreiundzwanzig, zähl weiter bis hundert, erst dann darfst du aufstehen. Verstanden?«

Adnan Khan nickte. Während sie zur offenen Terrassentür zurückging, hörte sie hinter sich seine Stimme:

»Vierundzwanzig, fünfundzwanzig, sechsundzwanzig …«

358

Gesichter flimmerten vorbei, als Mia Bolander und Henrik durch das Gewerbegebiet Ingelsta und an dem gleichnamigen großen Einkaufszentrum vorbeifuhren. Sie kamen auf die Autobahn und nahmen Kurs in Richtung Norden, nach Kolmårdsbacken. Von der Anhöhe war das Meer zu sehen, und Mia dachte, dass sie das Wasser des Bråviken noch nie so blau gesehen hatte wie jetzt. Dort drüben zog der Rauch von Holmens Papierfabrik langsam gen Himmel.

»Wie läuft es mit Silverschöld?«, fragte Henrik.

»Es läuft gar nicht mehr«, sagte sie und erwiderte seinen Blick.

»Das heißt, es ist Schluss?«

»Sieh nicht so verdammt glücklich aus«, erwiderte Mia.

»Ich habe doch nur eine Frage gestellt. Und natürlich finde ich es schade, wenn zwischen euch Schluss ist.«

»Das glaube ich dir nicht. Aber eines ist schon bemerkenswert«, fügte sie hinzu und lächelte.

»Was denn?«

»Dass du dir endlich gemerkt hast, wie er heißt.«

Sobald der Motor losdröhnte, nahm Jana Berzelius die Maske ab und schüttelte ihr Haar aus. Sie hatte von Adnan Khan nichts erfahren, was ihr dabei geholfen hätte, den Aufenthaltsort von Terry Lindman und Jonathan ausfindig zu machen. Das Einzige, was er ihr hatte bieten können, waren Gerüchte.

Sie wusste, dass Henrik Levin und Mia Bolander mit Lindmans Eltern und mit seiner Schwester gesprochen hatten. Wenn dabei etwas Entscheidendes herausgekommen wäre, hätte einer der beiden sich längst bei ihr gemeldet.

Es herrschte starker Verkehr, als sie in Richtung Stadtzentrum fuhr.

Sie hielt vor einem heruntergekommenen Buswarte-häuschen. Irgendjemand hatte die Scheiben eingeschlagen, die Splitter lagen in kleinen Häufchen auf dem Boden. Sie legte die Maske und die Handschuhe in eine Plastiktüte, die sie zuknotete, ehe sie sie in einen Abfalleimer hinter dem Wartehäuschen warf.

Rasch zog sie eine dunkelblaue Bluse und eine passende Hose an, die sie in einer Tasche auf dem Rücksitz dabei-gehabt hatte, und fuhr dann weiter zur Staatsanwaltschaft. Auf dem Weg zu ihrem Büro fiel ihr ein, dass sie die Haft-anstalt in Skänninge anrufen könnte, wo Terry Lindman immerhin sechs Jahre eingesessen hatte. Sie zog ihr Handy heraus und wählte. Der zuständige Kollege saß allerdings gerade in einer Besprechung, weshalb sie um einen Rückruf bat. Dann ging sie weiter in ihre Abteilung.

Per winkte ihr von seinem Büro aus zu. Offenbar wollte er mit ihr sprechen. Sie signalisierte ihm mit einer Geste, dass sie in Eile war, doch er gab nicht auf, sondern winkte noch eifriger. Sie sah keinen anderen Ausweg, als zu ihm ins Zimmer zu gehen.

Vor dem Sommerhäuschen befand sich ein keilförmiger Hofplatz. Das Fallrohr war verrostet, und die weiße Farbe am Treppengeländer blätterte ab.

Henrik Levin nickte bestätigend, als er den roten Toyota vor dem Gebäude stehen sah.

Sam Witell war da.

Henrik und Mia gingen auf einem kleinen Kiesweg in Richtung Haus. Auf einem Randstein lagen einige frisch gepflückte Margeriten, deren Blütenblätter sich leicht im Wind bewegten.

Eine Art Hämmern war von der Rückseite des Hauses zu

hören. Sie folgten dem Geräusch und sahen Sam Witell, der ein Stück Holz auf einen Hackklotz gestellt hatte und jetzt breitbeinig dastand, bereit, seine Axt zu schwingen.

Mit einem lauten Schlag wurde das Holzstück in der Mitte gespalten.

»Sie haben also hergefunden?«, sagte er und lehnte die Axt an den Klotz.

»Was machen Sie hier?«, fragte Henrik.

»Es ist doch nicht verboten, in seinem Sommerhäuschen zu sein«, antwortete Sam Witell.

»Nein, aber Sie hätten sich vor zwei Stunden im Polizeirevier melden sollen.«

»Ups.« Er nahm seine Schutzbrille ab. »Tut mir leid. Hatte ich ganz vergessen.«

»Sie scheinen auch vergessen zu haben, Ihr Handy aufzuladen. Und zwar nicht zum ersten Mal.«

»Ich habe es aufgeladen, aber der Empfang hier draußen im Wald ist so schlecht.«

Henrik seufzte. Es gelang ihm nicht mehr, seinen Ärger zu verbergen.

»Wo waren Sie gestern?«, fragte er. »Um die Mittagszeit?«

»Ich war zu Hause.«

»Wie kommt es dann, dass ein Zeuge Ihr Auto genau um diese Zeit in der Vrinnevigatan gesehen hat?«

»Mein Auto?«, wiederholte Sam Witell zweifelnd. »Ich weiß es nicht, ich war doch um die Zeit zu Hause.«

»Jetzt versuchen Sie nicht, sich rauszuwinden.«

Sam Witell sah zwischen Henrik und Mia hin und her.

»Okay«, sagte er schließlich. »Ich gestehe. Ich war in der Vrinnevigatan.«

»Was haben Sie da gemacht?«, fragte Mia.

»Ich bin Ihnen gefolgt. Ich weiß, dass das blöd war. Aber

ich konnte mich irgendwie nicht bremsen. Und ich war ja nur ganz kurz da.«

»Was haben Sie anschließend getan?«, fragte Henrik.

»Ich bin hierhergefahren«, erklärte Sam Witell.

»Wir müssten uns mal kurz Ihr Häuschen anschauen.«

»Warum denn das?«

»Lassen Sie uns bitte rein, Witell.«

»Aber …«

»Lassen Sie uns rein!«

Sam Witell schluckte.

»Na gut«, sagte er. »Dann kommen Sie mal mit.«

27

Jana Berzelius schloss die Glastür hinter sich und sah Per an, der ihr glücklich zulächelte. Er saß nach hinten gelehnt auf seinem Bürostuhl, das weiße Hemd war über dem Gips aufgekrempelt. Der Raum war von gleißendem Sonnenlicht erfüllt.

»Ich wollte mich nur für gestern bedanken«, sagte er und spielte an dem Stift herum, den er in der Hand hielt. »Ich freue mich so, dass ich endlich einen ganzen Abend mit dir verbringen durfte.«

Eine ganze Weile blickten sie einander ruhig an. Sie entdeckte etwas in seinen Augen, was sie schon früher dort gesehen hatte und was sie jetzt zum Lächeln brachte.

»War das alles?«, fragte sie, als sie merkte, dass es schon eine Weile still im Raum gewesen war.

Seine verschiedenfarbigen Augen wurden ernst.

»Du hast bestimmt die Polizeiautos und den Rettungswagen vor meiner Haustür gestern gesehen. Ich weiß nicht, ob du schon davon gehört hast, aber ein Mann ist vom Dach gesprungen«, erzählte er.

Jana hob das Kinn ein wenig.

»Selbstmord?«

»Woher weißt du, dass er gestorben ist?«, fragte er verblüfft.

»Das Dach ist ziemlich hoch.«

»Allerdings.«

Pers Lächeln kehrte zurück.

»Ich würde dich heute Abend gerne wiedersehen«, sagte er. »Ist das zu viel verlangt?«

»Ja.«

»Aber du musst doch in jedem Fall ...«

»... etwas essen, ich weiß.«

»Halb sieben, passt dir das?«

Jana schüttelte den Kopf angesichts seiner Beharrlichkeit, verließ sein Zimmer und ging weiter in ihr eigenes Büro. Sie spürte, dass er ihr mit dem Blick folgte, und als sie sich umdrehte, winkte er ihr durch die Glastür neckisch zu.

Gerade als sie sich an den Schreibtisch setzte, meldete sich ihr Handy. Sie wollte mit niemandem reden, deshalb ließ sie es klingeln, bis es aufhörte. Doch dann begann das Telefon erneut zu klingeln. Sie zog es aus der Tasche und sah den Namen Rebecka Malm auf dem Display.

»Haben Sie sich entschieden?«, fragte Jana ohne Umschweife.

Schweigen.

»Hallo?«

»Jana«, sagte Danilo gedehnt.

Die Härchen auf ihren Armen sträubten sich.

»Du dachtest, du hättest mich überlistet, oder?«, fuhr er fort.

Sie sagte nichts, lauschte nur seinen Atemzügen.

»Du bist clever, Jana. Und ich bewundere deine Härte und deine Willenskraft. Wir haben viele Gemeinsamkeiten, du und ich.«

»Wir haben keine Gemeinsamkeiten«, sagte sie abwehrend.

»Ich weiß, dass du es leugnest. Du willst, dass niemand davon erfährt. Mag sein, dass du anderen etwas vormachen

364

kannst, aber ich weiß, wer du bist und was du bist. Du bist genau wie ich zur Gewalt verdammt.«

Sie schloss die Augen und presste die Lippen fest aufeinander.

»Zwei meiner Männer stehen vor der Staatsanwaltschaft und warten auf Per Åström. Sie haben versprochen, dass er nicht leiden wird. Nicht mehr als nötig. Du hast dir eingebildet, ihn schützen zu können, aber wie du jetzt hoffentlich begreifen wirst, funktioniert das nicht mit Gewalt. Du kannst ihn nur schützen, indem du den Prozess übernimmst. Ich bin mit meiner Geduld am Ende, Jana. Binnen einer Stunde möchte ich von dir die Bestätigung, dass du an Per Åströms Stelle beim Prozess auftreten wirst. Verstanden?«

Jana befiel eine Ohnmacht, eine Verzweiflung und eine Leere, die sie nie zuvor empfunden hatte.

Sie öffnete die Augen und sagte:

»Ich habe verstanden.«

Nachdem es eine ganze Weile still gewesen war, begriff sie, dass das Gespräch beendet war. Langsam legte sie das Handy auf den Tisch, stand auf und ging hinaus in den Flur.

Es versetzte ihr einen Stich, als sie Per sah, der ihr wieder ein Lächeln zuwarf.

Sie schluckte, ging auf die Tür ganz hinten im Flur zu und dachte an die Männer, die sie getötet hatte. Es war ihr Versuch gewesen, Per zu schützen. Aber im Nachhinein war ihr klar, dass es nur verzweifelte Versuche gewesen waren, das Unausweichliche hinauszuschieben. Das, was sie jetzt tun musste.

Jana hob die Hand, klopfte an die Tür und wartete.

Schließlich hörte sie ihren Chef rufen:

»Herein!«

Das Sommerhäuschen war sicher nicht größer als ihre Wohnung, allerdings waren die dreißig Quadratmeter hier auf zwei kleine Schlafräume, ein Wohnzimmer, eine Küche und ein Bad verteilt. Mia Bolander hatte nie begriffen, warum sich Leute ein Sommerhäuschen kauften. Was hatte es für einen Sinn, seine Wochenenden und Ferien an einem Ort zu verbringen, wo es nur so von Nippes und Flechtkörben wimmelte, wo es kein WLAN gab und man nur wenige Fernsehsender reinbekam?

Sie betrat den kleineren der beiden Schlafräume. Ein Bett, ein Flickenteppich und geblümte Gardinen. Vermutlich war das Jonathans Zimmer, denn auf dem Nachttisch lagen Kinderbücher.

Sie hörte, wie Türen geöffnet und geschlossen wurden. Henrik sah sich die Schränke im anderen Schlafraum an. Sam Witell stand noch immer mit hängenden Armen im Flur, als sie in Richtung Küche ging.

Überall Fichtenholz.

Sie öffnete die Schränke und sah sich flüchtig das Geschirr an, nahm sich dann den Abfalleimer vor und musterte den Inhalt des Müllbeutels.

»Wonach suchen Sie eigentlich?«, fragte Sam Witell.

»Was wissen Sie über Terry Lindman?«, erkundigte sich Mia und stellte den Abfalleimer zurück unter die Spüle.

»Terry Lindman?«, wiederholte Sam Witell. »Gar nichts weiß ich. Warum?«

»Wir suchen ihn«, erklärte Henrik, der aus dem Schlafzimmer gekommen war.

»Und warum?«

»Ich darf Ihnen nicht sagen …«

»Wissen Sie, wie satt ich diesen Satz habe?«, entgegnete Sam Witell. »Verdammt satt.«

»Ich darf Ihnen nur sagen, dass wir nach ihm suchen.«

»Und Sie glauben, dass er sich hier versteckt hält?«

Sam Witell lachte auf, aber wurde wieder ernst, als Mia ihn ansah.

»Haben Sie einen Schuppen oder so?«, fragte sie ihn.

»Nur ein altes Plumpsklo. Aber seit wir hier drin eine Toilette haben, wird es nicht mehr verwendet.«

»Und wo verwahren Sie dann das Brennholz?«

»Ich stapele es an der Hauswand.«

»Zeigen Sie uns bitte das Plumpsklo«, sagte Mia.

»Ist das Ihr Ernst?«, vergewisserte er sich.

»Sehe ich so aus, als würde ich einen Witz machen?«

»Schon gut.«

Das Plumpsklo lag hinter zwei Birken. Ein kleines Fenster war in die Tür eingelassen.

»Sind Sie jetzt zufrieden?«, fragte Sam Witell, während er ihnen die morsche Tür aufhielt.

»Das sind wir«, entgegnete Henrik und begann zum Auto zurückzugehen.

»Eine letzte Warnung: Wenn Sie noch ein einziges Mal vergessen sollten, sich bei der Polizei zu melden, werde ich Sie unter Hausarrest stellen lassen.«

»Verstanden«, sagte Sam Witell.

»Gut. Und kümmern Sie sich doch um die frisch gepflückten Blumen da drüben«, fuhr Henrik fort und deutete mit dem Kopf auf den Randstein am Kiesweg. »Sie verwelken sonst.«

Der leitende Staatsanwalt Torsten Granath saß hinter dem Schreibtisch in seinem Büro. Auf dem Boden lag ein grüner Wollteppich, und an den Wänden hingen vergoldete Rahmen mit Fotos von den Enkelkindern.

Jana Berzelius begrüßte ihn mit einer Mischung aus Entschlossenheit und Widerwillen.

»Wie geht es deinem Vater?«, erkundigte sich Torsten. »Ich habe länger nichts von ihm gehört. Setz dich doch.«

»Er macht Fortschritte«, berichtete sie.

»Das klingt gut. Aber du bist sicher nicht hergekommen, um über deinen Vater zu sprechen, oder?«

»Nein.«

»Was möchtest du dann?«

»Ich möchte den Prozess gegen Danilo Peña führen.«

Torsten faltete die Hände über dem Bauch und sah sie verblüfft an.

»Ich glaube, ich verstehe dich nicht ganz«, sagte er. »Per ist doch für diesen Fall zuständig.«

»Aber ich will ihn wegen Befangenheit anzeigen.«

Es wurde vollkommen still im Zimmer.

»Jetzt verstehe ich gar nichts mehr«, sagte Torsten schließlich. »Kannst du das bitte noch mal wiederholen?«

»Per ist bedroht worden, ohne den Vorfall zu melden. Er ist vor ein Auto gestoßen worden, hat sich aber entschieden, es als Unfall zu bezeichnen. Seine Äußerungen deuten darauf hin, dass er um jeden Preis auf eine Verurteilung des Angeklagten hinwirken wird. Damit ignoriert er die Forderung nach Objektivität und ist daher nicht geeignet, den Prozess gegen Danilo Peña zu führen.«

Torsten starrte leer vor sich hin, als fiele es ihm schwer zu begreifen, was sie gesagt hatte.

»Das kann doch nicht wahr sein«, meinte er schließlich.

»Ich bin bereit, den Fall für ihn zu übernehmen. Ich habe die Ermittlungen mitverfolgt. Ich kenne die Anklagepunkte.«

»Das Material ist ziemlich umfangreich.«

»Ich lese schnell.«

Torsten kratzte sich am Hals und schien zu überlegen.

»Ich weiß nicht, Jana … Ich mache mir Sorgen.«

»Warum?«

»Um dich.«

»Das musst du aber nicht.«

»Wenn es Per gegenüber eine unzulässige Einflussnahme von diesem Ausmaß gegeben hat, dann besteht bei dir dasselbe Risiko.«

»Ich habe doch gesagt, dass du dir keine Sorgen machen musst.«

Torsten beugte sich vor, ohne sie aus den Augen zu lassen.

»Bitte lass mich eine Weile darüber nachdenken. Natürlich verstehe ich den Ernst deiner Aussage, und dem Verdacht von Befangenheit muss selbstverständlich sofort nachgegangen werden, aber …«

Jana nickte, erhob sich und ging zur Tür.

»Wo willst du hin?«

»Du wolltest nachdenken. Da ist es doch Zeitverschwendung, hier herumzusitzen.«

Sie legte die Hand auf die Klinke.

»Warte«, sagte er. »Ich habe fertig nachgedacht.«

Sie ließ die Klinke los, drehte sich um und betrachtete ihren Chef.

»Und?«

»Schick Per zu mir.«

Sam Witell stand mit den Margeriten in der Hand da und sah dem Auto hinterher, bis es in einer Staubwolke auf der Schotterstraße verschwunden war. Dann legte er die Blumen zurück auf den Randstein.

Er durchquerte den Garten, ging an seinem Häuschen

und dem intensiv duftenden Rosenbusch vorbei und warf einen letzten Blick zur Straße, bevor er auf den großen Wald zuhielt und auf den Schuppen mit der Sauna.

Die Scharniere quietschten, als er die Tür öffnete.

Er trat ein und blieb eine Weile bewegungslos stehen.

In einer Ecke saß Terry Lindman mit hängendem Kopf. Seine Hände waren an das Saunaaggregat gefesselt.

Sam krempelte die Ärmel hoch, ging zu ihm, packte ihn am Haar und zog seinen Kopf hoch.

»Die Polizei war da«, berichtete er. »Sie suchen nach dir. Es ist an der Zeit, endlich zu reden. Wo ist Jonathan?«

Terry Lindman starrte ihn an.

»Wo ist er?«, wiederholte Sam.

Keine Antwort.

»Hörst du schlecht? Antworte einfach auf meine Frage«, sagte Sam und hieb Terry Lindmans Kopf gegen das Aggregat.

Terry verzog das Gesicht, aber schwieg noch immer.

»Los, sag schon!«, schrie Sam. »Sonst wirst du es bereuen!«

Er packte den Kiefer des Mannes und drückte so stark zu, dass dieser aufstöhnte.

»Ich mache dich fertig, versprochen!«

Terry blinzelte mehrmals und starrte ihn weiter an.

Sam schlug zu.

Fest.

»Sag, wo er ist!«, rief er. »Sag endlich!«

Terry wollte seinen Kopf zwischen den gefesselten Armen schützen, aber Sam packte erneut seinen Kiefer und versetzte ihm einen weiteren Faustschlag ins Gesicht.

»Verdammt noch mal, rede schon!«

Terry gab ein gurgelndes Geräusch von sich, denn das Blut lief ihm inzwischen in die Kehle. Er versuchte auszuweichen und trat erfolglos mit den Beinen um sich.

Sam geriet in einen rauschhaften Zustand, den er nie zuvor erlebt hatte.

In seinen Gedanken war nur noch Jonathan. Er wollte ihn finden.

Also schlug er erneut zu.

Noch mal.

Und noch mal.

Rebecka Malm wurde innerlich eiskalt, als sie von Weitem Marko den Flur entlangkommen sah. Sie drehte sich um.

»Wir müssen los«, sagte sie warnend zu Danilo, der auf einem Stuhl in der Bibliothek saß.

Er reichte ihr sofort ihr Handy und nahm sich ein Buch aus dem Regal, bevor sie zusammen auf den Flur hinaustraten.

Rebecka erwiderte Markos Blick. Er war stehen geblieben und sah sie erstaunt an. Ihr Herz klopfte schneller, als sie an ihm vorbeigingen. Ob er etwas ahnte?

»Danilo Peña wollte sich nur ein Buch ausleihen«, murmelte sie und ging weiter mit Danilo den Gang entlang. Sie hatte das Gefühl, als würde Marko noch immer dastehen und ihnen hinterherschauen, aber als sie sich umdrehte, war er weg. Ach, wenn sie doch die Sache mit Danilo nicht geheim halten müsste. Am liebsten wäre sie mit ihm woanders, an einem Ort ohne Überwachungskameras, Kollegen und Sicherheitstüren.

Die Schlüssel an ihrem Gürtel rasselten, als sie die Zellentür öffnete. Danilo sah sie aus schmalen Augen an.

»Sieh nicht so verdammt nervös aus«, sagte er. »Du weißt doch, was du tun musst, wenn Jana anruft.«

Rebecka schlug die Augen nieder.

»Ja, ich weiß«, murmelte sie.

Von ihrem Büro aus hatte Jana Berzelius gesehen, wie Per in Torstens Zimmer gegangen war, ihn begrüßt und die Tür hinter sich geschlossen hatte. Seitdem waren mehrere Minuten vergangen.

Sie betrachtete ihre geballte Faust, bohrte die Nägel immer fester in die Handfläche und fragte sich, ob Per wohl inzwischen erfahren hatte, was sie gesagt und was sie ihm angetan hatte.

Sie hörte ein Geräusch und blickte auf.

Per war aus Torstens Büro gekommen. Er blieb vor der Tür stehen und starrte lange auf den Fußboden.

Unbehagen erfüllte sie, als sie sein blasses Gesicht sah.

Er fuhr sich mit der Hand über den Mund und hob den Kopf.

Als sich ihre Blicke trafen, kam es ihr so vor, als würde die Zeit zu Eis erstarren, als würden Geräusche und Farben verschwinden.

Per setzte sich in Bewegung. Je näher er kam, desto deutlicher wurden seine traurigen Gesichtszüge und der Schmerz in seinen Augen.

Jana versuchte sich davon zu überzeugen, dass es keine andere Möglichkeit gegeben hatte. Sie hatte ihn anzeigen, ihn als Staatsanwalt im Gerichtsverfahren gegen Danilo ersetzen müssen. Doch erst jetzt begriff sie, dass sie Per niemals würde erklären können, warum.

Sie sah ihn vorübergehen, aber er schien sie nicht zu beachten. Vielleicht wollte er das auch gar nicht.

Sie senkte den Blick und flüsterte:

»Verzeih mir.«

28

Während Henrik Levin seinen Blick auf die Autobahn richtete, erfüllte ihn plötzlich das irritierende Gefühl, irgendetwas übersehen oder nur am Rande wahrgenommen zu haben. Aber was?

»Ich fasse es nicht. Wie viele Chancen wollen wir diesem Mann noch geben?«, unterbrach Mia seine Gedanken.

»Sam Witell hat jetzt seine letzte Chance bekommen«, antwortete er.

»Die hätte er schon längst bekommen sollen«, bemerkte sie und sah an ihm vorbei zu den weiter oben gelegenen Einfamilienhäusern in Åby. »Er hat kein einziges Mal nach Jonathan gefragt, ist dir das auch aufgefallen?«

Henrik nickte bestätigend und fragte sich, ob es das war, was ihn irritiert hatte.

»Wir haben jetzt keine Zeit mehr für ihn«, sagte er. »Wir müssen all unsere Kraft in die Suche nach Terry Lindman und Jonathan stecken. Was haben Lindmans Eltern am Telefon gesagt?«

»Sie machen sich Sorgen um ihn. Aber sie wussten nicht, wo er steckt.«

»Konnten sie irgendwas über die Waffe, die Maske oder die Bandagen sagen?«, fragte Henrik und bog von der Autobahn ab.

»Nein. Sie scheinen auch keinen besonders guten Kontakt zu ihm zu haben.«

Henriks Handy klingelte. Es war Ola.

»Wie ist es gelaufen?«, fragte er. »Habt ihr Witell in dem Sommerhäuschen angetroffen?«

»Ja«, antwortete Henrik. »Wir haben mit ihm gesprochen. Alles ist in Ordnung.«

»Inzwischen hat einer unserer Kollegen mit Lilian Streng über Mika geredet. Es war wohl nicht ganz leicht, einen Dialog mit ihr zu führen. Sie hat mehrmals wiederholt, dass Mika sie verlassen habe.«

»Mika ist tot«, sagte Henrik.

»Ja, das hat der Kollege nach einiger Zeit auch begriffen.«

»Hat Lilian Streng noch mehr über Mika gesagt?«, wollte Henrik wissen. »Konnte sie uns irgendwelche Hinweise zu Terry Lindman liefern?«

»Keine Ahnung«, meinte Ola. »Was sie gesagt hat, hatte eher mit Sam Witell und Amanda Denver zu tun.«

»Mit Sam Witell und Amanda Denver? Was meinst du?«

»Die waren nämlich für sie zuständig.«

»Das heißt also …«

»Genau. Mika war eine ihrer Klientinnen.«

Das Bremsen eines Zuges war zu hören, die Räder quietschten laut. Das Geräusch holte Sam Witell zurück in die Gegenwart. Er blinzelte mehrmals und fragte sich, wie es kam, dass er auf Knien im feuchten Moos mitten im Wald saß. Erstaunt betrachtete er seine Fingerknöchel, die Verletzungen und das Blut.

Was hatte er getan?

Er drehte den Kopf und blickte auf den Schuppen mit der Sauna einige Meter hinter ihm. Langsam erhob er sich und ging zurück. Eine dunkle Ahnung befiel ihn, dass er den Ort besser verlassen und möglichst schnell davonlaufen sollte. Doch vorher musste er nachsehen, was er angerichtet hatte.

Seine Nerven waren zum Zerreißen gespannt, als er die erste Treppenstufe betrat. Arme, Gelenke, Hände – alles schmerzte.

Es war vollkommen ruhig in der Sauna. Die Stille war unheilverkündend.

Er ging hinein und nahm den widerwärtigen Geruch von Blut und Schweiß wahr.

Terry lag in der Ecke des Raumes.

Seine Augen und der Mund waren geschwollen. Sein Pullover war hochgerutscht, auf dem Bauch waren blaue Flecken zu sehen. Blut war auf die Wandpaneele und das Aggregat gespritzt und getrocknet.

Sam wandte den Blick ab.

Und erbrach sich.

Die Schuld brannte in ihrem Inneren. Jana Berzelius verließ die Staatsanwaltschaft, lief hinunter zum Haupteingang und sah in die Fenster der umliegenden Gebäude. Sie musterte die Autos, die auf dem Parkplatz standen, spähte zu den Bäumen und den hohen Bepflanzungen hinauf.

Dann entdeckte sie Danilos Männer.

Sie standen rechts von ihr, an eine Hausfassade gelehnt, direkt unter einem großen Reklameschild. Ihr Umherstarren entlarvte sie. Die Männer waren durchtrainiert, muskulös, blond und sahen in ihren schwarzen T-Shirts beinahe identisch aus.

Die Wut tobte in ihrer Brust, während sie die Nummer von Rebecka Malm wählte. Beinahe hätte sie Danilos Stimme erwartet, aber am anderen Ende meldete sich die ängstliche Stimme der Justizvollzugsbeamtin.

»Hallo?«

»Richten Sie Danilo Peña schöne Grüße aus, dass es erledigt ist«, sagte Jana.

»Okay ... das mache ich.«

»Und dann reichen Sie Ihre Kündigung ein.«

»Aber ich kann nicht kündigen.«

»Sie wollen also lieber angezeigt werden?«

»Ich kann nicht mehr reden«, erwiderte Rebecka Malm kurz.

»Legen Sie jetzt nicht auf«, warnte Jana.

Doch die Verbindung war bereits unterbrochen.

Jana versuchte, sie zurückzurufen, aber nach zwei Malen sah sie ein, dass es keinen Sinn hatte. Verärgert schlug sie gegen die Wand. Dann sah sie zu den Männern hinüber und wartete darauf, dass sie sich entfernten.

Mia Bolander fluchte leise.

»Witell geht nicht ran«, sagte sie zu Henrik, der am Steuer saß. »Wir müssen umkehren.«

»Wo soll ich denn wenden? Hier, mitten auf der Straße?«

»Du siehst doch wohl den Kreisverkehr da vorne, verdammt.«

»Ich werde aber nicht umkehren«, sagte er.

»Du findest also nicht, dass wir Witell zu Mika befragen sollen?«

»Ich finde, dass du weiter versuchen sollst, ihn zu erreichen.«

»Aber er geht nicht ran!«, rief Mia.

»Er hat doch gesagt, dass der Empfang da draußen schlecht ist«, meinte Henrik. »Ruf stattdessen Amanda Denver an. Sie hat diese Mika schließlich auch betreut.«

Wütend wählte Mia die Nummer von Witells Kollegin. Die Sonne verschwand gerade hinter einer Wolke, als der erste Freiton zu hören war. Wenig später meldete sich Amanda Denver am anderen Ende.

»Hier ist Kriminalobermeisterin Mia Bolander. Ich müsste Ihnen ein paar Fragen stellen.«

»Ich bin gerade auf dem Weg nach draußen mit den Kindern. Könnte ich Sie in ein paar Minuten zurückrufen? Wir müssen einen Bus erwischen und …«

»Es geht um Mika«, unterbrach Mia sie, denn sie hatte keine Lust zu warten.

»Mika?«, wiederholte Amanda Denver.

»Sie haben sie gekannt, oder?«

»Das kann ich nicht gerade behaupten. Mika war nur ihr Spitzname. Sie hieß Mikaela Nilsson. Warten Sie mal eben … Kevin, zieh dir die Schuhe an!«

»Aber Sie haben sie betreut?«, fragte Mia.

»Ich musste ja.«

»Sie mussten? Wollten Sie nicht?«

Amanda Denver seufzte.

»Ach, Sie verstehen mich nicht. Sie war ziemlich schwierig im Umgang. Aber ich muss jetzt gehen, sonst verpassen wir den Bus.«

»Inwiefern war sie schwierig?« Mia blieb hartnäckig.

Amanda Denver seufzte erneut und sprach dann schneller.

»Mika hat selbstverletzendes Verhalten gezeigt, sie hat Drogen genommen und wollte keine Verantwortung für ihr Leben übernehmen. Sie hat allen anderen die Schuld für ihre Probleme gegeben, und im Nachhinein wünsche ich mir, ich hätte sie nicht betreuen müssen. Das passiert mir normalerweise nie mit unseren Klienten, aber Mika hat mir einfach zu viel Energie geraubt. Beinahe hätte ich meinen Job ganz aufgegeben.«

»Und trotzdem haben Sie weitergemacht?«, fragte Mia und sah, wie die Sonnenstrahlen durch die Wolken brachen.

»Ich habe Sam gebeten, ihre Betreuung zu übernehmen«, erklärte Amanda Denver. »Er musste nicht mit ihr allein sein, aber ich hielt mich zurück, wenn wir dort waren. Sie mochte ihn, hat ihm vertraut. Aber dann ist ja dieser Unfall passiert, als sie ertrunken ist.«

»Wissen Sie, ob sie mit jemandem befreundet war, der Terry hieß?«

»Nein, davon weiß ich nichts.«

»Sie hat in Ihrer Anwesenheit nie von ihm gesprochen?«

»Nein, aber sie muss ja irgendeine Art von Freund gehabt haben.«

»Wie kommen Sie darauf?«

»Sie hat schließlich ein Kind zur Welt gebracht«, meinte Amanda Denver. »War es das?«

Sam Witell stand in der Küche seines Sommerhäuschens und atmete hastig und angestrengt. Es passte nicht zu seinem Selbstbild, einen Mann an ein Saunaaggregat zu fesseln und ihn bewusstlos zu schlagen.

Er begriff noch immer nicht ganz, wie es überhaupt so weit hatte kommen können. Aber beim Gedanken an das, was mit Felicia und Jonathan passiert war, hatte er völlig die Beherrschung verloren.

Er sah Terrys Gesicht vor sich. Den geschwollenen Mund und die blutunterlaufenen Augen. Das viele Blut. Überall.

Jetzt brauchte er was Hochprozentiges, egal, was. Er wollte sich besaufen und einfach nur das Gesicht des Mannes vergessen und den säuerlichen Geschmack von Erbrochenem, den er noch im Mund hatte.

Sam machte einen der Küchenschränke auf und ließ den

Blick über die Regale irren. Er öffnete die nächsten beiden Schränke und durchsuchte dann fieberhaft den Bereich unter der Spüle. Am Ende fand er ein paar leere Bierflaschen und dahinter eine halb volle Wodkaflasche. Er setzte sich an den Küchentisch, schraubte den Verschluss ab und trank drei große Schlucke direkt nacheinander.

Jana Berzelius wartete noch immer im Eingangsbereich der Staatsanwaltschaft, als ihr Handy klingelte. Ohne Danilos Männer aus den Augen zu lassen, zog sie das Telefon aus der Tasche und meldete sich. Es war Henrik Levin.

»Wir haben neue Informationen über Terry Lindman«, sagte er.

»Erzählen Sie.«

»Ehe Lindman seine Gefängnisstrafe absaß, war er mit einer Frau zusammen, die Mika hieß.«

»Was meinen Sie damit, dass sie Mika *hieß*?«

»Sie ist tot.«

»Aber was hat sie dann mit diesem Fall zu tun?«, fragte Jana.

»Von Amanda Denver habe ich erfahren, dass Mika eine Klientin von ihr und von Sam Witell war. Sie hat uns auch erzählt, dass Mika ein Kind bekommen hat.«

»Von wem?«

»Das wissen wir noch nicht.«

»Terry Lindman kann es nicht gewesen sein«, sagte Jana. »Es gibt zumindest keine Informationen über seine Vaterschaft.«

»Nein, aber wir sollten vielleicht trotzdem genauer über das Verhältnis zwischen Sam Witell und Amanda Denver, Terry Lindman und Mika nachdenken.«

»Gut, aber wie kommen der Pädophile Aron Holm und

die beiden Jungen Kevin und Jonathan ins Spiel?«, fragte sie.

»Das versuchen wir gerade herauszufinden. Wir sind unterwegs zum Polizeirevier. Kommen Sie auch? Es wäre gut, wenn wir eine Besprechung anberaumen könnten.«

Jana seufzte beim Anblick von Danilos Männern, die noch immer unter dem Reklameschild standen.

»Ich weiß«, sagte sie. »Ich habe nur noch etwas zu erledigen.«

»Die Ermittlungsarbeiten haben doch oberste Priorität«, meinte Henrik Levin irritiert.

Jana schluckte schwer. Am besten erzählte sie es gleich.

»Man hat entschieden, dass ich Per Åström im Verfahren gegen Danilo Peña ersetzen soll.«

»Warum denn das?«, fragte Henrik Levin erstaunt.

»Es hat sich herausgestellt, dass Per Åström befangen gegenüber Peña ist. Deshalb springe ich ein.«

»Wie bitte?«

Levin überlegte kurz und stellte schließlich fest: »Deshalb wollte Danilo Peña also mit Ihnen sprechen.«

»Offenbar ja«, antwortete Jana und sah, dass einer der Männer etwas auf seinem Handy las. Er nickte dem anderen zu, dann gingen sie rasch davon.

»Gut«, sagte Levin. »Aber melden Sie sich bitte, sobald Sie wissen, wann Sie herkommen können.«

»Wissen Sie was?«, meinte sie, als die Männer außer Sichtweite waren. »Ich komme jetzt gleich.«

»Es ist alles klar«, flüsterte Rebecka Malm, sobald sie die Tür zu Danilo Peñas Zelle geöffnet hatte.

»Sicher?«, fragte er und erhob sich vom Bett. »Hat Jana es dir bestätigt?«

Rebecka nickte eifrig.

»Anschließend habe ich eine SMS an deinen Kontakt geschickt und ihn gebeten, Per in Ruhe zu lassen. Genau wie du gesagt hast.«

Das Begehren pochte in ihr. Sie sehnte sich nach ihm, wollte so gern mehr von ihm genießen. Obwohl er versprochen hatte, sie richtig zu verwöhnen, war sie etwas angespannt.

Vielleicht lag es daran, dass nur noch so wenig Zeit war. In zwanzig Minuten musste sie das Mittagessen verteilen. Würden sie es wirklich schaffen?

»Komm her«, sagte er.

Rebecka ging sofort zu ihm, stellte sich mit dem Rücken an die Wand und begann ihren Pullover hochzuziehen. Sie erwartete, dass Danilo irgendetwas Bestätigendes sagen oder sie wenigstens anlächeln würde. Stattdessen betrachtete er sie mit einem seltsamen Blick.

»Ich dachte, ich könnte mich auf dich verlassen«, sagte er plötzlich.

»Das kannst du doch auch«, erwiderte Rebecka und hielt inne. »Ich tue doch alles, was du …«

»Nein«, unterbrach er sie. »Ich kann mich nicht auf dich verlassen. Du hast mit Jana gesprochen.«

Sein Blick hatte sich verändert. Jetzt musterte er sie mit einer Verachtung, die ihr Angst einflößte.

»Aber du hast doch nur darüber gelacht, und ich dachte, du hättest mir verziehen, dass …«

»Da hast du falsch gedacht«, unterbrach er sie.

»Aber ich habe ihr nichts von uns erzählt.«

»Das ist doch egal. Du bist ohnehin schon verbraucht.«

Danilo packte sie fest am Kinn und spuckte ihr mitten ins Gesicht.

»Was machst du da?«, keuchte sie. »Bitte hör auf.«

»Du bist doch selbst schuld. Hau ab«, sagte er. »Wenn du mir noch einmal zu nahe kommst, tue ich dir weh, und zwar richtig.«

Ihr Herz raste so schnell, dass es in ihrer Brust schmerzte, während sie sich Danilos Speichel mit dem Pulloverärmel aus dem Gesicht wischte.

»Aber ich will dich doch, Danilo«, flehte sie verzweifelt. »Bitte, ich tue, was immer du willst, ich …«

»Verschwinde!«

Ihre Hände zitterten, als Rebecka den Pullover wieder in die Hose steckte. Irgendetwas in ihr war gerade kaputtgegangen. Wortlos verließ sie die Zelle. Ihre Augen brannten, während sie die Tür hinter sich schloss. Erst als sie absperrte, begann sie zu weinen.

Mit einem klagenden Geräusch legte Jana Berzelius die Arme um ihren Körper und lehnte den Kopf gegen das Steuer. Ihre Gefühle hatten sie eingeholt. Sie sah Per vor sich, seinen gequälten Gesichtsausdruck, nachdem er erfahren hatte, dass sie ihn angezeigt hatte. Alles andere, harte Worte oder Schläge, alles wäre unendlich besser zu ertragen gewesen als der Blick, den er ihr zugeworfen hatte. Gegen den hatte sie sich nicht wehren können.

Die Panik war so stark, dass sie das Messer aus dem hinteren Hosenbund zog. Rasch schob sie die Haare beiseite, riss das Pflaster ab, führte die scharfe Klinge zur Hautritzung und spürte den kalten Stahl an ihrer Haut.

Jana betrachtete ihr Gesicht im Rückspiegel, sah ihre Augen, die von Schmerz verschleiert waren.

Sie kehrte zurück, an einen anderen Ort, in eine andere Zeit, als sie noch ein Kind war. Sie hatte gelernt, ihr eigenes Bewusstsein zu tilgen, sich nicht zu fürchten, die Angst nicht zuzulassen.

Jetzt hatte sie sie zugelassen.

Jana hielt inne.

Langsam nahm sie das Messer vom Nacken.

Dann ließ sie es in ihren Schoß fallen und betrachtete ihre zitternden Hände.

Sie sollte sich nicht selbst bestrafen. Stattdessen sollte sie die Schuld bei dem Einzigen suchen, der es verdient hatte – Danilo.

Die Gewalt, die sie in sich trug, würde sie einsetzen, um sich an ihm zu rächen. Sie würde sich in den Gerichtssaal setzen, dafür sorgen, dass er eine kurze Gefängnisstrafe bekam, und sich dann hart und schonungslos an ihm rächen. Denn Schmerz war die einzige Sprache, die er verstand.

Ein intensiver Gestank stieg empor.

Was roch denn da, war das etwa er selbst? Oder war es der Abfluss im Waschbecken?

Sam Witell stand mit nacktem Oberkörper und Jeans im Badezimmer und stützte sich mit einer Hand an der Wand ab. In der anderen hielt er die Wodkaflasche. Er hatte darauf verzichtet, das Zeug zu verdünnen, und es pur getrunken.

Er brauchte ihn.

Den Alkohol.

Sein Körper war schweißnass. Noch immer schmerzten Knöchel und Finger. Er nahm einen weiteren großen Schluck und stellte die Flasche ab. Dann versuchte er die Jeans abzustreifen, verlor dabei aber das Gleichgewicht und bekam einen Lachanfall, als er mit dem Hintern auf dem kalten Boden landete.

Mühsam zog er Jeans und Unterhose aus, dann packte er das Waschbecken und zog sich stöhnend hoch.

Rebecka Malm liefen die Tränen über die Wangen. Sie versuchte sie wegzuwischen, aber sie schienen nicht enden zu wollen.

»Rebecka, was machst du? Warum gehst du nicht weiter?«

Marko stand ein Stück entfernt im Flur mit dem Essenswagen und sah sie erstaunt an.

»Jetzt komm schon und hilf mir mit den Essenstabletts«, rief er.

Sie schüttelte den Kopf und machte auf dem Absatz kehrt.

»Was soll das denn, Rebecka? Wo gehst du hin?«

»Ich werde deinen Rat befolgen«, antwortete sie über die Schulter hinweg und ging weiter durch den Flur, der sich wie ein Tunnel der Trauer anfühlte.

Ihr Magen schmerzte, als sie die Umkleide betrat. Widerwillig begann sie sich umzuziehen. Sie hatte ihre Arbeit immer gemocht, aber jetzt konnte sie nicht mehr hierbleiben.

Jana Berzelius hatte gesagt, dass Danilo Peña alle manipulierte. Er musste gemerkt haben, was sie für ihn empfand, und hatte diese Gefühle für seine Zwecke missbraucht. Die ganze Zeit hatte sie geglaubt, dass Danilo sie mochte, und zwar um ihrer selbst willen. Wie naiv sie gewesen war!

Rebecka löste ihr Namensschild vom Pullover, spielte lange daran herum und warf es dann in den Papierkorb.

29

Jana Berzelius fuhr am Hauptbahnhof vorbei in Richtung Polizeirevier. Sie versuchte sich auf den Verkehr zu konzentrieren, doch ihre Gedanken kreisten die ganze Zeit um Per. Wegen der Panik, die immer noch durch ihre Adern raste, spürte sie zunächst nicht die Vibration ihres Handys. Sie räusperte sich, ehe sie sich meldete.

»Hier ist Thomas Andersson von der Justizvollzugsanstalt Skänninge. Sie wollten mit mir sprechen?«

»Ja, ich würde gern mit Ihnen über Terry Lindman reden. Aber ich bin auf dem Weg zu einem Termin«, sagte sie. »Kann ich Sie in einer Stunde zurückrufen?«

»Es wäre einfacher, wenn wir uns jetzt gleich unterhalten würden«, sagte er. »Sonst erreichen Sie mich erst wieder morgen Nachmittag.«

»Dann reden wir jetzt. Wenn ich es richtig verstanden habe, waren Sie für Lindman zuständig, während er bei Ihnen in Haft war?«

»Das stimmt«, entgegnete Thomas Andersson. »Er war einige Jahre bei uns. Ich habe gehört, dass die Polizei nach ihm fahndet.«

»Wissen Sie, wo er sein könnte?«, fragte sie, während sie abbremste, um einem Bus in einem Kreisverkehr den Vortritt zu lassen.

»Ich habe nur gehört, dass er eine Wohnung in Norrköping hat.«

»Aber abgesehen davon?«

»Keine Ahnung, leider.«

»Was können Sie mir über ihn erzählen?«, erkundigte sich Jana und fuhr durch den Kreisverkehr.

»Kommt drauf an, was Sie wissen wollen.«

»Ich weiß über ihn nur, dass er mit einer Frau zusammen war, die Mika hieß, und dass er jemanden misshandelt haben soll, während er bei Ihnen einsaß.«

»Das war eher ein Streit«, berichtete Thomas Andersson.

»Aber Sie haben den Vorfall angezeigt?«

»Ich weiß nicht, ob eine aufgeplatzte Lippe für eine Anzeige reicht«, erwiderte er. »Das Opfer hatte schon Schlimmeres erlebt. Es kommt ja vor, dass Sexualstraftäter von dieser Sorte mehr aushalten müssen, als sie verdienen.«

»Was meinen Sie mit ›Sexualstraftätern von dieser Sorte‹?«

»Ich meine Pädophile.«

»Von wem sprechen wir gerade?«, fragte Jana. »Wen hat er denn geschlagen?«

»Aron Holm.«

Andersson hustete.

»Aron Holm?«, rief Jana erstaunt. »Warum hat Lindman ihn geschlagen?«

»Das ist eine lange Geschichte. Lindman war schon mehrere Jahre stark drogenabhängig, als er zu uns kam. Doch er hat sich bald in unsere Abläufe eingefügt. Mir kam es so vor, als hätte er schon beschlossen, ein neues Leben zu beginnen. Das lag wohl daran, dass er eine neue und sinnvolle Rolle bekommen hatte.«

»Was meinen Sie damit?«

»Er sollte Vater werden.«

Jana runzelte die Stirn, ihr schwirrte der Kopf.

»Und wer war die Mutter?«

»Eine gewisse Mika. Ich bin ihr nie begegnet, aber sie war blond, soweit ich mich erinnere. Lindman hatte von der Geburtsklinik ein Foto von ihr und dem Kind bekommen und an die Zellenwand geklebt. Es hing in all den Jahren am selben Platz, als Erinnerung an die beiden, und das war vielleicht nicht weiter verwunderlich, wenn man bedenkt, dass es das Einzige war, was ihm geblieben war. Er hat das Kind ja nicht einmal sehen können, bevor der Unfall geschah.«

»Wissen Sie, was genau passiert ist?«, fragte Jana und sah das Polizeigebäude, das vor ihr aufragte.

»Ja. Nur wenige Tage nach der Geburt des Kindes ist Mika ertrunken. Irgendjemand hat gesehen, wie sie kurz vor dem Unfall einen Kinderwagen herumgeschoben hat. Deshalb ist man davon ausgegangen, dass auch das Kind ertrunken ist.«

»Man ist davon ausgegangen?«

»Der Säugling wurde nie gefunden«, erklärte Thomas Andersson. »Es war ein tragischer Unfall, wie gesagt, aber mir kam es so vor, als habe Lindman es nicht begreifen wollen.«

»Fiel es ihm schwer, ihren Tod zu akzeptieren?«

»Eher die Art, wie sie gestorben sind. Lindman glaubte nicht daran, dass es ein Unfall war, und begann seltsame Theorien aufzustellen, dass jemand sie umgebracht hätte.«

Die Gedanken kreisten immer schneller in Janas Kopf.

»Warum hat er das wohl geglaubt?«, fragte sie.

»Keine Ahnung. Diese Vermutungen kamen aus dem Nichts. Es gab ja keine Spuren aus irgendeiner Ermittlung, keine Anhaltspunkte, keine Hinweise. Das Problem war, dass er während seines gesamten Gefängnisaufenthalts über diesen Unfall nachgegrübelt hat. All seine Hoffnungen und Träume von einem Neuanfang hatten sich zerschlagen, als er Mika und das Kind verlor. Er war ein psychisches Wrack. Wir haben versucht, ihn auf bessere Gedanken zu bringen, aber er wollte nicht mit den Gefängnismitarbeitern sprechen. Stattdessen nahm er Kontakt zu anderen Häftlingen auf und versuchte sie von seinen Theorien zu überzeugen, dass jemand in Mikas Umfeld die Schuld am Tod der beiden trug. Seine Mithäftlinge ermutigten und motivierten ihn, was natürlich nicht der Fall gewesen wäre, wenn er sich an uns gewandt hätte.«

Thomas Andersson hustete erneut.

»Er hat aber keine Namen genannt?«, hakte Jana nach.

»Doch, wir haben erfahren, dass er genau das getan hat, was natürlich nicht gut war. Das wussten wir spätestens, als es zu dem Streit kam.«

Jana fuhr in die Tiefgarage des Polizeigebäudes.

»Worum ging es denn bei dem Streit?«, fragte sie.

»Lindman hatte sich im Lauf der Jahre Informationen über die Personen beschafft, von denen Mika betreut wurde. Erst am Ende seines Gefängnisaufenthalts hat er offen darüber gesprochen. Über ihre Familien, wo sie wohnten und wie alt ihre Kinder waren und so. Bei einer solchen Gelegenheit hat Aron Holm zugehört.«

»Aber wie kam es, dass Lindman ihn geschlagen hat?«

»Holm wollte mehr wissen, er hat aufdringliche Fragen zum Aussehen der Kinder gestellt, und als Lindman ihm keine Antwort geben konnte, hat er ihn gebeten, seine Fantasie zu bemühen. Lindman wusste, dass Aron Holm wegen sexueller Übergriffe auf Kinder einsaß, und als sich herausstellte, dass Holm eine … nun ja, Erektion hatte, ist Lindman wohl aufgegangen, dass Aron Holm in eigenem Interesse zugehört hatte. Und da hat er zugeschlagen.«

Jana legte die Stirn in Falten.

»Das heißt, niemand hat Lindmans Theorie ernst genommen?«, fragte sie.

»Es gab keinen Grund, sie ernst zu nehmen, wirklich nicht«, entgegnete Andersson. »Aber nach dem Streit mussten wir diesem Unsinn natürlich einen Riegel vorschieben. Lindman hat versprochen, sich zusammenzureißen, und wir haben ihm noch eine Chance gegeben. In der kurzen Zeit, die er noch abzusitzen hatte, gab es keine weiteren Vorfälle. Er war ruhig und hat sich uns gegenüber sogar ein wenig geöffnet. Er hat begonnen, mit uns zu reden.«

»Über Mika und das Kind?«

»Nein, er hat sie danach nie wieder erwähnt. Er hat auch nicht mehr über ihren Tod gesprochen. Mir kam es so vor, als wäre er am Ende darüber hinweggekommen. Oder hätte zumindest akzeptiert, dass es ein Unfall war.«

Mehr, mehr, dachte Sam Witell und setzte gierig die Wodkaflasche an die Lippen. Er musste mehr trinken, um die Panik zu dämpfen und das Gefühl, zu weit gegangen zu sein. Denn er war doch zu weit gegangen, oder?

Er trank noch einen Schluck, hustete und stellte die Flasche ab.

Dann stieg er in die Dusche. Er spürte, wie er am ganzen Körper Gänsehaut bekam, und versuchte den Blick zu fokussieren, doch es fiel ihm schwer.

Er sah, wie sich seine Finger um den Wasserhahn schlossen, sah das Blut an den Knöcheln und unter den Nägeln. Die Armatur leistete Widerstand, und Sam musste mit beiden Händen drehen, um das Wasser zum Laufen zu bringen. Er stöhnte auf, als die harten, heißen Strahlen auf die Haut trafen.

Nein, dachte er und schloss die Augen. Ich bin nicht zu

weit gegangen. Ich kann noch viel weiter gehen, damit dieser Mistkerl endlich erzählt, wo Jonathan ist.

Sam füllte die Hand mit Duschcreme.

Dann begann er zu schrubben.

Henrik Levin folgte Jana Berzelius mit dem Blick, als sie den Konferenzraum betrat und die Kollegen begrüßte, die schon am Tisch saßen.

»Ehe wir beginnen«, sagte Gunnar, »will ich nur kurz berichten, dass Ola gerade den Computer von Terry Lindman analysiert und deshalb nicht anwesend sein kann.«

»Ausnahmsweise bitte ich als Erstes um das Wort«, verkündete Jana Berzelius und zog die Aufmerksamkeit aller auf sich. »Ich habe eben mit Thomas Andersson von der Justizvollzugsanstalt in Skänninge gesprochen. Wir wissen bereits, dass Terry Lindman eine Beziehung mit einer von Witells Klientinnen hatte, einer gewissen Mika, und wir wissen auch, dass sie in der Zeit, in der Lindman einsaß, ein Kind bekam.«

»Aber wir wissen noch immer nicht von wem«, meinte Henrik.

»Nein, aber wir können davon ausgehen, dass der Vater Terry Lindman war.«

Henrik sah sie erstaunt an.

»Es gibt wie gesagt keine offizielle Bescheinigung über die Vaterschaft«, fuhr Jana Berzelius fort. »Aber laut Andersson hat Lindman selbst erzählt, dass er Vater werden würde, und er hatte auch ein Foto von Mika und dem Kind in seiner Zelle. Nur wenige Tage nach der Geburt ertranken Mika und das Baby. Es kann also gut sein, dass die Vaterschaft einfach noch nicht offiziell festgestellt worden war. Aber«, fügte sie hinzu, »und das ist der springende Punkt: Lindman hat nicht akzeptiert, dass es ein Unfall war.«

»Warum denn nicht?«, fragte Henrik verwundert.

»Das weiß ich nicht«, erwiderte sie. »Als Lindman erfuhr, dass Mika und ihr gemeinsames Kind umgekommen waren, begann er eine Theorie zu entwerfen, dass jemand sie ums Leben gebracht habe. Eine Theorie, die er auch den anderen Häftlingen erzählte, darunter Aron Holm, der ebenfalls seine Zeit in der Haftanstalt absaß.«

»Moment mal«, sagte Gunnar. »Hier könnte ein Motiv vorliegen. Er glaubte also, Mika und das Kind seien ermordet worden?«

»Ja«, bestätigte Jana Berzelius. »Er hat unter anderem die Personen verdächtigt, die Mika betreut haben.«

»Also Sam Witell und Amanda Denver?«

»Ja, die waren für sie zuständig.«

»Vor der Besprechung habe ich noch kurz die Umstände ihres Todes nachgeprüft«, berichtete Henrik. »Die Obduktion brachte keinerlei Anzeichen von äußerer Gewalt zutage. Es gab keinen Grund, ein Verbrechen zu vermuten. Es war ganz einfach ein Unfall. Hat er nur nach jemandem gesucht, dem er die Schuld zuschieben konnte?«

»Ob Unfall oder nicht«, fuhr Gunnar fort. »Es scheint ja so, als hätte Lindman ein klares Motiv. Eine gefühlsmäßige Reaktion auf das, was Mika und dem Kind widerfahren war.«

»Du meinst, dass Lindman ihren Tod rächen wollte?«, fragte Henrik.

»Genau das meine ich«, antwortete Gunnar. »Und dass er sich an Sam Witell und Amanda Denver rächen wollte.«

»Aber Amanda Denver hat erzählt, dass Witell ihr am nächsten stand«, gab Mia zu bedenken.

»Was auch erklären würde, warum Felicia tot und Jonathan verschwunden ist«, sagte Jana Berzelius.

»Und warum er Amanda Denver in Ruhe gelassen hat«, fügte Henrik hinzu.

Schweigen legte sich über den Raum.

»Ist das nicht nur Spekulation?«, gab Mia zu bedenken.

»Nein«, sagte die Staatsanwältin. »Ich glaube, wir sind auf der richtigen Spur.«

»Aber was ist mit Aron Holm?« Henrik wandte sich an Jana Berzelius. »Sie haben sich doch selbst gefragt, an welcher Stelle er ins Spiel kommt.«

Die Staatsanwältin beugte sich über den Tisch und faltete die Hände.

»Am Ende seiner Haftzeit hat Lindman mit den anderen Häftlingen offen über Sam Witell und Amanda Denver gesprochen. Dabei hat Aron Holm von Jonathan und Kevin erfahren.«

»Aha«, sagte Henrik. »Das heißt, Holm und Lindman haben eigentlich gar nichts miteinander zu tun.«

»Korrekt.«

»Aber mir fällt es ein bisschen schwer, den Gedanken wieder fallen zu lassen«, sagte Mia. »Aron Holm hat selbst gesagt, dass er die Namen der Jungen von Terry Lindman bekommen hat. Es ist doch offensichtlich, dass sie …«

»Was ist offensichtlich?«, unterbrach Jana Berzelius sie.

»Dass sie zusammenarbeiten.«

»Sie irren sich.«

»Ich irre mich?«, wiederholte Mia irritiert.

»Holm hat die Namen nicht von Lindman bekommen. Er hat sie von Lindman *genommen* und die Informationen ausgenutzt, um pornografische Filme zu produzieren. Die beiden sind keine Komplizen. Allerdings glaube ich, dass Jonathan die wichtigere Rolle bei dem Ganzen spielt.«

»Wie kommen Sie darauf?«, fragte Gunnar.

»Wenn es nur um Rache geht, warum hat Lindman Jonathan nicht sofort getötet? Warum hat er ihn entführt?«

»Vielleicht wollte er es Witell mit gleicher Münze heimzahlen?«, schlug Gunnar vor. »Womöglich wollte er ihm zeigen, was er selbst erlebt hatte, indem er Jonathan spurlos verschwinden ließ?«

»Das klingt plausibel«, antwortete sie. »Aber ich glaube, dass das Ganze auch einen gefühlsmäßigen Aspekt hat.«

»Was meinen Sie damit?«, wollte Henrik wissen.

»Ich meine, wir sollten nicht die Tatsache vernachlässigen, dass Lindman die Strümpfe des Jungen gewaschen hat«, erwiderte Jana Berzelius. »Warum sollte er das tun, wenn sein Motiv wäre, das Kind spurlos verschwinden zu lassen?«

»Sie haben recht«, sagte Henrik. »Das könnte auch erklären, warum die Schuhe weg sind. Lindman hat die Adidasschuhe aus dem Haus in Åselstad mitgenommen und …«

Er verlor den Faden, als sich die Tür öffnete. Ola kam ins Zimmer. Sein Gesicht war blass, und er hielt sein Notebook in den Händen.

»Ich habe Jonathan gefunden!«, rief er aufgeregt.

30

Im Konferenzraum war es vollkommen still geworden. Die Aufmerksamkeit aller Anwesenden war auf Ola gerichtet, der sein Notebook auf den Tisch gestellt hatte.

»Was sagst du da?« Henrik spürte, wie das Adrenalin durch seinen Körper gepumpt wurde. »Du hast Jonathan gefunden?«

»Ja«, antwortete Ola. »Über einen Link auf Lindmans Computer. Schaut euch das an.«

Stühle scharrten über den Boden, als sich das Ermittlungsteam erhob und sich hinter Ola stellte, der rasch das Passwort eintippte. Wenige Sekunden später war ein Webcamfenster auf dem Bildschirm zu sehen.

»Mein Gott!«, rief Anneli, als sie den blonden Jungen entdeckte.

Er lag mit dem Rücken zu ihnen auf einem Bett. Links befand sich ein Vorhang, und auf dem Boden stand ein Paar weißer Adidasschuhe.

»Lebt er?«, fragte sie.

»Schwer zu sagen«, entgegnete Ola.

»Was meinst du?«

»Er liegt schon die ganze Zeit, seit ich den Link entdeckt habe, reglos da.«

»Sind das Liveaufnahmen?«, wollte Gunnar wissen.

»Ja«, sagte Ola. »Und ich zeichne alles auf.«

»Aber wo befindet er sich denn?«, fragte Mia erregt. »Es sieht so aus, als wäre das ein …«

»Ein Stockbett«, sagte Ola. »Mehr lässt sich kaum erkennen. Das Zimmer scheint klein zu sein. Wie ihr seht, ist die hintere Wand genauso breit wie das Bett, in dem er liegt. Aber die Wand hat keine Tapeten, ich weiß nicht richtig, was es …«

»Sieht aus wie ein verdammter Holzkasten«, meinte Mia.

»Ein Kasten hat aber keine Vorhänge«, widersprach Ola.

»Vorhänge hin oder her – wo steckt Jonathan?«

»Das lässt sich anhand des Bildausschnittes leider nicht sagen«, erklärte Ola.

Henrik beobachtete Jana Berzelius, die sich näher zum Bildschirm beugte.

»Kann man dieses Live-Video nicht zurückverfolgen?«, fragte sie.

»Nein«, antwortete Ola.

»Was sagst du da?«, rief Mia hitzig. »Man muss die Aufnahme doch irgendwie zurückverfolgen können, verdammt noch mal! Und was ist mit dem Ton?«

»Bislang habe ich keine Geräusche oder Töne gehört, die uns einen Hinweis auf seinen Aufenthaltsort geben könnten.«

»Das heißt, wir sind allein auf das angewiesen, was wir auf dem Bildschirm sehen?«, fragte Jana Berzelius.

»Leider ja.«

»Haben Sie auch Terry Lindman gesehen?«

Ola atmete tief ein.

»Nein«, sagte er dann. »Nur Jonathan.«

Sam Witell wickelte sich schwankend ein Handtuch um die Hüften. Mitten in der Bewegung hielt er inne und lauschte.

In seinem Kopf rauschte es, aber das Geräusch war eindeutig gewesen. Irgendwo klingelte sein Handy.

Die Wodkaflasche stand auf dem Boden, ein kleiner Rest war noch drin, aber … da war ja dieses Geräusch.

Wer rief ihn an?

Ungeschickt griff er nach der Flasche und ging aus dem Bad. Das Handtuch löste sich langsam, aber das kümmerte ihn nicht weiter. Stattdessen ließ er es fallen und ging nackt in die Küche, zum Tisch, zum klingelnden Handy.

»Fahr doch zur Hölle«, murmelte er, als er Henrik Levins Namen auf dem Display sah.

Das Handy verstummte, begann aber gleich darauf erneut zu klingeln.

»Scheiße!«, rief er, ehe er das Telefon in die Hand nahm und ins Mikrofon brüllte: »Fahr zur Hölle, habe ich gesagt!«

»Witell?«, hörte er Henrik Levin am anderen Ende sagen. »Sie müssen jetzt gut zuhören.«

»Warum?«, erwiderte er trotzig. »Sie erzählen mir ja nie was!«

»Ich höre Sie kaum.«

Sam kippte den letzten Rest aus der Flasche.

»Hören Sie mich jetzt?«, schrie er ins Telefon.

»Sie lallen. Haben Sie getrunken?«

»Sie lallen. Haben Sie getrunken?«, wiederholte Sam mit albern verstellter Stimme.

»Witell, wir haben Jonathan gefunden.«

»Was?«

Sam starrte schockiert vor sich hin.

»Sie haben ihn gefunden?«, wiederholte er ungläubig. Alles drehte sich um ihn, immer schneller. »Sie haben meinen Jonathan gefunden?«

»Ja.«

»Aber …«

Mehr konnte Sam nicht sagen, denn in diesem Moment

brach er zusammen. Er spürte noch, wie der Boden schaukelte und schwankte, ehe alles um ihn herum schwarz wurde.

Zwanzig Minuten später stand Henrik Levin vor Sam Witell, der nackt auf dem Fußboden seines Sommerhäuschens lag, neben sich das Handy und eine leere Wodkaflasche.

Der Alkohol, dachte Henrik. Der falsche Trost. Der Problemlöser. Die Selbsttherapie.

»Was machen wir?«, fragte Mia und stemmte die Hände in die Hüften.

Henrik ging in die Hocke.

»Witell? Aufwachen!«, sagte er laut.

Dieser blickte zu ihm auf, blinzelte mit einem Auge.

»Jo… Jonathan?«

Seine Stimme war heiser und rau, und er hatte eine fürchterliche Fahne.

»Wie geht es Ihnen?«, fragte Henrik, als Witell sich aufgerichtet hatte.

»Alles okay«, nuschelte er. »Aber wo ist Jonathan? Geht es ihm gut?«

Henrik nickte nur. Was sollte er sagen?

»Wo ist Ihre Kleidung?«, fragte Mia.

»Da drinnen.« Witell machte eine Kopfbewegung in Richtung Badezimmer.

Mia holte den Pullover, die Jeans und die Unterhose und reichte sie Witell, der sich mit ungeschickten Bewegungen anzog.

»Er ist völlig hinüber«, sagte sie zu Henrik. »Was machen wir?«

»Wir nehmen ihn mit.«

»Aber sein Auto?«

»Das nehmen wir auch mit.« Henrik wandte sich an Sam Witell. »Ich brauche Ihren Autoschlüssel.«

Witell seufzte schwer, während er seine Hosentaschen durchwühlte. Jede Bewegung schien ihm Mühe zu bereiten.

»Ich habe ihn nicht«, lallte er. »Aber der Schlüssel muss hier irgendwo sein.«

Er hielt die Hände wie einen Trichter an den Mund und rief:

»Hallo, Autoschlüssel, herkommen!«

»Wir haben keine Zeit zu suchen«, erklärte Henrik. »Wir müssen los.«

»Wo fahren wir hin?«, fragte Sam Witell.

»Hilf mal mit«, sagte Henrik zu Mia. Die beiden packten ihn und stellten ihn auf die Füße.

»Warten Sie mal«, sagte er. »Ich muss …«

Er musste sich plötzlich und schwallartig erbrechen.

Henrik sah Mia auffordernd an.

»Am besten setzt du dich mit ihm nach hinten«, schlug er vor.

»Den Teufel werde ich!«, konterte sie. »Ich fahre.«

Jana Berzelius stand noch immer mit Ola Söderström, Gunnar Öhrn und Anneli Lindgren im Konferenzraum. Sie richteten ihren Blick auf den Bildschirm und betrachteten voller Konzentration den kleinen Jonathan. Es war ein seltsames Gefühl, ihn so vor sich zu sehen, fand Jana. Er war so nah, aber dennoch so weit weg. Sorgfältig nahm sie jedes Detail in Augenschein. Das Stockbett, die Lampe an der Decke und die Holzwände.

»Wo kann er nur sein?«, sagte sie.

»Tja«, meinte Ola Söderström und drehte sich zu ihr um.

»Was wir sehen, könnte ein Haus sein, eine Wohnung oder eine Hütte weit draußen im Wald. Aber ...«

Er kratzte sich unter seiner Mütze.

»... ich fürchte, es ist ein abgelegener Ort, sonst hätte längst jemand den Jungen schreien hören. Wir sollten ...«

»Wartet mal«, unterbrach ihn Anneli Lindgren.

»Was ist?«

»Schaut mal!«, sagte sie und starrte auf den Bildschirm. Der Junge hatte den Kopf gehoben. »Jonathan bewegt sich! Er lebt!«

Sie fuhren am Industriegebiet Jursla vorbei. Mia Bolander fiel es schwer, sich auf die Straße zu konzentrieren. Die ganze Zeit sah sie verstohlen in den Rückspiegel und beobachtete Sam Witell auf der Rückbank, der zwischen der Autotür und Henrik hin- und herschwankte. Bei jedem Überholen oder Bremsen sah es so aus, als würde er zur Seite kippen.

»Es geht Ihnen nicht gut«, konstatierte Henrik, als Witell aufstoßen musste.

»Doch«, nuschelte der. »Ich freue mich nur auf Jonathan. Ich werde ihn umarmen, ihn knuddeln, ihm sagen, dass ich ihn lie... liebhabe.«

Mia versuchte Henrik mit einem Nicken zu vermitteln, dass sie Sam Witell vielleicht besser die Wahrheit sagen sollten. Henrik nickte langsam zurück.

»Hören Sie zu«, sagte Henrik an Witell gewandt. »Wie Sie wissen, haben wir Jonathan gefunden. Was ich jetzt sage, wird in Ihren Ohren seltsam klingen, aber wir haben ihn über einen Link zu einer Webcam ausfindig gemacht.«

Es wurde ganz still im Auto. Witell starrte lange vor sich hin, bis er schließlich zu Mia und Henrik aufsah.

»Soll das ein Witz sein?«, rief er.

»Nein«, sagte Henrik. »Das ist kein Witz.«

»Aber wo ist er denn dann?«

»Wir hoffen, dass Sie uns helfen können. Aber vorher muss ich Sie noch etwas fragen, und es ist uns wichtig, dass Sie ehrlich antworten. Im Lauf der Ermittlungen ist ein Name aufgetaucht. Ein Name, von dem ich denke, dass Sie ihn kennen.«

»Welcher denn?«, fragte Sam Witell.

»Mika.«

»Mika …«, wiederholte er und sank auf der Rückbank zusammen.

»Sie wissen, wen ich meine, oder?«

»Natürlich. Ich habe sie betreut, aber das ist lange her, das war …«

Sam Witell verstummte und hickste.

»Ich brauche ein bisschen frische Luft«, sagte er plötzlich und hantierte an der Tür herum. »Wie geht das Fenster auf? Ich brauche Luft!«

»Moment«, sagte Henrik. »Ich helfe Ihnen.«

Bald darauf strömte frische Luft ins Auto. Witell atmete tief durch das offene Fenster, und sein Haar wurde vom Windzug zerzaust.

»Ist es jetzt besser?«, fragte Henrik.

Witell nickte.

»Erzählen Sie weiter«, forderte Mia ihn auf.

»Aber es gibt so viel zu erzählen.«

»Legen Sie los«, sagte sie. »Wir sind gleich da.«

»Wo denn?«, fragte Witell.

»Auf dem Polizeirevier«, antwortete sie und umklammerte das Steuer mit den Händen. Sie hatte die ganze Zeit geglaubt, dass Sam Witell etwas zu verbergen hatte, und nun ahnte sie, dass sie recht gehabt hatte.

»Werde ich ihn da sehen, ich meine Jonathan?«, fragte er.

»Ja.«

Mia begegnete Witells Blick im Rückspiegel.

»Jetzt erzählen Sie bitte von Mika«, sagte sie ungeduldig.

»Ich weiß aber nicht, wo ich anfangen soll.«

»Sie haben gesagt, dass Sie sie betreut haben. Fangen Sie damit an.«

Jana Berzelius beobachtete Jonathan auf dem Bildschirm. Der Junge hatte sich im Bett aufgerichtet. Seine Jeans hatten große Löcher an den Knien. Die hellen Ponyfransen waren zerzaust, und über der Augenbraue war deutlich das Muttermal zu erkennen.

»Schön zu sehen, dass er am Leben ist«, sagte Anneli Lindgren erleichtert.

»Stimmt«, sagte Ola Söderström. »Aber ich verstehe nicht, warum Lindman den Jungen in einem Zimmer mit Kameraüberwachung untergebracht hat.«

»Dafür kann es viele Gründe geben«, meinte Jana.

Anneli Lindgren verschränkte die Arme vor der Brust und schüttelte traurig den Kopf.

»Und was halten wir von Lindman?«, fragte Gunnar Öhrn. »Hat er den Jungen hier zurückgelassen?«

»Kann sein. Wir haben ihn ja noch nicht zu Gesicht bekommen«, sagte Ola Söderström.

Jana beugte sich wieder zum Bildschirm vor. Während sie das Zimmer begutachtete, in dem sich Jonathan befand, dachte sie daran, wie gern sie Terry Lindman gegenübertreten würde. Sie weigerte sich zu glauben, dass er den Jungen in dem Zimmer zurückgelassen hatte. Wenn sie nur herausfinden könnte, wo sich Jonathan befand, dann würde sie auch Lindman auftreiben. Davon war sie überzeugt.

»Jonathan steht auf«, sagte Anneli Lindgren.

Jana sah auf dem Bildschirm, wie sich der Junge vor dem Stockbett hinstellte. Er ging ein paar Schritte zum Fenster. Dann streckte er die Hand aus und zog den Vorhang zur Seite.

»Machen Sie ein Standbild davon!«, rief Jana.

Ola Söderström betätigte eine Taste, und alles blieb stehen.

Jana starrte auf den Bildschirm.

Jetzt sah sie das Fenster klar und deutlich.

Es war vergittert.

Henrik Levin betrachtete Sam Witell, der schweigend neben ihm saß. Er atmete schwer und hielt den Blick noch immer gesenkt. Henrik erinnerte sich, dass Witell genauso dagesessen hatte, als er ihn zum ersten Mal vor dem Haus in Åselstad gesehen hatte. Vollkommen resigniert und mit geröteten Augen.

»Wie gesagt, ich habe Mika betreut«, sagte Sam Witell nach einer Weile.

Er sprach langsam, versuchte die Zunge in seinem Mund korrekt zu bewegen, nuschelte aber trotzdem.

»Sie war ziemlich fertig, hat Drogen genommen und so. Ich wollte ihr wirklich helfen, wollte daran glauben, dass sie eine Zukunft hatte. Aber die hatte sie nicht.«

»Sie ist ertrunken«, sagte Henrik.

»Ja«, bestätigte Witell. »Sie ist ertrunken.«

»Mit ihrem Kind«, ergänzte Henrik.

»Ja. Aber was ich nicht verstehe: Sie glauben also, dass Felicias Tod und Jonathans Entführung irgendetwas mit ihr zu tun haben?«

»Wir glauben, es gibt einen Zusammenhang mit den Umständen ihres Todes.«

»Wie meinen Sie das?« Witell hickste. »Es war doch nicht meine Schuld, dass sie gestorben ist. Glauben Sie das etwa?«

»Nein, das glauben wir nicht. Aber es gibt jemanden, der der Meinung ist, dass Sie die Schuld am Tod von Mika und ihrem Kind tragen.«

»Wer denn?«

Henrik antwortete nicht. Er spürte, dass Mia abbremste, hörte das Ticken eines Blinkers und sah, dass sie sich dem Polizeigebäude näherten.

»Hat sie jemals mit Ihnen über ihre Beziehungen gesprochen?«

»Nein«, sagte Witell und seufzte tief. »Mika hat ein Kind bekommen, das weiß ich. Aber von wem es war, das weiß ich nicht, sie hat es mir nicht erzählt, und sie hat auch alles getan, um die Schwangerschaft zu verbergen. Am Ende ging das natürlich nicht mehr.«

»Das heißt, sie hat Terry Lindman nie erwähnt?«

»Nein. Warum hätte sie über ihn sprechen sollen?«

»Wir glauben, dass er der Vater des Kindes war.«

Es war still im Auto. Nur die Luft, die durch das offene Fenster hereinströmte, war zu hören.

»Wie geht es Ihnen?«, fragte Henrik. »Sie sehen leichenblass aus.«

Jana Berzelius versuchte die Ruhe zu bewahren, während sie das Standbild des Jungen auf dem Bildschirm des Notebooks betrachtete. Aber ihr Herz schlug schnell und hart. Sie hatte etwas Entscheidendes gesehen.

»Das Gitter«, sagte Jana und sah Gunnar Öhrn und Ola Söderström an, die neben ihr im Konferenzraum standen.

Anneli Lindgren hatte sich ein Stück entfernt. Offenbar

fand sie den Anblick des Jungen zu quälend. Stattdessen stand sie mit dem Rücken zu ihnen und sah zu Boden.

»Sie sehen es gar nicht?«, hakte Jana nach.

»Doch, ich sehe es«, sagte Ola Söderström und starrte auf den Bildschirm.

»Was sollen wir sehen?«, fragte Anneli Lindgren und drehte sich wieder zu ihnen um.

»Das Gitter«, wiederholte Jana und zeigte auf das Standbild. »Das Fenster ist vergittert.«

Anneli Lindgren kehrte zurück, beugte sich über Ola Söderströms Schulter und nickte bestätigend.

Janas Puls ging immer schneller. Sie zögerte nicht mehr, jetzt war sie sicher.

»Ich glaube, ich weiß, wo Jonathan ist«, verkündete sie und fing die Blicke der anderen auf.

»Wo denn?«, fragte Gunnar Öhrn. »Jetzt sagen Sie schon!«

Sam Witell stolperte zwischen Mia und Henrik durch den Flur des Polizeigebäudes. Er kämpfte mit den Schritten, mit der Müdigkeit und mit der Aussicht, bald Jonathan sehen zu dürfen. Alles fühlte sich unwirklich an, und er stand noch immer unter Schock wegen der Dinge, die Levin ihm im Auto auf dem Weg hierher erzählt hatte.

Die beiden Polizisten führten ihn in einen Raum, wo bereits vier Personen saßen.

»Jana Berzelius haben Sie schon kennengelernt«, sagte Henrik Levin, als Sam sich auf einen Stuhl sinken ließ. »Und das hier sind Gunnar Öhrn, Anneli Lindgren und Ola Söderström.«

Sam begrüßte sie knapp, dann starrte er auf die Tischplatte, denn er hielt ihre besorgten Mienen nicht aus.

»Wollen Sie etwas zu trinken?«, fragte Henrik Levin.

»Ich will Jonathan sehen«, bat er. »Bitte ...«

Ola Söderström griff nach einem Notebook, das auf dem Tisch lag, und drehte es langsam zu Sam um.

Da konnte er die Tränen nicht mehr zurückhalten. Vorsichtig nahm er das Notebook vom Tisch und stellte es auf seine Knie. Er schaukelte vor und zurück, zitterte am ganzen Körper und weinte sich den Schreck von der Seele und auch das Glück darüber, seinen Jungen zu sehen.

Als er Levins Hand auf seiner Schulter spürte, versuchte er, sich zu beruhigen. Aber die Tränen flossen immer weiter.

»Was tut er da?«, schluchzte Sam. »Wo ist er?«

»Erkennen Sie den Raum, in dem Ihr Sohn sich befindet?«

»Wie?«, rief er. »Sie haben wirklich keine Ahnung, wo Jonathan steckt?«

»Doch«, sagte Jana Berzelius rasch. »Wir wissen es.«

Sam Witell wischte sich die Tränen von den Wangen und sah von Mia Bolander zu Henrik Levin, aber die beiden wirkten genauso erstaunt wie er.

»Worauf warten Sie noch?«, wandte sich Mia Bolander an die Staatsanwältin. »Sagen Sie, wo er ist, verdammt!«

»In einem Baucontainer.«

»In einem Baucontainer?«, schrie Sam. »Woher wissen Sie das?«

Er betrachtete den Bildschirm, nur einen Moment, aber lang genug, um zu begreifen, dass sie recht hatte.

»Moment mal«, sagte Henrik Levin und legte die Hände an den Kopf, als hätte er eine plötzliche Eingebung.

»Was ist denn?«, fragte Mia Bolander.

»Ljurafältet!«, rief er. »Lindman arbeitet im Neubaugebiet Ljurafältet!«

»Aber ...« Sam kamen wieder die Tränen. Die Stimmen

405

um ihn herum wurden immer leiser, während er zu begreifen versuchte, dass Jonathan in einem Container auf einer Baustelle eingeschlossen war.

»Da werden Hunderte neuer Wohnungen gebaut«, sagte Ola Söderström.

»Such alles heraus, was du über das Neubaugebiet finden kannst, Ola«, bat Henrik Levin. »So schnell wie möglich!«

»Wird gemacht«, erwiderte Ola Söderström und verließ sofort den Raum.

»Wir fahren gleich hin«, sagte Levin zu Mia Bolander, »und wir brauchen Verstärkung, falls Terry Lindman da sein sollte.«

»Lindman ist nicht dort!«, schrie Sam hinter ihnen.

Sein Magen schmerzte, als sie sich zu ihm umdrehten. Er war zu müde und hatte nicht genug Kraft, die Worte zurückzuhalten. Sie waren ihm einfach entschlüpft.

»Er ist … wie soll ich sagen … er ist woanders.«

Im Raum war es totenstill geworden.

Sam betrachtete das Notebook auf seinen Knien und spürte die Blicke aller anderen auf sich. Am liebsten würde er durch den Boden sinken und verschwinden, aber er hatte sich nun mal verplappert und musste jetzt weitererzählen.

»Ich habe einen Fehler gemacht«, fuhr er fort. »Ich konnte mich nicht zurückhalten, ich habe es einfach getan. Ich habe ihn entführt.«

»Sie haben was getan?«, fragte Jana Berzelius.

Sam stellte das Notebook wieder auf den Tisch.

»Ich habe ihn mir geschnappt, als ich Ihnen zum Haus gefolgt bin, wo Lindman wohnt. Er hat versucht, vor Ihnen zu fliehen, und ich bin ihm hinterhergelaufen. Ich habe ihn überrascht«, sagte Sam und lächelte kurz, »aber es war schwierig, ihn ins Auto zu bekommen. Er war so schwer.

Und ich konnte ihn kaum zur Sauna schleppen. Ich hätte es nicht tun sollen, aber ich habe es trotzdem getan. Ich habe ihn gefesselt.«

»Und wo steckt Lindman jetzt?«, fragte Jana Berzelius.

Sam schluckte langsam.

»In der Sauna.«

»Und die liegt wo?«

Sam sah sie an. »In einem Schuppen im Wald«, antwortete er. »Ungefähr zweihundert Meter von meinem Sommerhäuschen entfernt.«

»Okay«, sagte Gunnar Öhrn. »Mia, du nimmst Verstärkung mit zum Ljurafältet. Und du, Henrik, schnappst dir ein paar Männer und holst Terry Lindman.«

»Ich komme mit«, erklärte Jana Berzelius entschlossen.

Fünfzehn Minuten später saß Jana in Henrik Levins Auto. Sie rasten über die Autobahn, dicht gefolgt von einem Polizeiwagen. Jana kämpfte mit ihrer Enttäuschung. Ihre Pläne, Terry Lindman vor der Polizei aufzutreiben, waren zunichtegemacht.

Sie überlegte hin und her.

Gab es einen Weg, trotzdem an ihn heranzukommen?

Mit einer unauffälligen Bewegung führte sie die Hand zu ihrem Messer im hinteren Hosenbund.

Henrik fuhr von der Autobahn ab und gelangte schon bald auf die schmale Schotterstraße in Kolmården. Das Auto holperte über die Schlaglöcher. Vor ihnen öffnete sich der Wald, und schon bald war ein rotes Sommerhäuschen zu sehen.

Sie verließen das Auto, liefen um das Haus herum und in den dichten Nadelwald hinein. Die Kollegen folgten ihnen. Jana spürte, wie ihr Adrenalinpegel bei jedem Meter stieg.

Die Polizisten nahmen ihre Position vor der Tür ein, gaben einander ein Zeichen und betraten den Schuppen.

Es dauerte nur einen Moment, ehe einer von ihnen wieder herauskam. Bedauernd schüttelte er den Kopf und löste den Kinnriemen seines Helms.

»Kann ich reingehen?«, fragte Jana und machte einen Schritt auf den Schuppen zu.

»Es hat keinen Sinn«, antwortete er.

»Was meinen Sie?«

»Terry Lindman ist nicht da.«

31

Eine Staubwolke entstand, als das Einsatzkommando durch die Sicherheitstore des Ljurafältet fuhr. Mia Bolander folgte ihnen in ihrem Wagen und betrachtete die großen Betongebäude auf dem Gelände. Zwei Häuser waren schon fast fertig, vermutlich hatte Lindman hier die Alarmanlagen installiert.

Das Gebiet wirkte verlassen, kein Mensch war zu sehen. Es war Ferienzeit, und alles stand still.

Ein gelber Baukran ragte in den Himmel auf.

Hier und da lagen Stapel von Brettern und Styropor.

Mia spürte, wie ihr Stresslevel anstieg, als sie die Autos des Einsatzkommandos sah, die jetzt abbremsten und vor einer Wand aus Baucontainern hielten. Es waren mindestens zwanzig blaue Container, die in zwei Stockwerken angeordnet waren.

Sie parkte ein Stück entfernt, kaute an ihrem Daumennagel und beobachtete den Leiter des Einsatzkommandos. Er hatte langes Haar unter seinem Helm und versuchte, den Einsatz zu organisieren. Sie wartete etwa eine Minute ab, dann hörte sie mit dem Nagelkauen auf, schnallte sich ab, stieg aus dem Auto und lief zu ihm hin.

»Was dauert denn da so lange?«, fragte sie.

»Das Gelände ist groß, viel größer, als ich gedacht hatte«, erklärte er. »Wir müssen uns erst einen Überblick über die Situation verschaffen.«

»Dazu ist keine Zeit«, sagte sie frustriert. »Vielleicht ist Jonathan hier irgendwo eingesperrt. Wir müssen sofort mit der Durchsuchung beginnen!«

Henrik Levin lief durch den Wald. Er hielt sein Handy ans Ohr gedrückt und versuchte, mit der freien Hand die Äste aus dem Gesicht zu schieben. Hinter ihm gingen Jana Berzelius und die Kollegen.

Er sah das Sommerhäuschen, es war nicht weit, und er versuchte sich zu konzentrieren, ruhig zu bleiben. Doch ihn erfüllte Panik, weil Lindman nicht mehr in der Sauna gewesen war, und sein Atem beschleunigte sich.

War er im Sommerhäuschen? Hatte Witell ihn im Suff dort hingeschleppt und vergessen, es ihnen zu erzählen?

Jetzt, endlich, hörte Henrik Sam Witells Stimme im Ohr.

»Was haben Sie getan, Witell?«, schrie er. »Was haben Sie mit Terry Lindman angestellt?«

»Mit Terry Lindman?«, wiederholte Sam Witell. »Ich wollte nur mit ihm reden. Ich hatte keine Wahl, als ihn …«

»Sie hatten sehr wohl die Wahl!«, unterbrach Henrik ihn. »Sie hätten sich entscheiden können, ihm nichts anzutun, oder Sie hätten uns anrufen können.«

»Sie verstehen mich nicht«, sagte Witell, und jetzt konnte er nicht mehr länger an sich halten. »Ich wollte nur wissen, wo Jonathan …«

»Lindman ist nicht in der Sauna!«, rief Henrik.

»Wie?«

»Hören Sie nicht, was ich sage? Lindman ist nicht in der Sauna! Wo steckt er, Witell? Sagen Sie schon!«

»Aber … aber er muss dort sein.«

Henrik ließ das Telefon sinken und lief weiter auf das Sommerhäuschen zu.

Jetzt sah sie das Signal des Einsatzleiters, und im nächsten Moment stürmten sie die Tür zu den Containern. Die bewaffneten Polizisten verschwanden geduckt darin.

Mia Bolander hörte ihre Schritte und Rufe.

In dem Moment klingelte das Handy, und sie antwortete mit einem knappen: »Ja?«

»Mia«, keuchte Henrik. »Terry Lindman … er ist weg.«

»Was sagst du da?«

»Er ist nicht hier, und im Sommerhäuschen herrscht das totale Chaos. Schubladen sind herausgerissen, und die Küchenschränke stehen offen. Sieht so aus, als hätte er nach etwas gesucht.«

»Aber was?«, fragte Mia.

»Ich weiß es nicht, ich kann mich an nichts erinnern, was …«

Seine Stimme erstarb.

»Wie? Was hast du gesagt, Henrik? Ich kann dich nicht hören.«

»Das Auto«, hörte sie. »Witells Toyota.«

»Witells Auto? Das steht vor dem Sommerhäuschen.«

»Nicht mehr«, sagte Henrik. »Es ist weg.«

»Du meinst …«

»Lindman muss es gestohlen haben. Wir müssen uns beeilen!«, rief er. »Wir müssen Jonathan so schnell wie möglich finden!«

Jana Berzelius hörte, wie der Schotter unter den Reifen spritzte. Henrik Levin fuhr, so schnell er konnte, über die schmale Straße durch den Wald, zurück nach Norrköping. Er hatte schon den Polizeiwagen abgehängt, der sie zum Sommerhäuschen begleitet hatte.

»Alles dauert so verdammt lange«, sagte er genervt, als sie

auf der Autobahn waren. »Warum meldet sich Mia nicht? Sie müssten Jonathan doch gefunden haben!«

Jana nickte. Aber sie verdrängte den Gedanken, dass die Zeit für sie abgelaufen war. Sie wollte nicht die Hoffnung aufgeben, dass es eine Möglichkeit gab, sowohl Jonathan als auch Terry Lindman zu finden.

»Was sollen wir tun?«, fragte Henrik Levin, und Jana hörte die Resignation in seiner Stimme. »Wir haben Witells Auto zur Fahndung ausschreiben lassen, wir haben Leute, die nach ihm suchen, aber was können wir noch tun? Sollen wir Straßensperren errichten?«

»Dafür ist es zu spät«, sagte Jana. »Fahren Sie zum Ljurafältet.«

»Sie glauben, er will den Jungen holen?«

»Entweder ist er schon da, oder er wird sehr bald dort auftauchen.«

»Mia hätte ihn doch sehen müssen …«

»Fahren Sie zum Ljurafältet!«, beharrte sie.

Mia Bolander befiel ein unangenehmes Gefühl, als der Einsatzleiter auf sie zukam.

»Wir haben alle Container durchsucht«, sagte er mit ernstem Blick. »Aber wir haben Jonathan leider nicht gefunden.«

»Nicht gefunden«, wiederholte Mia müde.

»Wir haben uns noch immer keinen Überblick verschaffen können. Es kann gut sein, dass es noch mehr Container auf dem Gelände gibt. Wir sollten weitere Verstärkung anfordern.«

»Moment mal«, sagte sie, als das Handy in ihrer Tasche erneut klingelte. Sie nahm das Gespräch sofort an.

»Hast du neue Infos für uns, Ola?«

»Mia«, keuchte er. »Seid ihr etwa nicht vor Ort?«

»Natürlich sind wir vor Ort.«

»Aber seht ihr ihn denn nicht?«

»Was meinst du?«

»Er ist doch da! Bei Jonathan. Ich sehe ihn jetzt, über die Webcam. Er hat den Jungen hochgenommen und ist auf dem Weg nach draußen. Sagt mal, seht ihr ihn wirklich nicht?«

»Scheiße!«, rief Mia und schaute den Einsatzleiter an.

»Was ist?«, fragte er.

»Sucht weiter!«

Henrik Levin und Jana Berzelius fuhren durch die hohen Tore auf das Baustellengelände. Weit weg, rechts von den hohen Gebäuden, waren die Autos des Einsatzkommandos zu sehen. Jetzt begriff Henrik, warum Mia sich noch nicht gemeldet hatte. Das Gelände war riesig, und die Suche war noch in vollem Gang.

Wenn sie eine realistische Chance haben wollten, Lindman und Jonathan zu finden, dachte er, dann mussten sie an verschiedenen Orten zugleich suchen. Er bog gleich links ab und fuhr zwischen den Gebäuden weiter. Rasch manövrierte er den Wagen zwischen Stapeln von Transportpaletten entlang, an einem Bagger vorbei und näherte sich einem Müllcontainer.

»Da!«, sagte Jana Berzelius und deutete mit dem Finger.

Zehn Baucontainer standen dicht nebeneinander, ungefähr hundert Meter von ihnen entfernt.

Henrik bremste ab, fuhr vorsichtig näher und meinte hinter einem der vergitterten Fenster Licht zu sehen.

Der rote Toyota parkte schräg vor den Containern.

»Sorgen Sie bitte dafür, dass das Einsatzkommando so schnell wie möglich herkommt«, sagte er zur Staatsanwältin, ehe er rasch seine Dienstwaffe zückte und geduckt zum Auto lief, das im Leerlauf dastand.

Er warf einen kurzen Blick hinein.

Lindman konnte nicht unbemerkt auf das Gelände gekommen sein, dachte er im Weitergehen. Er musste es noch vor dem Einsatzkommando geschafft haben und hatte Glück gehabt, dass er noch nicht gefunden worden war.

Plötzlich entdeckte er Terry Lindman.

Er war aus einem der Container getreten und hielt Jonathan in den Armen.

Henrik richtete die Waffe auf ihn.

»Polizei!«, schrie er.

Terry Lindman blieb mit aufgerissenem Mund und blutunterlaufenen Augen stehen. Dann sah er zurück, drückte den Jungen fester an sich, machte einen Schritt rückwärts und noch einen.

Plötzlich drehte er sich um.

»Lindman!«, rief Henrik. »Stehen bleiben!«

Doch der Mann war schon losgelaufen.

Henrik fluchte. Er konnte nicht schießen, denn das Risiko, Jonathan zu treffen, wäre viel zu groß gewesen.

Also senkte er die Waffe und lief hinterher.

Jana Berzelius hatte gerade ihr Handy herausgeholt, um das Einsatzkommando herbeizurufen, als ihr Blick auf Lindman fiel, der Jonathan im Arm hielt. Er rannte von den Containern her quer über den Kiesplatz und am Auto vorbei, in dem sie gerade saß. Das Adrenalin rauschte durch ihre Adern, während sie zusah, wie er sich einem der Betonbauten näherte. Gerade als er das Gebäude betrat, fiel ihr Blick auf Henrik Levin, der Lindman und Jonathan mit der Waffe in der Hand verfolgte.

Jana blieb reglos sitzen, bis Henrik Levin ebenfalls in dem Gebäude verschwunden war.

Dann schob sie ihr Handy in die Hosentasche zurück.

Sie hatte nicht vor, das Einsatzkommando herbeizurufen. Nicht mehr.

Stattdessen überprüfte sie den Sitz des Messers am hinteren Hosenbund und stieg aus dem Auto.

Henrik Levin befand sich in einem langen Flur, mitten in einem System von Gängen und Räumen. Er ging an Armierungseisen, Baustellenleuchten und Elektrokabeln vorbei und dachte, dass er recht gehabt hatte. Hier, am Ljurafältet, hatte Lindman Jonathan versteckt gehalten. Über die Webcam hatte er den Jungen im Blick behalten, aber hatte nicht damit gerechnet, selbst überfallen, gefesselt und in eine Sauna eingesperrt zu werden.

Henrik drehte sich blitzschnell um. Er meinte, aus dem Augenwinkel eine Bewegung wahrgenommen zu haben. Einen Schatten, der verschwand, aber er war sich nicht sicher. Vielleicht war es ja nur Einbildung?

Er ging weiter, an Türöffnungen vorbei, die mit Plastikplanen verdeckt waren. Am Ende des Flurs führte eine Betontreppe in den nächsten Stock.

Jetzt war eine Stimme zu hören, die im Gebäude widerhallte. Sie war hell und ängstlich.

Während sich sein Pulsschlag immer mehr beschleunigte, folgte Henrik der Stimme durch den Flur.

An der Türöffnung ganz hinten blieb er stehen, umklammerte seine Waffe und schob die dünne Plastikplane zur Seite.

»Bleiben Sie stehen, wo Sie sind!«, schrie Lindman.

Er stand mitten im Raum und hielt ein Stück Armierungseisen an Jonathans Hals. Der Junge sah verwirrt aus und war vor Schreck wie gelähmt.

»Jonathan?«, fragte Henrik. »Alles in Ordnung?«

Der Junge nickte kurz.

»Hören Sie, Lindman«, sagte Henrik, »wenn Sie mir Jonathan geben …«

»Er heißt nicht Jonathan! Er heißt Noel, und er gehört jetzt mir!«

»Lindman«, sagte Henrik und zielte ununterbrochen auf ihn. »Hören Sie zu. Wenn Sie mir den Jungen geben, kommt niemand zu Schaden.«

»Keine Bewegung!«

»Ich stehe ganz still«, fuhr Henrik fort. »Sehen Sie? Ich stehe ganz ruhig da.«

»Her mit der Pistole!«

Henrik zögerte kurz.

»Die Pistole!«, brüllte Lindman. »Her damit, sonst tue ich ihm weh!«

Jonathan wimmerte.

»Schon gut.«

Henrik machte eine beruhigende Geste und ging dann langsam in die Hocke, ohne Terry Lindman aus den Augen zu lassen.

»Ich lege sie hier auf den Boden«, sagte er. »In Ordnung?«

»Schieben Sie sie her!«, schrie Lindman.

Henrik tat wie geheißen, und die Waffe glitt über den Boden. Lindman warf das Armierungseisen weg, bückte sich und hob die Pistole auf. Er legte den Finger an den Abzug und zielte auf Henrik.

»Machen Sie keine Dummheiten«, sagte dieser.

»Sie denken wohl, ich traue mich nicht zu schießen?«

Immer mit der Ruhe, dachte Henrik, kurz bevor der

Schuss abgefeuert wurde. Seine rechte Schulter wurde nach hinten gerissen.

Die Kugel war mitten hindurchgegangen.

Der Schmerz ließ ihn laut aufstöhnen. Er spürte, dass er kurz vor der Bewusstlosigkeit stand, und versuchte vergeblich, sich an der Wand abzustützen. Während er zusammenbrach, hörte er Jonathans Schreie.

Jana Berzelius hatte das Gebäude betreten. Durch eine Türöffnung spähte sie in den Flur. Sie hatte den Schuss gehört und sah nun Lindman mit dem Jungen aus dem hintersten Zimmer treten. Jonathan schrie und weinte und versuchte, sich aus den Händen des Mannes zu befreien. Lindman blieb stehen, änderte seinen Griff um den Jungen und schrie ihn an, er solle stillhalten und sich beruhigen.

Jana sah, dass er eine Pistole in der Hand hielt. Rasch folgerte sie, dass er geschossen haben musste und dass Henrik Levin verletzt sein könnte.

Lindman ging weiter, entfernte sich von ihr und hielt auf eine Treppe zu, die ins nächste Stockwerk führte.

Sie müsste ihn abfangen können. Denn es musste doch ein Loch in der Decke geben, oder?

Jana drehte sich schnell um und sah hinauf in die große Öffnung schräg über ihr, die vermutlich ein Schacht für den Aufzug werden sollte. Um nach oben zu kommen, reichte es nicht, wenn sie in die Höhe sprang. Sie brauchte etwas zum Hochklettern.

Einige Meter von ihr entfernt lagen Rollen mit Klemmfilz zur Isolierung. Daneben stand ein Wagen mit Gipsplatten. Rasch schob sie ihn unter die Öffnung in der Decke und kletterte auf die Platten. Sie nahm Anlauf, bekam die Kante mit den Händen zu fassen und hievte sich hoch.

Henrik Levin versuchte, sich zu erheben. Der heftige Schmerz in der Schulter hatte ihn für einige Sekunden bewusstlos gemacht.

Dunkles Blut pulsierte aus der tiefen Wunde. Er drückte die Hand dagegen und atmete schnell. Als er das warme Blut zwischen den Fingern spürte, wurde ihm plötzlich die Brisanz der Lage bewusst: Terry Lindman war bewaffnet und auf dem besten Weg, mit dem entführten Jungen davonzukommen.

Panik ergriff ihn bei dem Gedanken, dass er eigentlich längst das Einsatzkommando, ihre Rufe und Schritte hätte hören müssen.

Warum waren sie nicht hier?

Der Schmerz in der Schulter wurde immer schlimmer, und seine Hand fühlte sich seltsam taub an.

Keuchend versuchte er sich zu konzentrieren, und ganz langsam gelang es ihm, das Handy aus der Hosentasche zu ziehen.

Jana Berzelius hatte sich in ein Zimmer im nächsten Stock hochgehievt. Sie drückte sich an die Wand und blickte durch die Türöffnung nach draußen. Das Loch im Boden lag hinter ihr. Sie sah Lindman im Flur stehen. Er wandte ihr den Rücken zu, schaute die Treppenstufen hinunter und hielt immer noch die Pistole in der Hand. Vermutlich erwartete er, gleich Henrik Levin heraufkommen zu sehen.

Nach einer Weile ließ er Jonathan hinunter, packte den Jungen aber fest am Arm und begann dann rückwärts zu gehen, weg von der Treppe. Das hieß, dass er immer näher auf sie zukam.

Jetzt war die Gelegenheit! Jetzt konnte sie Jonathan retten und Terry Lindman beseitigen, für immer.

Jana wartete kurz, dann zog sie ihren Kopf zurück. Sie lauschte auf die Schritte und begann runterzuzählen. Es waren noch zehn Schritte zwischen ihnen.

Zehn Schritte, dachte sie, dann würde sie angreifen.

Der Junge war noch immer panisch. Er schrie und weinte.

Sie selbst spürte eine innere Ruhe, senkte den Blick ein wenig, erfasste die Situation.

Fünf Schritte.

Jana atmete tief ein, streckte die Finger, machte sich bereit.

Drei.

Zwei.

Eins.

Sie trat vor und packte Lindmans Arm so fest, dass er keine andere Wahl hatte, als Jonathan loszulassen. Während sie den brüllenden Mann ins Zimmer zerrte, hörte sie den Jungen davonlaufen, zurück zur Treppe.

Sie drückte die Pistole in eine andere Richtung und schlug sie Lindman aus der Hand. Die Waffe rutschte über den Boden und verschwand in der Öffnung, durch die Jana sich nach oben gehievt hatte. Es klirrte, als die Pistole in der Etage unter ihnen landete.

Jana ließ Lindman los, trat ein paar Schritte zur Seite und hatte ihn schließlich in einer perfekten Position, zwischen sich selbst und dem Loch im Fußboden. Sie brauchte nicht einmal das Messer, sie musste ihn einfach nur packen.

Er starrte sie keuchend an, und ehe er reagieren konnte, nahm sie Anlauf und trat ihn so heftig in die Brust, dass er durch das Loch im Boden auf den Wagen mit den Gipsplatten fiel. Sie wartete einige Sekunden. Betrachtete ihn, wartete auf eine Reaktion, eine Bewegung, ein Blinzeln.

Doch Lindman lag vollkommen still da.

Jana wollte gerade zu ihm hinunterspringen, als sie Schritte aus der Wohnung darunter hörte. Sie hielt inne, lauschte und musste sich mit der schrecklichen Einsicht konfrontieren, dass sie keine andere Wahl hatte, als sich rasch zurückzuziehen.

Henrik Levin hatte das Gebrüll, das Klirren und den lauten Knall gehört. Mit der Hand an der verwundeten Schulter stolperte er zu dem Zimmer, von wo er die Geräusche gehört hatte. Er hatte keine Waffe, nichts, womit er sich hätte verteidigen können, aber er zögerte nicht. Er musste weitergehen.

Es raschelte, als er die Plastikfolie zur Seite schob.

Lindman lag rücklings auf einem Wagen mit Gipsplatten.

Er bewegte sich nicht und schien auch nicht zu atmen. Über ihm war ein Loch in der Decke.

Was war passiert?

Und Jonathan? Wo war der Junge?

Ein Stück vom Wagen entfernt entdeckte Henrik seine Dienstwaffe.

Seine Schulter brannte vor Schmerzen, als er sich bückte und die Pistole aufhob. Blut tropfte zwischen seinen Fingern hervor auf den Boden.

Henrik seufzte erleichtert, als das Geräusch von Martinshörnern durch die Wände zu hören war. Das Einsatzkommando würde gleich vor Ort sein.

Plötzlich hustete Terry Lindman.

Henrik richtete sofort die Waffe auf ihn. Der Mann rutschte vom Wagen und schlug hart auf den Boden. Er hustete Blut, stützte sich auf den Ellbogen und setzte sich mühsam auf.

»Keine Bewegung. Die Hände auf den Rücken«, befahl Henrik.

Lindman blinzelte mehrmals und versuchte aufzustehen. Er schien ihm gar nicht zuzuhören.

»Lindman! Die Hände auf den Rücken!«

Die Pistole zitterte. Es fiel Henrik schwer, sie stillzuhalten. Er war es nicht gewohnt, mit links zu zielen.

Lindman stand jetzt aufrecht da, mit bleichem Gesicht und starrem Blick. Er spannte die Halsmuskulatur an, der Blick verdunkelte sich, und mit einem Brüllen warf er sich vorwärts.

Panik drohte Henrik zu überwältigen. Er hatte keine Wahl, er musste schießen. Es knallte, und der harte Rückstoß fuhr durch seinen Arm.

Terry Lindman sah verwirrt aus und taumelte rückwärts. Dabei hielt er sich die blutige Brust. Er hustete und röchelte, atmete schnell. Dann fiel er auf die Knie, brach auf dem Boden zusammen, ohne Henrik aus den Augen zu lassen. Sein Mund stand offen, und eine Blase aus Blut erschien zwischen den Lippen.

Die Beine zuckten.

Henrik senkte die Waffe, betrachtete die matten Augen und das entspannte Gesicht des Mannes.

Und mit einer seltsamen Klarheit wusste er, dass Terry Lindman tot war.

Blaulicht flackerte durch den Neubau.

Mia Bolander trat unruhig von einem Fuß auf den anderen, während sie vor dem Gebäude stand. Am liebsten wäre sie hineingestürmt, aber sie musste die Befehle des Einsatzleiters abwarten, bis sich die Kollegen vom Einsatzkommando positioniert hatten.

In einer Staubwolke fuhr ein weiteres Polizeiauto auf den Kiesplatz, dicht gefolgt von einem Rettungswagen.

»Macht schon, verdammt noch mal«, sagte sie.

»Sind Sie ungeduldig?«

Mia wirbelte herum und sah, dass Jana Berzelius mit hocherhobenem Kopf hinter ihr stand. Sie hatte sie nicht kommen hören, vermutlich aufgrund der vielen anderen Geräusche in der Umgebung.

»Henrik hat angerufen«, berichtete Mia. »Er ist da drinnen, aber wir wissen nichts über Jonathan. Vielleicht ist er …«

»Jonathan lebt«, meinte die Staatsanwältin.

Mia betrachtete sie kurz.

»Woher wollen Sie das denn wissen?«

Jana Berzelius deutete mit dem Kopf auf etwas hinter Mias Rücken. Als sie sich umdrehte, entdeckte sie den Jungen im Eingang des Gebäudes. Sein Haar war verfilzt, und unter der Nase waren Schmutzspuren zu sehen.

»Jonathan!«, rief sie und stürzte auf ihn zu, nahm ihn in den Arm. »Wie geht es dir? Hast du irgendwo Schmerzen?«

Jonathan schüttelte den Kopf und sagte dann etwas Unverständliches.

»Was sagst du?«, fragte sie und sah ihn an.

»Papa«, wiederholte er etwas lauter.

»Ja, natürlich darfst du deinen Papa sehen«, versicherte Mia lächelnd.

Die Rettungssanitäter kamen zu ihnen, hüllten den Jungen in eine Decke ein und führten ihn zum Krankenwagen.

Mehrere laute Rufe waren zu hören.

Mia sah auf und entdeckte Henrik, der gerade aus der Türöffnung stolperte. Seine Schulter war blutig, er wirkte schwach, und sein Gesicht war leichenblass.

Sie sollte etwas sagen, etwas tun, aber sie sah ihm nur in die Augen. Und als er ihren Blick erwiderte, wusste sie, dass das Ganze vorbei war.

Dass es ihnen gelungen war, den Jungen zu retten.

Endlich.

DREI WOCHEN SPÄTER

32

Es war Vormittag, und am blauen Himmel, hoch über den Baumwipfeln, war der weiße Kondensstreifen eines Flugzeugs zu sehen.

»Sind wir nicht bald da?«, fragte Felix vom Beifahrersitz.

Henrik Levin lächelte seinen Sohn an.

»Gleich«, sagte er und bog auf die kurvenreiche Schotterstraße ab, die von hohen, dicht stehenden Fichten und Kiefern umgeben war.

Nach zwei Kilometern öffnete sich der Wald, und das rote Sommerhäuschen war zwischen den Bäumen zu sehen.

»Jetzt«, sagte Henrik und bremste ab. »Jetzt sind wir da.«

Sie stiegen aus, traten in den warmen Vormittag hinaus, in den Duft von Blumen und frisch gemähtem Gras.

Sam Witell und Jonathan standen auf dem Kiesweg und winkten ihnen fröhlich zu.

»Willkommen«, sagte Witell und umarmte Henrik. »Es ist so schön, dass Sie hergekommen sind. Und besonders nett ist es, dass du mitgekommen bist. Du bist Felix, nicht wahr?«

»Ja.«

»Felix, das hier ist Jonathan.«

Die Jungen begrüßten sich schüchtern.

»Ich habe einen neuen Fußball«, sagte Jonathan zu Felix. »Wollen wir spielen?«

»Na klar«, sagte Felix.

Sie liefen auf den Rasen, wo ein Fußballtor aufgebaut war.

»Sie ahnen nicht, wie dankbar ich Ihnen für das bin, was Sie getan haben«, sagte Witell.

»Das haben Sie schon öfter gesagt«, bemerkte Henrik.

»Ich meine es aber ehrlich.«

»Ich habe nur meine Arbeit gemacht.«

»Ja«, sagte Witell. »Aber trotzdem. Wie geht es Ihrer Schulter?«

»Sie ist beinahe verheilt«, erwiderte Henrik.

»Schön zu hören. Was sagen Sie zu einer Tasse Kaffee?«

»Klingt gut.«

Sie plauderten ein wenig, während sie auf die Rückseite des Häuschens gingen.

Im Schatten eines Sonnenschirms stand ein Tisch mit vier Stühlen, der mit Kaffeetassen, Gläsern, einer Kanne mit Saft und einer Platte mit Zimtschnecken gedeckt war.

»Ich muss Sie etwas fragen«, sagte Henrik, als er sich an den Tisch gesetzt hatte. »Wie geht es ihm in Anbetracht der Ereignisse?«

»Jonathan? Doch, dem geht es gut. Er hat Albträume, aber ich lasse ihn bei mir schlafen.«

»Und wie geht es Ihnen?«

Sam Witell lachte auf.

»Ich weiß es nicht. Ich bin einfach nur froh, dass Jonathan wieder da ist. Das ist das Einzige, was mir etwas bedeutet.«

»Das verstehe ich gut.«

»So«, sagte Witell und klatschte in die Hände. »Jetzt hole ich den Kaffee.«

»Papa!«

Jonathan lief auf sie zu. Er hielt eine Harke in der Hand, und seine Wangen waren gerötet.

»Was ist denn?«, fragte Sam Witell.

»Wir brauchen Hilfe, um den Ball vom Dach herunterzuholen. Wir kommen nicht ran.«

»In dieser kurzen Zeit habt ihr es geschafft, ihn bis nach oben zu kicken?«

»Das war keine Absicht.«

»Ich kümmere mich um den Ball, wenn Sie solange den Kaffee rausbringen«, sagte Henrik und erhob sich vom Stuhl.

Das Gedränge vor dem Landgericht wurde immer dichter. Mehrere überregionale Medien sendeten eine Liveübertragung der Gerichtsverhandlung gegen Danilo Peña, die heute beginnen sollte.

Jana Berzelius ging die Treppe hinauf und durch den Haupteingang. Hinter sich hörte sie die Fragen und Rufe der Journalisten.

Ihr dunkles Haar fiel glänzend über die Schultern bis auf den Rücken. Sie trug einen schwarzen Hosenanzug, eine weiße Bluse und hochhackige Schuhe.

Noch dreizehn Minuten, dann würde die Hauptverhandlung beginnen.

Sie betrat den Warteraum, lauschte den dumpfen Stimmen der Zuhörer, die sich dort versammelt hatten, und nickte kurz ihrem Vater zu, der ebenfalls vor Ort war, ehe sie zum Saal 1 weiterging.

Mit gewohnter Hand griff sie nach der Türklinke.

»Jana?«

Sie hielt inne, sah auf und entdeckte Per, der ein Stück von ihr entfernt stand. Er trug Jeans und ein T-Shirt. Sein Arm war noch immer eingegipst.

Als er auf sie zuging, ließ sie die Türklinke los und spürte, dass ihr Herz schneller schlug.

»Kommst du ran?«

Felix und Jonathan hüpften eifrig um ihn herum. Mit der Harke stieß Henrik Levin den rotgemusterten Fußball an, der oben am Fallrohr auf dem Dach des Sommerhäuschens hängen geblieben war.

Er änderte den Griff und schob seine Hand ganz ans Ende der Harke. Dann stieß er den Ball noch einmal an, bis dieser herunterrollte und auf die Erde prallte.

»Yes!«, rief Felix.

»Jetzt schießt mal nicht so hoch«, sagte Henrik zu den Jungen und zog an seinem Pullover, der am Rücken klebte.

»Ja, machen wir«, versicherten sie im Chor und stellten sich einander gegenüber ins Gras.

Henrik lehnte die Harke an die Wand und wollte gerade zur Rückseite des Hauses zurückkehren, als er fünf Margeriten sah, die auf einem der Randsteine neben dem Kiesweg lagen. Genau an dieser Stelle hatten schon einmal Blumen gelegen, erinnerte er sich.

Mit gerunzelter Stirn ging er zum Stein und bückte sich.

»Nicht die Blumen anfassen«, sagte Jonathan und schoss den Ball zu Felix. »Die sollen dort liegen.«

»Aber dann verwelken sie doch«, erwiderte Henrik.

»Ich weiß. Aber dann legt Papa neue hin.«

»Warum macht er das?«

»Keine Ahnung«, antwortete Jonathan und nahm den

Ball mit dem rechten Fuß entgegen. »Das hat er immer schon gemacht.«

Henrik ging in die Hocke und betrachtete die Blumen und den Randstein, auf dem sie lagen.

»Fass sie nicht an«, sagte Jonathan erneut. Diesmal klang er nervös.

»Alles gut«, beruhigte ihn Henrik.

»Aber was machst du da?«

»Ich will nur … ein bisschen schauen. Mach dir keine Gedanken.«

Henrik legte die Blumen vorsichtig zur Seite.

Die Sonne wurde von einer Wolke überschattet, als er den Stein mit festem Griff packte und ihn umdrehte. Ein kurzer Schmerz durchfuhr seine Schulter.

Vorsichtig strich er die dünne Erdschicht weg. Auf der Unterseite des Steins stand etwas, eine Inschrift.

Er beugte sich weiter vor und las: *Zur Erinnerung an unseren Sohn.*

Sohn …

Henrik sah zu Jonathan.

Plötzlich überlief ihn ein Schauder.

Sam Witell hatte während der Ermittlungen unzählige Male den Namen Jonathan genannt.

Aber er hatte ihn nie als seinen Sohn bezeichnet.

Jana Berzelius ließ ihren Blick über die Männer und Frauen wandern, die ins Wartezimmer des Landgerichts strömten. Dann betrachtete sie Per, der ihr direkt gegenüberstand. Er ließ sie nicht aus den Augen, und nun stellte sie fest, dass er etwas in der Hand hielt.

»Es ist eine Weile her, dass ich dich gesehen habe«, sagte er.

»Ja.«

»Wie geht es dir?«, fragte er.

»Und dir?«

»Ich bin immer noch beurlaubt.«

»Wie lange noch?«

»Für immer«, erklärte Per.

»Was meinst du?«

»Mach dir keine Sorgen, ich komme zurück. Aber in einer anderen Funktion.«

»Sag nicht, dass du Rechtsanwalt wirst«, erwiderte sie und hörte das Erstaunen in ihrer eigenen Stimme.

Per lächelte.

»Du meinst es also ernst?«, fragte sie.

»Mehr als ernst.«

»Aber warum?«

»Da gibt es viele Gründe. Zum Beispiel, dass ich lieber Privatpersonen als den Staat vertreten möchte und dass ich in der Schuldfrage ausnahmsweise Position beziehen könnte. Außerdem müsste ich nicht befürchten, wegen Befangenheit angezeigt zu werden …«

Panik durchfuhr sie, als sie ihm in die verschiedenfarbigen Augen sah.

»Ich weiß nicht, was dich dazu gebracht hast, mich anzuzeigen«, sagte Per. »Aber ich hoffe, es war die Sache wert.«

»Das Gesetz besagt, dass …«, setzte sie an.

»Ich kenne das Gesetz«, unterbrach er sie. »Darum geht es nicht. Ich frage mich nur, was ich falsch gemacht habe.«

Jana stand stumm da. Ihr war bewusst, dass sie ihm eine Antwort schuldete, aber sie bekam kein einziges Wort heraus.

Die Margeriten in seiner Hand bewegten sich im Wind.

Henrik Levin ging um das Häuschen herum und sah Sam Witell am Tisch unter dem Sonnenschirm sitzen.

»Ich habe mich gerade gefragt, wo Sie geblieben sind«, sagte Witell und sah lächelnd auf. »Habt ihr den Ball vom Dach bekommen?«

Henrik ließ die Blumen auf den Tisch fallen und stellte fest, dass Witells Lächeln verschwand. Er starrte die dünnen Blumenstängel und die weißen Blütenblätter an.

Henrik setzte sich auf den Stuhl gegenüber, hörte die Rufe der Jungen, das Scharren eines Vogels, der auf der Fensterbank landete, und das schwache Rauschen des Windes in den Baumkronen.

»Es ist schon seltsam …«, setzte er an.

»Was?«, murmelte Witell.

»Na ja, Terry Lindman hat Jonathan mit einem anderen Namen gerufen.«

Witells Lippe zuckte. Nur leicht, aber doch so stark, dass Henrik es sehen konnte.

»Er hat ihn Noel genannt.«

Sam sah schweigend nach oben in den Himmel.

»Bitte sagen Sie, dass es keinen Noel gegeben hat.«

»Sie haben es wirklich nicht begriffen«, meinte Witell und erwiderte seinen Blick.

»Was habe ich nicht verstanden?«

»Es hat nie einen Jonathan gegeben.«

Jana Berzelius hielt ihre Aktentasche fest umklammert. Sie wusste, dass die Verhandlung in wenigen Minuten beginnen würde, aber Per wollte noch etwas sagen. Sie sah es ihm an.

»Weißt du, wie viel Mut es braucht?«, fragte er.

»Für was?«, bekam sie schließlich heraus.

»Um sich dir zu nähern. Man braucht allen Mut der Welt. Dennoch gelingt es mir nicht.«

Er sah auf seine geschlossene Hand.

»Du hast mir nicht einmal die Chance gegeben, dich zu verstehen«, sagte er mit bebender Stimme. »Und ich habe mich gefragt, was ich anders hätte machen können und ob ich etwas Falsches gesagt oder getan habe.«

Unbewusst legte Jana ihre freie Hand auf die Hautritzung im Nacken.

»Per«, sagte sie. »Ich …«

»Aber dann«, unterbrach er sie, »dann denke ich mir, dass ich es vielleicht besser bleiben lassen sollte, dich verstehen zu wollen. Obwohl es schwer ist, sehr schwer sogar, ohne dich zu sein, Jana.«

Sie hörte, wie er tief Luft holte, bevor er fortfuhr:

»Es klingt vielleicht seltsam, aber ich habe nicht an die Liebe auf den ersten Blick geglaubt. Zumindest nicht, bevor ich die Frau kennengelernt habe, die hier vor mir steht. Sie ist schön und kompliziert. Ich fühle mich in ihrer Gesellschaft wohl, ich rede gern mit ihr, ich stelle ihr gern schwierige Fragen und höre zu, wenn sie antwortet. Sie bringt mich zum Lachen und weckt Sehnsucht in mir. Mit ihr macht mir alles Freude. Mit dir.«

Per sah wieder auf seine geschlossene Hand.

»Aber die Sache ist die«, fuhr er fort. »Jetzt, wo ich über alles nachgegrübelt und versucht habe, es zu verstehen, glaube ich zu wissen, was am besten für mich ist.«

Er hob den Kopf, öffnete den Mund ein wenig, als wollte er sich an einem Lächeln versuchen. Doch die Augen waren ernst, und sein Blick erschreckte sie. Diesen Blick hatte sie schon früher gesehen, sie konnte sich ihm nicht entziehen. Rasch ließ sie ihren Nacken los.

»Ich muss gehen, die Verhandlung beginnt gleich.«

»Warte«, sagte er. »Gib mir deine Hand.«

»Meine Hand?«

Widerwillig streckte sie sie ihm entgegen.

Er hob seine eigene Hand, öffnete sie und ließ etwas in ihre fallen.

»Ich liebe dich, Jana«, sagte er. »Und ich wollte so gerne glauben, dass du mich auch magst.«

Sie sagte nichts.

Wich seinem Blick aus.

Sah nur die Manschettenknöpfe in ihrer Hand.

»Ich wünschte mir nur … du hättest es auch einmal gesagt.«

Per stand eine Weile reglos da. Dann drehte er sich langsam um und ging davon. Sie lauschte auf seine Schritte und die Tür, die geöffnet wurde. Dann war er weg.

Jana legte die Manschettenknöpfe in die Jackentasche ihres Hosenanzugs.

Sie blinzelte die Tränen weg.

Und betrat den Gerichtssaal.

Es rauschte in Henrik Levins Kopf. Er starrte leer vor sich hin und versuchte die Bedeutung dessen zu erfassen, was Witell soeben gesagt hatte. Von Jonathan und Felix, die den Fußball hin und her kickten, war Gelächter zu hören.

»Ich habe nicht gedacht …«, sagte Sam Witell. »Ich habe nicht gedacht, dass ich es würde erzählen müssen.«

»Warum haben Sie dann Blumen hingelegt?«

»Ich weiß es nicht«, sagte er und fingerte nervös an seiner Hose herum. »Es hat sich irgendwie gut angefühlt. Ich kann es nicht richtig erklären.«

»Aber Sie können mir erklären, worum es eigentlich geht?«

Sam Witell nickte langsam.

»Ja«, sagte er zögernd. »Es ist vielleicht das Beste. Ich hoffe nur …«

Seine Stimme kippte, und er wandte sich kurz ab, bevor er fortfuhr.

»Ich hoffe nur, dass Sie mir glauben, denn das, was ich Ihnen jetzt erzählen werde, ist die Wahrheit. Es ist eine lange Geschichte.«

»Die mit Mika beginnt?«

Sam Witell betrachtete ihn.

»Ja, Sie haben recht. Sie beginnt mit Mika. Ich habe sie betreut. Sie wissen auch, dass sie schwanger wurde. Mika hat sich geweigert, uns davon zu erzählen. Sie hat sogar versucht, die Schwangerschaft zu verbergen. Felicia und ich haben zur selben Zeit ein Kind erwartet. Eigentlich hatten wir die Hoffnung ja schon aufgegeben, und wie Sie wissen, waren wir überglücklich, aber …«

Sam verstummte.

»Erzählen Sie weiter«, ermahnte ihn Henrik.

»Ich werde nie vergessen, wie Felicia Wehen bekam. Sie war im achten Monat, und wir machten gerade einen Waldspaziergang, etwa einen Kilometer von hier entfernt. Ich wusste nicht, was ich tun sollte, es ging so schnell, und als er auf die Welt kam, da … da war er tot.«

Henrik brachte kein Wort heraus. In seinem Hals bildete sich ein großer Kloß.

»Ich wollte um Hilfe rufen«, fuhr Sam Witell fort. »Aber sie hat sich geweigert. Sie wollte ihn nicht loslassen. Sie hielt ihn an ihre Brust, aber konnte ihn nicht wärmen. Es war ja unmöglich.«

Sam Witell strich sich mit zitternden Fingern über den Mund.

»Felicia war so traurig. Ich habe zu ihr gesagt, dass wir es wieder probieren, aber sie wollte nicht hören. Mir kam es so vor, als hätte sie begriffen, dass wir nie ein Kind bekommen würden. Sie ließ sich krankschreiben. Ich floh vor der Trauer und bin gleich wieder arbeiten gegangen. Wir haben vereinbart, niemandem davon zu erzählen. Dann haben wir ihn dort unter dem Randstein begraben. Niemand außer uns wusste von der Totgeburt. Ich weiß nicht, warum. Vielleicht haben wir uns geschämt.«

Sam Witell senkte den Kopf.

»Einige Tage später, als ich abends auf dem Heimweg von der Arbeit war, habe ich Mika gesehen. Sie lag völlig fertig auf einer Bank mit einem Kinderwagen neben sich. Es sah so aus, als läge ein Bündel im Wagen. Also bin ich aus dem Auto gestiegen und zu ihr gegangen. Ich habe versucht, mit ihr zu sprechen, aber sie war vollkommen abwesend. Erst als sie »Noel, Noel« murmelte, hob ich die Decke an. Ich hatte erwartet, ihren kleinen Sohn zu sehen, aber im Wagen lagen nur ein paar Bierdosen. Da habe ich es mit der Angst zu tun bekommen und sie gefragt, was sie mit ihrem Kind gemacht hätte. Sie hat mich nicht einmal angeschaut, hat mich nur weggewedelt, und ich bin so furchtbar …«

Witell holte Luft.

»… wütend auf sie geworden. Ich war so wütend, dass ich sie da habe sitzen lassen.«

»Haben Sie ihr nicht geholfen?«, fragte Henrik erstaunt.

Witell schüttelte den Kopf.

»Denken Sie, was Sie wollen, aber ich habe ihr nicht geholfen. Stattdessen bin ich auf dem direkten Weg zu ihr nach Hause gefahren, und da habe ich ihn gefunden.«

Sam Witell blickte ihn an.

»Er lag in ein Laken eingewickelt unter ihrem Bett, in

seinen eigenen Exkrementen, verstehen Sie? Ganz allein lag er da, in dem verklebten Laken, und keiner hat sich um ihn gekümmert. Keiner außer mir.«

Sam Witell verstummte, und Henrik hörte ihn schwer atmen.

»Ich kann mich noch so gut erinnern.«

Er blickte nach unten und lächelte kurz, als sähe er alles genau vor sich.

»Woran?«, fragte Henrik.

»Wie er geweint hat. Er hatte wohl Angst. Mir wäre es auch so gegangen, ganz allein unter dem Bett. Aber als ich ihn hochgenommen habe, ist er ganz still geworden. Ich werde nie vergessen, wie er mich mit seinen blauen Augen angesehen hat.«

»Da haben Sie ihn also mitgenommen?«

»Ja«, sagte er und nickte. »Von diesem Moment an gehörte er mir.«

Sam Witell beugte sich ein wenig vor und fuhr fort:

»Es hat sich ja kein anderer um ihn gekümmert. Das Jugendamt hätte sich auch nicht gekümmert. Die hätten nur irgendeine blöde Bescheinigung ausgestellt und ihn weiter in eine Bereitschaftspflegefamilie geschickt. Ich kenne das System, ich weiß, dass es zum Himmel stinkt.«

»Das heißt, Mika hatte ihren Jungen gar nicht im Kinderwagen dabei, als sie ertrank?«

»Man ist davon ausgegangen, dass sie ihr Kind dabeihatte«, sagte Witell. »Aber die Wahrheit ist, dass sie ihr Baby in dieses eklige Laken gewickelt und versucht hat, es zu verstecken. Vielleicht hatte sie gehofft, dass es erst gefunden werden würde, wenn es tot war.«

Sam Witells Augen waren gerötet und standen voller Tränen.

»Ich weiß ja nicht, aber …«

Henrik verstummte. Witells Erzählung hatte ihm jegliche Kraft geraubt.

»Aber was?«

»Es klingt so, als hätten Sie geplant, den Jungen zu entführen«, sagte Henrik.

»Ich hatte es nicht geplant«, antwortete Witell entschlossen. »Ich habe es einfach getan. Ich habe an nichts anderes gedacht, nur dass ich ihn haben wollte.«

»Was haben Sie mit ihm gemacht?«

»Ich habe ihn zum Auto getragen«, erwiderte Witell. »Ich habe ihm den Mund zugehalten, damit ihn keiner schreien hören konnte. Ich wollte einfach nur weg. Deshalb bin ich schnell gefahren. Er hat sich die ganze Zeit bewegt und immer weiter geschrien. Ich habe versucht, ihn zu beruhigen, aber es hatte keinen Sinn, also habe ich das Radio angeschaltet und laut gedreht. Ich habe mitgesungen, um ihn nicht hören zu müssen.«

»Wo sind Sie hingefahren?«, fragte Henrik.

»Ich wollte ihn an einen sicheren Ort bringen, wo ich ihn vor der Umwelt versteckt halten konnte. Ich wusste ja, dass die Leute anfangen würden, nach ihm zu suchen. Aber es ist schwierig, ein Kind zu verstecken. Und ich hatte nicht so viele Orte zur Auswahl.«

»Und wohin haben Sie ihn gebracht?«

»Nach Hause.«

Witell atmete durch die Nase ein.

»Die ersten Tage war ich nervös«, sagte er. »Ich war sogar versucht, Beruhigungstabletten zu nehmen oder Alkohol zu trinken, irgendwas. Aber es ging nicht. Ich musste mich vollkommen unter Kontrolle haben. Eines Morgens bin ich am Haus vorbeigefahren.«

»Das Haus, aus dem Sie ihn mitgenommen hatten?«, fragte Henrik nach.

»Ja. Ich habe ein Stück entfernt geparkt und bin zu Fuß zurückgegangen. Ich wollte kein Risiko eingehen, also bin ich nicht stehen geblieben, sondern einfach weitergegangen. Am Ende der Straße habe ich mich auf eine Bank gesetzt. Aus einem Abfalleimer hat eine Zeitung rausgeschaut, die habe ich mir genommen und darin gelesen. Dann und wann habe ich zum Haus hinübergesehen und zu den Menschen, die auf der Straße unterwegs waren. Alle sahen so fröhlich und unschuldig aus. So ist es ja mit uns Menschen, nicht wahr? Zumindest nach außen. Aber keiner weiß, wie es in uns aussieht. Keiner weiß, welche Geheimnisse wir mit uns herumtragen. Keiner weiß, wer wir eigentlich sind. Ob wir Drogen nehmen, Frauen vergewaltigen oder unsere eigene Frau schlagen …«

»… oder Kinder entführen.«

»So sehe ich mich nicht«, sagte Witell mit erhobener Stimme.

»Warum nicht?«

»Es war vorherbestimmt, dass ich ihn holen würde, dass er bei mir sein sollte.«

»Aber haben Sie nie darüber nachgedacht, dass Sie dafür bestraft werden könnten?«, wollte Henrik wissen.

»Nein.«

»Sie wirken ziemlich überzeugt.«

Sam Witell senkte den Blick, und eine Falte bildete sich zwischen seinen Augenbrauen.

»Seitdem ich diese Meldung in der Zeitung gelesen hatte, war ich ziemlich sicher, dass ich davonkommen würde.«

»Was stand denn in der Zeitung?«

»Dass die Mutter des Jungen tot war.«

»Sie haben von Mikas Unfall gelesen«, konstatierte Henrik.

Sam Witell wischte sich den Schweiß von der Oberlippe und wich Henriks Blick aus.

»Haben Sie sie umgebracht?«

Witell schwieg.

»Reden Sie mit mir!«, sagte Henrik und schlug mit der Hand auf den Tisch.

»Es fällt mir schwer, darüber zu sprechen«, sagte Witell und blickte langsam auf. »Ich habe diese Sache schon lange auf meinem Gewissen.«

»Ich dachte, Sie hätten keine Schuldgefühle?«

»Das habe ich auch nicht. Aber der Preis, den ich gezahlt habe, um ihn versteckt zu halten, war zu hoch, viel zu hoch. Wissen Sie, was man alles in Kauf nehmen muss, um ein Kind zu verstecken? Immer alles mehrfach nachprüfen und kontrollieren, um sicherzugehen, dass man auch nicht das geringste Detail übersehen hat, was die gemeinsame Zukunft aufs Spiel setzen könnte.«

»Und warum geht man dieses Risiko ein?«

»Sehen Sie sich um. Schauen Sie sich doch mal an, wie die Welt aussieht. Ein Menschenleben ist kaum etwas wert. Das ist eine einfache, brutale Wahrheit.«

»Das gibt Ihnen aber trotzdem nicht das Recht, ihn zu entführen.«

»Verstehen Sie nicht?«, erwiderte Sam Witell frustriert. »Ich musste ihn einfach mitnehmen.«

»Was meinen Sie damit?«

»Dass ich nicht ohne ihn klargekommen wäre.«

Er holte tief Luft.

»Und er wäre nie ohne mich klargekommen.«

Henrik blickte eine Weile in den Himmel. Er fühlte sich völlig erschöpft.

»Sie glauben mir nicht?«

Sam Witell wischte sich eine Träne von der Wange.

»Ich bin wohl nur ein bisschen schockiert«, erklärte Henrik und fuhr sich mit den Händen übers Gesicht.

»Ich habe nur getan, was nötig war. Sie müssen mir glauben! Ich musste es einfach tun!«

»Sie haben ein Kind entführt!« Henrik starrte sein Gegenüber an.

»Sie verstehen mich immer noch nicht.«

»Was verstehe ich nicht? Erzählen Sie!«

Sam Witell blickte auf die Rasenfläche, zu dem großen Rosenbusch weiter hinten.

»Ich …«, sagte er leise. »Ich habe ihm das Leben gerettet.«

»So sehen Sie das also?«

»Ja, so sehe ich es. Und Sie sollten es auch so sehen.«

»Aber ich bin Polizist!«, sagte Henrik empört.

»Das weiß ich«, entgegnete Witell. »Aber irgendjemand da oben hat dafür gesorgt, dass Felicia, Jonathan und ich eine zweite Chance bekommen haben, und ich wollte nicht, dass jemand sie uns zerstörte. Also habe ich beschlossen, alles zu unternehmen, damit niemand erfahren würde, was ich getan hatte.«

Henrik stützte die Ellbogen auf den Tisch, ließ den Kopf hängen und sagte:

»Das war also der Grund, weshalb Felicia Jonathan nicht annehmen konnte. Er war nicht ihr leibliches Kind.«

Sam Witell nickte langsam.

»Ich habe nicht damit gerechnet, dass sie ihn verstoßen würde. Aber sie hat so getan, als wäre er gar nicht da. Sie wollte ihn nicht einmal anfassen.«

Eine kurze Pause trat ein.

»Das Einfachste wäre natürlich gewesen, sie zu verlassen«,

fuhr er fort. »Aber ich habe ganz im Gegenteil versucht, der beste aller Ehemänner zu sein. Ich habe mir gedacht, wenn ich nur alles richtig mache, wenn ich zeige, dass ich sie liebe, dann wird alles gut. Doch es wurde nicht gut. Ganz im Gegenteil. Sie hat sich immer weiter in ihrer verdammten Dunkelheit vergraben, als wollte sie mich bestrafen, mich und Jonathan. Dadurch habe ich ihn noch mehr geliebt.«

»Jetzt verstehe ich, warum Sie so wenig kooperativ waren«, sagte Henrik. »Sie hatten zu viel auf dem Gewissen.«

Sam Witell nickte erneut.

»Haben Sie gar nicht damit gerechnet, dass es auch einen Vater geben könnte?«

»Wissen Sie was?«, meinte Witell und befeuchtete seine Lippen. »Das habe ich irgendwie ausgeblendet. Nicht einmal als Terry Lindman vor dem Haus stand, habe ich geschaltet, dass er der leibliche Vater sein könnte. Im Nachhinein ist mir natürlich klar, dass ich das hätte bedenken müssen.«

Henrik lehnte sich zurück und dachte über alles nach, was er soeben erfahren hatte. Sam Witell und seine Familie hatten ein ungestörtes Leben geführt, solange Terry Lindman im Gefängnis saß. Als Lindman entlassen wurde, wollte er herausfinden, was Mika und seinem Sohn tatsächlich widerfahren war. Das war sein eigentliches Motiv. Aber bei Sam Witell hatte er einen Jungen mit einem Muttermal an einer so ungewöhnlichen Stelle wie über der linken Augenbraue entdeckt und dann vermutlich eins und eins zusammengezählt. Da hatte er beschlossen, sich seinen Sohn zurückzuholen.

»Ich nehme an, dass Jonathan von alldem nichts weiß«, sagte Henrik ruhig.

440

Sam Witell schaute ihn nervös an.

»Keiner weiß etwas«, erwiderte er. »Keiner außer Ihnen und mir.«

Henrik blickte zu Felix und Jonathan, sah ihr Lächeln, hörte ihr Gelächter.

Ganz kurz schloss er die Augen, holte tief Luft und stand dann auf.

»Was haben Sie vor?«, fragte Sam Witell besorgt.

Aber Henrik antwortete nicht.

»Jonathan hat nur mich«, meinte Witell flehend. »Er braucht mich. Sie können doch nicht …«

Henrik ging davon.

»Warten Sie!«

Sam Witells Stimme zitterte vor Angst.

Aber Henrik wartete nicht, sah sich nicht einmal um, sondern ging einfach weiter über den Rasen.

»Jonathan!«, rief er.

Der Junge blieb mit dem Fußball stehen, strich sein blondes Haar zur Seite und erwiderte Henriks Blick.

»Ja?«

»Spiel mir mal den Ball zu!«

DANKSAGUNG

Als Erstes möchte ich meiner Redakteurin Helena Jansson Icardo und dem ganzen Team bei HarperCollins danken.

Ich bedanke mich bei allen Experten, die mir bei der Entstehung dieses Buches auf verschiedensten Gebieten geholfen haben, und bei allen, die den Text gelesen und ihre Meinung gesagt haben, nachdem ich ihnen das ganze Manuskript oder Teile davon schicken durfte. Außerdem bedanke ich mich bei allen, die meine Fragen beantwortet und mir mit Fachwissen geholfen haben, sowie bei allen, die mir ihr Engagement und ihre Zeit geschenkt haben. Ein großes Dankeschön geht an Sofie Mikaelsson und Marianne Staaf, die viele Stunden geopfert haben, um mit mir zu diskutieren, was geschehen könnte, was vielleicht geschehen kann und was wahrscheinlich passieren wird.

Danke an Sara Eriksson von der Ambulanten Wohnbetreuung, an Johnny Bengtsson vom Nationellt forensiskt centrum (NFC) und an die Mitarbeiter des Untersuchungsgefängnisses in Norrköping.

Ganz besonders herzlich möchte ich mich bei meinen Eltern und meiner Schwester bedanken, die mich anfeuern, unterstützen und für mich da sind.

Weiterhin will ich meinem Agenten Joakim Hansson und Anna Frankl von der Nordin Agency danken, die hart dafür arbeiten, damit die Serie um Jana Berzelius neue Leser auf der ganzen Welt findet.

Mein herzlichster Dank geht an meine Leser für unterhaltsame Begegnungen, wunderbare Gespräche und gemeinsames Lachen. Ihr schenkt mir die Freude und Inspiration, die fürs Schreiben so nötig sind.

Natürlich ist diese Geschichte erfunden. Alle eventuellen Ähnlichkeiten zwischen Romanfiguren und realen Personen sind rein zufällig. Falls sich Fehler eingeschlichen haben sollten, sind sie mir zuzuschreiben. Womöglich habe ich vergessen, irgendwo nachzufragen, vielleicht habe ich etwas missverstanden, oder aber ich habe etwas hinzuerfunden, damit es besser zur Erzählung passt.

Last but not least möchte ich meinem Mann Henrik Schepp danken. Obwohl mein Beruf das Schreiben ist, finde ich kaum Worte, um dir zu sagen, wie dankbar ich bin, dich an meiner Seite zu haben. Wir sind »partners in crime, business and love«.

Lieber Henrik, während ich dieses Buch schrieb, erfuhren wir, dass dein Vater, mein Schwiegervater und der Großvater unserer Kinder nicht mehr lange zu leben hatte. Die Trauer und Verzweiflung, die uns ergriffen, waren unbeschreiblich. Wir haben J-O an die unendlichen Weiten des Kesudalen verloren. Du wirst nie mehr seine Hand halten können. Nie mehr seine Stimme hören. Nie mehr sein Gesicht sehen. Aber du wirst immer, immer, immer der Sohn deines Vaters bleiben.

Er wurde gezeichnet. Er tötet.
Er ist neun Jahre alt.

448 Seiten. ISBN 978-3-7341-0069-7

Jana Berzelius wacht in einem Krankenhaus auf. Sie ist neun Jahre alt, doch weder weiß sie, warum sie hier ist noch wer sie ist …
21 Jahre später wird die Staatsanwältin Jana bei einem spektakulären Fall hinzugezogen: Ein Mann wurde erschossen – die Hinweise verdichten sich, dass die Tat von einem Kind begangen wurde. Dann taucht die Leiche eines Jungen an der schwedischen Küste auf. Seine Fingerabdrücke passen zu jenen des Tatorts, doch warum sollte ein Kind einen Mord begehen? Während die Ermittler im Dunkeln tappen, ermittelt Jana auf eigene Faust. Denn der Junge, der das Wort »Thanatos« als Narbe im Genick trägt, hat ein Geheimnis, das nur Jana kennt: Auch ihr Genick ziert der Name einer Todesgottheit, und nun setzt sie alles daran, herauszufinden, warum.

Lesen Sie mehr unter: **www.blanvalet.de**

Ich kenne deine Vergangenheit.
Und ich kann dein Leben zerstören ...

448 Seiten. ISBN 978-3-7341-0312-4

Eine eisige Winternacht am Bahnhof Norrköping in Schweden. In einem Zugabteil liegt eine junge Frau – sie ist tot, ihre Finger sind blutig, aus ihrem Mund tropft weißer Schaum. Sie war nicht alleine unterwegs, doch ihre Begleiterin ist verschwunden. Wer sind die Frauen, und warum musste eine von ihnen sterben? Staatsanwältin Jana Berzelius wird mit den Untersuchungen beauftragt. Doch der ohnehin komplizierte Fall erweist sich als persönlicher, als Jana lieb ist – denn er führt mitten in ihre grausame Vergangenheit zurück. Danilo, mit dem Jana ihr Schicksal teilt, ist einer der Mordverdächtigen – und er weiß viel über Jana. Zu viel ...

Lesen Sie mehr unter: **www.blanvalet.de**